第七届鲁迅文学奖获得者

鲍尔吉·原野 散文精选集

每个人理应赞美一次大地

鲍尔吉·原野◎著

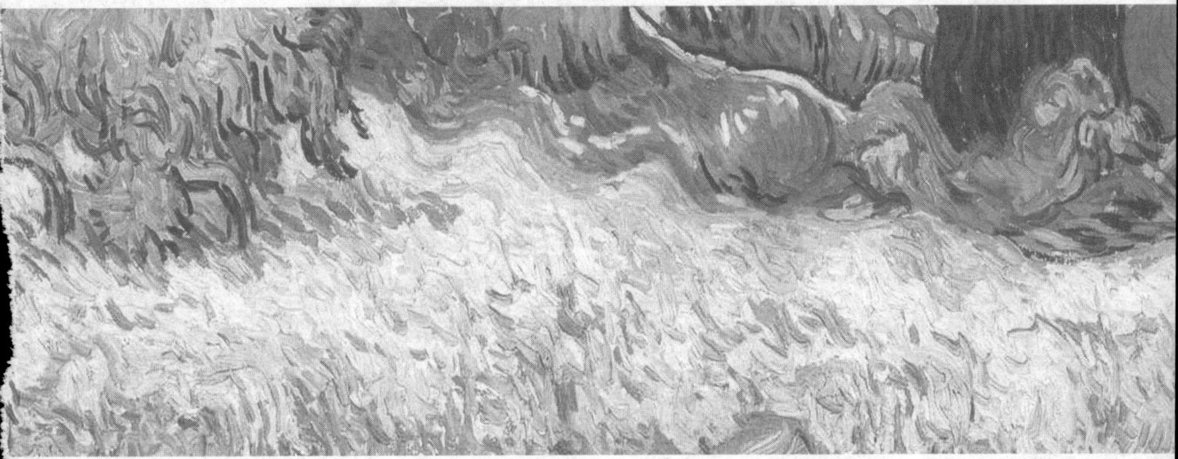

时代文艺出版社

图书在版编目（CIP）数据

每个人理应赞美一次大地 / 鲍尔吉·原野著. —长春：时代文艺出版社，2019.1

ISBN 978-7-5387-5997-6

Ⅰ. ①每… Ⅱ. ①鲍… Ⅲ. ①散文集－中国－当代 Ⅳ. ①I267

中国版本图书馆CIP数据核字（2018）第229773号

出品人　陈　琛
产品总监　郭力家
责任编辑　李天卿
　　　　　曾艳纯
装帧设计　李　斌
排版制作　隋淑凤

每个人理应赞美一次大地

鲍尔吉·原野 著

出版发行 / 时代文艺出版社
地址 / 长春市泰来街1825号 时代文艺出版社 邮编 / 130011
总编办 / 0431-86012927 发行部 / 0431-86012957 北京开发部 / 010-63108163
官方微博 / weibo.com / tlapress 天猫旗舰店 / sdwycbsgf.tmall.com
印刷 / 北京彩虹伟业印刷有限公司
开本 / 700mm × 980mm 1 / 16 字数 / 367千字 印张 / 25.75
版次 / 2019年1月第1版 印次 / 2019年1月第1次印刷 定价 / 68.00元

目录

第一辑 青草远道

大地花朵川流 / 002
沉默的种子 / 012
种子 / 015
草药与大地的苦 / 017
每个人理应赞美一次大地 / 019
钟声 / 022
每个人都欠地球的债务 / 024
北陵：人民的绿 / 026

第二辑 节气

立春 / 030
雨水 / 033
惊蛰 / 036

春分 / 038
清明 / 041
谷雨 / 044
立夏 / 047
小满 / 050
雨下在夏至的土地上 / 053
立冬 / 055
大寒 / 058

第三辑 残雪是大地褴褛的衣裳

冰凌 / 062
冰的纹 / 063
冰雕 / 066
冰窟窿 / 068
水结冰时终于喑哑 / 072
太阳在冰上取暖 / 075
眺望冰河 / 077
残雪是大地褴褛的衣裳 / 079
每片雪都在找一个人 / 082
雪落在雪里…… / 083
为孩子降落的雪 / 086
雪的前奏 / 088
雪地篝火 / 090
雪地狂草 / 092
雪不是一天化的 / 094
在库伦沟林场跑步 / 098

第四辑 松木在夜晚说话

寂静统治着山林 / 101
沉香 / 104
灌木 / 107
光晕在树 / 109
琥珀对松树的记忆 / 111
松木在夜晚说话 / 114
松塔 / 116
松针 / 119
夜的枝叶 / 121
火山杨 / 123
山杨树 / 126
柳树的母性 / 129
柳树趴在河边喝水 / 131
进森林像进入一个瓶口 / 134
北窗南窗 / 136
起风 / 140
秋叶 / 142
山与树林的合唱 / 144
树的道路铺向空中 / 146
树的尽头 / 149
树的弥撒曲 / 151
树活两辈子 / 152
树的衣裳 / 154
树静夜阑 / 155
树林里的眼睛 / 157
树木是音乐家 / 160

树木有梦 / 162
树叶欲飞 / 164
藤 / 165
树桩 / 167
望树心安 / 168
杨树的末子 / 170
有的树忘记了结果子，有的树忘了开花 / 173
栽树吧 / 175
最好的树被上天领走了 / 179
比草木更孤独 / 182

第五辑 春如一场梦

春天喊我 / 186
春是春天的春 / 188
不要跟春天说话 / 191
春如一场梦 / 193
春天是改革家 / 197
春雪的夜 / 199
小鸟与春天 / 202
早春 / 204
三月的预言 / 206
四月 / 209
初夏 / 212
仲夏 / 215
七月有权力炎热 / 217
初秋 / 220

中秋的秋 / 222
四季 / 223

第六辑 买一亩大海

买一亩大海 / 228
海的月光大道 / 230
海边 / 233
海上日出 / 237
南澳岛听涛 / 239
岛上 / 241
雨落大海 / 244

第七辑 草木结霜

草 / 248
宛如一根针 / 250
草言草语 / 252
南风里有青草的香味 / 254
风吹草动 / 256
青草寂静 / 258
艾 / 261
城里的荒草 / 264
青草和星辰 / 267
铁轨中间的草 / 269
草木结霜 / 271
苏醒 / 274
字在纸上长成青草 / 276

风到底要吹走什么 / 279
风里有什么 / 281
这么小的小风 / 283

第八辑 雏菊的披肩

雏菊的披肩 / 286
桂花香 / 289
和梨花一起白头 / 291
荷 / 293
荷花骑马坐轿 / 295
红玫瑰 / 297
山菊花 / 300
花朵踮起脚尖看一个树桩 / 302
金银花 / 305
葵花 / 307
向日葵的影子 / 310
绿釉百合 / 313
落花拍人肩膀 / 315
南瓜花 / 318
爬山虎 / 321
石头上漂桃花 / 324
矢车菊的花冠是飞鸟的空巢 / 326
闻香 / 329
鲜花钓饵 / 331
杏花露出了后背 / 333
夜里的花朵 / 335

樱桃花在枝头想念樱桃 / 338

第九辑 没有人在春雨里哭泣

玻璃上的雨水 / 342
金毡房 / 345
没有人在春雨里哭泣 / 346
桑园的雨 / 349
水滴没有残缺 / 351
铁皮屋顶上的雨 / 353
阳光金币 / 356
夜雨光区 / 357
雨，晚上好 / 359
雨从窗台进屋，找水喝 / 361
雨的灵巧的手 / 364
雨滴耐心地穿过深秋 / 366
雨落在白花花的大海上 / 368
雨中穿越森林 / 370
在雨中跑步 / 372

第十辑 光的笑容

曙色 / 376
多快的手也抓不到阳光 / 379
光 / 382
光的笑 容 / 385
关于光 / 388
幸福村中路的暖阳 / 391

更多的光线来自黄昏 / 393
黄昏无下落 / 396
伸手可得的苍茫 / 398

第一辑 青草远道

大地花朵川流

引　子

这几年出差，回来爱跟跑步的朋友说见闻。我一露面，这帮因流汗而皮肤发亮的跑步人就围过来，听我白话。一天，跑步人散了，树生从树后跑过来，羞涩地——他六十五岁了，还羞涩呢——说："给你拿点儿东西。"我说："啥东西？"他不好意思。我把东西从他衣服里掏出来——一个早年的铝饭盒，打开，里边是酱焖小土豆。我问："送这干啥？"树生说："求你个事儿。"

他说老父亲九十九岁，今年9月10日过百岁生日，让我出差捎回点儿当地的水。我说飞机不让带水，他说你把水快递回来，他打算在老父亲过生日那天用各地的水浇一盆长寿花，吉利。他拿出一个防雨绸兜子，里面装十多个白色的小塑料瓶，瓶口系着两米多的渔线，瓶底黏了一个螺丝帽。他说有线在河里取水就方便了。树生是车辆厂退休工人，办事真细致，我说："妥了，你就等着祖国各地的水上你们家汇合吧，你们家就是水库。"

万亩梨花

我见到好的地名比见到好的书名更羡慕，觉得人活在好地名那里是一种幸福。神木、仙游、福鼎，这些地名多好。丰县也好，它是我今年出游的第一站。繁体字的丰字上头站满麦穗，下面有豆撑腰，看着就富足。人来丰县，咸称其丰。丰子恺如果活着，肯定一年来一回。当年有人问他姓哪个feng，他答丰收的丰，对方不解。丰子恺说汇丰银行的丰，人始悟。子恺辛辣，天下哪有比丰收更丰的事情呢？

在江苏省丰县，我看到最丰美的景物是万亩梨花。入四月，我老家的凹地还有积雪，而大沙河畔的梨花园已成花海。如此宽广的大地，竟被梨花开满。枝头似雪，树下却青草离离，蜜蜂在枝头缭绕。梨树怀抱大，枝条平伸，把花开到别的树上了。花瓣在枝上奔跑，金色花蕊是它们的接力棒。在梨花下行走，走走就泄气了，梨园太大，走到太阳西沉也走不出去梨花的天下。这个县宋楼镇的梨园有六百六十八多棵百年梨树，最大的一棵梨树王胸径八十多厘米，每年挂果四千多斤，厉害吧？吉林省梨树县也未见有这么大的梨树，丰县有，丰字真没白叫。丰县耕地面积一百一十四万亩，其中果树面积五十多万亩，栽种红富士苹果二十八万亩，白酥梨十万亩，它是全国水果十强县。丰县的蔬菜种植面积达六十万亩，牛蒡、芦笋等已成为江苏省出口创汇产品，这个县完成了由粮食大县到果蔬大县的转变，丰！

县城有护城河，开挖于战国时期。我拿树生的小瓶取水，这些小瓶特好用，瓶底有螺丝帽，“嗖”地入水，咕嘟咕嘟灌满了。我拎上瓶子，拧盖。心想，丰县把战国时期的护城河水献给了树生他爸。

陕南行

我南行的第二站是陕西省汉阴县。这里的凤堰梯田最好看。清晨，梯田从白雾中露出曲线，柔和秀美，大地犹如盛满黄金稻穗的盘盏。苍鹭穿过梯田上方，飞到汉江边上。淡蓝的炊烟从村庄孤直升起，大地一片晶莹。

凤堰梯田位于秦巴山脉的凤凰山上，临汉江，连片面积达一万二千多亩。据记载，梯田于清代同治年间长沙移民吴氏家族创建，集山、水、田、屋、村于一体，梯田在河流交汇处渐次升高，引山涧水从上而下自流灌溉。山坡上梯田罗布，有的坡几十级梯田，有的坡上千级梯田。水漫过上一级梯田的石头围沿，浸润稻秧，流到更下一级梯田，一直流下去。

梯田用石头围沿抱着金黄的稻子，如怀抱子孙。在崇山峻岭围垦万亩梯田需要多少石头啊？想象不出这里的先民肩扛石头垒田的情景，不知垒了多少年，这里无异于梯田的长城。而这一切的辛劳，只为了修田。人不来此地，不知耕地珍贵。世间万物，最珍贵的莫过于粮食。粮食哪里是用钱衡量的物品？在这里，粮食是天地大美的结晶，谁浪费粮食，谁不是人。

我在梯田的围沿上行走，若从天空看，我如走在玛雅彩石壁画上的一只蚂蚁。如果我会开飞机，会常常来凤堰梯田上空飞行，俯瞰这幅巨大的艺术品。说话间，几对苍鹭飞过梯田。好地方会有天使，这里的天使是高洁的苍鹭。它们展开灰色与黑色的翅膀，巡视如梦如幻的梯田。

在村里，见两个小孩儿做游戏。男孩儿用铲子垒泥成梯田，灌水，拿青草插秧。女孩儿挎小筐，在小梯田的水里假装摸螺蛳。我看了感动，问男孩儿姓什么？男孩儿说姓吴。女孩儿也抢着说姓吴。我手摸吴氏子孙的小脑袋，心想他们都是长沙府吴氏的后人。在此地姓吴让人羡慕，他们祖先是建造梯田的农家圣贤，连我都想改姓三天吴。

洋县离汉阴县不远，同属陕南。早上我在乡间跑步，灰白的水泥路分开竹林稻田。这里左手秦岭，右手巴山，汉江自西而东分开大山的南麓北麓。我看了半天，分不清哪座山姓秦，哪座山姓巴。松柏杂木分开山峦的深浅层次，雄浑莽苍。

过桥时，桥下流水清澈，鹅卵石像包在玻璃里，水声似更清脆。我想起忘带瓶了，跑回去取瓶，此时见到一对雪白的朱鹮掠空而过，飞得不高。它们翅膀的白羽透过阳光微微泛着橘红，颈羽如流苏般随风飘逸。虽是一瞬，我看到朱鹮的颜面比一坨印泥还红，它长而弯的喙尖上还有一点儿红。我觉得相当幸运，四外看看，就我一个人看到了两只朱鹮，这比包场还阔绰。

20世纪60年代，俄罗斯境内最后一只朱鹮在哈桑湖灭绝。70年代，朱鹮在朝鲜板门店消失。中国科学院刘荫增教授和他的团队走遍了大半个中国，于1981年5月在陕西省洋县姚家沟发现了当时世上仅存的两只野生朱鹮。三十年来，朱鹮数量已增加到两千多只，野外生存范围涉及二市七县，面积达六千平方公里。

朱鹮多数生活在洋县，这意味着洋县的老百姓种粮种菜不使用化肥农药，保证朱鹮的存活。大凡如朱鹮这么脆弱的鸟类可以生存的地方，均可命名为人间天堂，这里的水质、植被、气候和民风一定臻于优胜。朱鹮真正是好山好水的代言人。

跑完，我在稻田里取一瓶水。这水养的黄鳝、泥鳅是朱鹮的食物，浇花肯定好。

明月照白塘

我出行的第四站是徐州的睢宁县。因为不认识“睢”字，查《辞海》得知这个县出土的汉画像石“牛耕图”被中国历史博物馆收藏并印在门票上。1996年，国家文化部命名睢宁县为“儿童画之乡”，有一万五千多幅作品送往七十多个国家和地区展出，获金奖二百二十三次。

睢宁让我钟情的是白塘河湿地公园。想不到历史上战乱频仍，而今人口众多的徐州大地有一处湿地公园。

人们常把湿地归于人烟稀少的沼泽地，仿佛建是建不出来的。白塘湿地公园正是建出来的湿地，占地三点八平方公里，有水面一千多亩。这里有五处百亩林园——竹林园、柿林园、海棠园、山楂园、板栗园，还有梅花岛、桃花岛、樱花岛。登一座山即入一片林，幅员百亩。我看到无边的山楂树站满山坡，心想这片山全归山楂了，春的白花和秋的红果是这座山的骄傲。以往没见过的海棠山和柿林山，这回都见到了。不同的树的姿态比建筑物更美，它们高低俯仰，疏密错落，塑造别样的景观，树们四季呈现变化的美，比呆板的房子更灵慧。树在风里飒飒，包藏花果，它们是微笑沉默的高士。

登山望水。水边聚集的仙鹤，如同白石铺设的岸。水鸟起飞，影子被微澜摇碎，树影模糊。

睢宁的睢，指睢水。以往十年九涝，把老百姓害苦了。如今湿地形成自然生态系统，水系安宁，为徐州大地储备一个清新吐纳的绿肺。在园区走，我发现游人大部分是农民，这让我很惊奇。人们太多时候看到农民在田边劳作，或在集市卖菜，仿佛那里才是他们站立的地方。在白塘湿地公园，质朴农人手抚柳枝向对岸伫望，拿手机与桃花合影，我觉得这才是国家图景。以往崔莺莺和张生观花赏月的风雅印记被我从脑中删除。国泰民安的宏愿从民安体现，此地可作见证。

夜游湿地，水面收纳了夜空白茫茫的光带，月亮愈发皎洁。走走看看，来到公园内的水月禅寺。这是一处方正简约的现代建筑，没有飞檐斗拱，体现大道至简的禅宗美学。清风徐来，水面澄净，树木亲密偎依，罗列至远方。我抛瓶取得白塘湿地之水。

金子奔跑

小时候，我在母亲的集邮册上看到三枚“世界文化名人”邮票，线描人物，古装，他们是屈原、关汉卿和汤显祖。我惊异，咱们这么大的国家，世界文化名人才仨啊？后来向家属院小孩儿巡回展示这三位名人，丢了两枚，只剩汤显祖。

这一次来到浙江省的遂昌县，拜访了汤显祖纪念馆，馆内悬挂汤显祖画像，与邮票上一模一样，只觉得下方应有“中国人民邮政”才好。稍带我还回忆起家属院的向日葵和鸡冠花，它们高矮红黄，如对晤。

汤显祖是明代的伟大戏剧家，在遂昌出任五年县令，他笔下的“临川四梦”之《牡丹亭》诞生于遂昌。《牡丹亭》的戏文高蹈绝美，我疑心与这里的山水关涉，悲剧与美如筋与肉那样是长在一起的。

遂昌山水不小气，清秀蕴藏沉雄，或者说它在江南山水的架构里潜藏野性。千佛山，距县城三十公里，远看林木苍郁，走进去身旁悉为山泉，水流细小轻缓，徐徐出声。可以状写此地山泉的形容词太少，所谓淙淙、潺潺均隔靴搔痒，水声比形容词更复杂与美妙，它不是一个音，而是复合的和声，如远又近、似轻还重。步行十余里，山泉始终迎送，或山瀑，或小潭，或山涧。我在潭里取水一瓶，坐石上闭目听水，听出水声之外还有鸟鸣，来自头顶。当辨识鸟语之单音节与多音节时，水声消失了。走上石阶，又闻水声。

遂昌有金矿。我们坐小火车进入矿里，参观了明代开采的矿洞。人在金矿的洞窟里行走，目光一定是贪婪的。我看同伴眼神，非但不贪婪，反而迷惘，他们谁也没在石壁上见到金子。行家说，肉眼看不到矿石里的金子。我想也是，人眼能在石头里看见金子，世界更乱了。我觉得金子会在矿石里看到我们——一帮肉眼凡胎的人且走且望。金子也猜出了我们想念金子的心情，在岩石里笑。

过去听说，金子藏在贫瘠的土地下面。我老家好几处金矿的地表啥都不长，大自然补偿给它们一些金脉。遂昌的金子会挑地方，长在青山绿水之间。这里的人说，金子的矿脉会在地底下奔跑。明明勘察到一处矿脉，过些天却没了。我在新疆和西伯利亚也听过这个传说，相信金子有这个能力，说走就走。要不怎么能叫金子呢？《牡丹亭》里曾有一折，说杜丽娘于花园里凭几而眠，寐中与柳梦梅相会，二人惊诧：“是哪处曾相见，相看俨然？”这如同说外地来的金子们相见，都眼熟。

遂昌拥有许多国家级的称号：中国竹炭之乡，中国菊米之乡，全国旅游标准化示范县等等，这里九山半水半分田，若要过得好，他们一定会爱手中的一切。在爱的心田里面，一切都是财富，这在汤显祖笔下表现得刻骨铭心。山水赋予人的，是心机之外的大智慧。

吾爱孟夫子，风流天下闻

诵唐诗宜来襄阳，这里留下李白、杜甫、白居易一大批著名诗人的足迹。《唐诗三百首》有二十七首涉及襄阳。读三国宜来襄阳，诸葛亮在这里十载躬耕，留下《隆中对》。学书法宜来襄阳，此地养育米芾，人称“米襄阳”。中国魅力城市的颁奖词说，这座城市“凭山之峻，据江之险，外揽山水之秀，内得人文之胜”。习家池、古隆中、米公祠等名胜古迹多达一千多处。

我来襄阳，没带唐诗，只带一双跑步鞋。襄阳有保存非常好的古城墙，在下面跑步十分高古。边跑边看城墙斑驳的砖石，包括箭镞的射痕，心生庄重。我不通晓历史，但我爱这里诞生的一位大诗人孟浩然。“吾爱孟夫子，风流天下闻。”李白这两句诗简直道出了我的心声。孟浩然诗歌冲淡、平缓、简易、深情，合到一起便造就大道风流。我年轻时一度拼命背孟浩然的诗，登老家的南山背诵。孟浩然爱写登高，于是我登高背诵。如今我在襄阳，一面是古城墙，另一面是护城河，边跑步边回忆孟浩然的诗，算是默默献给襄阳的小礼物。整首的诗已背不下来，仍记一些句子：“相望始登高，心随雁飞灭。”每次登高，看飞鸟在视野消失，我都会想起这两句诗。那小鸟在飞行中翻翻身子就变成小黑点，倏尔，小黑点也没了，但心还沿着小鸟的轨迹寻找。“雪罢冰复开，春潭千丈绿。”写早春。“水落鱼梁浅，天寒梦泽深。”写襄阳。“我家襄水曲，遥隔楚云端。”也是写襄阳。《全唐诗》收录孟浩然诗两百多首，其中三十首写襄阳。

跑了一小时，记起这些诗句，备感倾心。李白毫不掩饰对孟浩然的景仰，称“高山安可仰，徒此揖清芬。”而李白写孟浩然最著名的，当属“故人西辞黄鹤楼，烟花三月下扬州”。

鹿门山是孟浩然隐居处，距襄阳城南十五公里。在唐代，鹿门山与孟浩然一样有名，或因孟而获名。李白、杜甫、白居易、王昌龄均赴鹿门山拜访过孟浩然。登山时，我又想起他的几句诗：“人事有代谢，往来成古今。江山留胜迹，我辈复登临。”我辈是李杜等前辈登过此山几百年后又登此山的景仰者，是想从山水里看出孟浩然哪管一点点影子的人。山峰叠翠，古木杂生。我看到绝非唐朝的鸟儿在树梢掠过，觉得听到了与孟浩然所闻相似的流水和鸟的悦鸣。我辈在孟浩然走过的山上行走，见一处风景，便引颈远望，想象孟浩然也这么望过。摸摸泥土，摸摸树，唐朝在哪里啊，孟夫子去了何方？我羡慕鹿门山的小鸟和小虫，它们虽不背孟浩然诗，但生活在这座孟浩然隐居十七年之久的山上，不白为虫鸟。

近黄昏，我辈吃完农家土菜下山了。我留在最后面，感到惆怅。这是潜意识作祟，因为没见到孟浩然。鹿门山虽无鹿，但涤除了孟浩然心中的尘泥，让他如此清新。那首全球华人尽知的诗——“春眠不觉晓，处处闻啼鸟，夜来风雨声，花落知多少。”最能透露他心里的澄明。孟浩然懂得如何让诗与时光相搏而不溃败，他懂得平淡即是恒久。

一个城市有一座名山就够了，如鹿门山；有一位名人就够了，如孟浩然。襄阳还有汉江，有三国遗迹，有昭明台，有宋玉，素称“南船北马，七省通衢”。这样的地方让人嫉妒。我带着从鹿门寺石井里取的水，悻悻下山。这里是取水的第六站。

望绿洲

人们说，在冰冷的塞上沙原，这里流水叮咚，河里长着鲜绿的水芹菜。

人们说，盛夏的沙漠酷热难当，这里竟下起牛毛细雨。人们说，这里乌鸦不来、青蛙不叫、沙土垒墙不倒。这就是国家级自然保护区——大青沟。

大青沟位于我的祖籍——内蒙古的科左后旗境内。小时候回老家，所见皆为白茫茫的沙海。我和小孩儿摔跤，倒地身上一点儿土都没有，我还乐呢，说这地方多好，没土。是的，我老家土地少，耕地更少。小时候不知“没土”有多么沉痛。我的堂兄堂姐衣衫褴褛，食不果腹，因为他们的脚下没有土，只有沙漠。那时候，堂兄堂姐的脸上满是渴望，我不知他们在渴望什么。长大后，我才知堂兄堂姐渴望土地、雨水和绿洲。八月份，我回到老家——科左后旗的胡四台村。近暮，草原深绿，雾里钻出我堂兄朝克巴特尔的羊群，一只牧羊犬不必要地左右跳踉，仿佛它为羊群操碎了心。堂兄黑如檀木，眼白和牙齿如刷了白漆。他每天早上三点出发，晚七点回来，变成了“非裔人”。他的羊群加上养牛和种玉米，每年的收入可达十几万元，日子安稳了。

我在胡四台住了几天，坐朝克巴特尔的私家车和他们一起游览了大青沟。

科左后旗的草场、庄稼和防护林长势都好，但进入大青沟别有洞天。植被茂密，古朴如史前时期的绿洲。风景区实为两条沟，一条长十一公里的大青沟，另一条长十公里，名小青沟，两沟宽三百多米，深五十多米，我们在沟里步行十公里，犹如走入西双版纳的亚热带植物保护库。大青沟有七百多种植物，分成水曲柳、蒙古栎、大果榆三个植物群落。藤缠古木，苔藓侵衣，野花如同摇摆着向远方行走。朝克巴特尔对审美没有诉求，他不断弯腰拣野果和野菜，嘴里说“稠李，欧李，山葡萄，猴头，蕨菜，金针……”他的收获很快把提前准备好的布袋子装满了，琥珀似的黄眼睛充满笑意。我在小溪里取了最后一瓶水。

从沟里出来，登高远望，树的波涛从树梢翻滚而过，保护区面积达八千多公顷，打败了沙漠。朝克巴特尔说：“这里的黑蝴蝶有燕子那么大，飞起尾巴带两根飘带。”他这个说法在大青沟博物馆得到了验证，那是乌凤蝶。博物馆介绍，这里有梅花鹿、黑枕黄鹂等三十八种动物，黑蝴蝶等一百三十八种昆虫，天麻等两百多种珍贵中草药。这些动植物的存在，对茫茫科尔沁沙漠来说是奇迹，但大自然无奇迹可言，所有现象均由相互依存的因果关系所决定。人觉得怪，是由于他们与大自然越来越疏远。

晚上，我们在大青沟观看一场篝火演艺表演。在火光中，旋转飞扬的蒙古袍惊醒了夜色，安代舞的红绸如火苗一样飘动。在咚咚的舞步中，似有一群精灵从地下跑过，它们是花朵、蝴蝶和树木的信使。

结　语

9月10日，我受邀去了树生的家，他老父亲身穿团花红衫陷入沙发，像弥勒佛一样笑。人老了，不拘男女都像老太太，树生他爸亦如此。树生把我寄来的七瓶水冻在冰箱，化冻汇在大白碗里。我端详透明的水，分不出它们的故乡来。树生搬来一盆长寿花，肉质叶子，四角形的小红花旋转着搭成了一个圆球，像挤着看老寿星长什么样子。老父亲端碗把水倒进花盆里，树生说：“这是祖国大地的水，浇灌长寿花，祝您越活越健康！”我说：“浇了八省水，再活一百岁。”他爸耳聋，这句话却听到了，说：“我再活一百岁，他们得累死。”树生和他媳妇笑着说：“我们愿意！”

沉默的种子

种子比钻石更坚硬，在黑暗的大地里，谁知道种子是怎样钻开壳壁，从坚硬的泥土里生出芽呢？你看麦粒、玉米粒、苹果和梨的咖啡色的种子，每一粒都有坚硬的壳壁。它们比树皮更结实，坚定地保护着种子。雪白的种子在这样的壳壁里，从土里长出绿色的苗，比人生孩子更简练也更干净。小苗在阳光下齐刷刷地闪耀。如果说它们是一群孩子，孩子的母亲是谁呢？是小小的种子吗？这一点，植物和动物很不一样。动物和人类都是大的孕育并生产小的。人类母亲与婴儿体重之比约为20：1。你看不到人类从一小块自身体分离的肉（如手指或耳朵）里长出一棵苗，长大变成一棵树或一个会行走的人。种子有巨大的能量。头几天，我又去了一趟三清山，看栈道旁绝壁上生出的松树。看不到树的根部有土，松树如从石头里长出来。摸松树的手感跟摸石头一样坚硬粗糙。当年一粒种子随风飘进石缝儿，长成这棵树。碗口粗的松树，至少长了几十年，它还要再长几百年，只因为当年的种子跟它说过一些话。“一些话”是多少句话？可能只有一句——长吧。因为没有其他的话——比如注意休息、保重身体一类话，松树一直在长。石头能吃多少苦，它就能吃多少苦。其实自然界没有“苦”。苦这个词是人类发明的，环境、遭遇、快乐、苦恼这些词都是人类发明的，他们为了有所区别才发明这些观念。

种子多么神奇，大兴安岭接天蔽日的松树林都由种子长成。松树以深红的身躯挡住了风的去路，松针在树梢根根相扣，大雪下不进幽默的树林。在南方的山坡上，竹子正准备从每一寸土地冒出来，它的翠绿让青草黯然失色。地下的竹笋不知何时均匀地占满了山坡。如果把种子洒在桌子上，它们只是一些褐色、黄色、黑色和白色的果实，它们沉默，是世上最小的东西。谁也不知道它们会发芽，长出城墙般的树林，长出覆盖大地的庄稼，长成花。谁也看不出朴素的种子里包含着花的基因。种子里哪一种物质包含着花的指令？红的、黄的、白的娇嫩的花正藏在种子里，有了土壤、阳光和水分之后。小苗出生，然后开出花来。这实在太神奇。如果创造世界的不是上帝，是谁呢？只能是种子。

种子是神灵。宗教禁止凡夫妄谈鬼神，更不许猜测鬼神的居所。但可以说一下神住在种子里吗？神在小麦、玉米的种子里住过或曾经住过，神住在松柏的种子里，住在鲜花的种子里，这是不会错的。世上应有好多神灵，火神自然住在火里，不用猜也知道。河神住在河里而不是云朵上。五谷之神、树神和花神住在五谷草木的种子里，对吗？也许是对的。否则，种子怎么会有那样的耐心，那样的勇气发出芽来，创造五谷和树林？小鸟儿一定知道其中的秘密。鸟儿抢着吃各类种子，吃树籽、草籽和一切能生长的籽。小鸟意欲获得种子里蕴含的巨大能量。果然，鸟儿得到了巨大的能量，秋天从北方飞到南方，这是何等了不起的工程。鸟儿像种子发芽一样飞行，天空上种满了小鸟儿栽种的透明的树林。

以人的眼光看，种子被埋进土里是深重的惩罚，如入十八层地狱，这恰是种子新生的机会。土里没有风景、没有天日，真正被踩到了脚底下，只适合做一件事——发芽。这里安静、无风、亦无喧哗。种子慢慢长出向上的苗，再长出向下的根须。这时种子完成了使命，壳壁等待腐烂，一棵植物诞生了，它是树、是庄稼，或一株花。貌不惊人的种子，每每做成了大事。它的渺小和忍耐让它在不经意之间改变了世界。世界原本是可以改变的，如果有种子的话。

种子在黑暗潮湿的泥土里听到了自己的歌声，歌词里面有游动的白云，被风吹斜的细雨，有松鼠和蜜蜂的身影。种子歌唱它长出地面之后所看到的丰饶的大地。种子的歌声藏在土里，下雨时，歌的片断会跟雨水形成和声。春雨下在播下了种子的田野上，雨的声音里夹杂着一些混响，像雨落在草叶或纸张上的声音。人们对此未留意，其实这是种子的歌声，是低频，比大提琴的音乐还低沉。贴着地皮传过来又传到远处。而雨声是高频，唰、唰、唰，盖住了种子深沉的旋律。

种　子

我在童年具有“种子癖”。

我把收集的种子放到一个铁皮盒里，盒有新疆人拍打的铃鼓那么大。我常举起来晃一晃，其音也如钟磬。因为里面有桃核、杏核。而苹果的籽儿和小麦只在里面“沙沙”地和，很谦逊。

我常抱着种子盒到向日葵下松软的泥土上观摩。桃核像八十岁老人的脸；麻籽里有果肉的丝长出来，扯不干净；杏核无论怎样，都是一只病人的眼，双眼皮尤有工笔画的意味；李子核与杏核仿佛，面上多毫，干了之后仍不光洁；麦子最好看，金黄而匀称。我想上帝派麦子来，不是当白面烙饼，而是作砝码的。从掌心捏麦子，一粒一粒摆上，仿佛什么事情就要发生了。我还收集过荞麦的种子，因为弄不到，就把枕头偷偷弄了个洞，搞一些出来。当然这只是荞麦皮了，但我小时不计较这个。因此我让荞麦在盒里当警察。我收集的种子还有红色的西瓜籽、花豆、像地雷似的脂粉花的籽以及芝麻。

我在种植之前，多次召集它们开会，举起盒子“哗啦啦”晃一阵，表示肃静。桃核常常有一种霸王的气势，但因为愚昧，很快就被推翻了。杏核表示无意于高位，而黑豆与绿豆太圆滑，玉米简直像个傻子。最后麦子当选了，即最大的麦籽儿，我在它身上涂抹了香油，又按着桃核与杏核的脑袋向它磕了三个头，让小红豆作他媳妇，芝麻作他的智囊，西瓜籽儿每天必须向他溜三遍须。

我不明白为什么鲜艳多汁的杏肉会围着褐色的核儿长成一个球。它们是从核里长出来的呢，还是生长暗暗藏着核。而麦粒会向上长成一根箭。我在吃东西的时候，遇到种子就会停下来。苹果籽像婴儿一样睡在荚形的房子里，和其他兄弟隔一道墙壁，永远也见不上面。而黄瓜籽活在黄瓜的肠子里，密密麻麻像搞杂技叠罗汉。而鸡蛋就是鸡的籽了，而世上许多东西没有籽。我在赤峰电台工作的时候，曾有一位患强迫症的编辑，把办公室的红灯牌收音机在半夜偷偷埋入地里。别人发现后，他说：明年它会长一个半导体。

他在为万物寻找母体与种子的关系，把相近的事物看作是生育的关系。

种植的时候最让人激动。当你把随便什么核或籽扔进地里，看它孤零零地躺着，替他难过，又替它高兴。它要生长了，也许被埋葬了——如果它不生长的话。我再也见不到你了，除非你明年长成树。而长成树我也见不到你了，因为你变成了树。浇完水之后，立刻进入了盼望的焦虑里。你坐在土地上，静静等待种子破土而出，是天下最寂寞的事情。

而我所种下的，除了几株草花之外，多半都没有发芽，几乎个个欺骗了我。我扒开土观察，于是又见到了它们。还是老样子，但庸俗，没有灵性。我只好放弃努力，去抚爱那些并非由于我的原因而自由生长的植物，如辣椒，如杨树，如在屋檐下挤成一排的青草。青草甚至从甬道的砖缝儿里长成来，炫耀着毛茸茸的草尾巴。我从书上看到，青草的种子除了在风中播撒之外，还有一些是由鸟儿在身上夹带到各处的。当天空飞过鸟儿，或电线杆的瓷壶上落着小鸟时，我就想，这家伙身上带来多少草籽，又把草籽带到了多么遥远的地方。

草药与大地的苦

在山上，找一块干净的土，往下掏一尺取一捻放在嘴里尝，品不出什么味道。用李时珍的笔法，可写为“土性平、无味、生育万物”。

我尝这捻土，心想土里到底有什么，让甘草那么甜，让黄连那么苦？土里一定百味聚集，不同的庄稼、植物从其中提取了不同的味道。生嚼高粱米，微甜有一点儿涩。嚼玉米，甜。嚼青草干脆的甜。高粱玉米的秸秆都甜，玉米的秸秆略带一点点臊味。生茄子甜，黄瓜清香。西瓜香瓜不用说了，甜是它们的本职工作。树上结的苹果和梨和枣都甜。由此说，大地所储存的营养，以甜为主。可是，草药为什么聚集那么苦的苦呢？大地有甜的怀抱，也有酸辛、有苦情，草药把苦长在自己身上。

大地怎么不苦？世上唯有大地最艰辛，日晒风吹，洪水冰雹都倾泻在大地的怀抱。地被冻过三尺，被涝过三尺，世上从未停止劳动的并不是人，而是大地。

大地的苦情，高粱玉米不懂，苹果和桃更不懂，懂大地的只有草药。苦是什么？是执拗，是抓住你不撒手，是一屁股坐在地下大哭，是心头化不开的恨，是沉潜向下的哀怨。苦进了人的嘴里像进了蛇蝎，嚼不得，咽不得。苦只是一个比喻，人把生活的所有艰难用这个味觉的词汇形容之：苦。

中医认为苦可清肝火、明双目。按天人合一的观点，人的身体也堪与大地相配伍。地产百味，人吸纳百味。苦只是一味，没尝过苦味的人，舌蕾相当于一个聋子。

味原本不存在，或者说它只为味蕾或中药的药味而存在。拿一块冰糖贴脊背上，脊背察觉不出其甜，拿一块山楂糕放脸上，脸也不酸。佛家典籍讲，味只存在于人的三寸舌头上，何必吃山珍海味？多么贵重的珍馔佳肴滑过三寸舌面，落入肚里都成糟粕。佛教认为不应该也不值得为了舌头而杀生食肉。

在物品的味道和舌头之间，有一个是真相，另一个在欺骗。蒙特利尔大学的生物学家得出结论，人类的味觉是由味蕾基因的特殊排列方式决定的，并得益于口腔中的酶。而人与其他动物味蕾基因排列方式的不同，使其尝到的味道也不同。人吃干粮狗吃屎，各得其味，谁也不能臆测对方的味。湖南人吃臭干子、中国人吃CNN瞧不起的皮蛋，都由顽固的味觉好恶所决定。欧洲最好的奶酪，中国人吃起来臭不可当。榴莲也如此。这是说，鼻子和舌头（特别是唾液中的酶）具有不同的认知方式，它们闻到与吃到的是同一种东西，但味道不一样。味是刁钻的、飘渺的、深不可测的东西。

草药拔出了大地的苦，煎成汁却可以给人去病。想一想，不可思议。泥土里积累的苦，草药是怎样找到的呢？草药找到这些苦，存在根茎叶里，人采而煎汁，霍然病愈。给予人类粮食的大地，又长出替人类去病的草药，大地恩情，人还是还不完的。

每个人理应赞美一次大地

每个人理应赞美一次大地，那是他们最终要去的地方。

但我们好像要想一想才想起什么是大地。它不是水泥地（水泥是大地的禁锢），不是楼房（楼房并不是土地长出来的东西，而是政府与商人合造的商品）。大地也不是街道（地在街道底下）。大地是长庄稼的地吗？

长庄稼的地叫耕地，它是大地的一小部分，可以养人，古人称为田。大地并没少，耕地却越来越少，人类开始在耕地上盖楼，吃饭的问题以后再说。大地上有村庄吗？有，但这是过去。过去，村庄生长在大地上，长在河边，像大地上结的一个葫芦。现在村庄已经荒芜。如果村庄可以衰老，如今它们正在衰老。农人的门锁了好多年，院墙废圮。村庄的主人去城里打工，村庄由于缺少人气而老态毕现。没有鸡鸣犬吠的村庄老得最快。而另一些村庄是被活生生消灭的，政府让乡民进城住楼，把他们腾出的村庄下面的土地用作工业用地和商业用地，总称“发展”。在没有露水、鲜花、青草和小猫小狗的地方总有一样东西旋转，这东西说不出名字，只好管它叫“发展”。

大地还在——其实人说出“大地还在”这话是可笑的，大地不在谁在？——但有时找不到它。想念大地时会想到遥远的地方，比如新疆和青海，似乎那里才有大地。或者在电脑的搜索引擎上录入“田园”、“庄稼”、“湿地”、“保护区”这些词语，看大地的图片，在上面看到野花和绿草，顶算见到了大地。假设我们在城里看不到大地——楼房和水泥地面屏蔽了大地的表面——郊外应该是离大地最近的地方。去了之后，见到了什么？

郊外还在，大地又不在了。我去过的许多城市的郊外堆满了垃圾，可叫垃区或圾区而非郊区。人太能生产垃圾了，城市镶着一条垃圾的项链，城边的垃圾山中间是失地农民住的出租房，所谓大地被压在这些垃圾下面。一些没有垃圾的城市郊区也看不到大地，人们造出一条假的河流，水泥衬底，用水泵抽水吸水。这是像假唱一样的假河，两岸栽种鲜花绿树，但这不是大地的样子，它们不自然因而不属于大自然。

我庆幸我见过大地，比如今的儿童幸运。大地有田但不全是田亩，有荒野、沙砾与河流，野草，树木、动物和昆虫是大地最早的居民。落日好像点燃了一万个柴火垛，月光洒在铺着细沙的河滩，风里有柳树的苦味、河水的腥味、野兔粪便和狐狸的骚味。大地上野花盛开，颜色淡，好像鲜艳会惊扰大自然的庄严。大地无所谓好不好，对草木动物而言，从来没有不好。虽然大地冷冻，动物们缺少食物，但这不是大地不好的理由。大自然不追求公平华美，它的规律是自然而然，此中有和谐。大地从来没想过它会成为最大的商品，成为被排污、被盖楼房的地方。大地原来是人的墓地，如今它是它自己的墓地。

赞美大地，它包容一切又生长一切，不排斥一切好人坏人在此生活并死去，大地有办法降解一切废物并把它们变成万物更生的养料，给每一样东西赋予新意。人与动物的遗体被处理干净变成青草和土壤里的微尘。大地松软，人们虽然看不清大地的脸，但一年四季它有不同的表情。春天，草木开花分明是大地笑了。月光下，大地静谧如霜，这是大地入睡的表情。

人们爱说“走什么样的路，到哪里去”等等，其实最终都要走向大地，这是所有人无法回避的前程，但常常叫作归宿。那么，为什么不事先关注一下大地、赞美这最后的归宿之地呢？大地辽阔，冬去春来。尽管大地之上有丑陋的建筑，但大地时时都在我们脚下，这件事毫无疑问。能够让花开放的是大地，让人得到最后安宁的也是大地。大地超出人的视野，它的身影如同落日的黄金射线。

钟　　声

在音乐中，离生活最近的是钟声。换句话说，在生活与劳动产生的音响里，唯有钟声可以进入音乐。

人常常把钟声当作天籁，它悠扬沉静，仿佛是经过诗化的雷声。在城市上空，在由于烟尘环绕而使太阳一轮金红的晨间，钟声有如钢琴的音色，让半醒的奔波于途的人们依稀回忆起什么。像马斯涅的《泰依斯沉思曲》，不是叙说，而在冥想。人们想到钟声也刚刚醒来，觉得新的一天的确开始了。在北方积雪的早晨，钟声被松软的、在阳光下开始酥融的雪地吸入，余音更加干净。有时候想，倘若雪后之晨没有钟声，如缺了些什么。索性等待，等钟声慢慢传过来。这就像夏日街上的洒水车驶过，要有阳光照耀一样。

钟声可亲，它是慢板。它的余音在城市上空回荡，比本音更好听，像一只手，从鳞次栉比的屋舍上拂过，惊起鸽子盘旋。如果在山脚听到古寺传来的钟声，觉得它的金属性被绿叶与泉水过滤得有如木质感，像圆号一般温润，富于歌唱性。当飞鸟投林，石径在昏暝中白得醒目之际，钟声在稀薄的回音中描画出夜的遥远与清明。在山居的日子里，唯一带不走的，是星星，还有晚钟。

在晚钟里，星星变大了。每一声钟鸣传来，星星一如激灵，像掉进水里，又探出头。那么，在天光空灵的乡村之夜，光有星星而无钟声，也似一种不妥，像麦子成熟的季节，没有风拂积浪一样。

如果用人群譬喻，钟声是老人，无所谓智慧与沧桑，只有慈蔼。那种进入圆融之境的老人其实很单纯，已经远离谋划，像老橡树一样朴讷，像钟声这么单纯。自然，这是晚钟，是孩子们准备了新衣和糖果，焦急等待的子夜的钟声。在昼日，钟声是西装尚新、皮色半旧的男人，边走边想心事。总之，随你怎么想，钟声都能契合人的心境。

一个没有钟声的城市，是没有长大的城市。在喧杂之上，总应该有一个纯和的、全体听得到的静穆之音。

每个人都欠地球的债务

以碳排放量观察人类的活动，会看到许多不公平或者叫愚蠢。比如说，人看一朵鲜花好看，看也就看了，鲜花不会长到你头上，你也变不成花站在泥里。而如果大施机巧，用彩缎织上花之纹样，穿在身上，实在不必要。穿了花衣服的人仍然是人而不是花，而彩缎的产生，也是碳排放量的产生。

鲜花的彩缎仅仅是一个小寓言，人类自作多情的事情多不胜数。2008年，我应德国外交部邀请，驻访斯图加特一个月。这里是大众、保时捷和宝马的故乡，但街上车并不多，比人们想象得少得多。斯图加特的市民不是买不起车，他们认为——只为了一个人或两个人的出行开一辆车上街，有悖环境伦理，太嚣张太过分了，付出太多的碳排放量。所以，当你来到斯图加特的地铁和轻轨站，发现人比罐头里的鱼还多。汹涌的人流在公共交通工具里面，减轻心里挂念的欠地球的债务——排碳。

在那里，我明白了小气的德国人在所有灯座上安装节能灯的缘由——减少碳排放，也明白他们夜晚的城市常常没什么灯光，像防备空袭一样，都是为了减碳。灯光通明的城市有什么好？给谁看？通明的代价是什么？

如果灯光通明的代价是个人多支付电费，或商家、政府多支付电费，那只是小代价。大的代价也是不可逆的代价是煤转化为电，大量排碳，无辜的地球承担了太多的温室气体。

在斯图加特，许多人骑自行车飞驰于绿色的乡野，他们宣扬的实为一种新道德，即出行不排碳的道德。如果道德可以分为大道德和小道德，小学生见老师敬礼只是小道德，随地撒尿也只是小的不道德，最大的道德是人对地球的责任。俭朴是长远的美德。

责任这个词非指人建设地球，千万不要再对地球施以建设，责任是说人对地球生态的尊重，核心是减少碳排放量。人活下去，也让地球活下去。责任的含义还包括：减少、延缓以及停止人对地球所欠下的高额债务，人人过一种少碳或无碳的生活。

从这个思路说，人可以检点的地方太多了。举例说，我长期使用打印机纸的正反面，跟钱无关，跟环境有关。人之写字，已经有些多此一举，白纸只用了一面就扔掉，未免可惜。还有，我卖报纸的时候，捎带好多纸盒，比如牙膏、药盒的纸包装。为此，我受到收废品人的讥笑，他们说，一百个牙膏包装盒也卖不了一块钱，你怎么这么贪财呢？随他们说，我心里有数。这些小包装如果随垃圾扔掉，将身陷万劫不复之地，卖纸，还可以化为纸浆再利用，背一个“吝啬”的骂名值得。这些零零碎碎的小纸盒曾经是树，凭什么躺到垃圾堆里？

当然，这个话题可以越说越大。我的一个朋友承包了辽宁大厦的垃圾，垃圾有什么值得承包的呢？因为这里每年有无数会议召开，垃圾口每天吐出散会之后的小山般的会议材料，A4或B5的纸张。少发或不发材料，让写材料的人写得短一些都属于美德，也算公益事业，都符合人对地球所承担的伦理责任。

排碳，当然不只是坐小汽车、点白炽灯、扔掉牙膏包装和材料写太长造成的，过度的衣食住行都导致过量排碳，这只是就人的生活而言。而经济格局里面落后的设备、多余的产能正在导致更多的碳排放。

这是一些看得见的现象，人们心里都明白，只是还没有形成减碳的习惯，因为我们还不觉得多碳是极大的不道德。

北陵：人民的绿

北陵者，昭陵之谓也，皇太极与福晋孝庄文皇后的寝地，老百姓叫北陵。它在沈阳的皇姑区——全国城市区名当中，皇姑名起得多好，像写大文化散文的人起的。它毗邻省政府（张学良建东北大学旧址）、省军区、沈阳体育学院（汉卿体育场旧址）以及按苏联图纸建造的辽宁大厦。厦内的走廊、举架高而阔。人说青岛地下由德国人修造的下水道并排过得去两辆坦克，辽宁大厦的走廊过一辆国产奇瑞没问题。

陵寝在北陵内只占一小部分，周围包着大片的树林、大人工湖和绿地。十多年前，北陵几乎是沈阳城里唯一的绿地。有一年“五一”，街上杏花才落，地透微绿，全沈阳（或许全省）的家长都带孩子上北陵来了，包括我们一家三口。自北陵正门往西的泰山路人行道上停满自行车，宽五六层，延长五百多米，直到辽宁大厦。阳光下，镀铬的自行车把和铃铛皮银光闪耀，五六层宽，五百多米长的自行车方阵，太壮观也太吓人了，存车人不知赚了多少钱？那天我想，沈阳到底有多少人，有多少自行车？美帝苏修打进来，光骑自行车都能把他们轧死。那一天四五点钟，人陆续撤了，所有的土地都留下了大小脚印，残破的花枝和雪糕纸触目皆是，小草只能等待明年再发芽了。这个重工业基地如此缺少绿地花草，它是个超大型的车间，装满了工人与设备。政府从来没考虑过工人还需要绿地、需要人工湖和花。工人嘛，倒也不觉得需要，这辈子就这样了。但他们觉得他们的孩子需要，都领到北陵来了。

如今沈阳的绿地多了一点点（在郊外），减少了北陵的压力。某位省长取缔了陵内的商贩和马戏团，现在里边宽敞也干净了。

北陵后面有大片的两百岁以上的红皮落叶松，高大轩昂，脚下的落叶也应有二百多年了，但厚度正常。在这里走一走，如赴古代，吟诵汉唐诗词均无不可。转一圈儿，一个小时出不来。想，沈阳六十年中能保留这么一片复古松林殊不易，不知有多少机构霸占未果，感谢皇太极贤伉俪上大人。

早上到北陵，不能不承认这里就是人间乐园，每个人都在这里乐。跳舞分十几个场，拉丁最可观。男的紧身裤，女的露背装，岁数不大，四五十岁。他们在放荡的南美乐曲中昂首进退，闪展奔突，身上的小病小灾抖一抖就没了。湖边打太极拳的各有山头，谁也不服谁。阵容最大的树一面红旗，写道："太极拳好——邓小平"。估计不是小平专门给这帮人题的字，但他们认为是。旗下拳手过百，领拳师傅胡须比沈钧儒漂亮，松肩沉肘，架子稳。

北陵里面有大道，道旁接近石兽前的空场是晨练的秧歌场。扭秧歌通常一人跟一人后面舞扇挥绸，形成一条线连成的圆。这里人多，变成五六排、十几排队伍一起扭，归成圆。那片空场，七八个圆阵在移动、变幻，无一寸空地。也就是说，黑压压的老年人在扭秧歌，各自听得清自己阵营的乐曲和锣鼓点。把这阵式叫作波浪、战阵均贴切，搬到天安门广场建国庆典上扭一扭都不给国家丢脸。秧歌语汇先天轻佻，小碎步、眼神动作招摇，但气势磅礴地扭过来，就成了古斯巴达人的冲锋队，抒发的全是产业工人的正气。这些人老了。东北人个头儿高，配上白发和关节僵硬的步态，感到工人身上藏着一辈子的力气。

北陵晨练人的玩法多不胜数。练武术的人诡秘，在僻静地方比划，像偷着搬运东西。有人无端地抱树，脸（男左脸女右脸）贴树上，抱一小时。踢毽人矫健，男女合伙，口出呐喊。打羽毛球的人一般不知自己练啥，才进园，拿着球拍东张西望。拿拖布水笔在水泥地上写大字的人写毛泽东诗词和小学课本的古诗。拿这种笔写普希金和阿赫玛托娃的诗似乎不像话，写但丁的诗几乎就成了反动标语。跳大绳的也是人山人海，靠边两人手摇一根或两根粗麻绳，人排着队鱼贯钻入钻出。我见过一人跳两根绳，左闪右挪，秋毫无犯。退出绳，他原来是个瘸子。瘸子，绳却跳得这么利索。如果上帝关上一扇门，一定会打开一根绳。

我在陵后看过一位捉蝴蝶的小伙子，至今记得。陵后人少，灌木的白花、黄花初夏全开了。一个小伙子手举抄网来回跑。他眼睛看着天空，看一般人根本看不到的特殊种类的蝴蝶。他东跑几步，西跑几步，停脚，往上看。他的心思全在蝴蝶或者说天空上。那天，这个小伙子一只蝴蝶也没捕到。但我觉得这种活动方式很好，对颈椎尤其好。与他交谈，知道小伙子夜班烧锅炉的。他对自己的工作特满意，可在白天捕蝴蝶制标本。他说话声音小。如果蝴蝶会说话，声音也大不了。我后来找他，几次都没见到。

陵后还有一个乐事——赏松鼠。几百棵古松之间，有一群松鼠。老头、老太太早上揣花生米喂松鼠。它们双手捧花生米吃，很郑重。松鼠跑起来见不到身子，只见尾巴跑。它们有一绝技，头朝下从几十米高的树上跑下来。我觉得此事值得物理学家考量。按重力定律，松鼠从树上往下跑，应该跑不了几步就掉下，它怎么能跑到底呢？它的速度超过了自由落地的加速度？松鼠故意气牛顿？一切皆有可能。

北陵的雄浑、阔大、隐秘，永远无法尽知。这里有人民的绿，是健身者的天堂。

第二辑 / 节气

立　春

在赤峰，看不出立春是怎么立的，物候还在冬天的范畴里。登南山却不同，杨树的枝条透出玉石般的青白，枝条仿佛直了。枝条怎么能直了呢？一、是不是枝条水分多了？地还没化，水分何来？二、枝条里钻进了一种神秘的东西，人称它为春。树管它叫什么呢？这是一种动的，可以叫作阳气的、膨胀的气氛吗？枝条里进驻气氛了，好像连语法都说不通，姑且这么说吧。杨树的枝条根根拔向天空，委实与冬日不一样。像一个没糊红纸的巨大的灯笼的竹骨。风如老鼠一般从地皮划过草丛倒伏于地，沟里的草还保留着去年秋天被雨冲刷过的纹理。枯草在立春之日看上去接近时尚的色调，如同小米一样温和的黄，这是高级衣装的色调。松树荫庇下面的枯草里藏着雪。没化干净的雪有鸡蛋大，它的白与草的黄构成另一种时尚的格调，如同女士风衣与手袋的搭配。

风吹过松树，松针把风分成万缕。风被松针梳过后变成了粉丝，发出低沉的“呜”。冬天听不到这样和畅的风声。风在冬天尖利，吹在高天。立春这一天，风贴着地皮缓吹，吹一吹小丘陵和小鱼鳞坑。一只野雉从灌木里飞起，头和长尾呈一条直线。野雉似乎不需要这么长的尾巴，是它身体的一倍多，飞起来身上如同别着一根箭。风如果把南山吹一遍约要一天时间。它的沟壑如城墙壁立，布满裂缝儿。风吹进去再钻出来，是个慢活儿。南山栽着挺多小老树，二十多年树龄，树干只有拇指粗。树的枝干虬结，如老梅。它们若是梅树多好。我想起台静农画的梅花，一朵一朵，都是圆圈画上去的。虽雷同，却不呆板。中国字画可看出心上的慢。好的书法，即使如草书，也是慢慢写出来的。怎样的慢法，各自有各自的功夫。

站在南山上看赤峰，原来的城市像一个簸箕泻出的米，从南山泻到英金河就到头了。现在，城市变成了一趟川，东西望不到边了。南山好像矮了。“好像”的原因是主政者在山顶盖了一座塔。是谁这么手欠，非要在山顶盖一座不伦不类的塔呢？山头即山首，亦为山的咽喉，盖上座塔会怎么样，会预防地震吗？怎么看都不好看，不是地里长出来的东西怎么会好看呢？

赤峰的小城位于南山北麓，英金河南岸。小时候，虽未听过陶渊明与陶潜之名，但常常体察悠然见南山的意境。赤峰人从未产生过愚公的想法，欲挖掉南山以期发展。我们知道，谁也挖不掉南山。此山的土堆起来还是一座山。挖山只不过给山松松土。儿时，我们登山，只为俯瞰一下赤峰城，看街道变细，楼房缩成高粱米粒大小。成排的平房如同木梳齿。这比什么都好看，我们常常看得发呆，并为下山钻进木梳齿般的房子里睡觉而感惊讶。南山没有树，一年四季都是黄山，下完雨是深黄山，冬天黄得发白。干部和学生会在春天里的某一天扛着铁锹上山栽树。上午上山，下午下山，下山回望小树苗。因为这些树苗不久便会旱死了，看一眼，少一眼。第二年这帮人继续上山栽树，在哪块坡栽树都可以，哪块地都没树，空场有的是。但我不明白头一年栽的死树咋看不着了，谁拔走了吗？没人回答这么无趣的问题，大家只管栽树，栽完树发汽水，一人一瓶。

现在南山有树了。立春这一天探查，碗口粗的松树长了好几坡，冬天的黄土坡被墨玉般的松针盖在脚下。树根拉住了流失的土，沟壑停止了裂纹，沟下长着金黄的草，如同一条牛毛色的小路通进山里。立春的天空蔚蓝明净，云彩只像信手刷上去的白涂料，有扫痕。云层如果再厚一些，我猜想云的后面躲着鸟群的阵营。立春了，接着是雨水，小鸟该回咱们北方了。回来的候鸟先在云彩里面歇几天，适应一下环境，然后俯冲下来，带来花朵和青草。

说立春这一天，人体的阳气萌动。我下山，在路上见到三位红脸人士，他们的阳气堆在两颊。我见到一人倒着走，阳气多到用不了，正着走路已经使不上劲了。喜鹊抽动好像沾了白漆的翅尖，树上树下忙，像一位搞卫生的人。大路宽广，行人不再戴冬日的帽子，有人开始敞开羽绒服的衣怀，阳气从肚子里往外冒。电线还没有返青，但水泥电线杆子已经像杨树那么白，仿佛吸足了水分。我没看到河水的情形。赤峰的北河套光有套，没河了。以后看河要上电视上看，自然离人类渐远，我们要做的事是借着一个古代留下的节气的名字幻想自然，比如立春。

雨 水

2015年雨水节气在乙未年的正月初一，赤峰市区的气温零下九度至零下六度，西南风三到四级，湿度百分之十五，晴转多云。

原来想雨水这天会下一点儿雨，譬如地面见点儿湿就好了，但老天爷没这么安排。随即想到，凡事不可望文生义。姓王的人并不都能称王，姓马的人跑步可能不快，但不妨碍他们继续姓王姓马。雨水，是上天赐给节气的一个命号，它的大名和小名都叫雨水。

对雨的称谓，有雨、小雨、大雨。而更庄重，可与上天相配的称谓叫雨水。雨水听上去比雪花流畅，比谷雨水多。雨水节气里能不能见到雨不是重点。这一天，柳树树冠的色泽与枝干已有不同。树冠在褐色枝干的上端露出微黄。趋近看，什么都见不到，远观才分明。柳树此刻比人更明白雨水到了，做出雨水才有的样子。人看不清柳树到底是什么样子，天却看得清楚。好比说，人看草长得全一样，羊全一样，蚂蚁全一样，但它们各有各的样，全不一样。柳树这么多情，怎么会在二十四个节气里全一样呢?

南风吹过来，如同要把寒冷吹回西伯利亚去。走路时，石子随鞋滚出很远。这些石子头几天还被冻在土里，现在随着鞋的搬运到四处玩耍。这一天，所有人家的日历上都印着两个字：雨水。那么，北方人一冬没见过的春雨在日历里成串下起来。雨先在日历里降落，然后落在土地上。

在雨水节气头三天——腊月廿七，赤峰下了一场雪。雪花没看出比以往更白，但更黏。这场雪踩上去在鞋上粘一大片，不坚实，不吱吱响。它们落在柳树龟裂的树皮上，像趴上一片白蝴蝶。雪花们在空中拉紧了手才落地，如团体操。雪落地到不了一个时辰就化了，这已是七九第二天，雪待不住了。无情的人啪啪乱走，置办年货，把缠绵的雪踩得稀烂，雪也不愿呆了。这是三天前的事情，我还在怀念那场雪，它就是提前来到的雨水，是上天对应这个节气送来的礼物。我觉得遇到这种情况，各单位应该组织人员迎接，表达一下感谢的意思。

雨水节气，人做一做生产的事情都好，比如生小孩儿。肚子里无孩儿的人可以到屋外放放风筝，老天以为你在向它行注目礼。雨水了，却见不到小鸟飞。正月初一还有不少鞭炮，鸟儿都躲起来了。但这仅仅是初一的城区。在广阔的田野和山区，鸟儿刺破清冷的空气，把啼鸣留在河岸的灌木里。鸟儿不管雨水这一天下不下雨，它感觉出天地出现了一个变化，时光的指针朝春天又近了一格。小鸟看到树冠的乱发蓬松，这是睡醒之后的发型，可以比原来容纳更多的鸟。树尤其满意鸟儿如箭一般从自己头发里飞出，眨眼间不见踪影，不知什么时候又飞了回来。树觉得这会显出树的神奇，它把鸟射得比大炮还远。树遗憾自己迈不开步，但有鸟儿这样飞出飞入，也就没什么遗憾了。

我见过雨水在雨水的节气落下来，不紧不慢，很庄重。在我老家，雨水节气下雨将是新年第一场雨。它们如三军仪仗队一样，虽未作战却显示作战部队的军威。雨水的雨不大，既然春雨贵如油，就下不了太大，此油是非转基因灌溉油，每一滴对泥土都是一个信用。

雨水的雨不是油，是水晶丝，比柳丝长而透明。在雨水的雨里，传出了泥土的腥气。干燥的土房子与土墙在春雨里露出乡里乡亲的气息，有家味。雨落在晾干的庄稼秸秆上，噼里啪啦，好像翻东西。落在玻璃上的雨带泥，一小片春风被雨收容落在了玻璃上，如土色的小梅花。今年雨水没落雨，看天气预报，明天出现雨或雪。雨水来了就不走了，在大地住一个春天、一个夏天、一个秋天，它们在土里待不够。

惊　蛰

“惊蛰两个汉字并列一起，即神奇地构成了生动的画面和无穷的故事。你可以遐想：在远方一声初始的雷鸣中，万千沉睡的幽暗精灵被唤醒了，它们睁开惺忪的双眼，不约而同，向圣贤一样的太阳敞开了各自的门户。这是一个带有‘推进’和‘改革’色彩的节气，它反映了对象的被动、消极、依赖和等待状态，显现出一丝善意的冒犯和介入，就像一个乡村客店老板凌晨轻摇他的诸事在身的客人：‘客官，醒醒，天亮了，该上路了。’”

我极少大段引述别人的作品，这回则不同，上面的文字，出自苇岸笔下《廿四节气·惊蛰》，写于1998年3月6日，农历二月初八；天况：晴；气温：14℃— 2 ℃；地点：北京昌平。抄在这里为的是纪念我的朋友，一位故去六年的优秀的中国散文家。

苇岸喜欢大地。大地虽然如此之大，但许多人早已感到陌生。他们的相关记忆是：道路、地板、车、写字楼、卧房和厕所。大地在哪里？人们影影绰绰觉得它在乡下，或者藏身于五十年之前的诗集里，它的一部分暂存在公园，其余的被房地产商人暗算了，至少给修改了。

如果不记得大地，人们上哪儿去体会惊蛰、雨水的含义与诗意？农历的节气，仿佛谈天，实则说地，说宽广的大地胸怀呼吸起伏。节气的命名非在描述，而如预言，像中医的脉象，透过一个征候说另一件事情的到来。

苇岸写道："连阴数日的天况，今天豁然开朗了。……小麦已经返青，在朝阳的映照下，望着清晰伸展的绒绒新绿，你会感到，不光婴儿般的麦苗，绿色本身也有生命。而在沟堑和道路两旁，青草破土而出，连片的草色已似报纸头条一样醒目。"

而在我的居住地，惊蛰时分，草还没有冲出来用新绿包围从冬日里走出的人们。盘桓已久的街冰却稀释为水，像攥一个东西攥不住漏汤了。南风至，吹在脸上，是风对脸说的另一番话语，不止温润，还有情意。天气暖了，人们仍然喊冷。此际"冻人不冻水"，人的汗毛眼开了，阳气领先，反而挡不住些微的春寒。汗毛眼是人体九万八千窍孔之一，何故而开？因为惊蛰嘛。

惊蛰不光是雷的事情。雷声滚过来，震落人们身上的尘埃，震落草木和大地身上的尘埃。惊蛰不光是小虫的事，虫子终于在这一天醒了。谁说冬眠不是一种危险？醒不过来如何？以及到底在哪一天醒呢？惊蛰有如惊堂木，握在天公手里，"啪"的一声，唤醒所有的生命。

其实这一切是为春天而做的铺垫。春天尊贵，登场时有解冻、有返青、有屋檐冰凌难以自持、有泥土酥软、有风筝招摇、有人们手里拿着白面饼卷豆芽、有杨树枝上钻出万千红芽。是谁摆这么大的排场？

——春天。而惊蛰不过是迎接它的候场锣鼓，好戏在后边，像苇岸说的："到了惊蛰，春天总算坐稳了它的江山。"

春　分

春分分开了土和树，它们从一样的燥白的树木和泥土中分离出两种色彩。杨树的白里透出了青，玉石那种青，树身比冬季光滑。土地露出新鲜的黄颜色。雪化之后的泥土黝黑，只比煤的黑色浅一些。

春分分开了水和冰。冰冻坚牢的河面由岩石般的黑色变为乳酪白。远看像落满了雪花。河冰将化未化之际，表层漂一层气泡，这是冰层变白的缘由。这样的河很好看哎，河两岸即将返青的牛毛似的黄草中间，横置一条白冰的大河，仿佛上天单独给河面降落了一道雪。近看，结满白色气泡的河冰上面浮一层水。冰被水泡化了，至少泡酥了，变得千疮百孔。

春分分开了青草和枯草。草嘛，望过去还是一片枯黄。但感觉到黄里藏着什么东西，却说不出它是什么东西。譬如：草变厚了？（不对。）草色由冬日的白金转为褐黄（它原来在白金中就包含着褐黄）。草站起来了？（是吗？）草向四外扩张（想象）。草地望过去仍然一片枯黄，但暗藏生机。生机这种东西可感受但无法描述。说一个人是一个活人并不仅仅因为他会眨眼、会走路、会咽唾沫。他脸与身上贯注一种东西，报纸叫活力、中医叫一气周流，草也如此。草的活力见诸色彩，草在草里秘密贮藏了一些绿意。此绿让草叶蓬张变厚。远处看不到，走近了，瞪着草看一分钟，就看出它在胳肢窝里、裤衩下面和脚脖子周围挂着绿。承认吧，抵赖不了啦，草在偷偷变绿，只是人类视觉迟钝，分辨不清它每天的变化。这种变化要用数学模型解析，眼睛看草，草草而已。春分时节，草由单薄枯干的白金色转为卡其色，后来卡其色里渗入深黄，继之接近浅棕色，这时草的下半身已偷换上绿裤，尔后变为橄榄绿。绿草尖长到最高处时，新草褪去了白金色、卡其色与棕色的过时的布衫，转为嫩绿。此时，草的数量显少，但株株鲜明。每一株草手握可爱的尖戟，草尖旋转着卷成针尖，而它身下的叶子舒展。

春分分开了鸟儿和北风。吹了一个冬天的北风累得趴在冰上喘息，被南风吹走。压在石头下面的虫卵已经孵化成虫，大摇大摆地走在地面上。天上的云彩改变了航向，在南风里朝北飘浮。麻雀从草丛弹向树梢，仿佛变成了蚂蚱。站在枝头的喜鹊检测树枝的弹性，大尾巴朝下压，仿佛从洋井汲水。北风解除了对天空的封锁，鸟儿排队飞过。天空有了鸟群才有春意，天空不开花，不长绿叶，鸟群才是它花园的花朵。我在蒲河大道行走，五六米前的路面如爆炸一样升起一片麻雀，它们的碎片落在路旁的松树上。我再看松树，上面没有麻雀，枝叶间挂满圆嘟嘟的松塔。我不相信麻雀一瞬间变为松塔，如能变，它们早就变了。我往松树边上走，一步步趋近，“扑”，一多半“松塔”飞上天，到其他松树上冒充松塔。每当鸟群从视野里飞过，我总觉得这是一个幻想，说不清这是鸟的幻想还是我的幻想。好像这是不可能发生的事，但发生了。鸟们像树叶从眼前飘过，几秒钟离开了视域。不是一只鸟，而是七八只鸟一起飞行，它们必定去完成一件人间所没有的更有意思的事。它们排成队从人的头顶掠过，大地上的事情不值得珍惜。

春分分开了石块和虫子。昨天有一只瓢虫落在北窗台上，北方叫它花大姐。它在窗台麻纹的水泥上蹑足行走，甲壳比釉面还要光洁。花大姐橙色的脊背点着几个点，仿佛它是一个骰子，因为有人赌博才来到这里。赌什么呢？赌今年的雨水旺么？赌飞过的鸟群是单数还是双数？也是昨天，南面露台护栏固定件松了，我把它取下来。这个形如铸铁的固定件竟是塑料的，它下面是一窝瓢虫。我头一回看到成窝的瓢虫，甲壳上各自的点数不一样。我没数，盖上固定件免得它们着凉。我估计它们背上的点由一点、两点、三点到五六点，是排行，便于虫妈清点。

春天于此日分开大地和天空，让绿的绿、蓝的蓝。分开河水与岸，让静的静、动的动。冰雪彻底消融，春天分开了绿叶与花朵。

清　明

清明从雨滴里降落人间。雨在视野里不明晰，只听到头顶的伞布沙沙响，像往伞的绸布上洒沙子。走到哪里，沙沙声跟到哪里，让人疑心这雨是为伞下的，只下在那么小的伞布上。

四月初，大地还没见到鲜明的绿意。这场雨下完，草就该绿了，咋也该绿了。地上的枯草像被喷壶洒了一遍水，柔软鲜润。枯黄的草在雨后虽不能说更黄，颜色却比黄更深，如同人的皮肤被水浸过颜色变深一样。枯草变湿变厚，仿佛成了大地的哺乳类动物的皮毛。稍微停下脚步，就可在枯草里发现青草的身影。它们要么头扎在枯草里，绿屁股撅出来。要么在枯草里伸出一只或四五只绿腿。往远看，小块的青草在枯草的大河里浮起，像草在秋天还没有黄透。事实上，它们是绿色的先头部队。它们绿得比树早，从枯草里冒出来，一点点包围枯草，酝酿一场青草的洪水，冲刷天涯海角。

二十四节气的名字都好听，立春、谷雨、芒种、惊蛰，多与物候、农事相关，而清明仿佛是一个大脑神经学的词汇。清明于人之道曰不糊涂，于天之道乃是清楚明白。天于此时要啥有啥了。要雨有雨，要风有风，可以细分成微风、清风、和风与大风，这都是冬天所没有的天的思路和财产。清明的雨首先是送给草木的给养，其次才是对亡灵的祭奠。生老病死在自然界十分自然。秋天，青草转黄，看不到天有伤感。苍天不为哪一株草的凋亡拭泪。人悲秋，天不悲秋，就像它不为春天百草萌生而有所欣喜。大自然除了遵循自然法则之外不遵循任何学说与情绪。子曰“天何言哉？”不知说啥，故没啥说的。到了天那个级别，“无眼界乃至无意识界，无无明亦无无明尽，乃至无老死亦无老死尽”。

往远看，柳树的树冠涂上了一抹淡黄，好像国画家无意抹上的一笔，水分很多、颜料很少。走到近旁，淡黄没了，仰视也见不到。发芽早的柳条从枝上垂下来，或叫半垂。而褐色未垂的柳枝还在发愣，仿佛奇怪别的柳条为什么要垂下来。下垂的柳枝挂着初发的叶苞，如小鸟的喙。没有叶苞的枝上则挂着晶莹的雨滴，冒充叶苞。树啊，我拍拍柳树。这一个夏天，你不知要长出多少叶子，垂下多少枝条，你累不累啊？这都是废话。可是，不说这个你说什么呢？说福克纳不喜欢海明威吗？那就显得远了。松树被清明的、看不清线条的雨丝冲刷得坚挺苍翠。最可喜，松针挂满了雨滴。这些如钻石般并不坠落的雨滴仿佛与松树与生俱来。松针尖头挑着一滴水，万千松针万千水，与十万青年十万军意思相仿。海子说“悲伤时手里攥不住一滴泪”。清明时，从冬季走出的松树攥住了十万滴雨，等待雨滴化为钻石。

找一个一尺深的大玻璃缸子（鱼缸也行），放上土并放在窗台外面，看蚕丝一般的雨是怎样渗入土壤。假如这是个放大镜做的鱼缸，可见雨水在土里怎样宛转回环，被土抱紧，和土成为一家人。雨水是天水，是活水。它滴进土里激活土壤的生发万物的本能，让草的腿越来越绿，柳条万千其条垂下来，垂到地面和青草握手，让花大姐爬上来。清明为什么叫清明呢？草木轮廓日见清晰，水澄澈、山形日见瘦溜了。清明这一场雨洗去了天地尘埃，冬天的被冻在空气里的污垢自然瓦解，化为肥料。人的脑子会不会在这一天清亮呢？人与大自然太远，往往接不下节气。有人到了夏天，身体还没春分呢；有人身体天天立冬或天天立夏；有人永不惊蛰；有人到了半夜，脑子才清明片刻。清明只是春天的一部分，上承春分、下接谷雨，让大地回春，草木生长。易曰："天地之大德曰生。"生这个词有多么好，让万物走到世界上来。它们是草的婴儿、虫子的婴儿、花的婴儿。人的婴儿随时可生，不拘泥于春秋。生是新月，是融化的河冰，是花苞睁开眼睛，清明看到了许许多多的生。

桃树的树皮像枣红马的皮毛那样闪亮，桃花的花蕾外衣艳红。它挣破了这层表示羞涩的红外衣之后，粉色的花瓣让寒风彻底退却。桃树不以桃子取胜，而以桃花炫耀。比桃更甜的甘蔗、橘子、葡萄都没这么惹眼的花朵，而比桃花更惹眼的牡丹并不结果。桃树一生办两件大事，一是开花，绯红如云；一是结桃，人猴皆飨。清明的雨沙沙地洒在伞上，林间的落叶变得软软绵绵。清明的雨下进了草木的心里，草木小口慢饮，尔后老天又给续上了新水。清明让昆虫和草木脑袋精神了。之后的日子，对人是一岁，对它们是一生。

谷　雨

谷雨的耕地仍然沉寂着，一群驮满灰尘的羊越过耕地。羊早就想来耕地里游逛，长满青苗的耕地是它的宴席。羊只是远远看着没来过。谷雨时节的田野还没播种，没青苗也没有草，虽然空旷无物但比秋天多出生机。羊把羊粪蛋拉到耕地里，去啃水渠边刚刚返青的嫩草。

春天的耕地没洗过，没涮过，但像洗过涮过叠过，平平展展，干净新鲜。跟远处的山比，耕地好像去皮的桃子的肉，一抹沙瓤的黄。谷雨的大地如盼孩子一般等待种子进入自己的怀抱。大地紧紧攥着这些小小的种子，把它攥出芽，变成绿苗生长。

耕地被春风吹过，表面不干净的浮土都被吹跑了。接下来有小雨，让土往下沉一沉，站稳脚跟。然后再刮风，把泥土接纳阳气的孔窍全吹开。桃花这时候也被吹开了。好多年后，桃花也想不起自己是怎样开的花。打骨朵的事它还记得，后来晕眩了，再睁开眼已是满枝桃花。桃花不明白的事，春风明白，是它吹开了桃花。谷雨时节的春风不止吹开桃花，还吹谢了桃花。花朵凋谢的桃树不怎么好看，一下子头发变得花白（真是花白），有些花瓣掉了碴，好像好多张嘴变成了豁牙子。远看，花枝半谢的桃树如同老年秃子的背影。

今日谷雨，但火车并不比平时开得更快。坐在动车上观看从关外到关里的田野，大地渐渐披上绿纱。不知从哪一站开始，杨树开始绿了。东北的杨树这几天刚落下树狗子。铁锈色如毛虫一样的树狗子躺在白得如岩石色的落叶上。它们首尾相顾，仿佛便于爬行。落了树狗子之后，杨树会冒出尖尖的、披着红甲的叶苞，像小小的蛹。此时，沈阳的杨树还没钻出红叶苞，但树干已换了颜色，白里透出玉石的青。东至山海关之前，窗外的杨树仍然枯索，柳树才有最亮的颜色。小柳树只有梢头绿，仿佛留了一个新绿的沙锅盖发型。桃花谢了、杨树未绿、柳树的风头最猛。这一段时光，没有任何一种生灵比它更有活力。春草未生，野花未开，柳树可劲招摇，在路旁站成一排，弱冠青青。耕地去年的垄沟已经模糊了，田埂上长出了青草。细看，所谓“青草”是些野菜，它比草更早返青，宽叶子在地面匍匐。新耕过的地，如晾在太阳下的一幅长长的深棕色的布。一头骡子拉着一盘犁杖在地里走，后面的庄稼人一手举鞭一手扶犁在他们身后，又有一匹长长的布铺在地里。大部分耕地还没翻，离小满还有半个月，一个月后才是芒种。

看一小会儿书，再抬头，麦苗已绿。这是我在大地看到的今年的绿庄稼。火车厉害，开到了麦苗翠绿的地方。在这里，麦苗都绿了，杨树、青草的绿已不令人惊奇。杨树枝条稀疏的黄绿，麦苗在地面返深的翠绿，野草在沟沟坎坎杂绿，桥下水坑已积存老练的藓绿。这是河北省，火车开到这里，已结束了春天。看今年的春天，还得坐车回东北。河北这边全都是夏天，池塘里浮着白鸭。

河北有夏天，不等于这个地方美。车在河北大地走，眼睛看看柳树、麦苗就行了，别往远看。如果执意望远——别怪我——你一定见到了丑陋的景观，几乎所有的山都被开肠破肚，与平原的麦地不匹配。哪座山被劈开，被掏开都丑陋。河北少山，有人见山就劈，采石研粉造水泥。

春小麦一块块绿在早春的田地里，它甚至不像庄稼，如厚厚的地毯，等待贵宾走过去。贵宾迟迟未来，鸟儿在麦地上方飞来飞去，如同它已经走过了。赶到昌平地界，花开到隆盛的地步。温榆河边的樱花繁复到枝头擎不住。它的花瓣如我小时候见过的榆树钱，像一根竹签子穿成的密密的花瓣。榆树钱嫩绿、樱花胭脂红。河边的树上——核桃树、榆树、柿子树、枣树上都有鸟儿翻飞，许多候鸟已经飞回了北方。麻雀与喜鹊之外还多了好多颜色鲜艳的鸟儿。谷雨时节，鸟儿不回，大地该有多么寂寥。谷雨这一天，由沈阳到达北京，天气都是阴乎乎的。谷雨的阴天不灰暗，阴是雨意丰沛，天空里透出光线，花与草在阴天里依然明亮。

立　夏

立夏是二十四节气中第七个节气，至此辰月终结，巳月起始。“斗指东南，维为立夏。”大地在立夏这一天告别春天。但我昨天还忙于到田野偷土，到市场买秧苗，忘记了告别春天。

春天最后的花衣在立夏已然脱去了。园区里黄色的鸢尾花消失了，京桃树和李子树的粉花红花凋落，连树下的残花也看不到了。开花的树们换上了绿衫，安静地缔结小果子。孕育中的母亲们都很安静，此时再开一遍花就不成样子了。古人称立夏这一天“天地始交，万物并秀。”古人动辄把天地挂在嘴边，他们缺少现代物理学与天文学知识。天地怎么会在这一天始交呢？你看到了吗？姑妄听之。“万物并秀”却是真的。植物在立夏这一天没长叶子就不要再长叶子了，就像高考虽无年龄限制却见不到太多老年人参加。带叶子的植物在立夏全都长齐了。昨天，园区里突然起了雾，是真雾，而非霾。真的晨雾洁白、晶莹，有山林的湿气与香味。雾如纱一样，霾如粥一样。雾的轻纱罩在树后面，阳光慢慢掀开纱帘，露出带着水痕反光的绿叶。雾笼罩绿树的时候，为树叶清洗喷雾，让它们在雾气缭绕中重新登场。自然界有自己的游戏。立夏前后，大地一下稳住了。树叶都长上了树梢，就不在土里闹了。立夏的大地极为安详，春天的繁花胜景全体变身，仿佛大河穿越险滩进入平稳的河道。立夏的时候，树叶在微风中飒飒，仿佛在说“立夏，立夏”。

就今年的立夏而言，天空有雨。雨丝恍如飘在南方的田野，它们织了一层又一层的帘子，挂在两棵树之间，挂在前楼和后楼之间。往远处看，田野上的草丛蹲在白色的雾团里，其实是在雨里，而打开窗户竟听不到雨声。我确信天在下雨，走到阳台上伸出手掌，雨丝用冰凉的小手纷纷与我相握。我摊开手掌看，掌上落着小小的雨滴，只有小米粒的十分之一大。我们这里要变成南方了，改革的力度势不可挡。如果连着下几年这种样子的小雨，人的口音会变为吴语区，呢呢侬侬，脸色也会白一些。

立夏里，所有的枝头都爬满了绿叶，枝头顶端的叶子像猴一样四外瞭望，看夏天来没来。立夏的草地沾满了露水。我每天早上在草地里行走，草地在立夏前才有露水。说露水如说一种幻象，它是远远的、草地射来的一瞬而逝的钻石般的光，这是露水的光。蹲下看，却看不清露水在哪里。走起路，露水又在远方的草地刺你的眼睛，它永远在远处。不光草叶结露水，露水也结在小小的蛛网上。蜘蛛在雨片草叶之间结一张巴掌大的网，上面沾满了细雾般的露水，使蛛网白得如一小片塑料布。蜘蛛不愿暴露它的网，但露水告了密。树叶长满枝头之后，风好像小了，至少风速比过去慢了。树干不动，树的梢头在风里缓缓摇动，好像刚刚起飞的小鸟蹬得树枝乱摇。

江南的雨在沈北的天空不紧不慢地飘落，它们没发现这里不是江南，我也没提醒它们，不要多嘴。看窗外看不到雨，盯着对面楼房黑色的玻璃窗，能看到细密的雨丝斜着落地，这不就是江南吗？鸟儿们在空中飞，城堡般的灰云在天幕上站立行走。这种样子的云跟江南的云还是不一样，好像还停留在奉系军阀阶段，如此吹胡子瞪眼的奉系云怎么能下出江南的雨呢？我不明白的事情越来越多了，百度也不会告诉你真相。

立夏了，大地铺满了绿草。细看，草里边还有更小的草。这些小草立夏刚长出来，它们避开了春天的寒气。这些小草比春天的草更干净，雨和露水为它洗了很多遍。跟这些小草比，野菜已经老了。刚进夏天，野菜松散贴地的叶子现出灰绿。在草里，浅颜色是青年也是幼小的标志。人类的孩子也比大人白，包拯儿时也很白。

立夏把夏天立在大地，还立什么呢？树枝摇摆，像浪头向岸上扑过来。鸟群飞过天空、人仰面看到一个个十字飞过头顶。它们翅膀的宽度比头与脚的长度宽许多。鸟类打开翅膀如伸出两把横刀，把空气割得像凉粉那么薄。这些被收割的空气落在树上，吓得树枝左右摇晃。立夏的夜晚散发芬芳，你想说这是草木的香气。事实上，草木气息里还夹杂着更神秘的、勉强可以称之为香的气味，它是夏的气味。立夏之后，大地染上了这种香气，白天似有若无，在夜里气味变得明亮，像夏夜的星星一般明亮。

小　满

节气到了小满时分，荒野长满了青草。寂静的耕地长出一层比青草颜色更浅的禾苗。

夏天的河流挤满了大地的河床，这是茂密的青草和树叶。能插进脚的泥土上都长满了植物，再想生长的花草只好等待明年。春天走远了，初夏也走远，小满揭开了盛夏的帷幕。植物的童年与青少年时期已经远去。蒙古栎树的叶子已长到最宽，柳树细长的叶子也长到最长。所有的植物都褪去了童年的嫩黄，野草和树叶在小满时节进入了成年。与它们对话要用跟成人对话的口气，如“野草君、柳叶君”。草木的光阴就是这么短，被风吹吹，被雨浇浇就成年了。它们未必愿意长这么快，只是秋天不允许草木怠倦，那是它们生命的终点。草木是怎么知道世界上有秋天的呢？是谁告诉它们夏天之后是秋天，然后是万物肃杀的冬天？渺小的青草竟知道自己的大限，人却不知道。

田里的玉米苗有十厘米高，它的两片叶子如人伸出食指和拇指形成的八字。七十年前，谁若在别人面前做出这样的手势，则证明自己是八路，不好惹。但做这样手势的人多是土八路或假八路，真八路成建制屯于陕北，彼此用不着做手势。玉米的苗儿在褐色松软的土里纷纷做出八字手势。今年雨水好，假如春旱，这时节八字还出不来一撇。庄稼的苗有行距和间距，像有人在一大幅土色的纸上习字。字不大，占的地方不小。这么宽敞的地方，如赏给青草，它们早就长出一窝蜂了。青草一定觊觎玉米的地盘，但青草长上去就被拔掉。这叫农业，懂不懂？这一块田的四周，有无数青草趴在地头看玉米生长，跟看球赛差不多。玉米苗舒展腰身，八八八，一看就是体制内的人。

小满里，树叶子已长得密不透风。风从树里穿过，无数树叶为它们打开关上绿门帘子。从树下往树里看，什么都看不到，叶子里边藏着更多的叶子。在沈北的空旷的大道两旁，栽种着杨树、槭树、国槐、丁香、银杏和松树。乔木膝下是连翘，甚至有绵延几千米的玫瑰花丛。我跑步经过这些地方，不禁赞叹国家真有钱啊。开得嘟噜一串的玫瑰花在无人的大道上散出浓烈的香气。我闻到一小部分，其余都被风吹走了。路上偶有汽车驶过，但没人停车闻闻再走。小满是节气里的富人，它应有尽有，雨水、草木、花香全堆在了夏天。跟小满比，立春和春分都是流浪汉。

我印象中的鸟啼多在早晨和傍晚，而小满时节有一种鸟从早上叫到晚上。它不仅在树上叫，还在房顶叫。边飞边叫——布谷，布谷，声音传得很远。每当它叫“布谷”，我在心里说“地早种完了”。它又叫，我再说一遍，但我发现终于拗不过它。在旷野，我高喊“地——早——种——完——了”！布谷鸟照样淡定地说布谷、布谷。它有强迫症，我也有。有一天，我终于不在心里絮叨——地早种完了，我悟出，除了“布谷”，它不会发别的音。从小，它妈只教这一句话，伊竟说了一辈子。布谷鸟又名杜鹃，古人送它的名曰子规，爱把蛋下到别鸟的巢里。它的啼声如木管乐，共鸣好。我听到林里传来的“布谷”则揣摩它的口形，它是怎样模拟双簧管的音色呢？“布谷”实为“嗷呜”，跟粮食生产和农村经济都无关切。它在中国、朝鲜、丹麦、挪威都这么叫，不理会当地人的语言。中国人愿意把它听成布谷而不是复古，民以食为天。布谷在音阶上差二度，如“咪哆”，似一首乐曲的起句。起句一般规定着旋律的走向。挪威作曲家约纳森的《杜鹃圆舞曲》的起句即模仿杜鹃的叫声而非模仿它下蛋。“咪哆，咪哆，咪索索咪哆咪来”，发展成了一首曲子，多合算。因此，我听到空中的“布谷”时，心里亦接续“咪索索咪哆咪来”，比“地早种完了”高雅一些。

小满青蛙叫，这是就我住的地方而言。楼前有树，树后有彩钢板。彩钢板后面是啥不知道。傍晚传来青蛙的合唱。青蛙的叫声既非独鸣，也非颤音。呱——好像它舌头是折叠的音囊，又像它在吹一个大泡，还像用小槌划过搓衣板，呱——。青蛙叫得好，渲染田园静谧，使星星看上去白净。呱——。假如布谷鸟学会青蛙的唱法，变成“呱谷——”，也很动人。

小满的风是夏季的热风，干燥疾猛。阳光照下来跟盛夏一模一样，晃得人睁不开眼睛。清晨，石板上已有露水。草叶里藏着针一样的露珠和光芒。地里的庄稼和青草满了，树上的树叶也满了，天空上云彩也满了。

雨下在夏至的土地上

到了夏至，雨水不再是陌生人，它们像投奔故乡的游子，踩着云彩回到夏至的土地上。

夏至，雨的声音大过河水声、庄稼拔节声、蛙声。雨说给土地的话，要在夏至这一天一夜说完，土地根本没有插话的机会。对雨水而言，春秋冬三季造访土地只算做客，夏至才回到自己的家。

草毛了，从春天开始，草在雨水的定额里断断续续生长，属于计划经济。而至夏至，草逢豪雨，尽情挥霍，一边喝一边生长，还有余裕的水分洗一洗脚丫缝儿的泥。水有的是，草在风里甩去袖子上的水。白天，城里的草呆观街景，在夜里像冲锋一般疯长。才几天，街边公园的草已经高到让沈阳的老爷们儿站在其中撒尿了。以往如城堡一般的云朵全向夏至投降，化为宽大的灰筛子筛雨，减轻天空的重量。

二十四节气里边，夏至是第十个节气。公历6月22日前后，太阳到达黄经90°，此为天文学之夏至点。这一天，按照旧学说法，阳气极至，阴气始至，太阳北至。夏至之时好像十二时辰中的午时，十一点至十三点，阳鼎盛而催阴生。这个月，属十二生肖的午马当令，奔腾暴烈，下点儿雨只是小意思。卖弄一点儿中医学说，午时或者夏至，归于十二正经中的心经。心为火脏，刚烈蓬勃。火与心、马与午、夏与阳，都说生机勃发之至，乃至夏至。

雨下之不够，始于夏至。雨从春天开始一天天降价，像姑娘变成妇女。春雨因播种而贵，到夏至，雨回归大众，为野草榆树赖毛子青蛙蝌蚪下到冒泡。该长的全长出来，青苔亦随之厚泽，每一寸土地都长出植物。至于花，开遍了城乡大地。雨水充沛，花是草木对天的谢忱。大地无所有，聊寄一枝花。河南的唢呐曲牌，一曲名为“一枝花”。

《素问》曰：“心主夏”。养心的人于夏宜安，食苦味，助心气。对大地来说，心是生长，是让所有的植物尽性勃发。如果有什么东西到了夏至还没长出来，就永远长不出来了。

雨下在夏至的土地上。

大地母亲一手拢过雨水的子女，一手拢过草木的儿孙。这时候，大地最高兴，像看见满院子孩儿乱跑，天真无比，比秋天的成熟还好看。

立　冬

冬天并没在立冬这一天来到。冬天到达沈阳市皇姑区是在小雪节气后的第五天。人们说冬天到了，但谁也没劝别人说，都在说。好像他们身体里藏着一个接收天气的软件，集体接到了这个短信。

北方人的生活经验包含着对冬天的认知。这个知识并非来自天气预报，天气预报才有多少年？它来自身体。小雪后第五天，人们出门咳嗽，嘴里反一些白气，好像咳嗽把肺里的白面口袋震冒烟了。这人说：冬天真到了。别人说：真到了。边说边擦鼻子下的清鼻涕。咳嗽和清鼻涕是北方人（年纪稍长者）献给冬天的见面礼。

冬天在夜里到达沈阳——季候一般都在夜里到达，在二十三点至凌晨两点之间——天空突然澄澈。早上，在西藏式的可以称之为鲜艳的浅蓝天空下，树木孤零零地站立在街上，脚下等待白雪。有的树招摇着未落的绿叶子。它迟到了，往冬天奔跑的树木马拉松，它跑在了最后。还没来得及放下手里的叶子，比赛已经结束。

街上有冰，那是头几天下小雪融化后的冰。冰薄，像有皱纹，冰下有黑的水。此谓试结冰，先练练。人们即刻穿戴臃肿，特别是早市卖菜的商贩。如果这条小街夏天可以并排走十个壮汉，现在最多走六个，他们穿得太厚。

人穿厚了走路胳膊往外支，腊巴腿（裆里毛裤棉花过多）。所有的人都戴上了帽子或围脖，鞋子笨重。他们见面说：冬天到了。答曰：真到了。过去他们见面说：你嘎哈呢？

草里的白雪还没化。反过来说也行，草还在白雪里绿着。草似乎为此得意，在棉团似的雪里探出头，炫耀强壮的体魄。还绿呢，像夏天一样绿。它们伸出的高高绿叶子，假装在堆积泡沫的白海游泳。多数草已经枯萎，埋在雪里。

冬天到来的时刻，每一年都不一样，也没必要一样，它毕竟不是火车。从立冬到小雪这几天，冬天最忙。他是一个威严的老人，但身体没问题，喜欢咳嗽，胡子挂霜。他的呼吸道遇到了他所散发的强冷空气。冬天管的地盘多大啊，从西伯利亚一直到山东是他的地界，从格陵兰岛到普罗旺斯也归他管。他要把每一寸土地都安排好，让冰雪安营扎寨。有的雪花落地站不住脚，化了，那就再下几层。冰的事情更麻烦，冬天要把每一条河流都冻上冰，这比南水北调、西气东送工程还复杂。每条河都很长，从头冻到尾，需要时间。有的河在三九天没冻严，厚厚的白色冰层之间有黑的活水和漂流的浮冰。这样的河，是冬天马虎的结果，必须返工。呼伦贝尔草原的小河比蛇还要多，藏在草地里。冬天把它们一条一条冻上，河在冬天里流淌不太严肃。我在昌图见过一个破败的村庄，家家大门上锁，人都进城打工了，耕地撂荒。但就这样一个地方，照样有完整的冬天——土地结冻，马车碾过的泥泞被冻结。房顶的秋草反射白霜的亮光，乌鸦的叫声传得更远。这个村一无所有，但有冬天。

不知道小鸟冬天在哪里喝水。昨天，24中学墙外有一小摊积水，是雪水，未结冻也没被阳光晒干。一群麻雀飞来啄水，刚啄两口被开过来的汽车轰到树上。接着又下来喝水，车是一辆接一辆地开过，麻雀蹲在树上看水。人类没别的玩意儿，就趁车。小鸟冬天上哪儿喝水呢？不知道。第二年春天又见到小鸟在天上飞，可见它们有水喝。

人在冬天显胖，其实不一定胖。人脸被围巾一勒，像开裆裤把小孩儿屁股勒出滚肉一样，该多胖还多胖。人在冬天走路，眼睛盯着地面，路上有冰。但孩子们走路没看过路，也没摔过跤，摔了也没骨折。孩子们走路眼看前方，开怀说笑，他们四季如春。

冬天让开阔的更加开阔，静寂的越发静寂。冬天的蒙古高原，群山顶戴素白冠冕，雪的披风从山峰的斜肩膀一直拉到地面。开口说话的田野生物这时缄口，再开口是春天了。冬天干净，地里的庄稼收了，河流封冻，草荒芜。云彩比夏天少多了，天上只剩下几朵拖着长尾的流云。我看到了大地的起伏、宽广和朴素。这时候，大地什么都没有了，地上的雪，来自天空，权做泥土的衣衫。大地无所谓衣不衣衫。作为最大的富有者，大地每年都有一次彻底的贫穷，或者叫归零，或者叫甩货，或者叫放下，总之干干净净，总之可以从春天生长第一根草开始再度繁荣。人说放下实际放不下，大地放下之后真啥都没了，万般皆空。它不想为明年春季保留任何一样旧东西。

立冬好。身上冻一冻，血管肌肉都冻一冻，可以保鲜。冬天的土地结实，走到哪里都不陷落。冬天的阳光珍贵，照在玻璃窗上金黄叆叇，让人不困思眠。此时，人或胖上一小圈儿。田野上的乌鸦传播封冻的消息，起飞蹬落树枝夹缝儿的雪。冬天邀请太阳到干净的大地上做客。太阳缓慢到来，缓慢离去。傍晚时分，满面红光的太阳与冬天在山峦后面道别，冬天一送再送，群山宛若一池金汤。

大 寒

大寒了，天空的鸟儿飞得很慢。跟往常比，鸟儿稀少的天空成了没有棋子的棋盘。一只大鸟在天上慢慢飞着，翅膀像冻住了，正缓缓复苏。鸟儿不知向哪里飞，飞到哪里都有北风。风往南吹，意思让鸟儿飞到温暖的南方生活。可是还有鸟儿不晓天意，仍留在北地。大地景色，在鸟儿眼里如在苏武眼里一样寒凉。雪在凹地避风，褐色的树枝被冻在地里，土冻在土上，大地悄无声息。

鸟儿一直听得见大地的声音。春天，地里发出的声音如万物裂开缝隙，许多东西悄然炸开。花儿开时，似鱼儿往水面吐泡，噗！花苞松开手露出手心的花蕊。夏季，所谓庄稼的拔节声来自大地而非庄稼。大地被勃发的植物扯开衣襟，合也合不拢，布不够用。拔节声是大地衣衫又被撕开许多口子。夏天，大地只好做一个敞怀人，露出万物。秋季里，天地呐喊，鸟儿听到的喧哗比高粱穗的颗粒还密集。万物在秋天还债。果实落下，为花朵盛开向大地还债，五谷成熟，用粮食向河流还债。秋天的还债与讨债声比集市热闹。欧阳修听到喧哗自西南来，称“异哉！初淅沥以潇飒，忽奔腾而澎湃，如波涛夜惊，风雨骤至。其触于物也，𬭎𬭎铮铮，金铁皆鸣；又如赴敌之兵，衔枚疾走，不闻号令，但闻人马之行声”。这是干什么？这是万物在秋天的集会，打鼓敲锣，欧阳修称之为“秋声”。此声人类听不见，庄稼和鸟儿听得清。欧阳修比别人多了一个心窍，听到此声。他指使童子“此何声也，汝出视之”。童子哪里有这样的听力，回答：“星月皎洁，明河在天，四无人声，声在树间。”人只能听见人声，其他声音都听不见或听不清，故此，童子“垂头而睡”。

大寒封闭了土地的声音，鸟儿呱呱啼叫，找不到土地的回声。大地的每一个缝隙都被寒冰冻死。寒冰不仅在河里，大寒的大地就是一块寒冰。在冰冻里，大地已经睡不醒了，冬眠的何止是小虫？大地冬眠久矣，暂别了所有的生灵。灰狼感觉大地陌生，它不懂春夏秋冬这些划分，在大寒这一天，狼懂得了命只是拴在饥饿上的一根草。佛法劝人常常面对、体悟、思考死亡，从死亡那里领取一份礼物。狼早就在这样做，它在饿死的考验中抽到了坚韧不拔的签。

大寒之后，鸟儿被大地抛弃了。地不再像家，家飘在了空空荡荡的天空。天空没有逶迤的河流，没有繁枝与花朵。大鸟用翅膀勾画河流和山峦的轮廓，它的羽毛刮破像玻璃纸一样冰冻的空气。空气的透明碎片落在雪地。

山峦消失于大寒之夜，山峰的峭岩被雪削平，山与山的距离缩短，山倒卧在雪里睡觉。从空中看，山脉不过是几道雪的皱纹。没有树和岩石，雪把大地变成平川。人说鸟在天空飞行要依赖脑内罗盘定位，但科学家没找到罗盘藏在小鸟脑袋的哪个部位。我想此事未必如此。如果我是鸟儿，会以河流为飞行定位。河水流向日落处，北岸高于南岸。河水白天流淌，夜里也不停，天空分出一半星星倒进河里。河岸的水草丛是鸟儿做梦和练习唱歌的好地方。河流是大地的绳子，防止地球在转动中迸裂。河流替鸟儿保管着喝不光的水，它是鸟的路标。

大寒里，水的声音逃逸，水被冰层没收。我常常想：冰冻时分，鸟儿到哪里喝水呢？野猫野狗的饮用水在哪里？脱胎为走兽飞禽遭遇的第一个磨难是冬天没有水，第二个才是寒冷。但我宁愿相信它们能找到水。看到鸟群飞过寒冷的天空，我想它们已经喝足了水或飞往有水的地方。

大寒是不是大汗穿着隐身衣在白雪的大地骑马巡视？马也穿着隐身衣。泥土冻结在一体，灌木匍匐在地，大汗的马蹄无须落地已然驰远。大汗看到雪后的土地变厚，山峦变矮，冰把河流的两岸缝到了一起，大汗的疆域无限。鸟儿飞向前方报告大汗巡视的消息。大汗等待另一场大雪的到来，埋掉所有动物的脚印。

大寒的河流不流，鸟儿在冰上啄不出水，冰比玉石还硬。北风吹走河床的白雪，露出黑冰，如同野火烧过的荒地。

大寒把寒字种在了每一寸土地。寒让枯草的叶子像琴弦一样颤抖，寒让石头长白霜，寒让乌鸦的叫声如枝杈断裂。大寒是农历二十四个节气中最后一个节气。土地自大寒始启动阳气。阳的种子在阴极之日坐胎，夏日所有的炎热都来自于大寒这一天滋生的阳气的种子。此阳如太极图黑鱼身上的白点，阳在阴的包裹中生成纯阳。在节气里，阴极之日曰大寒。大寒是彻骨的冰炉，炼出滚烫的火丹。大寒种下的种子再等一个节气就要萌动，时在立春。阳气的种子如一粒沙，在大寒苏醒，它活了。人看不到阳气萌动，大地对此清清楚楚。

第三辑 残雪是大地褴褛的衣裳

冰　凌

车棚的屋檐，是绿色石棉瓦的斜坡。当阳光越过楼脊照到棚顶的白雪时，绿色开始一点点地露出来。未化的积雪在阴影中沉默，而湿漉漉的绿瓦，在阳光中恣意鲜艳。

融化的积水，在背阴的屋檐结成一排冰凌。

冰凌像倒悬的羚羊角。它像螺丝一样，一圈一圈的。这么好的冰凌，闪闪发光，真是可惜了。我觉得，仿佛五分钟不到就应该有孩子手举竹竿跑来，稀里哗啦，打碎冰凌，声音如钟磬一般好听。

人总是不能看一些东西。有垂柳的湖边，假如没游人经过，或经过的人目不斜视，湖与柳都可惜了；月夜杏花树下，若无一对男女缠绵，好像也是对花的浪费。这样的例子多了。一个人手忙脚乱地喝酒涮锅，满面淌汗，你觉得他朋友不够意思，甚至恨他的朋友，为什么不来对饮？虚掷了这么多热气、汗和该说没说的言语。

人爱把心思牵扯到不相干的事情上，像小虫无端被蛛网粘住。我看到这些冰凌在融化。现在是午后，阳光渐渐照在它们身上。孩子们还没有举着陈胜、吴广的大竹竿子呐喊着杀过来。此刻他们在课堂里学那些无味的课文。放学后，冰凌全没影了，天下又有一样好东西无疾而终。

冰的纹

十二岁那年，我随父母到昭乌达盟“五七干校”生活，住的地方有一个大水库。我并不会用立方米这样的术语形容水库的大，只是说，我们住北岸，望过去，南岸的山只有韭菜叶那么一小条，如南宋画家马远的淡彩画，中间都是水。

住水库边上，夏日戏水，冬天在冰上行走。我们企图到对面的山上去看一看，在冰上走过十里二十里路都到达不了，只是山变得葱叶那么宽而已。那时，我们见到了厚重的冰，冻得一两米厚。在冰上走，人不抬脚，抬脚就该挨摔了。鞋在冰面上蹭，脚下是青绿色大块的冰，比玉石跟啤酒瓶子都好看。冰面甚至带着波浪的起伏，好像波浪是一瞬间冻成的。入冬，波浪仍不合时宜地荡漾。风说不许动，波浪吓得不敢动，留下起伏的冰面。人刚上冰，最害怕冰裂的声音——咔、咔，比房子塌了声音还大。不明白的人以为冰在崩溃，其实是冻严实了。天越冷，冰越裂，声音越大。

我下面要说冰的裂纹。

冰纹是大自然最美的景观之一，谁不同意，证明他没见过大冰。裂纹贯通上下，交错纵横，比瓷器表面的裂纹更好看，是立体纹。它们像闪电、像根须、像刀刃，大纹套细纹，鬼斧神工。那时没有照相机，要是照下来，每幅都像抽象派的画作。

再说瓷器。瓷器多数是球体，比如碗和瓶都有一个球面积。釉彩在高温烧结下开裂，形成意外的美，包括“冰裂纹”。纹是寻找方向的力，它们在球体开裂，错成网状，像篆书，更像八思巴蒙古字。忽必烈可汗敕令国师八思巴喇嘛弃回纥蒙古字，以藏文字母创八思巴文蒙古字。此字现已失传，大英博物馆现藏一只元代装酒的皮囊，上书八思巴文，意谓“好酒”，说得多质朴。八思巴文字体有点儿像蜂巢，方正而勾连，如崩瓷纹路。看这些纹会勾起人的好奇心，像看字一样探寻它的意义，这里有乱石铺街的错落，也有树叶纹路的井然。不光瓷器烧结有裂纹，所有动植物的生长都有螺旋性的变化。树叶纹路的网格，是生长形成的分裂。人类青少年大腿的蛇纹，是肌肉生长挣破了坚韧的皮。孕妇的肚子也有妊娠纹。冰的皮、釉的皮、人的皮都会裂开，只不过人类皮肤修复得好，瓷器裂完回不去了。

这些纹路仿佛包含着、吐露着一些秘密，以瓷器最为神秘。远古人用火烧龟甲或兽的肩胛骨来占卜，巫师探究的正是烧裂的纹藏着的信息，如短信，把它看作某些事情发生前的先兆。这些纹理能预告什么先兆呢？巫师并没留下这方面的解读著作。显然，有些事情巫师解读得准，否则没人找他继续卜。而另一些事他解不出答案，天机不肯泄露与他。纹，成了一套语言系统。老虎皮毛的花纹也有短信，每只虎的纹都不一样，只是没人懂。几年前，我在俄罗斯的布里亚特共和国见到一位萨满师占卜。他在一只放咖啡杯的白碟子上烧一张纸，吹掉灰，端详碟子上烧出来的花纹。他端起来看了又看，说来客丢失的山羊正在离他家五公里外西北方向的洼地吃草。丢羊的人来自蒙古国的东方省，我祖上曾在那里待过。

占卜结束，我把那只碟子上的烧痕转圈看了又看，想找到羊的足迹，没看出来，觉得烧痕倒像一朵半开的芍药花。

纹，绘画术语叫作线条。线条的功能与书写方式不可穷尽，这也是中国书画恒久的话题。假如我们用完全陌生的眼光看汉字，看阿拉伯文与蒙古文，看回纥与西里尔字母，觉得线条之内之外，宛如神灵驻跸，都奥妙。干脆说，字的线条里面有神灵，与龟甲与瓷器的纹一样超验。假如那个萨满师真通灵，即使看张旭的草书如《古诗四帖》，也能说出东方省的牧民丢失的山羊在哪个山上吃草。

冰　雕

公园门口矗立冰块，集装箱那么大。问做何用，通时事的人说：冰雕。

有道理。罗丹说过，去除物体的多余部分，显示藏在其中的形体和灵魂。我围绕大方冰使劲看，想：藏着什么样的灵魂呢？酒神、王母娘娘、张学友、长颈鹿？都可能。罗丹还说，那是能够呼吸的灵与肉的结合。这些已经包含在半透明的冰里，我们很快就看到了。

第二天，见长发的雕塑家凿冰，艺术刚开始，像破坏一样，看不出什么名堂，围观的人渐渐散了。下午，冰现出一雏形，大约是一巨狮，昂昂然。雕塑家很满意，说上酒吧喝酒。

越日中午，巨狮大嘴和铃铛式的眼睛已暴露，左爪蹬一球。人说狮雕之公母取决蹬球之爪的左右，此狮约雄性。

后来，狮之病脊窄臀显现。狮与虎一样，脊如病弱，徐悲鸿之狮笔意亦此。狮头越发显大，不可一世。只有肚子上的冰还未清除。

再一日，我去观狮时，狮子变小，模糊多水，精锐气泄了许多。天变暖，阳光晒的。和狮头一样，雕塑家头上也流着汗，也有些沮丧。他正按比例把狮子变小，免得别人看不出狮子。

傍晚时，狮已改豹，写好“雄狮”的塑料牌也改成“猎豹”了。豹尾长身矮，头小得像西方的模特，没有大嘴和鬣毛。

早晨，猎豹也缩水了，像刚从水里钻出来的狗。雕塑家沉思。

几个小孩儿说："改叭喇狗吧。改猫吧。"

还说："改烤鸭吧。"

雕塑家忍无可忍，骂一声，冲过去揍他们，小孩儿散了。天下最不容易捉到的就是小孩儿，他们远远地喊："改耗子吧！改跳蚤吧！"

小儿哪懂艺术作品，由大变小，不等于才能的递减。猫未必不是艺术品，但有原来的雄狮比着，就不好办。

"改海象吧。"我向雕塑家建议，并没有侮辱他的意思。海象光溜，咋晒也像那么回事。雕塑家没言语。

这几天出奇地热，天天在零度以上。因为这么一大块冰的融化，公园的空气比往常清新，扭秧歌的人多起来。

雕塑家对作品左观右察，长吁短叹。看来其形体和灵魂都被太阳收走了。他自语："可别扯了。"举起锤子"咣、咣、咣"砸了一通，狮、豹、海象及猫狗均告毁灭，收拾工具，大摇大摆地走了。

在沈阳话里，"扯"有无谓与无聊之意。"扯啥扯"，意思和"无厘头"差不多。

冰 窟 窿

水深几十米的湖，冰的花纹瑰丽无比。它像一块天地间最大的玉石，焕发着深碧与浅绿的光彩。冰里总有花纹蜿蜒，如当风的绸带，如狂者大草。吴承恩关于“水晶宫”的构想，大约由目睹湖冰而来。由于形容不出湖冰的好看，我才肤浅地以“瑰丽”状之。我想过，若捉来一只蜜蜂、一只彩蝶、一只黄鹂冻在湖里，则更神妙。

想这事的时候，我约十二岁，全家住在红山水库边上的昭马达盟“五七干校”。

我和同学在水库的冰上疾走，皮帽耳子在风里呼闪。远山含黛，近岸丛林如烟，脚下是不知所终的碧玉。我还想，这么好的冰，水下的鱼鳖定然自豪于所居的琉璃世界。

北京昆明湖的冰，我没有见过。云南滇池可惜不冻。

然而在这上面滑冰很困难，内行人知道这一点。冰面不平，它由动荡冻成。透明的冰太脆，不吃刀。“干校”几位滑冰爱好者，凿冰窟窿，用水桶取水，泼出一个冰场。水一洒，冻面找平了。浅水冻成的冰较软，吃刀。它像别处冰场一样，白蒙蒙的并不透明。那几位凿冰取水者，不许没干活的人在这里滑冰。

节气过了大雪，水库全冻严了。能冻几尺厚呢？渔民说到四尺了，的确不是一日之寒。

我与同学属于没权利滑冰，也没有冰鞋的阶层。但我们有冰车，单刃与双刃的，用两根铁签风行冰面。一次，有位“干校”的人弄来一副狗爬犁子，嘴露浅笑，六条黑黄杂毛狗矫健狂奔。我们拎着破冰车看呆了，太牛啦！爬犁渐远，他是到十五里外的名为“王八蛋山”的地方办事去了。我们商议造爬犁，坚决造一只爬犁。三角板、木板、麻绳以至钉子都备齐了，但没动工。我们苦恼于弄不到狗，一条也弄不到。“干校”有马，但不会借给小孩子玩。我们所能弄到的只是猫，但猫是畜类最不肯为人效力的动物，再说它也拉不动爬犁。有人提议把连部的老母猪偷着赶出来拉爬犁。还行，连部离水库只有两里路，拉完赶回去呗。大家沉吟许久，最后犹豫了。老母猪已经怀孕，一使劲把小猪崽子下一冰面，我们就倒霉了。“干校”连以上领导，都是工军宣队的人，整人蛮狠。

爬犁之梦破灭了。

在冰上行走，咔咔之音四起，特别是最冷的时候。初行者最怕这个声音，东张西望不知向哪里走。实际上，冰越响，冻得越结实，过汽车都没事，别说过你两条腿的人。

但还是发生了人掉进冰窟窿里的事情，遇险者是我朋友代什么。在此，我给他起名代五。

代五是我们辽建三团子弟学校六、七年级的班长（两个年级在一起上课。给高年级上课时，你不听就是了，但须肃然坐着）。代五学习狗屁不是，但最喜助人为乐。他把双手放在腰侧提溜裤子时，就准备帮你分忧解难了。代五眼珠浅黄，牙齿洁白，总是明朗地笑着。我把他脸上整体表现的含义，理解为“憧憬”。我就是这样理解憧憬的——现在很好，下一步或明天更好。我认为黄眼珠的人多不切实际，代五正是如此。有时他一提裤子：“抓大眼贼去？”我不愿意，因为麻烦。大眼贼即眼睛很大的肥硕田鼠，若以水淹或烟熏法擒住它后，掏开洞穴，会发现该物把洞造得楼上楼下，立体交叉，完全是四室一厅。它的储藏室里，剥去壳的花生米一层层摆着，很齐很红。玉米粒也是这样。

那天日暮，风把冰面浮雪刮干净了，西边太阳一照，冰上金光灿烂了。我们手划冰车，嗖嗖地，代五划在最前面。突然，听他哀告一声，其声其调凄厉悠长。我们抬头，代五没了。前面空余一根冰锥，代五和冰车与另一根冰锥掉冰窟窿里了。

我们绝望大喊："冰窟窿！"纷纷煞车。

请允许我暂缓叙述节奏，为什么冻四尺厚的冰还会有冰窟窿陷害我们，代五在冰窟窿里多待一会儿无妨。水库在最冷时，冰层越冻越厚。结冰本身是一种膨胀，会"咔"地裂一道缝儿，常在你脚下裂向前面，但这不表明冰会坍塌。但冰们横七竖八地这样"咔咔"裂，偶然会形成一处坍点。所有的裂纹（不管几尺厚）全部在那儿周延通贯了，即代五进去的地方。

我们退后几步，等代五的脑袋冒出来。

这是为什么？我们不友爱不仁慈吗？不。若有人掉进冰窟窿，外人不要往前跑，否则把窟窿周围的冰沿踩塌，于落水者不利。最重要的在于，掉进冰窟窿的人一定不要挣扎，身体保持立正姿态，憋口气，浮上来时，恰好是出口。这些我们都知道，代五更知道。落水者——特别是会游泳的落水者——在求生的绝望情绪下，却要划动冲撞，头上抵住了无边的冰层。你能抵破冰层吗？你能抵破红山水库方圆（写到这里，我翻开叶圣陶先生《内蒙日记》1961年8月27日所示"此水库蓄水量达二十亿立方，有汪洋之观"）许多公顷的冰层吗？我还是没查到此水库水面面积到底多大。

过了一会儿，代五还是没冒出来。

我们着急了。代五一定挣扎过了。夕阳断然射出惨淡的血色。代五一定撞到了冰层，没找到冰窟窿，又换了一个方向，又撞到了冰层。冰上，我们几个人目瞪口呆地瑟瑟立着。代五死定了，不知不觉，我努力下咽哽咽。今天写到这里，眼睛仍然泛潮。代五在冰底下多么绝望，除了冰窟窿，其余全是地狱之门。他的棉衣浸水后，会沉重无比。代五能向上冲几次呢？他永远无法憧憬了。

这时，我们中间的一个人（仿佛是隋老腚），大踏步冲向冰窟窿，到跟前，斜仰着跌入水里。冰窟窿又大了一些，又进去了一人。让我们感谢上帝，隋老腚把代五头顶的冰踩塌了，代五第一个冒出头来，面色青紫，伸出僵直的手想抓什么。我们迅速倒伏在冰上，一人捉住另一人的脚，把最后的脚伸向代五。代五抓不牢脚，隋老腚在水里冒出，托起他屁股。我们趴着，是怕冰层继续塌裂。后来隋老腚也上来了。

代五出水后，眼睛分视我们，脸上还在憧憬。他一定觉得很久没有见到我们了。过一会儿，他哭了。他表情已僵了，只是嘴角往下耷拉，说：“冰车没了。”

代五经过冰冻过，眼珠仍是黄的，但再往后他一句话也说不出了，牙齿始终格格地响。我们让他把棉袄脱下，把水拧净，我脱下棉袄给他。当把拧去水但已结冰的棉袄还给他时，代五似乎留意我的棉袄，我也不肯穿他那棉袄。最后代五还是穿了自己的。

隋老腚不让别人拧水，自己拧过穿上，拎着冰车一言不发地在前面走。我把皮帽子给了隋老腚，他跃入冰窟窿时，帽子也沉底了。我用手捂着耳朵，把冰车扔了。上岸后，我们奇怪地沉默着，各自回家了。

好像谁也没跟家里说过这事。

有一次，我想问代五，他在冰窟窿里向上看，是什么景象。我没问，这不人道。我只是想知道，那是什么样子的呢？也是碧绿带花纹的冰，上有天光映照，似更灿烂。

水结冰时终于喑哑

南方与北方的水是两个民族，同属一个语系，分属不同的语族。南水只是水，北方的水有冰的经历。

木头燃烧，可以说木头变成了火。燃烧后，木头再也变不回来了。水变为冰后仍然可以化为水，来去自由。我猜想水多半喜欢变成冰，至少喜欢当三个月的冰。水在冰里冬眠，水终于可以停下来看一看世界什么样。没当过水就不知道流淌是一件多么眩晕的事，比坐过山车更眼花缭乱。不光奔流，还要翻滚。从上层混到底层，再从底层翻到上层。水流遇到石头撞击，遇到山岩和树根，说河水遍体鳞伤并不是夸张的话。流动的水从来没看清过桃花什么样、柳枝什么样。它所知道的事情是岸上的一切都在往后奔跑，水委实不明白它们为什么要跑。水面也有风平浪静的时刻，这时刻，水想看一看四外风景更难，因为水太平，比太平年景还平。水从水平线上只看到岸边的一条，却不能纵身看个究竟。水甚至没见过其他的水，它们疲于奔流，转瞬即逝。说水没见过别的水可笑吗？不可笑，就像人记不住这一辈子见过的人，更记不住在广场和车站的人，人最后记住的人超不过五六个，其中一半是护士和医生。

水在冰里见到了所有的水——它的同类和邻居，它们怎么能叫水呢？这些被冻结的水坚硬、透明、没有身体和面孔，有没有灵魂不太清楚。水看到所有的冰都安静地向前方看，谁也不知它们看什么。水搞不清冰们当初是怎么奔跑的，它们的腿和翅膀呢？它们在奔跑中曾经伸出过浪的翅膀，说安静就安静了。黑龙江的冰要冻结几个月，水在冰里集体打坐冥想。水在冰里看不到夏日的鱼虾，也见不到树叶。结冰时，水的耳根清净了，听不到呼啸声和涛声。水奔流的时候嗓门实在太大，水比风的声音更大，结冰的时候终于喑哑。事实上，冰在冻严之后也会出声，咔——咔——仿佛什么东西裂了。没错，是冰冻裂了。在冰上走，咔咔声此起彼伏，脚下的冰裂出各式各样的花纹。

小时候，我随父母到昭乌达盟"五七干校"生活，在辽建三团子弟学校读书。冬天，我和同学上下学都要走一走红山水库的冰面。这并不是近路，我们特意绕远在冰上走。人在冰上行走抬不了脚，眼睛盯着脚尖前面的一段冰路。我们用鞋在冰上蹭着走，冰光溜、一点儿不费鞋。走一会儿，停下看一看远方。那时候还不会眺望这个词，否则就说眺望远方。红山水库的远方还是红山水库，眼下全是冰。冰面延伸到南面的天空，天空下只有几颗米粒似的小山，它们被水库吓得不敢高耸。一望无际的冰比一望无际的水更神奇。水平凡、荡漾、再荡漾，没有更多花样。冰闪耀刺目的光，这么大一个水库一起闪光，真是了不起。从其他星球看，地球上发射耀眼光芒有赖于红山水库的冰。站在山崖看，冰有柳丝的浅绿，深如翡翠的深绿，还有羊脂一般的白色。水会吗？而走到冰上，它的花纹可用"瑰丽"二字状之。让你好奇于冰下的世界，也就是王八鱼待的地方。有一年，我游历贝加尔湖的左岸和右岸，并眺望。贝加尔湖之辽阔壮丽是八个红山水库加上六个密云水库再加三个小丰满水库都比不上的，它蔚蓝无边，浪比红山水库的浪大一倍，白两倍。它最神奇处是清澈，我坐船进入湖里，到深处游泳，导游说水深已有三十多米，但湖底的石头、草和贝类一望即知，如隔一层薄薄的玻璃。那时我幻想，贝加尔湖结冰该有多么美，这么多水都冻上了，这不是奇迹吗？是奇迹。但我没看到，今生看不到了。住在贝加尔湖岸边的布里亚特人和俄罗斯人会看到湖水结冰，发出咔、咔的巨响，看湖水融化，如洪水一般冲到岸边。

冰不是水的前世，水也不是冰的父母或子女。水从冰里走出来，排着队，一点儿一点儿离开冰。人称“冰化了”。湖里的水等待融化，先变酥，变成煎饼似的薄翼，尔后化为水。从冰里走出的水已苏醒，它们去唤醒其他的水。水趴在冰上，忍着寒冷，像母鸡孵蛋一样让更多的水苏醒。刚化的水并不奔流，它们静静地站在岸边或站在冰上。这时候，青草也刚刚苏醒，身材只有一寸高。青草和水互相凝视，回想在哪里见过。即使见过，也是去年的事了。对草来说，去年就是上辈子，想不起来也没什么关系。没听说谁因为上辈子的事而耽误事的，没事。水从冰里爬出来，被称为春水。春水在春风里微微画一些圆，大部分才半圆就被风吹散了。它本来想跟冰说再见，不知何时冰竟不见了，这么大的东西，怎么能说没就没呢？

太阳在冰上取暖

雪后的寂寞无可言说。

如果站在山坡上俯瞰一座小城，街道上雪已消融，露出泛亮的黑色，而房顶的雪依然安然如故。远看，错落着一张张信笺，这是冬天给小城的第一份白皮书。

雪地上，小孩子的穿戴臃肿到了既不能举手，也不能垂放在肋下的程度，其鲜艳别致却如花瓣纷繁开放。当一个孩子赤手捧一只雪球向你展示的时候，他的笑脸纯真粲然，他的双手也被冻得红润光洁了。孩子手上的雪球已融化了一半，显出黑色，掌心上存着一汪雪水，有些浑浊，透过它仍看得清皮肤的纹路。

孩子站在雪地，为手里捧着的雪而微笑。这的确值得欢笑，游戏的另一方是上帝。孩子通过雪与上帝建立了联系。

在冬日的阳光上，最上层的雪化了，又在夜晚冻成冰壳，罩在马路上。这时的行人双眼直视举步之处，许多人因此改掉了喜于马路遍览女人的习惯。如果哪个人脚底一滑，手臂总要在空中挥舞几下，决不甘心趴下。倘是向后摔倒，胳膊向后划如仰泳者。向前倒属自由泳式。我看到一位女性右脚一滑，双臂向右上方平伸，我心里热乎乎的，这不是舞蹈“敬爱的毛主席”吗？君不见，当唱到“我们有多少知心的话儿（深沉有力地）要对您讲（昂——昂）”之时，双手攥拳向右上方松开前送，头亦微摆，表示舞者有向日葵的属性。

在雪路上行走，摔跤富有传染性。比如离你不远的行者以迅雷不及掩耳之势摔在地上，你往往也照此姿势摔在地上。预防导致不平衡。

最好的雪景是帕斯捷尔纳克写的“马路湿漉，房顶融雪/太阳在冰上取暖”。

微融的冰所反射的阳光，是橘红色的，在南国看不到。

眺望冰河

在冰河上走，像走在一条蜿蜒无际的哈达上。透明的、浅绿的、檀黑的冰带在正午阳光的照耀下，化成白茫茫的光带，晃得旅人把眼眯起来。

冰河是一条不大的河，名“金英河”。两岸的柳树和榆树已被伐光。树林原是伯劳、黄雀和朱旦红这些鸟儿的故里，现今河岸堆积着建楼房而掘出的沙堆和水泥管子。

正月出奇的暖和，冰河的表面融化了一层。若贴着河面眺望，水汽袅袅升腾，对岸的景物在白雾里扭动变形。在冰河的最薄处，结冰不过一指，看得出下面汩汩的黑而透明的河水。用鸡蛋大的河卵石抛去砸冰，凿成小孔，河水冒出一巴掌高。用更大的石块砸，冰面片片坍塌，碎碴漂在水面上互相撞击。顺着这条薄冰的水流走，得知这股水由城市的下水道井流出，因此不冻。而河本身沉默坚固地冻着，在一个悬瀑式坎儿处，看出冰层冻了一米多厚，像洁白光滑的钟乳石。把岩石似的冰凿下来盖房子，想必整个冬天也不会滩化。

冰河两岸是好看的沙坂，柔软浮光的沙粒已被北国的劲风吹得无踪影了。这儿的沙坂是坚固的，被风刮出松柏的纹理，如一波水纹凝固。从沙纹伸展观察，风吹的方向一律由西北而来。

岸上的洼地倒伏着金黄的衰草，它们干透了，碰一下窸窣生响。我拿出火柴做一个烧荒的游戏。在明亮的阳光下，火焰似乎透明无色，其边缘在风势中挣扎扑腾。火像早就饥饿于草了，一瞬，草叶消失变黑。在火势大的时候，见出红与黑的密不可分，红的火一舔，一切都黑了。燃烧原是一幕高雅的典礼。

雪白的冰河曲折来去，虽然是凝固的，但河岸曲线依然，还保留着奔流的样子。

冰河并不惧惮阳光，它只浅浅地融化了表面的一层，仿佛给太阳一点儿承诺。内里依然冻得坚实，人行走不妨，拖拉机开过也不妨。

残雪是大地褴褛的衣裳

快到春分了，田野上一块一块的残雪好像大地的黑棉袄露出的棉絮。我小时候还能看到这样的棉袄。人们的棉袄没有罩衣，而棉袄的黑市布磨破了，钻出来白棉絮。这是很可惜的，但人没办法——如果没钱买罩衣就是没办法，打过补丁的棉袄比开花棉袄更显寒伧，打补丁的罩衣反而好看。

大地不穷，否则长不出那么丰饶的锦绣庄稼。然而秋天的大地看上去可怜，它被秋风杀过，草木有些死了，活着的草木守着死去的衰草等待霜降。那时候，地平线突兀出现，如一把铡刀，铡草、铡河流，只有几朵流云侥幸逃脱，飘得很高很远。春天里，贫穷的大地日见松软，下过雪而雪化之后，泥土开始丰隆，鸟儿在天空上多起来。昨天去尚柏的路上，见一片暗红的桃树刷着一米高的白灰，像一排穿白袜子的人等待上场踢球。桃树的脚下是未化的、边缘不整齐的白雪。这真是太好了，好像白雪在往树上爬，爬一米高就停下来。也像树干的白灰化了，流到地面上。这情景黄昏看上去格外好，万物模糊了，但树干和地上的白依然坚定。黄昏的光线在宽阔的蒲河大道上列队行进，两旁的树木行注目礼。黄昏把光线先涂在柏油路面上，黑色的路面接近于青铜的质感——如果可以多加一些纯净的金色，但夕阳下山了，让柏油路化为青铜器的梦想半途而废。夕阳不知作废过世上多少梦想。眼下，树枝几乎变成金色的枝状烛台，池塘的水收纳了不知来自何方的橘红的汤汁，准备把水草染成金色。屋檐椽头的裂缝儿如挂满指针的钟表，夕阳的光线钻入裂缝儿里，椽头准备变成铜。但太阳落山了，太阳每天都搞这么一出戏，让万物轮回。而残雪在夕阳里仍然保持着白，它不需要涂金。

春雪是雪的队伍中的最后一批客人。冬天的雪在北方的大地上要待几个月，春雪在大地只待几天。它飘飞的时候角翼蓬张，比冬雪的绒多，像山羊比绵羊绒多。雪趴在春天的大地上，俯耳告诉大地许多事情，谁也不知道这是什么事情。然后，雪就化了，失去了机密的白雪再在大地上拱腰待着显得不合时宜。它们随时在化但谁也看不到雪是怎样化的。没人搬个小板凳坐在雪边上看它化，就像没人坐板凳上看麦苗生长。人最没耐心，猫最有耐心但不干这事，除非麦苗能长出肉来。阳光让大地的白雪衣衫越来越少，黑土的肌腱暴露得越来越多。每到这时候我就想乐，这不算幸灾乐祸吧。我看到大地拽自己的前襟则露出后背，窘迫。白雪的大氅本是大地的最爱，原来打算穿这件衣服渡过三伏天的。在阳光下，大氅的布片越来越少，渐渐成了网眼服。每到这时候我就想变成一只鸟，从高空看大地是怎样的鹑衣百结，棉花套子披在大地身上，殊难蔽体，多好。鸟儿不太费劲就飞出十几里，看十几里的大地在残雪里团缩。雪的斑点在凹地闪光，隆起之处全是黑土。鸟儿鼻子里灌满雪化之后的湿润空气，七分雪味，三分土味。空气打不透鸟儿的羽毛，鸟儿像司令官一样边飞边观察大地上的围棋大战，黑子环绕白子，白子封锁黑子。大地富裕，这么多白雪愿意为它而落，为它的子孙，为了它的墒。帝王虽为尊贵，苍天为他下过一片雪么？

看早春去荒野最为适宜。所谓荒凉只是表象，树渐渐蜕去冬日的褐斑，在透明的空气里轮廓清晰。被环卫工人堆在柏油路边上的雪被春风吹成黑色的石片，如盆景的假山那样瘦透。这哪是雪啊，它们真会搞笑。

夜幕降临，残雪如海洋上的一块块浮冰，雪块在月光下闪着白光。这时候我又想变成鸟儿，飞到更高的地方俯瞰大地，把这些残雪看成星星。这样，大地终于有了星星，恢复了它原有的美丽。这景象正是我窗外的景象，夜色趴在土块的高处，积雪躲进凹兜处避风。盯着看上一会儿，雪像动起来，像海上的浮冰那样动荡。楼房则如一条船，我不费吹灰之力坐在船舱里航行。积雪在鸟儿眼里变成星星，一道道的树木如同黑黝黝的河流，像流过月亮的河。鸟的飞行停不下来，到处都有残雪。如果一直向北飞，残雪恢复为丰腴的雪原。呼伦贝尔的雪5月才化。

大地穿碎了多少件白雪的衣衫？春天把白色的厚冰变成黑色的冰淇淋，褴褛了白雪的衣衫。地上的枯草更加凌乱，根部长出一寸绿，雪水打湿的枯草转为褐黄。残雪要在春暖之前逃离大地，它们是奔走的白鹅，笨重地越过沟坎，逃向北方。残雪的白鹅翻山越岭，出不了一星期就会被阳光捕获，拔了毛，在春风里风干。

每片雪都在找一个人

初雪来，下两三场，甚至下了四五场之后，我们才见到可以称为下雪的雪。河水灌满河床才叫一条河，大雪才叫雪。大地下满大雪，房檐堆砌毛茸茸、没有裁齐的边痕，屋顶、水塔、煤堆都胖了，地上有了深深浅浅、东倒西歪的脚印。汽车盖子留下猫的梅花式的足迹。大雪造成吱吱叫的足音，雪人在屋前矗着，小孩儿或小狗在雪地撒泡尿，留下黄酥的渣滓洞。大雪给所有的屋顶刷上白漆，虽然马路的积雪化为黑泥，城市的楼顶仍保持着童话的洁白。在装了彩灯的楼顶边上，风吹雪，红色橙色的火焰飘舞。岁末降临的大雪，像带着许多的心事，每一片雪都像找一个人，或者带来上天写给每一个人的信。薄白的信函如此之多，超过了人的总数。这里面包含投给故人的信，投给孔子孟子，或世人逝世的祖父母。无人认领的信最终融化，俟待来年。一人在一年中的劳碌积累、储备流失，都由雪花来阐释，以其丰厚、以其飞散，讲解天道轮回。雨与雪是一回事，有与无也是一回事。富贵即使不如浮云，也如积雪，在轮回中代谢新陈。

雪落在雪里……

雪落在雪里，算是回到了故乡。

雪从几百或几千米的空中旋转、飞扬，降落到它一无所知的地方，因为身边有雪，它觉得回到了故乡。

雪本来是水，它的前生与后生都是水。风把它变成了雪，披上盔甲和角翼，在天空慢慢飞行。雪比水蓬松，留不住雨水的悬崖峭壁也挂着毛茸茸的雪花。雪喜欢与松针结伴，那是扎帐篷的好地方，松针让雪变成大朵的棉花。天暖时分，松针上的雪化为冰凌，透明的冰碴儿里针叶青葱，宛如琉璃。天再暖，冰吝惜地淌为水，一滴一滴从松枝流下，流进松树灰红色鱼鳞般的树皮里，与松香汇合。雪落在松树上，极尽享乐。

白狗背上落了雪，白狗回头舔这些白来的雪花，沾一舌头凉水。雪落多了，狗身多了一层毛。白狗觉得这是走运的开始，老天可以为白狗下一场白雪，世上还有什么事不可能发生呢？雪花落在白马身上，使它的黑瞳更像水晶。没有哪匹白马比雪还白，雪在白马背上像洒了盐。雪使白猫流露肮脏的气质，雪让乌鸦啼声嘹亮。乌鸦站在树桩上看雪，以为雪是大地冒出的气泡，或许要地震。乌鸦受不了在雪地上行走踩空的失落感，它觉得这是欺骗，每一个在雪地上行走的生灵都觉得受到了欺骗，一脚踩一个窟窿，脚印深不可测。

雪填满了树洞，这些树洞张着白色的大嘴，填满雪。灌木戴上白色的绒帽。雪落在河床的卵石上，凹凸不平。石头们——砾石和山岩盖上了被子，雪堆在了它们的鼻尖。雪从树梢划过，树梢眼花缭乱，伸出枝杈却抓不到一片雪。雪习惯于下下停停，雪迟疑，不知是否继续下。雪让乡村的屋脊变得浑圆，草垛变成巨大的刺猬。老天爷下雪比下雨累，道理像打太极拳比做广播体操累。下雨是做操，下雪要用内力，使之不疾而徐，纷纷扬扬。老天不懂野马分鬃，白鹤亮翅根本下不了雪，最多下点儿霜。

雪花死心眼。前面的雪花落在什么地方，它一定追着这片雪也落在哪个地方，或许比前一朵雪花还早一点儿落在了那里。那里有什么？咱们看不出所以然，看不清雪片和雪片的区别在哪里，雪知道雪和雪长得不一样。雪花千片万片穿过窗户，落在窗下。它们争先恐后降落，就是为了落在我的窗前吗？下雪的夜晚，我愿意眺望夜空，希望看到星星，但每次都看不到。雪花遮挡了视线，直接说，大雪让人睁不开眼睛。当然，你可以认为是星星化为雪的碎屑飘落而下。仿佛天空有人拿一把钢锉，锉星星的毛刺，雪花因此飘下来。我在雪霁的次夜观星，见到的星星都变得小了一些，且圆润。我想不能再锉了，再锉咱们就没星星了。星星虽然对咱们没有直接的用途，但毕竟陪伴咱们过了一生，星星使黑而虚无的夜空有了灵性。

雪让夜里有了更多的光，大地仿佛照亮了天空。月光洒下来，雪地把光成倍地反射给月亮，让月亮吃惊。雪地使星星黯然，少了而且远了。如果站在其他星球观望雪后的地球，它通体晶莹，可能比月亮还亮，外星人可以管咱们叫地亮。有人借着雪的反光读书，我不清楚能不能看清字，首先他不能是花眼。但雪夜可以看清一只兔子笨拙地奔跑，把雪粉踢在空中。雪在夜里静卧，使它的白更加矜持。这时候，觉出月亮与雪静静对视，彼此目光清凉。

雪让空气清新，雪的身上有千里迢迢的、清冽的气味，这气味仿佛用双手捧住了你的脸。雪的气息如白桦树一样干净。跟雨比，雪的气息更纯洁。人在雪地里咳嗽，是震荡肺腑，让雪的清新进入血液深处。雪的气息比雨更富于幻想，好像有什么事情就要发生。是圣诞老人要来了吗？

雪落在雪里。雪和雪挤在一起仰望星空，它们的衣裙窸窣作响。雪的冰翼支出一座小宫殿，宫殿下面还是宫殿。雪轻灵，压不破其他雪的房子。空中，雪伸手抓不到其他的雪，终于在陆地连结一体。水滴或雨滴没想到风把它们变成雪之后，竟有了宫殿。它们看着自己的衣服不禁惊讶，这是从哪儿来的衣服？银光闪闪。

阳光照过来，上层的雪化为水滴流入下面的宫殿。透过冰翼，雪看到阳光橘红。雪在树枝上融化，湿漉漉的树枝比铁块还黑。雪在屋檐结出冰凌，它们抓着上面冰凌的手，不愿滴下。雪在屋顶看到了山的风景，披雪的山峦矮胖美，覆雪的鸟巢好像大鸟蛋。雪水从屋檐滑下，结成冰凌。冰凌像一排木梳，梳理春风。雪在雪的眼睛里越化越少，它们不知道那些雪去了哪里。雪看到树枝苞尖变硬，风从南方吹来。“因为雪，抱回的柴火滴落水珠。”（博纳富瓦）

为孩子降落的雪

雪在初冬落地松散，不像春雪那样晶莹。春天，雪用冰翼支撑小小宫殿，彼此相通。在阳光下，像带着泪痕的孩子的眼睛。春雪易化，好像说它容易感动。冬雪厚重，用乐谱的意大利文表达，它是Adagio，舒缓的节奏；春雪是Allegretto，有一点儿活泼；Cadenza，装饰性的，适合炫技。

一个孩子站在院里仰望天空。

孩子比大人更关心天，大人关心的是天气。天空辽阔，孩子盼望它能落下一些东西。这些东西表明天是什么，天上有什么。雪花落下，孩子欣喜，不由仰面看它从什么地方飞来。

飞旋的雪花像一只手均匀撒下，眼睛盯不住任何一片。雪片手拉手跳呼啦圈舞，像冬天的呼吸，像故意模糊人的视线。雪落在孩子脸上，光润好比新洗的苹果。孩子眯眼，想从降雪的上方找出一个孔洞。

雪在地上积半尺深，天空是否少了同样的雪绒？雪这么轻都会掉下来，还有什么掉不下来呢？他想，星星什么时候掉下来，太阳和月亮什么时候访问人间？

雪让万物变为同一样东西，不同处只在起伏。房脊毛茸茸的，电线杆的瓷壶也有雪，像人用手捧放上去。

孩子喜悦，穿着臃肿的大衣原地转圈，抬头看雪。

没有人告诉这一切的答案，科学还没有打扰他们。就像没有人告诉他们童年幸福，孩子已经感到幸福。

雪的前奏

雪在天地间不疾不徐地漫扬，仿佛预示一件事情的发生。

雪的静谧与悠然，像积蓄，像酝酿，甚至像读秒。我常在路上停下来，仰面看这些雪，等待后面的事情。雪化在脸上，像蝴蝶一样扑出一小片鲜润。这时最好有歌剧唱段从街道传来，如黑人女高音普莱丝唱的柳儿的咏叹调，凄婉而辉煌，以锻金般的细美铺洒在我们身边。这时，转身仰望，飞雪自穹庐间片片扑落。这样，雪之华美沉醉就有了一个因缘或依托。1926年4月5日，托斯卡尼尼在米兰斯卡拉歌剧院指挥《图兰朵》的首演，在第三幕柳儿唱毕殉情之后，托氏放下指挥棒，转过身对观众说："普契尼写到这里，伟大作曲家的心脏停止了跳动。"说着，托斯卡尼尼眼里含满了眼泪。

跟雪比，雨更像一件事情的结束，是终场与尽兴或满意而归。包括雨滴入地的声音。而雪是一种开始。我奇怪它怎么没有一点儿声音。我俯身查看落在黑衣上的雪片，看到它们真是六角的晶体，每个角带着晶莹的冰翼。原来它们是张着这种晶翼降落人间的。在体温的感化下，它们缓缓缩成一滴水。而树，白杨树裂纹的身躯，在逆风的一面也落满了雪绒。那么，街道上为什么不响起女高音的歌声呢？"金矿"苏莎兰唱的蝴蝶夫人——"夜幕已近，你好好爱我"。

我看到了一个小女孩儿，裹着绿巾绿帽，露出的脸蛋胖如苹果，更红如苹果，与她帽顶的红缨浑然一色。我从她外突的脸蛋看出，她在笑。我为这孩子的胖而喜，为其面庞之红而喜。倘若是我的女儿，必为她起名为年画，譬如鲍尔吉·杨柳青·年画。红红绿绿的年画在毛茸茸的雪里蹒跚，向学校走去。

雪就这么下着？

就这么下着。

入夜，把小窗打开，飞入的雪花滑过台灯的橘色光区时，像一粒粒金屑，落在稿纸上，似水痕。纸干了之后，摸一下如宣纸那么窸窣，可惜我不会操作国画，弄一枝老梅也好。

在雪的绵密的前奏下，我不知会发生什么事情。事实上，生活每时每刻发生着许许多多的事情。但愿都是一些好事，我觉得这是雪想要说的一句话。

雪地篝火

我想起以前在雪地燃起一堆篝火，离林子不远。

那时节，在做一件什么事情已经忘记了。燃篝火是在事情的开始，也许是结束之后或中间，但这与雪和火无关。

天空郁郁地降雪，开始是小星雪，东西不定，像密探，像飞蛾，像悲凉的二胡曲过门前扬琴的细碎点拂。散雪试探着落在河岸的鹅卵石上，落在荒地如弃尸般倒伏的衰草的茎叶上，落在我脸上甚至凝不成一滴露水。

我坐在杨树的树桩上，看天空越发阴沉的脸色。雪成片儿了，急急而降，像幕侧有梆子骤催。鹅毛雪应该是这样，使人看不出十米外的景物，邮票大的雪片一片追着一片，飞钻入地，像抢什么东西。不知一片雪由天而落需要多少时间。地面白了，因而不荒凉。树枝分叉的角度间也垛着雪。秋天翻过的耕地，如半尺高的白浪头。

我到林里拣干柴火，找一处开阔地拢火。我把皮袄脱下来当扫帚清理一块地，掏出兜里的废纸引火。初，火胆小，不敢燃烧，经我煽动鼓吹，慢慢烧起来。干柴火剥剥响几声，火苗袅娜扭捏，似乎于雪天有什么不妥。火苗的腰身像印度人笛声下的蛇一样妙曼低回，我不断扔干柴，火像集体像合唱一样坦荡地烧起来，庄严典雅。

在篝火的上空，仿佛有一个拱形的金钟罩，把雪隔开了，急箭似的雪片仿佛落不到这座火宫殿上。我默默看着火，透过火的舞蹈竟看不到雪的身影了，如同透过雪的身影看不到树林的背景。

想起一位法国人说的话："火苗总是背对着我。"当你在野外观察篝火时，的确觉得火苗是背对着你。它们手拉手跳呼啦圈舞，最得意那束火苗扭着颈子。

篝火不时坍下来，炭红的树枝挂一层薄灰。火堆边缘的泥土融化了，黑黑的如感动的面孔。土地也许认为春天来了，因而苏醒，用潮湿的眼睛看我。

黑湿的土地和雪形成圆的边缘，彼此不进不退。我的篝火仍然不知深浅的高扬，它们也许幻想可以把雪止住吧。

在火周围，雪片仍然肃穆降落，仿佛问题很严重了。虽然惹不起火，但该下还是要下。那些不幸跳入火里的雪片，是惊是喜呢？但雪们谁也没想到这时候大地上竟有一堆火。那时，我穿着白茬羊皮坎肩，腰扎草绳，坎肩里是志愿军式的纡竖线军棉袄。我坐在树桩上，用木棍扒拉着篝火，也许在想家，也许在揣测爱情。总之，我现在已经忘了，那是知青时候的事。

火势弱了，火苗一跳一跳。雪片压下来，落在炭上遂成黑点，伴着微小的声音。我懒得再去弄柴火。雪最后把灰烬覆盖，一切归于平静。

往回走的时候，我发现雪已湮没了大头鞋。抬眼，身后不冻的茫古木郭勒河在夹雪的两岸流成了黑色，它沉缓涌流，间或浮溢白雾，仍有广大的悲凉。

许多年之后，在办公桌前填什么表时，面对"业绩、贡献"一栏，我真想填上："在雪里点起一堆篝火"。

下雪时，我仍有这样一种梦想。

雪地狂草

今年沈阳的雪一场连着一场，如果这是兆丰年的话，已经兆了好几次了。马路上的雪被铲过或化过，黑黑白白的斑驳一片。而我家北窗对着的自行车棚恰像一个雪情的记事簿。这个绿色石棉瓦的斜形车棚，上面覆盖着像《辞海》那么厚的白雪，有如割过的切口，静静地始终未化。

天黑的时候下班，几家饭馆的门口又添了一景，即酒客的溺迹，在雪地上黑白分明。这种痕迹与饭馆明灭的灯光与酒人的声浪仿佛很相衬。

我想起在村里当知青时，早晨上工在雪地上闷头走，偶尔也见这种溺迹。大摊的是马尿，小片的则是狗溲。狗似乎比人尿得更冲，一种急不可遏的形势，雪地黑窟洞然。狗撒尿时像舞蹈演员那样扬着后腿也很有趣，莫非它怕脏了那条狗腿?

开一个小饭馆，必备吧台、大理石地面与影碟机，但不一定自备厕所。因为租来的房子要视原来的情况而定。然而台面的扎啤机并不管这些琐事，金黄带沫的液体照泻不误。饭馆最不宽容与最宽容的两件事便是结账与找地方撒尿。倘在冬天，吃了一肚子涮羊肉与喝入大量啤酒的食客，踉跄推开玻璃门，见漫地皆白，也有了几分诗意。在雪地上，寻个地场使膀胱畅达，边尿边看地上图案，摇着晃着，脑里想着乱七八糟的事儿，也就行了。

我还目睹一位酒人，在雪地上且走且尿，左右挥洒。我疑心他练过张旭的狂草。

雪不是一天化的

雪不是一天化的。春节过后，雪有步骤地减少。大街的、马路牙子掖着的、树坑里的雪如按计划撤退的士兵，一块块消失，空气湿润。西墙和北墙角的雪比煤还黑，用铁锹掏一下，才见白心。环卫工把雪掏出撒在大街上，像撒盐。我忽然想起，冬天一直有雪，地面被雪覆盖了两个多月，麻雀到哪里觅食呢?

我从不清楚城里的麻雀靠吃什么活着，草和草籽被雪覆盖了，它们吃什么呢？飞行消耗的热量比行走更大，没看到哪一只麻雀在天空像慢镜头一样飞，也没看哪只麻雀饿得一头栽下来。实话说，鸟栽下来，人也注意不到。

麻雀一定掌握好多秘密，比如在大型超市的门前，有儿童洒落的面包屑，或者它们熟知沈阳市皇姑区有多少卖粮食的门市。鸟们了解鸟的秘密。人不妨养成这样一个习惯，在外衣兜儿扎个小眼，临出门抓一把小米放兜里，边走边洒。大街上——即使是雪地——隐隐约约看得到莹黄的小米粒。商店门口，这位白发西装的男人走过，身后有一点儿小米；那个烫发时髦的女人走过，小米落在脚印上。

雪化了，我看天空的麻雀越来越少，属实说连一只麻雀都没看到。我希望立刻有人纠正我，说麻雀数量并没少，它们飞到了乡村的田野。天道厚朴，给一虫一鸟留出了生路。

都说人乃万物之灵，灵在哪儿？人会造火箭，会给心脏搭桥，会作曲，这一类机巧的事情是万物之灵的例子，可火箭与曲都不是我们造的，是别人。搭桥也是别人搭的。应当说——极少的人是万物之灵，多数人像泥土一样平凡。如果人真的那么灵，能不知道大雪遍地，麻雀是怎样活下来的吗？

人不知道的事太多了。据说月亮圆的时候释放了许多能量，人却察觉不到。惊蛰这一天，小虫身体像被引爆了一样，腾地翻过身，人也没察觉。冬至与夏至这两天，是天地的大事情，人跟没事一样。人觉得股市楼市才是大事。

巴赫的音乐里藏有多少秘密？我们感觉得到却说不出。耳听旋律与织体环环相扣如流水一般流走了，啥也没听出来。我读巴赫的乐谱，想找一些蛛丝马迹，找不出来。听，它们是铜墙铁壁，听不出头绪。巴赫的音乐像DNA的图谱一样严密。我甚至怀疑世上是否有过约翰·塞巴斯蒂安·巴赫这个人。如果没这个人，这些音乐是从哪儿来的呢？他的帕蒂塔（德国组曲）、他的小提琴与人声的奏鸣曲是从哪儿来的？巴赫的后人今天在哪里？能跟他们合影留念吗？这里面的秘密比麻雀在雪天觅食还复杂。

早春的雪化了，水淌进树坑，夜里又结冰。树坑里的冰片不透明，像宣纸一样白。结着气泡的圆，一踩就破了。冰比煎饼还薄，在早春。

春天伊始，土地暴露了不知多少秘密，每株草冒芽都泄露了一个秘密。老榆树像炭那么黑，身上结碗大的疙瘩。它们头顶飘着轻软的细枝，像秃子显摆刚长出的头发，这是柳树的秘密。人坐在墙边晒太阳，突然见到一只甲虫往树上爬，真吓人一跳。在花没开、树没绿的早春，它是从哪里来的？冬天里没这个甲虫，春天还没到。会不会有人从海南捉来这只虫，装进口袋，坐飞机飞回东北，偷偷放在这棵树上呢？

第四辑 / 松木在夜晚说话

在库伦沟林场跑步

早晨从库伦沟林场的招待所醒来，感觉像花朵从露水中醒来。后窗连着山坡，茂密、修长的青草上面长满了野花。花朵好像刚看完戏，还在睁大眼睛回忆剧情。前窗的对面垛着伐下时间不长的红松，鳞片还是新鲜的，松脂的香气整夜在我的房间中萦绕，梦境仿佛镶嵌了琥珀。

出门跑步，山坡传来群鸟的喧腾。我几乎不想跑了，想钻进山里把藏在暗处的小鸟一只只揪出来，看是什么样的鸟在唱这些歌。人的眼睛没什么能耐，见到的只有松树，见不到鸟。这里的空气比刚开瓶的香槟气味还香。人在城里待久了，连街道垃圾都辨不出臭味，鼻子在这里像一只刚刚被救活的狗。没想到，大地上竟有这么多种香气，让人晕眩，好像香味挤跑了血液里的氧。香味在脑子里冲撞，人走起路来跌跌撞撞。我有些舍不得大口呼吸，这么好的空气用来跑步呼吸都糟践了，应该慢步走小口吸气，跑步浪费香味。

水泥大道笔直通向远方，没有车过，好像白修了。水泥路上稻草袋子的花纹依稀可辨，真没怎么过车。跑吧，在这里跑步是专场，周围一个人都没有，只有天空上的白云和藏在树里看不清的鸟。皇帝跑步也不过如此待遇——我对自己说——虽然没听说哪个皇帝跑步。正在想，忽见路边房顶站三四个砌砖的人，他们停下手里的工作，看我跑步。他们的脸像砖一样烂红，身上彩色的半袖衫已被晒褪了色。我看他们，他们不好意思了，低头砌砖，弯腰时偷眼觑我。

跑出三公里，路边彩旗招摇。一块横幅写到“欢迎来到××庄园”。我从彩旗的夹道跑进去找这个庄园，跑了两公里也没见什么狗屁庄园并想象好多人拐进来找不到这个庄园而折返，庄园因此破产了。当然，真正上这个庄园吃与宿的人，都是开车人而非跑步人。因此，他们还是破不了产。两公里的夹道彩旗证明他们活得很好，至少有流动资金买几百面彩旗在风里飘。

回到大道上慢慢地跑，心情好，想唱歌并感到会唱的歌太少。在这么好的环境里，一气唱一百首歌一点儿不多，把歌唱草原的、歌唱河水的、歌唱爱情的、歌唱母亲的、歌唱友谊的歌唱一遍，才跟周围景色配套，当然还应该歌唱瓦匠、彩旗和松树。作曲家为什么不谱歌唱瓦匠的曲呢？他们住的房子难道不是瓦匠搞的吗？我愉快地胡思乱想。左边草原出现牛群，三四十头，像红色、黑色的石头堆在薄雾里，牛群后面是一片桦树。桦树长在平地而不是山上，它们仿佛只愿意跟修长的青草长在一起。白桦林那么密，像挽着裙子的姑娘们相互拥挤。白桦树纤细秀美，有的两三株长在一起。它们叶子碧绿，比涮火锅的青菜还要绿，衬出树干的皎白静美。人进白桦林里更应该唱歌了，不一定非唱俄罗斯歌，唱哽咽的日本歌也行。

桦树林边上有小河，呼伦贝尔人称之为“沟塘子”。小河四五尺宽，青草作岸，草长二尺高，仿佛是河的伪装衣，不让别人发现这有一条静静的河。阿荣旗的伟大——但愿我使用伟大这个词不会让人惊讶——是由于这里没开矿、没破坏草原。它的土地上流淌着成百上千条小河，藏在深深的草丛里。多么好的植被才涵养出这么多条小河？熙熙攘攘的小河证明这里山深林密，草长莺飞，小鸟和白云在此安居乐业。拨开草丛，见到了河水。河水因为没见过人而害羞，扯过天上的云影遮挡面容。探身看，河里游着土黄色的小鲫鱼，水底有未腐烂的蓝莓果和红色的山丁子。小河是遮着绿色面纱的闺女，她们在草丛下奔跑，去了不知名的远方。站起身远望，大草原似一片无接缝儿的绿毡，见不到小河的踪影。

在这样的地方跑不了步，跑步大师来到这里也要走走停停。眼前美景太多，把功夫全耽误了。人跑着跑着，心已飞向远处。我不止一次跑下公路，看白桦林、看小河、看草叶上的露水，甚至出现幻觉，想跑到堆在天边的矮矮的云彩垛里瞧瞧。想不到，完好保护自然环境，世间竟有说不尽的美景，这里即使不算仙地，也算一个人一生很难遇到的奇境。

寂静统治着山林

寂静统治着山林。早上，曦光而非太阳本身从东山洒过来，被山腰的一缕雾隔离，如罩金纱。金光到来之前，长满樟子松的山峰被横绕的雾截成两段深绿，中间是不移动也不消散的白雾。没有汽车，水泥公路显出宽阔笔直，越来越窄地消失在高处。

寂静啊，黑黝黝的樟子松一群一群地站在浅绿的、带一些明黄的草地上，有几头牛吃草，穿雨衣的牧牛人身子一动不动，转动脖子看我跑步。我挥挥手，他立刻低下头，羞涩。四周没有声音，万物好像都在用形态和色彩对话。山丘浑圆深绿长满松树，草原平坦带有娇嫩绿色，林场的红砖房顶砌着灰色的高烟囱，公路的路基两侧堆着青色的碎石。蓝天全体瓦蓝，没有灰云尘霾。在这里，万物互相注视，它们彼此打量了好多年。而电线杆子始终站在公路的北侧，始终是这样。脚下的水泥路面清晰地印着一排动物足迹，有婴儿拳头那么大。那是水泥未干的某个夜里某个动物留下的，它不知什么叫水泥，更想不到它的行踪可以永远放在这里展览。我觉得公路就应该这样，水泥刚浇筑的时候，让猫狗、母鸡、猴子和驴在上面走一走，显出生气，证明这地方不光有人，还有其他动物。土地不光属于人，还属于所有生物，再凶残的动物也不会出卖土地。地是卖的吗？地不是人和动物刚学习走路时走的地方和他（它）们死后掩埋的地方吗？怎么能像黑奴一样被卖来卖去呢？这些话，说给动物听，动物也听不懂。

山腰那条轻纱的白雾，已经降落到山脚下，更薄了，好像一条棉胎被灌木丛刮烂了。太阳升达山巅，大地现出庄严。白桦树干染上金红色。它们刚刚还像拥来挤去的少女，现在像一队谛听唱诗的男童，面对上帝，神色虔诚。

阳光如万道金蛇从草叶下面爬向远方，这种金里透红的绿，如上天把珍贵的颜料不小心泼在这里，纯而鲜艳，让人不敢上去踩一脚。上帝就这么慷慨，每天都把万丈金光洒下来，第二天还洒，毫无吝惜。在森林和草地才能看到这样的金光，对浑浊的城市，太阳只给了一些光，而没有金光，因为那里没有森林和草地。人喜欢讲条件，其实万物都讲条件。人让地倒霉，地让天倒霉，天让人倒霉，反之亦然。人损地，或地损人是一个循环。这些年，人不明白老天爷为什么常常发脾气，降暴雨乃至造出冰冻灾害。这正像老天爷不明白人为什么在大地建造太多的水坝、水库，开矿和砍伐森林。两方面都不明白，没建立对话机制，人过分了天就过分。“人法地、地法天、天法道、道法自然”，这并不是谁管谁，法是顺从尊崇，是循环。顺天则昌，逆天则亡。那些柔软的小草、清澈的小溪和可怜的动物的背后都有一个大力量为它们撑腰，它叫道。

来阿荣旗林地草原，最深的印象是静，正如最多的色彩是绿。草太深了，一尺多高，把小河汊子都藏了起来，听不到什么机器车辆的轰鸣，也没有大到高音喇叭小到MP3的噪音。草站在那里，树站在那里，山不曾移动，让人觉得这是一幅静态的画。

然而，大自然发生过一切事，生生息息，却像什么都没发生。太阳出来之后，露水消失了，草在风里前仰后合，弄出有深有浅的旋涡。水泥路上，一只大甲虫自负地向前爬。我看它，它站下来，好像要跟我比一比。我比不过它，我背上没有孔雀绿的荧光壳，没有精致的六足。小鸟低飞下来，钻进草里不见了踪影。林中突然飞出一群鸟，在空中打旋尖锐啼鸣。桦树叶还在风里抖动，像女人在风中扯紧领口。大自然从来没停止过脚步，它的语言不是声音是生命。

沉　　香

在海南，我见到沉香树。外观上，沉香树并不比其他热带树木更奇特，像一个内心丰富的人在人堆里并不扎眼一样。结缔沉香的树不会高耸入云如椰子树，也不会开花热烈如木棉树，它厚朴，或者说此生厚朴，沉香之香是它酝酿中的来生，如果没有发现树木伤口的结痂，如果没人去烧这块木片似的结痂，世上就没人知道沉香。

是什么人会想到烧一下沉香树伤口的结痂？为什么是烧呢？他可能把热带植物的根茎叶花果都烧过，嗅一嗅哪个香。即便被毒树熏至昏厥仍在烧，直至找到沉香。开始，这个李时珍式的奇人并未以烧树为己任，他先把所有草木的根茎叶尝一遍，对治他身上的奇疴，无效有忿。愤怒地把它们一样一样扔进火里，烧到沉香树时，上帝在天边露出笑容，香来了。

今天的生活正是由一些不安分的人的奇怪发现构成的。沉香不算怪，怪的还有砖、青霉素、烟、裤子、假牙、眼镜、文胸、电视机等好多东西。其中任何一种东西刚出现时都不为正派的人所接受。而那些奇怪的发现者总对上帝的安排不满意，去寻找物体背后的东西，没去想他们的发现影响了人类与自然的秩序。如绳子、弓箭、灌溉，更不必说水库、煤和转基因了。

物不在乎被发现，它们有自己的灵魂，附着于大自然之中。芳香、甜蜜、坚实、笔直是植物们现世的荣耀，只有沉香木有来生，而它的来生被人窥破，竟在伤痂里。沉香树朴素。树干显得圆拙一些，看不到香樟树的富贵气派。它的叶子普通，四、五月份开出的花朵微红带紫，也没什么香气。它就这样长着，像集市上的海南农夫一样普通。谁也没想到沉香生在这样的树上。树，遭雷劈蛇咬之后，疗伤的分泌物在伤口凝聚，又在真菌的干预下结成沉香，被人类誉为“聚日月之精华”的珍品。

点燃沉香，开始没察觉它汇聚了怎样的日月精华，香烧尽了，也没觉出来精华在哪里。我燃香喜欢观烟。这支细细的沉香斜插在白米粒上，它的躯体（或许包括灵魂）在烟的舞蹈中消失。沉香不是香水，无须像狗一样用鼻子探究它。沉香的神秘首先在烟雾的形态里。沉香的烟似比其他香更细腻，人的视网膜观烟雾实在很粗陋，只见到烟的线条而见不到烟的颗粒。如用超微摄像机拍下来慢放，其图像应该是一颗颗圆珠排列而出，色彩不灰，由红变为白，在热力中滚滚上升。但我们只长了人的眼睛，就用人眼睛对付看烟吧（鸟类学家说鹰的眼睛可看到鸟类在空中扇动翅膀的频率）。人眼看烟雾，可看出其艺术性，由此想到怀素张旭。烟雾在上升中转折，人却说不出线条从哪个地方转折，正琢磨，转折的线条又转折了，与草书笔势相同。沉香的烟势挺拔。我拿出另一种香点燃对比，后者雾气疲软，爱分岔，跟营养不良头发分岔的意思差不多。我把沉香放在主卧室如布达拉宫那种铁红色的墙壁前观赏。香的烟气像一支马蹄莲，笔直地拔上去，在高高的地方分开。它上升的样子十分沉静，烟炷保持同样的精细，仿佛上方有一个东西吸着它们。烟气散开时淡了，如一朵花的影子。烟的花朵开放后，依然不忍离开，有留连，似回头观望。看烟气动摇，人却感觉非常静。或言之，你不觉得它动，它却在动，幡不动风动；如站桩所说“静极生动”。观其他事物的动——鸽群飞翔，溪水湍流，均生不出静态感。唯观香，愈看其动愈觉其静。动和静真是不好言说的东西，它们会在一些地方重合。地球据说是动的，但我们觉不出来。白云显然在动的——我小时候见过的那朵白云早不见了——但我们抬头看云，云并不动。人低头系鞋带的工夫，云没了，投入另一朵云的怀抱，曰改嫁。远看大河未流，如一面镜子，进河方知旋涡奔涌，我在黑龙江差点儿溺毙即被旋涡拖住了腿。人好在只有两条腿，若有四条腿早被它们拖进淤泥里了。人看了一辈子东西，看到的多是假象。人所乐所悲者，也因为把假象当成了真相。

练功的人，如京剧之盖叫天，书法之怀素，战将如曾国藩都爱观香静坐。香之烟雾，似聚又散，如升却降。如果其中有道的话，道就是散了，都散了，归于虚空。

观香实为观沉香木早年的痛。这世上，谁的伤疤被人燃烧？谁的痛苦散发香气？谁的血泪价值不菲？谁的回忆化为青烟？唯有沉香。所有名贵香水都有沉香的成分，它保持着香气的沉稳。沉稳是向下的力量，正如沉静也是一股大力量。

我把燃烧的沉香挪到镜子前，两炷香烟竞相上升，如双胞胎，而我又节省了一支香。我观香很小心，这是一些伤口，伤口又莫名其妙变成了香雾。我一点点嗅这些香气，树木当年的痛苦和血泪变成了这样一种香味，似有若无，些许药性，像一个人憋了十年的痛苦经历突然不想说了。有些经历大痛的人会变得空灵，沉香之香即空灵。人类常常述说自己的痛苦，忍不住。人说出苦痛相当于把伤口又豁深了，永远结不成一个痂。沉香沉默，它用分泌液里的芳香安慰自己。它懂得怎么爱自己。

香燃尽了，我看四壁，竟发现有几朵烟雾独立存在，小烟团在很高的地方慢慢舒展翻身。香都灭了，烟还能这样吗？我不明白的事情越来越多了。我盯着余下的小烟团看，它们在打太极拳，云手、倒卷肱，野马分鬃……我心里想：它们怎么会没散呢？烟的动作暗含一种节奏，好像应该有乐声伴奏。怪不得李坚说她弹古琴时才焚沉香。沉香是她送我的，我问贵不贵？她说有一点点贵。她说“一点点”就很贵了。但沉香的价格和价值永远对不上。就像我们永远不知道别人的痛有多痛，动物的痛是怎样的痛，凡是他人用心感知的，我们的心均不能及。所及者只有沉香沉潜的一点点香。

灌　木

你看那灌木，在雪里捧着大大小小的雪团。

我第一次看到灌木胳膊会有这么长，比北加里曼丹猿猴的胳膊还长，怨不得它把金黄的迎春花开得那么簇密。春天，桑园里面的这棵迎春花树成了金花的铁丝网，或者说用带瓣的黄丝带一圈圈捆扎起来的包裹。要寄到什么地方去呢？不寄到哪里，那就先放在这里吧。

雪后的植物，无论杨树、柳树，谁都没有像灌木这样兴高采烈。它们如同演杂技的，让雪从左臂顺肩膀爬到右臂。你是担雪者吗？灌木夫人。我问它们。而它们指着自已身上的雪说：你看、你看……

是要看一看。这些小心堆在灌木肩上、颈上的雪，好像会掉下来。孩子们每做一个惊险的动作之后——比如上凳子——都要大喜而叫：你看……灌木也如此。

灌木在雪后的可喜，不止于枝杈间白雪堆积，还在于雪斑驳错落地映出枝条的黧黑，坚韧、修长。如果敝二外甥阿斯汗看到此景，一定大呼："哎呀！那些树长棉花啦！"那些细枝上较小的雪团，已在阳光下融化，变成孱弱的小冰凌，立着一条腿瑟瑟。而大朵的雪则毛茸茸的，缩着脖子睡觉，早上睁眼看一看，然后再睡。

我在北方长大，却刚刚发现雪后的灌木有这么好看。假如生命是由目睹许多奇观组成的话，那么我不知错过了多少这样的机会，属于无知者。如果自然之美对人来说只是一种感动的话，那么成群结队去黄山等地旅游已显出有一些虚妄了。生命（不只是我们的生命）每时每刻都在悄悄地展示美丽，哪里都有美。而上帝呢，多么有耐心，把曾经熟视无睹的雪中灌木之美再次推入我的眼帘。上帝对任何人都没有失去信心。

而灌木之美只是小小的、微不足道的美景。那么，我把看到它的这一刻称之为今天的良辰。

光晕在树

操场边上的银杏树，树叶金黄，为街道罩上一条光晕，扩散高贵的静穆。其中的伤感是告诉人秋天到了，不然跑步的人分不清春秋之至。

银杏的叶子如铃铛，不仅摇摆，还在旋转。风穿过银杏的家族，引起喧哗。叶子招手让风转回，这里是贵族的博物馆，每一根枝条挂着黄金的书签，像满族皇帝在承德的离宫。

小鸟不喜欢银杏的缤纷，戚然于叶之摇落。我看到一只鸟儿，是红点颏吧，在枝上顾盼。树叶已遮不住它的身影。小鸟从枝上看，树叶铺地，生出忧思。它不知树叶为什么会落，老太太弯腰捡拾。树叶还会回来吗？小鸟想。

辽大的银杏树，从黄到尽，约有一个月的时间。跑步时，看不到树叶减少，但地上金黄增多。树有树的算计，每天投下多少叶子，跟秋天打赌，猜一件神秘的事件。

鸟儿在秋季的鸣叫比平时响亮。上午，操场无人的时候，站在观礼台上也能听到它的叫声。唧，它以为银杏受到了掠劫，这么多美丽的叶子坠落，竟没人管；唧，女学生嘻嘻哈哈结伴行走，左手握着带吸管的酸奶，右手有小卖店微波炉刚烤好的汉堡。

晚上——有一次我晚上九点钟去跑步——银杏叶有如银箔，像喷了雾。风止，叶子在珐琅色的夜空里静默。每当银杏叶黄了一次，我都问自己，跑几年了？居然记不住跑了几年。问和我一齐跑的朋友，他算了一会儿，嘴唇微动，说“忘了”。

我和辽大的老太太分享银杏的落叶资源。她们拣得没我快捷，况且，如无保安经过，我还能上树采摘，晾干，寄给我妈熬水喝。当叶子铺在我妻子单位的露台上晾晒时，看到的人都惊讶：“哎呀，这是啥呀？真好看！”银杏就这么好看。

我已经一星期没去辽大，修路阻隔。我知道银杏在金黄、在摇落，鸟儿呼吁，学生们早已开学。从熹光微露开始，操场移动着跑步者的身影。

琥珀对松树的记忆

人在黑松林里走，像蚂蚁在青草里面走。所有的松树都比人高出许多，树冠可以望到比你看得更远的地方。紫色的苜蓿花从山顶的岩石倾泻下来，只给老鹰留下一点儿站脚的地方。

用手摸这些松树，鱼鳞般翘起的干树皮扎你的手。掀开松树皮往里面看，里面是雨水浇不到的红色质地。我看有没有蚂蚁爬进去，最好有两个蚂蚁摔跤被我看到。在松林里一路走下去，就这么用手掌抚过松树，一会儿，手心沾满松香，透明的黏液从树身的什么地方淌下来，琥珀色。动物分泌麝香，树只分泌松香。松香仿佛是松树留下的记忆，关于潮湿的夜，鸟啼和清新的空气的记忆。把记忆留在体外的只有松树。

松香的液体里有小虫子的尸体。这是松林里最小最软弱的虫子，连翅膀算上比小米还小，凝固在透明的松香里。我几乎想到了几亿年后有一片琥珀装帧着小虫子的化石挂在墙上，于是我想像有大蝴蝶昏迷在松香上。松树分泌更多的，重约一两的松香，包裹着大蝴蝶。松香完好保留了它翅膀上的眼睛和六足的绒毛，那就是一个很好的工艺品了。不过看到的人是一亿年后的人类。那时候人类有没有眼睛还都两说着。

松林中最喧闹的是鸟雀，不过那是在早上。阳光才出来，鸟雀已经分成两派，好像争论太阳出还是不出。阳光普照之后，鸟噪止息，可能是认为太阳不出那一派的鸟儿飞走了。松林寂静了，静得让人想数一数落叶松掉了多少根松针。我确实想数落叶松脚下褐色的松叶。有人说我患有强迫症，这就是一个最强有力的证据。松针像一盒火柴洒在了树下，但不整齐。如果不下雨，落地的松针经过阳光曝晒，竟是金色的。远远看，那种金色激发人的惊喜之心——包括儿童在内的人类，见到金子都会扑过去——它明晃晃地耀眼，洒在树下，那时候，松树十分尊贵。

松树的尊贵不是没缘由的，它知道自己是怎么回事。岁寒而后凋只是它品格的一方面。笔直的松树有别于弯曲的杨柳，亦有别于笔直的杉树。它的直里包含着坚劲。直者易折，但松树不在此列。它直而韧，直而有香。我喜欢闻到松树散发的松香味，虽然这常常会让我联想起小提琴的弓子，但我提醒自己世上先有松香后有提琴，二者不可混淆。我觉得松香是松树想说的话，凑巧被我听到。

星星在松树头顶飞翔，似越飞越高的白色蝴蝶，夜空的蓝色如同透射在深海之下的天光。松树的土里混合了几万年的气息，腐熟的枝叶烫手，如同森林家族刚刚端上来的饭菜。没有鸟儿在松林里迷路，也没有鸟儿在松树上撞昏过去。松林的落叶记录了昆虫的脚步声和田鼠的脚步声，这一切都留在松香或琥珀的记忆里。

琥珀好像是一块透明的黄金，或者说是一块走错了方向的黄金——本该是矿物质，它却错走在植物的道路上，变成化石。琥珀像猫的眼睛。我的意思是说，人在胸前或手上戴一块琥珀，会变得警觉或机灵。琥珀好像跟蜜蜂有神秘的关系，其实没关系。琥珀像干邑白兰地酒浆，酒总能给一切好东西找到归宿。

自从我在一块琥珀里见到虫子的化石后，希望每一只虫子都留在琥珀里，变成化石，这样就能很好地保留它们精致的翅膀手足和小而凸出的眼睛。美国诗人查尔斯·赖特在《南方河流日记》里说——“那些虫子多叫人羡慕啊。它们熟悉通往 / 天堂的路，熟悉用光亮捕捉我们的 / 闪烁的丛林之路 / 熟悉虚空之路。 / 一个八月又开始了，模仿去年的八月 / 那么多赤裸裸的岁月 / 躺在如水的天空下 / 夏之声到处可闻。”

松树是群居的植物。它们站在泥泞的沙土里，雨滴如同松针耳垂的露水。大雨打在松树每一片鳞皮上，好像往树身砸铁钉子，把它们的簑衣变成铠甲。在阳光普照的时候，松树依旧缄默，它说的话被鸟儿说尽了，鸟儿飞远。当松树最终消失之后，是谁手里拿着一片琥珀？里面有小虫和失去了香味的松香，里面有松树转瞬即逝的身影。

松木在夜晚说话

那些松树被锯成方木楞，整整齐齐垛在那里已经好多年。

第一次看到这些木头，我以为那是一个看台，像体育场的那样。我三四岁，要跪着才能爬上这垛木头。松木新鲜，如玉米面饼子的颜色。过几年，我抬步走上去。再后来跑上去，那时我已十三四岁，而木头像破船一样黑，堆在水文站院里。木头的年轮裂开口子，小虫在里面蚕食，然后运出一些碎屑。碎屑仍然是金黄色，说明木头的肉永远是新鲜的。人死了之后，肉很快就黑烂，变不成金黄的碎屑。

小时候，我几乎每天要去松木上坐一坐，坐的时候像一个课堂里的学生，但眼前没有黑板，只有天空的云彩和墙外的大柳树。柳树的胸径快有一米粗了，它至少活了两三个朝代。你感觉没有风的时候，大柳树告诉你仍有微风，树叶在张望与摆动，像无数条蛇在树梢窜行。风大了，树开始打太极拳，它的劲儿是圆的，一股浑然的力量从根到梢运行，树枝忽前忽后，且退且进，似太极拳的云手或倒卷肱。我坐在木头垛上看柳树打太极拳，一坐一小时，心意全在树上。小时候，我学过一点儿弹腿和华拳，读过太极拳的书。大柳树的太极打得最好，前后左右都照顾得好，劲儿始终藏着，不冒头。大柳树架子稳，腿劲儿足，它练了好几百年站桩。我那时想，这么大的树不知兜了多少风，兜住了几百、上千斤的力量。它要摆动，把这些力量分解掉，以柔化刚。树冠把遇到的风的力量传到根上，像太极推手把对方的劲儿接过来，传到腰、腿和脚上，化解于地，不如此就趴下了。

我这是瞎想，并不知合不合拳法，坐一堆松木上只适合瞎想。松香从屁股传入大脑和中枢神经，人产生木质的、愚笨的想法。我看见三只浅绿色的柳莺飞进树冠里，过一会儿，只飞出两只来。我估计那只被它俩合伙捏死了。我去树下找柳莺的尸体但没找到，可能在树枝上搭着呢。回到松木上，又见四只柳莺飞进树里，飞出两只。这回我不去树下找小鸟的尸体了，我没那么容易上当，而且翻墙费裤子。

雨后，我最喜欢闻松木垛散出的清香气味。每次雨后，松木垛都散出清香，它不知藏了多少香味，也不知它藏这些气味有什么用场。松木的香味像在说话，它们想说什么话呢？它们一定在想念自己的兴安岭故乡，那里有红豆般的蔓越橘，还有蓝莓。松树熟悉狐狸的脚步，断断续续踩在落叶上。松鼠把松树当成操场，练习跑步；松树觉得松鼠是给自己抓痒。松树做过许多梦，比如变成房屋檩子给燕子做巢，比如长入白云里洗个云雾澡，比如松香变成了琥珀。但松树没梦见过水文站，它不知道水文站是干什么的，也不知道为什么把松木剖成方形垛在一起，是为了取暖吗？这些松树彼此相见，有的认识，有的不认识。松木们盼望小偷来偷走它们，这样可以去其他地方转转。

坐在松木上读书，觉得天很快就黑了。字的笔划融化在暮色里。这时候看天，燕子的剪影像鬼魂一样飘来飘去。而天烧光了所有的云彩之后黯淡下来，像一堆无火的炭。天际澄明，白色的大星如徽章别在山顶。松木上爬过蚂蚁，它们不怕松木上的刺扎脚。夜里，松木是野猫的阵地。我曾经在月光下看见七八只猫站成一排，如祈祷。我撵走了猫，在松木上坐了一会儿，听到许多异样的响声。可怕的声音不是啪啪、啾啾，而是类似人的说话声。夜深沉，听到铁船那边传来人的镇定的低语，很吓人。不知什么人在说话，也许松树在这里待久了，跟水文站的人学会了说话。

松　塔

松树像父亲，它不光有朴厚，还有慈父情怀。松树的孩子住的比谁都好，小松子住在褐色精装修的房子里，一人一个房间，人们管它叫松塔。

松塔与金字塔的结构相仿，但早于金字塔。人说金字塔的设计和建造是受到了神的启发，而松树早就得到过神的启发。神让它成为松树并为子孙建造出无数房子——松塔。

在城里的大街上见到松树，觉得它不过是松树。它身上的一切都没有超出树的禀赋。如果到山区——比如危崖百尺的太行山区——峭岩上的树竟全都是松树，才知松树不光“岁寒然后知松柏之后凋也”，凋不凋先不说，只觉得它们每一株都是一位圣贤，气节坚劲，遍览古今。

或许一粒松子被风吹进了悬崖边上的石缝儿里，而石缝里凑巧积了一点点土，这一点儿土和石头的缝隙就成了松树成活五百年的故乡。事实上，被风吹进石缝儿里的不光有松子，各个种类的树籽和草籽都可能被风吹进来，但活下来的只有松树和青草，而活得卓有风姿的只剩下松树。

松树用根把石缝一点点撑大，让脚下站稳。它悬身高崖，每天都遇到劲风却不会被吹垮。我想过，如果是我，每天手把着悬崖石缝儿垂悬，第一会被吓死，第二是胳膊酸了松手摔死，第三是没吃的东西饿死，第四是被风成木乃伊。而松树照样有虬枝，有凛凛的松针，还构造出一个个精致的松塔。

松塔成熟之后降落谷底——以太行山为例——降落几百上千米，但松子总有办法长在高崖，否则，那崖上的松树是谁栽的呢？这里面有神明的安排。神明可能是一只鸟、一阵风，让松子重返高山之巅成为松树，迎日月升降。

每一座松塔里都住着几十个姐妹兄弟。原来他们隔着松塔壳的薄薄的墙壁，彼此听得见对方梦话和打鼾。后来它们天各一方，这座山的松树见到另一座山的兄弟时，中间隔着深谷和白雾。

像童话里说的，松子也有美好的童年。第一是房子好，它们住楼房，这种越层的楼房结构只有西红柿的房间堪与比美。第二气味好，松树家族崇尚香气，它们认为，大凡万物，味道好，品质才会好。于是，它们不断散出清香，像每天洗了许多遍洒精油的热水澡。松子的童年第三好的地方是从小见过大世面。世间最大的世面不是出席宴会，而是观日出。自曦光初露始，太阳红光喷薄，然后冉冉东升。未见其动，光芒已遍照宇宙，山崖草木，无不金光罩面，庄严之极。见这个世面是松树每天的功课，阳气充满，而后劲节正直，不惧雨打风吹。松树于草木间极为质朴，阳气盛大才质朴，正像阴气布体才缠绵。阳气如颜真卿之楷书，丰润却内敛，宽肥却拙朴。松树若操习书法，必也颜体矣。

松塔里垒落着许多房子，父母本意不让兄弟分家，走到哪里，手足都住同一座金字塔形的别墅。但天下哪有不分家的事情？落土之后，兄弟们各自奔走天涯。它们依稀记得童年的房子是一座塔，从外观看如一片片鱼鳞，有点儿像菠萝，更像金字塔，那是它们的家。小时候，松子记得松树上的常客是松鼠，它仿佛在大尾巴上长出两只黑溜溜的眼睛和两只灵巧的手。松鼠经常捧着松塔跑来跑去。

月光下，松塔“啪”地落地，身上沾满露水。整个树林都听到松塔下地的声音，它们在房子里炸开了，成为松子。从此，松子开始天涯之旅，它们不知自己去哪里，是涧底还是高山，这取决于命运的安排。它们更盼望登上山巅，体味最冷、最热的气温，在大风和贫瘠的土壤里活上五百年，结出一辈一辈的松塔，让它们遍布群山之巅。

松 针

如果向松树问路，松针会用手指给你指几千个方向。它不认为只有一条路，它觉得上下左右都是路，蜜蜂和小鸟正四处飞翔。

楞严经上说：世为时间纵流，界为东西南北，另有东南西南东北西北与上下。不光四面，还有八方。淮南子上说的宇与宙，也指时间空间。松针说，在东和东南之间，还有扇面一般无尽的向度。松针的道路遍布虚空，打碎了空间观念。

在松树上，松针是它的花，一朵朵绿色的刺猬花开在松树枝头。松树贞直，你想像不出它的叶子会是片状，那太像瓜的叶子、杏树与桃树的叶子。松树的叶子决不单薄，必定刚劲，这样的叶子如果不是拳头也是针，与浑圆的枝干匹配。

松树的针无碍于其他动植物的生长，它只是威风凛凛，只是不流凡俗。一棵浑身是针的树，决不会弯腰乞讨，也不会像藤一样攀援高枝，它自己就是高枝。一棵树，究竟要练多少年才练出千万根针？它把那些柔软的叶子卷起来，变成针。这些卷起来的绿叶写满了松树的日记，记载它怎样把根扎在岩石里，怎样从石头缝儿里找到水。它记载了松香的秘密配方，比香奈尔的香水还香呐。它把这些秘密都卷了起来，掰都掰不开，变成了一根根绿的针。如果到过寒冷的北国，就知道一棵严冬不落叶子的树要何其坚韧，除非它的叶子是针。

大雪降下来，日日夜夜。雪幕如羊毛的门帘子被风吹起，放进来无数只羊。松针瞄准雪花但扎不到雪花，它宛如在风雪里爆炸的绿色烟火。雪一层层裹住松针，雪在枝头囤积。雪从松针边上塌下来。松树比别的树更了解寒冷，当所有树把叶子丢弃在地上时，松树却不让松针飘泊天涯，树在，针就在。它们在枝头生死相依。松针不枯黄，不委顿，它们如悬崖边上的斗士，不知何为退路。松针在广大的冬天看到了北国的树叶看不到的景物。在雪地里，黑黢黢的树干如火烧过，它们的叶子早已化为泥土。雪地里的窟窿是兔子的脚印，鸟如一颗子弹飞向毫无遮拦的树枝。风呼哨而来，千万根光秃秃的树枝在风中飞舞，鞭打雪花。河流结为黑冰，下沉于萧瑟的河床。偶尔有哪一棵树顶端的叶子没有落，一如遇难的人扯着手巾抖动，它将一直抖动。大雪藏匿了山峦，下不来山的灌木在山坡上猜想被雪没收的路。

松针在严冬里翠绿，保存着千鸟飞绝、万径寂灭之后的绿。松树用松针收藏了一年四季，冬天穿不透松针的身体，松树在冬天过着夏天的日子。为大自然保留着唯一的绿。

松针如钟表的针，它把时间指向过去现在未来的任何一个时刻，指向去年前年乃至童年的某一个时刻。如果你向松树打听时间，松针会告诉你一千个时刻，包括分、秒、时。表针在枝头伸张，但人早已忘记那是什么时刻。时间不是一条横贯而过的直线，它通向四面八方，与空间相连。人在松树前观望，看到时间纷纷如簇。看见松树放射比猫胡子坚硬的光芒。春天里，松针的白雪化为融冰，用晶莹衬托着松针，冰的水把每一根松针洗干净，仿佛它们是刚刚长出来的新松针。

夜的枝叶

也可说：夜的汁液。

夜，是草木饮水的时分。我坐在桑园水磨石的花池边沿，看到树叶和草饮水时的颤动。没有风，叶子颤摇是水有一些凉。枝头的叶子还没有等到水。错综如迷宫的枝杈分走了水。水呢？水……顶尖的叶子不耐烦了。

土地被吸走许多水，颜色浅了一些。也可能月亮刚从云中钻出来，像在地上铺了一层纸。月在云里的时间太长，就算吃一顿饭也不应该这么长时间，除非喝酒。月亮也喝酒么？也许。月光如万千小虫在地面爬动，毛茸茸的。月光爬不进榆树外皮的沟壑。蚂蚁觉得好笑，这么宽的裂缝儿还爬不进去吗？两个蚂蚁在里边并排奔跑，且碰不到相互的脚。月光被大马路惯坏了。

夜的汁液把桑园兜在一个网里，透明发达。在网里，地里的水往树上跑，月光顺草根往地里钻，花粉跌落在草叶上，拾也拾不起来。贪财的蚂蚁还在往洞里运东西，不管有用没用。汁液最多的地方，树杈“哔”地折断，鸟飞，绕了半天才找到原来那株树。

草不停地吮水。实际用不着吮这么多，它不听。秋天来到桑园的时候，草的肩膀上挂着大滴的水——它不知道把水藏到哪儿，又舍不得扔掉。因此，水珠在草的手，在它们胳肢窝下面闪闪发亮。早晨，蝴蝶被这些水弄湿了高腰袜子，说这些草真是无知极了。

我曾想搬一架梯子，看桑园最高处的枝叶在夜里做什么。顶端的树叶肥大舒展，颜色比别处的淡。我在楼顶看到槐树冠的一团白花落满瓢虫。先以为是蜜蜂，但闪亮，还有瓢虫飞过来。我爱看瓢虫飞翔，跟鸟儿、蜜蜂不是一回事。它们像拽着细丝游荡的蜘蛛，一掠而过，不知所终，不优雅也不镇定。瓢虫的两扇硬壳里藏着几片薄翼，这么简陋也能飞吗？以后黄豆和红小豆画上黑点也能飞了。

枝叶不动。我估计槐树、桑树和碧桃树顶端的叶子在开会——峰会，商量污染、水资源、鸟儿粪便的问题。碧桃树提议赶走桃木食心虫。隔一会儿，树的顶端飒飒摇曳，举手通过一项议案，譬如不许练功的人往树上钉铁钉挂衣服。

树的生活从夜里开始。它们在静谧中饮水、沉思和休息。车辆消失了，树们松了一口气。可惜缺太阳，没有就没有吧，省得车辆商贩往来。在月光下，除了不能读书，其他没什么不好，多数的树这样认为。

火山杨

冰川、汪洋曾经覆盖地球。那些劫难无人知晓——人所能知晓的事情太有限了。山顶岩石里的贝壳化石细微地述说海洋的步履，沙漠里孤兀矗立的石块留下冰川的脚步。地球在汪洋或冰川的时代，并不是毁灭，只是它轮回的一瞬，海水与冰川撤去，地球又耐心地从头开始，培育低级生物，使之高级，繁衍万物。我们在路旁看到小小的蕨类植物，相当于看到地球鸿蒙初开的景象。从羽毛式的蕨类植物身上，我们可以想像经历亿万斯年，地球重新长满了大树与鲜花，昆虫和鱼类都找到各自的归宿。

在地球的劫难中，遭劫的并非地球，而是地球上的生物，包括动物和植物。然而动植物重新长出来——当阳光、土壤和水分具备之后，它们开始恢复生命。用“恢复”描述生命也许不对，动植物的种群并不以个体衡量，只有人以“人这一辈子”描述单一的、不可重复的生命。遍地的青草，是青草集体的生命，它们共享一条命。

人所能目睹到的地球劫难，大约只有火山爆发遗址——地震只是人与人居的劫难——火山喷发之后，地表一片焦土，像我在五大连池所见到的景象。

实话说，我并没想看火山遗址，就像不想看车祸现场一样。来到，所见到的是如前所说是“一片焦土”。两百多年前这场火山爆发，把埋在山里的黑色玄武岩化为流水，喷射天空，尔后落地，形态如烧过的树一样，成了一段一段的焦炭。就化学性质判定，这些不成样子的焦炭，仍然是玄武岩。

站在火山口边上往下看，我不知我要看什么。这是巨大的漏斗形的深渊，黑色。那股冲天而起的熔岩的火柱早已消失了。我感到，时间在这里也消失了。人们说，时间不具备及物性，说时间是物质之外的客观存在（听上去很别扭）。但我觉得时间的及物性很强。时间挤在花的蕊里，挤在梳刘海儿的儿童的额头上。时间站在雨后的笋尖上，时间拽着引体向上者的胳膊打滴溜。时间蹲在电视机里，趴在屋檐的雨滴身上。时间忘记了黄花梨木的生长，但没忘记让它坚固。它忘记了老年人的存在却没忘记让他们死亡。时间一定有喜欢去的地方和不喜欢去的地方。有的地方，时间从来没来过，比如沙漠和五大连池的火山口。

时间不愿意停留的火山口，人像一群奇怪的动物在坑边逡巡。他们围着一圈儿向坑里看，不知看什么。石头从坑底排列到坑沿，块块充满死寂。在河边，我们看到的鹅卵石像一条条干鱼，仿佛先前它们在水里活过。看山里的石头，更感觉它们是活的，是山的肉或者叫筋腱。而火山口的每块石头都是石头的尸体，大大小小都如此。我说我感到不安就是这原因。密密麻麻的石块被1729年的火柱烧死了，匍匐在地，没有声音，没有流水，没有青草。我们看到了地球当年的劫难和它永不愈合的伤口。

然而大自然永不绝望，脆弱的是人而非大自然。离开火山口，在参观其他地方的时候，我们看到了勃勃生机。当年火山把玄武岩化为焰火狂欢之后，这些焰火洒在方圆几十公里的土地上，似焦炭。我说过，在火山口没见到青草。但在焦岩之上，在好像犁过的石头的黑波浪上，我看到了萋萋青草，在这里邂逅了生命。青草长在黑波浪的转折地，那里面有土和水分。我们驱车向前走，穿过了一大片树林。导游停下车，说这是一片火山杨。

火山杨？它们的脚底下就是石头的黑波浪，上面覆盖着薄薄一层土。这些树貌不惊人，纤弱不直。导游说：这里一根拇指粗的火山杨已经生长了几十年。一棵一米多高的火山杨，有几十米的根扎在地下（岩石里）盘绕。

一米高的、拇指粗的树在地下有几十米的根，这让我惊呆。我想下车摸摸这些树。在火山景区，行人都不可以离开栈道，摸不到树。

它们成精了。树之成精，如人之成圣，是从轮回中转脱涅槃的达彼岸者。它的几十米的根是为了找到水，它自己就是一口井。当一棵树要这么难吗？命运让它在火山熔岩里当一棵树就要经历这些磨难。这些“小”树实际上都是老树。它们跟胸径五六十厘米的树有一样的树龄。如果把人放到一个艰苦地方，他也许会跑掉，但树跑不掉。它不仅要留在这里，还要站立，要活着。我想象这些“小”树在慢慢生长，夏日缺水，冬日是几个月的白雪严寒。对树来说，这没有什么好与不好。火山杨的幸运在于它不知道长在海南与江南的树是怎么活的。活得太容易等于活得太仓促，太快长粗长大，长完了一生。马丁·海德格尔在《存在与时间》里说的：“倘若存在就是生命，那就没什么问题，就没什么答案需要回答。”

是的，对火山杨不需要说什么艰难、致敬一类的话，它的存在就是它的生命。它的生命以及所有成败都在它的存在之中，在它的纤弱的躯干和与其他杨树看不出区别的叶子里。对火山杨而言，对静默的山峰、河流和小小石子而言，它们的存在集合了无法知晓的残酷与欢欣，而它们却像什么也没发生过。

就这样，这些葱绿的火山杨长在这里。我为树林没有小鸟替它们有一点儿遗憾，但这不是问题所在。人说这里还有圆耳朵的小火山兔和细细的火山蛇。我觉得它们活得很壮烈，它们自己觉得活得很甘美。人永远了解不到大自然的内心。

山杨树

冬天的风像鼓风机一样强劲，把凹地的积雪吹到空中，山坡好像腾起一条雪龙，绕山盘旋。山坡上的山杨树消失无踪。

在草原的丘陵上，树像星星一样散落四方，它们只是树，而非树林。如台湾诗人管管的诗所说的“每当吾看见那种远远的天边的空原上，在风中、在日落里，站着几株瘦瘦的小树。吾就恨不能马上跑到那几株小树站的地方，望。”树在草原上不仅孤独，而且矮小，如蒙古马一样矮小。几十年前我去克什克腾旗、翁牛特旗和阿鲁科尔沁旗，在路边见过一些小树。如同刚刚栽上的童年的树，今年路过这些地方，看到它们还是那样小，那样孤独。我以为原来的树早已成材，成为各家房子上的栋梁。当地人告诉我，这还是那些树。他说，我小的时候，树就这么高。我惊讶地看这人的面孔，他黝黑的脸上遍布皱纹，胡楂都白了。再看那些树，不粗（也可能粗了一些），不高（树围大了点儿）。如果走近看，树可能也有白胡楂生出来。我没法确定几十年前看到的树是哪一棵树，但这里确实没有大树。

丰子恺的母亲认为外国人只是一个人。她每年去一趟上海，回来说：去年外滩那个印度巡捕今年还站在那里。老太太每年都这样说。而我觉得这些树真就是几十年前的树。这些树掌握一门绝技：活着，但不生长。不生长是生命学里最大的奇迹，活着仅仅是活着，不生长因而也不衰老。所谓进步，说的是不是今年与去年有很多不同？如果真的有所不同，证明的仅仅是生命的耗散，这算不上进步。

人唯恐自己不懂得某些知识、某些说法、某些时尚或某些流行语，便使用微信或网络语言证明自己不落后或没死。好在树不需要这些东西，而草原上的树甚至连生长都放弃了。放弃生长也没什么不好，乌龟不是这样吗？英国的几个所谓科学家在北海海底捉到一只蚌，杀死它，测量它的寿命距今约四百五十至五百年，为它取名为“明”，意思它与中国的明朝同一时期。明朝是中国汉人建立的最后一个王朝，国祚二百七十六年。这帮英国坏人为什么杀死这只蚌呢？不杀不足以了解它的寿命。蚌用四五百年活着，仍然是一只蚌，没长成帝国大厦，它不太大，貌不惊人，在遇到英国人之前一直活着，不借助任何知识、关系、财富、地位、主义和学说，从始到终，它都是一只蚌。像草原山坡上的小树。

人并不是这样，人愿意具有很多很多样子。人如果原来是蚌，它还会企图变成鱼、虾、鲨鱼、岛屿、轮船和潜水艇。人把自己这种谵妄称为理想，把他们的僭越当作努力。

风止息，白蒙蒙的天气里出现小树，它们还在原来的地方，还站着，伸出枝叶，拥抱准备落地的飞雪。草原无遮蔽，刮起八九级大风，拳头大的石头会离开原来的地方，但风刮不倒任何一棵小树。这样，你就知道草原上为什么没有大树，小树为什么“不生长”。生长不难，长得引人注目也不难。天之道与人之道常常相反，刚好不愿意引人注目。在自然界，生存比生长更难。飞沙走石的大风刮过山坡，你去看那些小树，它们长开臂膀，像儿童在大风中哭泣着寻找父母，不，它没这么脆弱。它们像练习站桩的拳师，马步扎得很低，气沉丹田，形神合一。这些小老树最了不起的是在地下扎下几十米甚至上百米长的根须，让人惊讶。

在人类里面找不到一个从小到大不虚荣的人。人对身高、肤色、种族、相貌制定了苛刻的准则，这样的结果导致歧视与自卑，这些毫无道理的观念，佛教称之为染织，它是被污染的观念，虽无自性，却被人牢牢抓在手里，烙刻在人的心里度过一生。个子矮、相貌丑、身材胖会怎么样？受他人歧视，自感自卑是多数人的体验，人真是可悲，竟被这些外在的观念左右着，愈想摆脱愈被它套牢，妄度时光。大自然比人类高明得多，大与小，高与矮、黑与白绝不会是各个物种歧视与自卑的理由。蚂蚁的可敬在它不在意它的小，黑豹不惭愧它的黑，白鹤不得意它的白。把黑白大小这些观念抽象出来变成尺度是人类的进步吗？这是落后，比动植物更落后。

佛教从另外的角度观察人的虚妄。其意曰：持有什么观念并无不可，但把事情加以区别就错了，譬如区分黑白。退一步说，持有黑白之念亦无不可，抓住这个观念就错了（抓住什么观念都是错的，观念无所谓对错，抓住不放即错）。此错被称为执着，我执或法执。

执着何谬？它相当于船被水冲出好远，却在船帮上刻一道记号求落水之剑。执着违背于周遭每时每刻的变化，所有的执着都意味着你抓在手里的是一个旧观念，误把去年的枯枝当作新蕾观赏。你看到的新蕾是由你的心捏造的，与事实无关。而所谓“事实”也只是转瞬即逝的“过去”而已。

席慕蓉珍怜这些草原的小树。她画旷野上一棵矮矮的小树，光线赋予它长长的影子。好像它原本可以长得很高，好像它心里的高度长在了长长的影子里。这道坚实的影子穿过了整个山坡，好像说山坡都是它的领地。

山坡确实是这棵小树的领地，这里没有其他树，它是唯一的树王，统领着无边的碧绿的青草。青草在春天开放小花，仰望这棵树。青草和花透着树的枝叶看到太阳的光圈以及夜晚的月晕。花草觉得小树已经够高大，没必要再高大。

矮小的山杨树在它的身体里贮备了足够与狂风搏斗的力量，抵御冰雪的力量。这些力量藏在树的什么地方谁也不知道。需要的时候，拿出来用就可以了，小树不需要为显得有力量而长得太粗壮，太高大。在山坡上，在太阳下面，它的身高刚刚好，十分完美。

柳树的母性

常言道：“柳树低着头长高”。

这话像拉开一个帘子，或者说射进一束光，让人看清了一些东西。柳是一辈子低着头生长的树，连柳条也垂向地面，而不是伸向天空。柳树一辈子低头在看什么？原来是看自己的儿女。

柳树的儿女多到数不过来，树要牵挂每一根，只好低头看。丰子恺也是低头俯察的人，他留心孩子，他的画作和散文里多见他小孩儿的趣事。丰子恺笔下的阿宝、瞻瞻，留给人间多少美好。丰子恺的画多多少少掩盖了他的文名。现代作家中，他写孩子写得最好。他的幽默居于鲁迅之后，排在其他作家的前面，比林语堂、梁实秋深味。

有人说拍电影是遗憾的艺术，最遗憾的莫过于成人不曾观察孩子的成长，他们的成长比电影更艺术。为人父母，如果从孩子降生就开始观察他，看他爬、走、学语、打闹、上学堂，会看到一片连绵深广的美，比看什么风景都感人。美学的审美范畴，不外真诚、纯洁、天真、幽默、单纯和热忱等等，这些美在孩子身上毕露无遗，比任何书和电影都丰富。

一个低着头看自己孩子成长的人，他的脸一定生动、友善，人有幽默感。因为他有一个孩子做老师，教他生动、友善与幽默。成年人的心灵越来越板结、僵化和虚伪，唯一的良药是向孩子学习。泰戈尔说：上帝等待人们在智慧中回到童年。

没错，泰戈尔发现了童年的美好——包括生动、友善、幽默。回到童年的路径是智慧，智慧是什么？是爱。孩子的心灵里装的爱太多了，多到四溢。孩子们睁开眼睛就考虑小鸟、小花和白云。花鸟和白云冷不冷，需不需要帮助？孩子们大把挥洒着爱，爱并没减少，而他们因此可爱。花草、小动物和美的东西受到损坏，孩子随时洒下大颗的眼泪。除了上帝，哪有像孩子这么博爱的人？孩子们智慧充足，成人见到孩子不自觉惭愧，不为自己的虚伪脸红，也是一件极大的怪事。

西方宗教说人应该谦卑，中国的道家告诉人从谦卑中得到好处，而人其实最难谦卑。处低下者自然恭顺，一旦得势就要昂然，正是“王莽谦恭未篡时”。人自己也分不清趾高气扬与扬眉吐气是不是一回事，这两种情态实在不是两回事。如果没有博大的悲悯情怀，没有百炼钢化绕指柔的修养，身居高位而又谦卑者，古今都少见。老子称：道法自然。自然界成熟的谷穗和向日葵，哪一株不低着头。成熟和母性是同义词。植物从收获开始向大地躬身致谢，替它们的孩子向造物主感恩。

柳树趴在河边喝水

我妈说，柳树上辈子是渴死的。每每看到柳树趴在河边饮水，我就想起我妈说的话。柳枝一挂一挂垂下来，伸到河里饮水。我妈不愧是我妈，说得真对。你看细长的柳叶好像是绿嘴唇，树叶长成这样就是为了喝水。

河边多柳树。它们从远处走来，走到河边不想走了，低头喝水。我在高唐县的河边见到一棵大柳树，它的一多半枝条垂向河面。如果不是树根拽着，它早就掉进河里淹死了。但它的柳条离水面还有两三寸。一个干渴的人的嘴离水杯的水还有两寸是什么滋味？这棵柳树快急死了。我想，柳枝需要多长时间长出两三寸呢？半个月，也许一个星期。这怎么能行呢？我上前摸了摸柳树斑驳的树干，说："柳树啊柳树，你幸亏遇到我啦。我妈说你上辈子是渴死的，估计你上辈子生在巴丹吉林沙漠。过去的事就不提了，今天我帮你喝水。"我手拽柳枝塞进水里。水面虽然没咕噜咕噜冒泡，但柳枝分明喝到了水。河水顺枝条喝进树干再喝进树根咋也要十分钟，我不能轻率地离开，要帮它把水喝足。它喝水造成我手酸是不可避免的，但我不能老拽着柳条，别人看不出来我这是做好事，倒是像傻子。话说怕啥来啥，这时一个人从河边踱来，当然他是高唐人。他走到我身边站定，背上手，问："你干吗呢？"

我怎么回答他呢？他妈肯定没跟他讲过关于柳树的话，他妈不算是一个称职的妈。贵为人母，你难道不应该告诉孩子关于水和植物的道理吗？你生出孩子就不管了？让他到处乱问话。

“你干吗呢？”

他又问。他四十多岁，腰围约九十厘米（两尺七寸许）。头发白一半了，穿方格半袖衫。我问他：“你妈多大岁数了？”

他一愣，手不背了，说：“俺娘七十一了。”

“身体咋样？”

他高兴地咧开嘴，说：“俺娘身板好着哩。”

我用另一只手向他摆了摆，这只手继续帮着柳树喝水。

他咧着嘴向我摆摆手，走了。可算走了。

柳叶的七八个嘴唇在河里喝水，我以手摆柳，这些嘴唇像绿色的小鱼飞游。我觉着柳树比刚才绿点儿了，也可能没绿，我不想争论这个问题。

“你干吗呢？”这人又回来了，从我身后左侧包抄过来，还穿那件方格衫。

“你怎么不走呢？”我反问他。

他憨厚地笑笑：“你捋着树头干吗？”

我怎么回答这个坏蛋呢？我说：“钓鱼呢。”

“哈哈哈！”他爆发大笑，“拿柳树枝钓鱼？哈哈哈，钓上来没有？哈哈哈……”

他笑着，突然间引发剧烈的咳嗽。看到了没有？瞎问出事了吧？他的气管和支气管不支持他瞎问话。这个人低着头，咳着嗽走了，这回真走了。

这一切柳树都看在了眼里，我私下认为是柳树发功让他咳嗽的，有这种可能。人常说柳树老了成精，没准儿这事就是真的。我对柳树竖起大拇指同时觉得它喝差不多了，我怕再来一个人用山东口音问“你干吗呢”。

我看到树下面有一段尼龙绳，我捡起绳子，找到一块砖头，把它系在柳枝上。喝吧，我对柳树说。上辈子渴死的，这辈子喝个够。

我到了远处，回头看这棵大柳树。虽然已近盛夏，它的枝叶仍然浅绿，好像留着更多的绿色秋天用。秋天的时候，柳树的绿里带一些灰色，好像累了，也许是喝水太多造成的水潴留。人身体的钾钠离子不平衡也会形成水潴留，即浮肿。柳树每根枝条都垂向地面，为了喝水。柳树有点儿像动物里的羊，温驯平和。羊里面的每只羊都像母羊，它们像母亲一样奔走着，以哀怜的眼神看小羊羔。羊比人更早知道羊的命运。每株柳树都像孕育子孙的母树，枝条万千即其子孙。柳树为了子孙繁茂俯在河边喝水，枝条在风里摆动，像回忆又像音乐里的回旋曲。对河水来说，柳枝是从天上降落的梯子，从上面走下来一个又一个精灵。而河踏着柳树的阶梯，经过枝条和树干到达根系，像旅行结婚一样。

“干吗呢？”我回头又看见了穿方格衫的人。他背手站着问我，面有笑意。上帝派他第三次来到我跟前。

说什么好呢？我“咳，咳”咳嗽起来。我记得他是咳嗽走的。这人一愣，手捂胸口但没咳嗽。我接着咳嗽，因为真不知道怎样回答山东口音的“你干吗呢？”他转身走了，真走了，带点儿小跑，连头都不回了。原来咳嗽也算一种特异功能啊。

进森林像进入一个瓶口

我在斯图加特的索力吐呆过一个月，住的地方是一座古代公爵的行宫，现在是国际艺术家村，名字叫“独逸学院”。公爵当年把这处行宫变成了一个学院，召儿童在这里学习音乐、哲学和历史。公爵要求把教育的成分降到最低，非学生提问决不作答。学院的校训是：“创造一个人独自完成的乐趣”，相当于中文的“独逸”。

我住在皇宫北楼418房间，整个楼昼夜只有我一个人。有一天我到地下室取雨伞，却见到屋里有一位非裔女人。地下室只有四五平方米，她靠墙站着，眼向上看，露出贝壳一般的白眼仁，仿佛在这里已经站了七八年。我先是吓一跳，后来觉得她可能是艺术家塑的蜡像，想摸她一下。她从鼻子里呼出一口气，我几乎要喊“救命呀”，强忍着没喊出声并升向地面。在西方，人在哪儿站着、站多长时间都属于每个人的自由。

我在418房间向外看，草地的尽头是浑黑的森林。我每天进入森林跑步，坐听鸟啼。这个森林很大，我每天揣着地图和一封德文的求助信进去并出来。信上写道：我是×××，我迷路了，请把我送回独逸学院。我让翻译又加了一句话：中德友谊万古长青。

森林里的树冠遮住了天空，使这里变成了另外的、我完全没来过的世界。森林里没有现代社会的任何痕迹，没有电线和水泥路，不允许进汽车。就这样，我很便宜地来到古代，跟皇宫很配。巨大的树除了参天之外，有的还在地下躺着。躺树是老死的树，是昆虫和苔藓的游乐园。人在现代社会学到的知识在这里全被作废，我知识不多，也被作废。我欲知的东西全都是空白，比如——它们是什么树？什么科属？不知道。森林里有无数鸟鸣，我连一只鸟的名字都说不上来。树和苔藓的气味清凉，环绕全身。我感到人在树林里显得多余，是唯一穿衣走动的生物。不走动的树们庄严、古老、有身份，而我像一个木偶。森林里有纵横交织的小路，我每每俯察学院提供的森林地图，找到自己的位置之后再往前走。累了，坐在巨木凿的椅子上发呆。静谧中，我跟自己说一句话，话语迅速消失了，回复寂静。草丛爬出肥硕的蜗牛和拇指粗的橙色虫子，橙虫子结队在路上爬，不知去干什么。

独逸学院的艺术家用热切的眼神和手势邀请我加入他们的圈子，我不懂德语及英语，进不去，只好跟虫子泡在一起。那些艺术家制作了一些我认为幼稚的艺术，比如把一块泡沫板黏在走廊天棚，抹一层混凝土，插一枝头朝下的树枝。他们激动不已，鼓掌仰视。作品的寓意是地球上已经失去树木的立足之地。他们邀请我鼓掌，我鼓之，但我更喜欢看离这里很近的森林。他们不怎么进入森林，只在草地上晒太阳、喝啤酒和聊天。

森林的入口像一个瓶子的口，我每天都从这个口钻进去，钻到森林的各个地方。还有一个湖，名字叫“熊湖”，湖边有女警察骑高头大马巡逻，这里是水源地。熊湖边上开着美丽的匪夷所思的高大野花，常见到老年人在湖边沉思。我跑步绕湖一小时，他们仍在沉思，连姿式都没变。我很想在森林里过一夜，租一个睡袋，但不敢。我想我怕的不是人，这里没有杀人的人。我也不怕野兽，这里无走兽。我怕什么呢？我想我拉住睡袋的拉链，特别在睡熟之后，怕有妖怪把我抬走，或坐在我肚子上，让我透不过气。这里保留着原始的风貌，怎么会没有妖怪呢？

北窗南窗

北　窗

立于北窗，终于可以看到楼下平房淡绿色油漆的铁皮屋顶了。在整个冬天，它起脊的顶子上满覆白雪，有一根电话线从雪里斜着伸出来。房顶的雪总是不融化，虽然跟地面相比它相距太阳更近一些。一冬天，铁皮屋顶的边缘积累着雪的裁口，半尺厚。现在，屋顶下垂着冰凌，排列均匀，约半尺一条。远看如有十万兵马竖戟宿营，在阳春的和风里闪光。

若在儿时，我一定手执竹竿，把冰凌一一敲落。冰凌吧嗒落地，摔成三截，亦可一截赠欧，一截遗美了。

我是说我回到了沈阳，首先见到了铁皮屋顶——我北窗的老朋友。以屋顶为友，是因为没有其他之物可以为友。鸟儿已经好几个月没从窗前飞过，后面的楼高入天空，我见不到云。出于索居的原因，我久久待在北窗，对铁皮屋顶、电线杆上的瓷壶、每日移动的日影和窗台上的葱都极熟悉，以目光抚之，如故人。

晚上，窗外由有限的排列变为无尽的虚涵，夜之虚涵。我所看之物无多，只有对面楼上的灯火。灯火有两种，光从方形窗框一拥而出，日光灯与白炽灯，我称之为白灯与黄灯。

于是我以两种灯博弈，棋盘是立起来的楼房，像国际比赛的展示牌一样。白灯——也就是日光灯总是赢家，这一方棋子很多。

我很少在早晨，特别是在黎明时分来到北窗。当我在早晨由北窗外视时，如，在早晨看到中年妇女的真容。一位作家告诫说，千万别在早晨看没化妆的女人，这种皱纹与睡意未消的真实很不堪。男人尊重女人的方式之一，是在女人往脸上扑粉之前把脸转过去。

我从北窗向外直视，沈阳污浊的空气在十点钟之前不会消尽，灰色的楼房像没有洗脸的更夫。在住宅区走动的人无比麻木，倒垃圾或送孩子上学。铁皮屋顶油漆剥落处露出褐色的伤口。它们一同等待着天光普照的八九点钟，只有太阳是它们的血色与胭脂，是灵动的目光和活跃的嘴唇。

为了北窗的景物，我替它们向造化祈祷：

鸟儿飞来吧，雨丝晶亮吧，孩子们大声朗诵乡村的歌谣吧，白云飘来吧，扎围裙扛板凳的老汉高喊“磨剪子镪菜刀”吧，墙根的草芽探头探脑吧，小伙子和大姑娘在墙垛的阴影里拥抱吧，赶马车卖黄豆的农民把鞭子系上红缨吧，进城的乡下亲戚把狐狸皮帽子戴上把皮大衣前襟像杨子荣一样敞开吧，把竹笛从尘封的布袋里取出给胡琴点上松香吧，半夜吵架的夫妻离婚吧，给孩子们少留作业让他们走走停停读神怪书吧……

我很想把这些心愿写在东山墙的黑板上，成为这里的公约。

南　窗

拥有两个窗子，是我生活中唯一的骄傲。

去年住十一平方米的小屋时，只有一个西窗。当时窗下有一家汽车修配厂，师徒二人抡锤敲打车祸中扭曲的箱板，声音刺耳令人无处躲藏。我告诉自己，这就是生活。师徒二人是出于生计才砸铁板，比我更震耳朵。但我还是忍受不了，有一次竟想用冲锋枪扫射所有在深夜砸铁板的人。后来我吐出一口气，庆幸自己没有冲锋枪。

后来我搬家了，有了两个窗子，前后都没有汽车修配厂。

南窗是我的神秘所在。

我在北窗读书、写作与闲坐，已经形成习惯，只有睡觉时睇视南窗。对我来说，它湮没在黑缎子一样的夜里，窗外是光滑的缎子皱褶。南窗很遥远，像北窗很贴近一样；南窗浪漫深邃，如北窗现实稳重。

最珍贵的是树影。树自地面而长，长到我居的二楼，便是一窗树影了。在冬夜，是一窗黑黝黝的干净利落的树枝。树是碧桃，枝桠横斜，在有星斗的天幕中实在优雅极了。我睡不着的时候，常揣摩树的心事。它很像一位自信的大师，在披风上缀着丁零当啷的星星。星星也常从树隙间窥视我。

南窗外是一条街，街与窗之间是一座小小的花园，即树的领地。去年春天刚搬进来时，满窗白色的桃花，我几乎晕眩了。桃花在深红而光滑的枝上仰着脸，花瓣很单薄也很高洁。偶尔一瞥，花是粉色的，仔细逼视却退回了白色。粉色极浅，我把几朵花放在白纸上看，才瞅出它如少女粉腮一样的微红。

窗外的桃花使我不止一次地搓手，表示幸会幸会。然而它凋得也快，花瓣漫然坠地，树下无流水，它还是坠了。绿叶从花萼间长出，初生的卷叶边缘的锯齿有些紫红。

当然，这都是在白天看到的。我说过，与南窗更多是在夜里相遇。

在夏季，南窗使我有些不安。一次，我发现窗下的树丛中有情侣活动。记得一位外国的性学专家说，人类情欲旺盛的季节是春季，所谓阳气上浮。但窗外的人们在夏季百无顾忌了。情侣在夏夜的树丛中，难免有亲昵举动。我看了一次拥抱场面后，被这种坚如磐石纹丝不动的情形打动。他们比电视剧里的演员真实得多。拥抱，实如掰腕子，是力与美的角逐。面对此景，我既不能像禅师那样心如止水，也不似小流氓似的垂涎欲滴，但有些心猿意马，看了还想看。在看了第二次后，我像戒酒一样涓滴不饮了。如果情侣看到我的眼睛，肯定认为是最卑劣的目光。虽然我在没有灯光的窗前观赏，他们看不到，但我知道自己卑劣，况且这种矛盾的心态对身体不好。我还是佩服树们，它们看到什么都如此仁厚，并无惊诧。

南窗属于大熊星座，我在窗台上放了一盆马蹄莲，文竹被我搬走了，气脉太弱。窗台上还有什么呢？我见过一个明代的牧童骑牛读书的铜雕，可惜没买下来放置南窗。有一只红木制的山羊形印泥盒，置此亦佳。

我面对夜的南窗，对着高傲的斜枝，念布罗茨基的诗：

立陶宛的暮夜。人们从群体中散流回家，用手捂成括号，遮住逗点般的浊光。

这是对夜念的诗。对窗，仍有约瑟夫·布罗茨基的诗为证：

让我告诉你：
你挺好。

起　风

在树林里走，忽而起风了。这风不算弱，却明净无尘。仰面看绿意连绵的树冠，听到喀嚓的折枝声。一会儿，地上散布断枝。

被风摧折的悉是枯枝，黄褐色，像死蛇一样。但杈桠伸张，仿佛不甘心于坠弃。周围的大树那么茁壮，叶子在枝上一片片相互摩挲，在风里把低缓的呼吸声传得很远。

我感到一点儿悲凉，白杨树粗壮向上的躯干泛着生命的青色，枯枝卧在它的脚下，枯枝已经不能叫作树了。

风止息，在宁静中，我又想到枯枝，也许毋庸替它悲悼。它或许正在感谢于风，将其从弥留中解脱，送还地上，得到盼了许久的安然。它刚刚开始枯干那会儿，树干的汁液已经渐少，枯枝瞅着叶子片片发黄，不知何时飞旋而走。它也许就盼望回到俯瞰了许久的土地上。但枯枝必须经历萧索的整个过程，不能加快，亦不能减慢。那么，就在风不期然而来之际，这个时刻就叫作大限，也许还是一个庆典。枯枝在离开树的刹那，总要断然一响，清脆之声远远近近都听得见。这声音的脆亮，是痛苦的最后一吼，还是欢愉的意外之音，我不清楚。或许这两种情态都包含其中了。

我不清楚的事情，就不再思索了。人的毛病之一，在于喜欢设出两种结论，然后选择其一。这就导致更深的迷惑。

就在我快要走出这片树林的时候，身后又传来四面八方的簌簌之音。我回头看起伏如浪的树冠，又起风了。

秋　叶

秋叶在树头俯观大地，风劲吹，使它摇摇欲飞，叶子早就想下地走一走。

所谓秋风吹过来，怀里揣着一把接生婆的剪刀，去掉叶子羁绊，让它们在大地打滚奔跑。人看秋叶飘落，心境生凉。错了，人心哪懂天意。落叶高兴，在地上与众多兄弟姐妹相逢，千千万万的叶子抱着、携着，牵拉彼此的手腕臂膀团团起舞。

它们原来看不清彼此的长相。人说，叶子和叶子长得一样嘛，又错了。叶子在叶面上的面庞，润洁或活泼、多情或静思，脉络不一，绿的深浅不一，表情也不一样，这在枝头上看不清。叶子在枝头做团体操，每叶位置固定，跟奥运会开幕式差不多。

在地面，叶子看清了伙伴的面孔和它们的表情，表情写着：走啊，咱们浪迹天下吧。

脚下的大地松软、坚硬、平坦、起伏，释放迷醉的香气。青草的外衣在秋天换成浅黄的披风，围在膝下。说土地只生草木是短见，它还是蚂蚁、蛐蛐儿的大本营，是石子、碎玻璃、废弃的烟盒、雪糕纸的家。大地有多大？落叶以为在风中奔跑三天三夜就到了尽头，不可能。三天三夜才到法库，法库前面是四平，然后是长春、洮南、科尔沁左翼中旗、满归。诸落叶，尔等明白啥叫天涯海角不？不明白就慢慢跑吧！

城里的落叶在避风的墙角入眠，半夜醒来，见光秃秃的树枝挡不住月亮的脸，吓了一跳。落叶看枝杈歪斜，更吓一跳。它们一直以为枝直通天。树是千手千眼佛，向四面八方伸臂，一层层接引，收拢成为枝尖。

风不光是接生婆，还是导游。它带着无边的落叶参观躺在小区里的白菜和大葱，参观马路上的斑马线，看大楼身上的玻璃幕墙飘过白云。

奔跑的落叶已经找不到原来的枝头。天晓得天下有多少棵树，谁知道谁的位置几排几号？无风的早晨，鹅黄的落叶覆盖人行道，个别地方没盖好，露出一点点水泥的缝隙。即便这样，爱美的人也不忍心在上面踩。其实踩没啥事，落叶在脚下“沙沙”响，暗发秋声。

秋天，落叶尽享游荡的快乐。看山是山，看水是水，看人成群结队不知去了什么地方。它们劝枝上的留守者，下来吧，大地宽阔。

山与树林的合唱

“山在歌唱，只是人没有听到。”我记不起这是一句诗还是一句歌词，也记不起这是别人说过的话抑或我脑子里冒出的念头。话如拾物招领一样放在这里，我想说的是我相信这句话。

在牧区，山峦裹着蓝色的毯子，趴在天边。它们做什么呢？一定在小声唱歌。裹着毯子的人，唱歌的声音一般都不大。山在那边一定看见了河流。草原的河流曲曲弯弯，像在塌裂的河床里流淌。在任何光线上，它们都白而亮。像割裂绿草的白色闪电，又像马鞍上的银链子。群山的合唱是低频震动，河水为此浮起波纹。山比人更早通晓和声的唱法、歌的层次如山的层次。山坡上的灌木带、白桦林带和蒙古栎带是不同的声部。人听到是树叶哗啦啦的声响，这个不算，顶多算伴唱。人听到山和树林的合唱吗？如《出埃及记》那样的肃穆。群山合唱，越矮的山峰声音越尖，跟人一样。树林是乐队的弦乐。我听《霍夫曼的故事》里的船歌，小提琴齐奏也有非凡的歌唱性。树林的齐奏但不齐，也没法绝对的齐，除非是用电子合成器贴上去的音。不齐才好听，树林的伴奏如几百把弓子整齐地拉过去，每把琴的乐音会快一点儿或慢一点儿，混杂的声音如夜空里参差不齐的树梢围在月亮的脖子上。有句成语叫“山呼海啸”，发明这个成语的人是懂音乐的，并通天籁。

山的歌声近于呼，古人称吁。呼吸的呼、呼麦的呼，广板并慢板，有曼陀瓦尼乐队的无限的延长音，然而无词，音乐术语叫吟唱。其实所有歌的歌词都是狗尾续貂，是包糖块的玻璃糖纸，是废话。山在夜里歌唱、星星下垂，聚集在地平线，它们是听众。山的歌声的波长不被人耳所解码，山早就看出人是聋子，羊倌赶羊上山下山，没表情，证明他从来没听到山的歌声。

流云停驻，人不明白流云为什么会停下来。云听到了山的歌声，在牧区，朝起的云都挤在天边，如小学生排队，它们在听山的歌唱。歌者不光有山，獐子松是女高音，落叶松是男高音，山洞是男低音，白桦树是次女高音。这是说独唱的乐章，合唱时它们全体加入合唱。

白雾飘过来时，山唱的是情歌。白雾在歌声中滑落在山的脚下。白雾让山的嗓音有一点儿沙哑。迈克波顿唱情歌也很沙哑。太亮的嗓子唱不出情歌的诚恳。心中无苦，不适合在山野里歌唱。山在恋谁？流云、大江，还是天上的星星？这个事在没弄清楚之前不可乱说。人的听力与山的波长对不上，听不清它和它们的恋爱与失恋。那些古老的岩画在说这个事吗？不像。

山不是文工团员，没有新歌的时候，它习惯于沉默。但四季的每一个季节山都要唱一唱，在春天歌声会多一些。山的歌声传过来，鸟儿在天空盘旋，田鼠钻出洞来谛听。唱到低音部分，山石子震落，骨碌到山脚下。如果河水绕着山流，必是此山歌声优美，河水舍不得一下子流走，山为此多唱了好多的歌。

树的道路铺向空中

人说树一辈子没往前走一步路，其实树一直在奔走，它的道路在空中。你平躺在草地上，就可以想像树怎么观看自己的道路。这条路（不应以论条？）广阔蔚蓝，早上变为玫瑰色，傍晚金红。树看不清路的尽头，它有时觉得白云城堡是尽头，但城堡也飘走了。（城堡还会飘走？树觉得云的事太不靠谱）。暴雨滂沱，是路面喷射的水。这时候树也不想走了，它想不通天怎么会变成水库，用下雨的方法泄洪。但雨过天晴是最美的时分，雨不止洗去树和草上的尘埃，也洗掉了世上的杂音。雨后是不是特别静？万物垂首静默。雨下在树皮上、下在鹅卵石上、下在牛屎上、下在如皮革一样坚韧的草上，之后突然停了，那么多的音响停止了轰鸣。如果不下雨了，还下什么呢？万物在等待那个东西。那个东西来了，它是鸟鸣。如果不是爱出风头的鸟儿打破了寂静，世界还将静下去，谁也不好意思用声音扰乱暴雨造出的寂静。蚂蚁的腿都麻了，但并不翻身，怕翻身触碰草叶发出的轰响侵犯寂静。鸟鸣之后，世界就乱了，鸟鸣带来了更多的鸟鸣，你听到积水咕咚咕咚往树洞里灌，蚯蚓开始钻探，獾子边跑边放屁，风用刮雨器刮下树叶上的积水。乱了，太喧闹了，跟雨前一模一样，也许更闹了。雨把空气中的脏浊化为污水送给大地保管，花朵抹去脸上的雨水浮出地面，极尽娇艳。树看见自己的道路更近了，更近的意思是它几乎看清了天心，那正是它要去的地方。

树带着所有的树枝上路，树的终点是天上的星辰。它们是洒在蓝丝绸上的白蚕豆，是隧道尽头透进的光的白点，是永不融化的黑冰里的化石。树是大熊星座下的烛台，烛花是春天才开的花朵。树走在天空的道路上，路上洁净无尘，它的同路人是鸟儿。鸟儿虽然夜里在树上睡觉，天亮便径自飞走。树看到最多的是鸟的腹部从天空划过，像从海底看头顶游过的鱼。树回头看到身后的青草，青草永远跟在树的后面，跟着跟着就枯黄了。树觉得草倾尽气力一生才长两寸长是吝惜气力。蝴蝶在春天为树送行，它趴在树的苞芽上叮嘱。蝴蝶说天上的云团实为成千上万的蝴蝶的集合，风把它们推到大海的对岸。

树不怕自己走得慢，慢是大自然的美德。大自然带来的所有伤害都与快有关，洪水、地震，都是它内部的一个表针突然走快了，然后继续慢。慢是美，山峰从地面爬到天空时间用了多久？雪花从天空降到地面有多久？树木把所有营养均匀地输送给所有枝条，让它们上路，走向天空。从春天开始，有多少树的孩子往天上走？大树小树，每根枝条都是它们的孩子，最老的柳树也托举着稚嫩的孩子走在天上。春天，没有哪一棵树的孩子不出门，它们的父母把这些孩子打扮得漂漂亮亮，让它们穿上了新衣裳，有的枝头开着花，那是孩子们头上插的花。玉兰哪里是花，它简直是一份大礼，朵朵都似白玉杯。树枝走到天上去，不能像杨利伟那样空着手，要带点儿东西。丁香花紫里藏白，四片花瓣打开后，树上贴满了清香的鳞。没有桃花就不算春天，桃花让人痴，让人相信未来，相信一见钟情。桃花离果实很远，离笔墨宣纸很近。桃花是一件事情的开始，也许是情事的开始，也许是飘零的开始。桃花落地比在枝头好看。梨花盛时如山野暴动，一树雪白衬在绿草之上，密到白到发疯的程度，人除了目瞪口呆并无什么办法。沉寂一冬的大地被梨花吵闹，在乐队里，梨花是锣鼓，铺垫好戏登场。连翘即迎春，它是灌木上的花。它虽然有一个药房的名字但不失娇艳。自然界最艳的色彩不是红，而是黄。黄颜色连接着苏醒，它是乐队里的女高音。金色的蜜蜂飞进连翘的花蕊上，你觉得它的家不是蜂房，而是连翘，它俩是一家。

树带着花朵的礼物供奉上天，杨树没花用小绿叶凑热闹，松树用松针为春天掐表。所有的枝条对着天心。走吧，树木，天空有无数条（片、块）道路等着你。树木不管土地泥泞，不理会砾石、杂草和未化的冰。树的眼睛只盯着天空，看着看着，它发现自己肩膀长出叶子，像披肩又像托盘，下完雨上面留几滴雨水。叶子宽大之后，树梢看不清脚下的泥土，它的眼里只有杈桠，夜晚眼里是星辰。月亮从云的缝隙查看每一棵树。虫子在地下翻落叶，如翻旧书。树往天空走着，边走边吐出更小的叶芽。如果是茶树，这些叶芽就变成了茶。树不知离天空还有多远，它要一直走到秋天。

树的尽头

琴、乡下的门窗、板凳、寺庙里的木鱼，这些东西的前身是同一样东西——树。

它生长的时候，人们叫它树。树离开大地之后，叫作木头，叫黄花梨木大床，叫紫檀木棋盘，叫炒菜马勺的把。木头当年在树们的岁月里，身上长满绿叶，沾着露水，是鸟儿的家。当白箭的急雨斜穿而过时，树像顶着雨赶路。雨在树的脚下劈啪打出水花，树身像雨衣一样反光。树木奔跑，直到眼前出现一片野花。

树叶让树丰满，如同大鸟。树在树林里度过了一生最幸福的时光。

小时候，我家东面有一处锯木厂，每一天都传来电锯声，包括木头锯透后电锯发出的袅袅余音。我从三四岁就听到这种尖锐的声音，七八岁时，同家属院的小孩儿一起参观这个厂。锯出白茬的方形木料堆有三层楼高，让你产生幻觉，好像你变成一只蚂蚁仰视火柴盒里的火柴棍。院子里全是松脂的香气，松树的红色鳞片堆满地面。现在想，我老家一个小锯木厂里，半米宽、半米高、十几米长的松木方料竟堆积如山，这么粗的松树得长五百到一千年，这是何等富有啊！我长大再没见过这么粗的松木。五六个工人把松木的一头抬上操作台，工人用肚子顶着松木推向电锯，“滋——”电锯怪声怪气地叫嚣，松脂香气愈发浓重。我觉得锯木的工人已患有成瘾性疾病，他们见到所有的树都想用肚子和肩膀顶向电锯，把浑圆的树变成白茬、有纹理的方料。离一垛垛的方料不远，是一条铁道线，木头从兹前往各地。

树不知自己身上哪一部分变成门。这一部分树变成门之后，成了一个家最重要的成员，它叫门，古语称之为户，替这家遮风挡雨。这家人每天用手摸到门，开门关门。门远离森林已经很久，绿叶和露水永不再来。门上有锁，安玻璃，没人再记得它曾是一棵树，是树身上的一部分。门上年轮的花纹被漆覆盖，花纹在漆的黑暗里回忆森林的绿荫。

有的树变成琴，只用一小块木料，制成琴杆和共鸣箱。琴是树最为文艺的出路，发表乐音并倾听乐音。在音阶的五个全音和二个半音的无穷组合中，琴身的木头听遍了人间苦乐。旋律使它们迷了路，忘记了森林的一切。不同的树让琴声明亮、幽怨、沉思、多情。用放大镜看木板，是无限穹庐，像蜂窝一样，藏着无数小共鸣箱。

木鱼是寺庙的法器。鱼日夜睁着眼睛，僧人以木雕鱼做成响板，取警醒之意，戒怠倦。木鱼的声音幽远、玲珑，是另一种梆子。树成了鱼之后，以声音在寺院的静水里游来游去。

树的弥撒曲

不是连天淫雨，也不是雷阵雨，我说的这种雨疾徐有致，像巴赫的双小提琴协奏曲那种风格，时间也如放一张CD那么长。半个多小时，树，就放送出芬芳的气息。这是今天我在空军干休所墙外感受到的。

树憋足一口气，向我哈过来，一丝一丝的芬芳。小时候，我爸去军分区喝西凤酒回来，把气哈在我脸上，说多么香。树的香才是真香。它包裹着你，不仅香，还从胳膊的汗毛眼钻进你的肉里。倘不是在街上，我一定赤膊而行，让肌肤体会这气息的甜。

或者，这是树在唱歌，人耳听不到这种频率。女声，沉思性，像中世纪的弥撒曲。

这些树的歌声嗖嗖远逸，于是我在墙外来回踱步。若有大象的长鼻子，就灌满满一鼻子树香，回家一点点吸嗅。

如果我有钱，每天搞一场人工降雨，在树丛里，我叼烟头光膀子穿行，倾听树的芬芳的合唱。

树活两辈子

每棵树身上都有两辈子，它们把两辈子放在一起活。

树的枝叶果实是它的青春。阳光均匀地涂抹在每一片叶子上，同时没忘记晒红苹果的脸。树叶有青春的好奇心，会用手掌捧一只毛虫看，看它吞吞吐吐爬向树干。树在夜风里丢弃了睡意，计算风吹落了多少颗露珠，听河流莫名其妙传来跳水声，好像苹果连夜逃逸。树最喜欢星星，以为那是天空密林上挂的灯笼。这些灯笼隐身复浮现，好像往人间传送神秘的灯语。灯笼旋转，东方出现鱼肚白时，一盏盏熄灭。

根是它的暮年。根在黑暗里呼吸，呼喊水的名字，它的邻居是昆虫。根的世界叫作土壤，正如树的世界叫空气。树根熟知土的话语，它们常说的词汇是紧密、湿润、水和干涸。土是大地的躯体，大地的臂膀、肌肤、内脏和灵魂全是这一层厚土。土做的砖，土垒的城墙，根在土里活了一辈子，就像树的枝叶果实在阳光和空气里活了一辈子。

树根比老人的手还老。树根何止于吸收水分，它要牢牢抓住土地。从树冠传来的风的力量扭动树根，根而非树干在与风角力。徐志摩说“风不知从哪个方向吹来”，根也不知风从哪个方向吹来，为什么要撼动树？树根在与风的角力中得到大力士的称号，它的手像铁匠一样骨节突出，或者像一只放大的鹰爪。悬崖的树，根比鹰爪更尖利。它们用根抓住岩石，用树枝抓住风，争夺一席阳光。

根没见过阳光，一辈子从未见过太阳的模样。树叶把太阳的能量源源不断传输到根须，根感到阳光是让躯体膨大的力量。根想象阳光是一片水，淹没了大地，如金针刺破所有屏障。根看不到光的亮，却感受它在奔跑。阳光在树的脉络里跑得比水分还快。阳光像海水那样一波一波涌来，送来粮食和热量。

树活两辈子。树叶是树的孩子，根须是父母。父母在泥土里当地基，当抽水机，当风的对手。根须其实不懂树叶的快乐，也不知果实的滋味，只习惯于劳动。叶子在风里簌簌唱歌，与小鸟捉迷藏。树叶向往远方，猜想地平线发生的事情。叶子甚至盼望秋天来到，让它脱离树干，在大地奔跑。

根看不到树叶的足迹，果实被车拉到了远方。当光秃秃的杈椏落上一层冬雪时，根在寂静的土里深眠。冬天戒严了，水与昆虫都在休息，树的根须放松了筋骨。大地上的生灵在冬季休息了，冰雪让它们停止一切活动，全体护生。

树根在三个多月的睡眠后返老还童。春天的脚步先从昆虫的翻身声里发出，水醒了，打听哪一天是立春。当春风摇动树干的时候，根须知道春天到了。根须一天被春风摇醒一百次，让它准备嫩叶、准备蓓蕾、准备树叶和花朵的衣衫，树根开始为儿女准备所有好东西。

树叶和花见到春天后开始歌唱，有合唱与独唱。歌声传到树根，树根不断把水送上去，让它们润润嗓子。

树的衣裳

见法新社一张图片，德国一位女艺术家给树织了毛衣，那些树从很矮的地方开枝，这些彩色毛衣从树的脚下延伸到胳膊上。树林的树隔三差五地穿着毛衣，像孩子们在奔跑。

把树变成孩子就这么简单。而孩子穿着天下最好看的衣裳。春天到来的时候，我上街看孩子们换上了哪些衣裳。过年的时候，我喜欢的事情也是看到孩子们全都穿上了新衣裳，兜里揣着糖果爆竹，成群结队喜气洋洋地在大街上走，像礼物在雪地上移动，像城里突然冲进了一群美妙的动物。

我孩子小的时候，她的妈妈也给她置了许多好衣服。有些衣服甚至是好笑的，比如小虫翅膀那样淡绿色的纱地儿上衣。还有一件水兵毛衣。孩子两三岁的时候，穿着这件水兵服蹒跚学步，很庄严，又娇憨。

我妻子把这些有趣的衣服收藏起来了，包括女儿作的“诗”，谱的“曲”。而我突然想到，没有收藏母亲年轻时的一件衣裳有多么可惜。母亲年轻的时候，也有美丽的衣裳。我记得她有一件暗绿色的连衣裙。它让我想起母亲也有美好的青春时光。我甚至想知道母亲做姑娘时的样子，当然这是不可能的。而我父亲则是幸福的，他在我母亲做姑娘的时候认识了她，他们成为朋友，后来结为夫妻。

树静夜阑

夜里的一切都美丽，我是说大地与植物。

假如搞不清中国画“墨分五色”的道理，要到黑夜的植物园揣摩。太阳收走白昼的七色，夜里还有光。从软弱的月亮上飘来的微光，把植物变成线描与版画的黑白插图。红花委屈得变成黑花与深灰的花，于是花也不怎么骄矜，转为娴雅。在夜里，植物们成为安静高贵的种族，用黑白灰穿插映衬，白天的喧闹与色彩争夺就此隐退。而我们，退化为缺乏色彩识别能力（锥状视觉细胞）的动物，如狗、鹿和老鼠。这样看东西更好，宁静柔和。而白日自然恢复色彩视力。

走在黑夜的植物园如看黑白电视，月光所照之处皆不真切，像涂一层毛茸茸的薄霜。它把水泥路照得太白，让人不忍行走，怕弄脏。在高大的植物中间，如皇太极陵树龄二百多年的松林间，月光照不进来，却仍然看到许多东西，它们变了样。灌木像铁丝网，青苔像雨浇过的毡片，废砖如石，只有树还像树——它们像英雄，松树更像。杨树是没文化的功臣，连级；榆树是离休老英雄，抗战前的；松树是按剑待决的将军。只有柳树像女人，春天的柳树更像女人——撒魅力大网罩住天下男人。

植物园的夜里，周围深处似有歌声，听不清旋律和伴奏，如教友唱诗。

是风穿过树叶蜡光的绿手掌吗？风吹过松树身上斑驳的盔甲，发出声音。风和月光梳理草的乱发。风在水面小步奔跑，留下鱼鳞般的脚印。我看不到松林的顶端，顶端是一顶顶肃静的冠冕，它们仰望月亮，怀想清朝的旧情，想孝庄文皇后——一个善良的科尔沁女人，辅佐清王朝中兴。

在植物园听到自己的脚步声有些奇怪，啪哒、啪哒，不算好听。只有人或熊才这么走路。狗与猫均轻捷无声。我带着我的脚步声走过落叶，走到有灯光的地方。这么晚了，四处奔走的只有人类，鸟类树类早已安歇。

树林里的眼睛

我不怕走夜路，在夜里走路感觉比白天更放松。这好像是动物的想法，不知什么时候传染到我身上了。从葛根召到赫林塔拉约有二十公里，我傍晚睡觉，睡到夜里十一点钟爬起来，往赫林塔拉走。

过马车的道路长满杂草，车轱辘轧过的土业已死去，不长草。路两旁的新疆杨胸径达到碗口粗，树上的叶子在风里旋转着跳舞。叶子在叶柄上来回转，像有手指捻转。新疆杨的树叶分成两色，绿色的叶面有光滑的蜡质，灰色的背面长绒毛。夜里，叶子的灰和绿色变为黑白两色，在风里旋转着给人变戏法。往前走，经过山榆树和蒙古栎的树林。月光照不进浓密的树林，林内好像是漆黑的仓库。或者说，一列看不见尾巴的闷罐车停在树林里，漆黑的车厢上面装载向上生长的树。

我知道树林里有无数双眼睛在看我，我有些得意。动物和鸟类不出声地看我，瞪着亮晶晶的眼睛。它们的眼睛比玻璃球还亮，没有杂质。它们在看这个两条下肢行走的“人”在干什么，去哪里。想到这个，我笑起来，这并非讨好它们，而表示我也是愉快的。虽然我是“人”，但并非所有的“人”都坏，“人”也并非随时随地都坏。有时，他走路而已，微笑而已。他以双下肢行走本意不是耍杂技，这是进化的结果。他的双上肢前后摆动，不是做暗号，而在平衡。人类所有的坏事都是用手干的，我摊开手，上面没猎枪和夹子，也没毒饵。我只是一个去赫林塔拉的人。去赫林塔拉也不是为了干坏事，我要去那里山顶上护林员住过的废弃屋里睡到凌晨，起来看日出和那里的岩画，拍点儿照片，然后再走回来，经过你们。当然这已是明天白天了。白日里，新疆杨的叶子变成绿灰旋转，而不是黑白。这条路上的月光会被太阳铲掉，铺上明亮的阳光，那时候你们都回到了窝里和洞里。白日才是你们的黑天。

月光像用喷雾器把乳液喷洒在草叶上，白得均匀。再往前走，快到夜里十一点时，凉气从树林里跑出来，包住我身体，地上的月光变得更白，如同冻结了地面。我坐在路边歇一会儿，突然害怕有动物把双爪搭在你肩上。于是我靠着一棵树休息。怎么看不到动物们、鸟类、昆虫们在夜里活动呢？我知道肯定有动物在树林里与我并行，跟踪我。它可能是狐狸或獾子，但最好不是野猪。除了老虎和熊，谁也不是成年野猪的对手。这只狐狸或獾子看我到底想干什么，它觉得我不能仅仅是走。是的，我不仅仅会走，我还会写作（这也是古老的职业），但现在只是走而已。我不上树掏鸟蛋，也不把手伸进树洞里抓蛇。你别拿你干的事想我，我也不用我干的事判断你们。

月亮朝西北下坠，月牙比刚才更向后仰，好像把飞机座椅向后调整了，它躺在碧海的沙发上看天。月亮当然也要看天，这差不多是它主要的工作。人类觉得月亮一直在俯瞰大地，这是错觉，月亮要看群星的位置。星星们一如夜海里的岛屿，是不融化的白色冰山。星星们离月亮很近，彼此观望都无须仰脖子。它们互相照耀，有足够的光。

夜的树林里总有声响，像鸟窝从树上掉了下来，像松鼠掉进铺满落叶的坑里。但没有人弄出的声音，什么声音都不会妨碍夜行人的安全。就人的体积、外形、气味而言，没有哪些动物想把人当作食物吃掉。它们对人始终恐惧。人用文化歌颂人的各种俊美，大多数人都信了，但动物一眼就看出人的丑。人在它们眼里，比人看河马还要丑，没人吃这么丑的东西。动物辨识对方，嗅觉比视觉更具有优先权。动物都不喜欢人类发出的强烈气味，比骚更骚，令人作呕。想这些，是让我走夜路时放松一些，人的相貌与气味的武器已足够强大。

前面有河水，这条河浅而宽。到对岸，河水把我的气味传得更远，让更多的动物悄悄离开。流水的声音好像并不由河水冲击鹅卵石而来，是水对水的耳语，边说边笑，包含许多秘密。河对岸，草地开着小花，夜里看都是白花。走百十米，白花止步。前面是一片开白花的树林，好像草地的白花爬到树上去了，这完全有可能。因为树底下已见不到小白花。

夜里的树高大并茂盛。我进树林里走了一会儿，因为视力没动物那么好，怕崴脚便回到路上。树林在夜里发出清香，我称之为“夜味”。夜味并不像夜色那么黏稠，它清凉、下沉，摸一摸你的脸就去了别处。夜的味集合了青草与枯草、绿叶与落叶的气味，混合香型。其中也有岩石的冷冽的气息。昆虫们在我们不察觉的草与土里忙碌，过日子呢。月亮下坠，更加偏远。道路和岩石的白色已变得模糊，夜比子夜更加渊深。我走了三个多小时，夜才开始真正地黑了，现在接近凌晨三点。

树木是音乐家

才想到，树是藏在暗处的音乐家。我过去一直以为琴声是从琴弦和琴弓之间发出来的，忘记了琴的共鸣箱。

提琴、胡琴、月琴、吉他……其实不必列举下去，包括钢琴在内的琴都有一个木质的共鸣箱，就像人有肉身，河有水的质地，琴有木质的、更准确地说是植物的躯体。这么说就对了，说出了琴生命的源头。

树木在阳光和水里生长，在泥土和月光中呼吸。夏天，树木不出汗却散发清凉，浑身的绿叶比草茂密，而人在此季昏昏沉沉。春天的树在大地刚刚苏醒时已经开花，它在肚子里背诵了一个冬天的腹稿竟然是花朵，让人惊喜。旷野里的一棵树如同一位行脚僧，虽然无依无靠，它却是小鸟的依靠。树在稠密的夜色里搂着鸟儿们睡觉，让大鸟和小鸟枕着树枝的胳膊睡觉。天际透露点滴曦光时，鸟争先恐后地歌唱，唱成一锅八宝粥。树最先听到这些歌声，它熟知每一只鸟儿的歌喉与旋律。树从最近的距离看见太阳把苹果一点点晒红；它听见小虫在月夜吃树叶的沙沙声；树听到露水珠从树梢滴在草叶上。树收藏了自然界无数的声音。

所以所有的琴都用木头做琴的共鸣箱。弦上的声音在箱里共鸣，不仅被放大，还带出了这株树心里的声音。琴声何以缭绕，何以幽怨，何以清越，何以旷远？我今天才明白，这是树的木质的语言。

古琴推重木质。一架西汉的琴，琴身可能在汉代就是生长了八百岁的老树，其音怎不邈远。琴老，但不衰疲，保留百代之音。

科学家测出树木发出人耳听不到的10赫兹以下的声波，而我们在琴声里听到了树的歌唱、树的沉思，甚至树的阅历。人没法跟树比，人活不过一棵树。看到从悬崖石缝儿里长出的松树，你没法想象它是怎么生活的。树把根扎在石缝儿里能活几百年，人在那儿连十分钟都站不了。树比人更体会寒冷、干旱这一类的困境。事实上，琴声不光装点太平，还发出悲怆之音，木头比人更知道世事艰辛。琴声的纯美只是树木说出的愉快的话，它还有更苍茫的声音。有朋友从南京动迁的老房子里买来一段房梁木，是明代的木头，他制成一把古琴。我问此琴什么格调，朋友瞪眼想了半天，说此琴一腔悲愤。一段房梁木怎么会悲愤呢？朋友奇怪，我也觉得奇怪。

树木有梦

树在冬天惊讶着人的美丽，他们彩色的衣装使树显得粗伧。这是在北方。

树在冬季变成了身穿统一制服的士兵，青或褐都罩在乌蒙蒙的灰里。它们不知人类用了什么样的办法，仍然像夏天那么鲜艳。

树是冬天的穷人，叶子被秋天收走了，不知存到了什么地方，以后能不能送回来。夏季的泥土抢走了树的花朵，雨水把花瓣冲到远处，连鸟儿都找不到。

小鸟怀念绿荫，那里有许多秘密。鸟儿仔细观察叶子的手掌，为它们算命。许多叶子哗哗伸出手，让小鸟看自己的爱情线。

冬天只有人类美丽。他们在皮衣和羽绒服上佩以彩色的围巾和手袋，集中了好多花的颜色。他们在街上停下来，说话，然后笑。如果哪一株树这么鲜艳，也要笑，用树叶弄出声响。

街上，绚丽的小孩儿毛衣挂在两株树当中的绳子上，袖子在风里摆动，像跳舞。这是下岗女工卖的，批发价。树们不懂，这么好看的毛衣，为什么没有人买？它们已经挂了很多天，而且行人并不看这些毛衣，连小孩儿也不看。树惊讶，就像它们不懂什么是下岗一样。

然而，冬天的太阳很暖，树们抵御睡意是很难的事情——梦像天边的云彩一样悄悄走近。当鸟儿飞下来的时候，常被尖尖的树杈吓着，怕扎了自己的脚。再说，鸟儿也不喜欢挂在树梢上的哗哗响的塑料袋，比麦田的稻草人还吓人。鸟儿觉得还是在屋顶栖居比较好，包括大烟囱的铁梯和没有学生上课的教室的窗台上。树在暖日熏陶之下入梦，虽然它们不承认自己睡，说听到了卖菜人吵架的声音，但它还是睡着了。天太蓝，睁眼看一会儿就睡了。在梦里，它发现蚯蚓鼓鼓捣捣准备铲子和水桶，蚂蚁开会布置春季防汛。有两只小鸟在谈话："我要用明年的桃花做一个最好的巢。"

桃花？哪里有桃花？树想睁眼看一下，但睁不开。

另一只鸟儿说："我要用树上的露水漱口，这样，有助于练习美声。"

树懵懵懂懂地想：这些鸟儿在做梦吧。当然，露水和鲜花都是好的东西，仅次于人类那些美丽的衣服。

树叶欲飞

每一片叶子都像一棵树。

这是一位名人说过的话，如伏尔泰那样的名人。据说这句话曾经启发一个人开创了一门学科。

取一片树叶端详——如杨树叶或榆树叶——宛似一株伫立的树，枝干清晰，冠冕丰满。或者说，此乃树的相片的绿色底板。叶子在心里纪念树，像孩子纪念妈妈。对着阳光看树叶的脉络——即树干的微缩——实如通达的渠。水分多么高兴在透明迷宫的走廊里跑来跑去。

树叶还像摇摆不息的婴儿的手掌。如此，每一棵树都是一尊千手千眼菩萨。树的确是树菩萨，以清凉救人。树叶亦如一只只小鸟，伏在枝头。它的纹路像披挂羽毛，在风里，这些羽毛颤抖着，欲飞。当树叶在你面前翻卷时，确如飞不起来的挣扎。

藤

藤不是树不是根，又似根似树。树直立，根在地下爬行。藤选择做一根藤，是植物里的龙蛇。

藤是植物里的猴子，它想去一切地方。藤想知道泉水从什么地方流出，野果边上有没有刺猬的洞。藤在悬崖爬上爬下，把阵线搞乱，没有哪一棵树像藤这么胡闹。树像士兵一样站在哨位，一辈子没往前走过一步。

藤直不起腰，它需要挂在什么东西上。藤做的事情叫作借力。它认为所有的地方都是肩膀。它拍过石头、树和草的肩膀，然后向上爬。藤好奇心重，想知道高处有什么，想知道高处的高处还有什么。藤编织了森林里的蛛网。

藤被庄子的故事吓住了：树越成材越近刀斧，树一旦丰厚挺直就成了床，供人坐榻，成了桌椅板凳和皇帝的案子，树不读书也被迫充当书架。藤是明白人，树成了材也不过是大立柜，变成夹肉的筷子自己却吃不着。藤以不材自喜，它要做一个山野流浪汉，东奔西走，居无定所，就这么办了。

藤不开花，它情愿寒伧，像穿褐色雨衣的药农。在雨里，藤的衣衫像石头一样黑湿黏滑，不开花。植物开花，只是一个富贵的梦想。花开过，花瓣被风揪走、被流水偷走，花记不住自己到底有几个花瓣。开花的树多少有一些矜持，像做家务的男人，更像粉墨面世的梅兰芳。藤没有开花的基因，不开就不开。藤假如开了花，必定妖邪，藤把开花的力量变成皮革般的纤维，坚韧可拔。

日本这个地方国小藤多。他们建立户籍制度时国人无姓，阿三阿四。官令民有姓，民取“田、山、松、井”等山野事物作姓，缀以状态助词“中、上、间、下”。也有“藤”，藤野、佐藤不是一根藤。山多藤就多，平地有草没有藤。日本的藤是造床材料、造桥材料，藤条抽人人疼。

中国的文人画里，写藤见到笔墨功夫。毛笔先天适合写藤，藤之老劲虬顽，以墨之滞迟枯涩应对之。黄宾虹说，笔做什么？分明；墨作什么？融洽。黄宾虹把笔墨最上境界称为“融洽分明”。他的画语录常说笔法，笔分八面是黄宾虹的标志性言论，但他的画最好的地方仍在墨法。有画家研究黄宾虹一辈子，不知他作哪一种皴法，我说黄宾虹山水无皴法。他问是何法，我说不告诉你。画藤也无皴，见清楚笔法，所谓线。朱耷画荷茎与藤何其相似，只是墨性不同。毛笔的线——齐白石称运笔要迟，石鲁的线却飞快——在画藤时显出疾徐枯润，显示毛笔的霸蛮，齐白石说毛笔可夺天工。一般画家不画藤，也画不了藤，他怕别人说他在画蛇或画井绳。徐渭是墨藤祖先，其藤怒而刚烈。齐白石的藤显露金石章法。藤在文人画里上了厅堂，化大野为大文。文人画的藤叛逆，臣服朝廷的人肯定不画藤。藤在笔墨之间不止纠结，是不求纠结纠结自来。大师的墨藤肚子里有火，是身在江湖不屑江湖，是好纸好墨，是不皴，是仿家画不来的黑道道。藤是国画里的美人。

就这样，艺术远离着生活。在所谓“生活”里，藤变成屁股下的椅子，被屁熏得油汪汪的黄。藤是蛮人孟获的盾，是西南少数民族孩子上学路过的桥梁，是供养苔藓、昆虫的共生体。森林里，藤比树烂得慢，它属于筋一类炖不烂的东西。藤是高加索山民采野蜂蜜的梯子，它见过无数采蜜人摔进山谷。

树　桩

所谓树桩，是被斩首的树，是树的遗骨或开裂的冢。

树桩都很粗，年轮湮灭，长满苔藓。而它身边尚细的白桦树，像拉着手的儿童，惊恐地看树桩，不肯离去。

或说，树桩是祖母干瘪下垂的乳房，是悬崖上被蒙住眼睛的骆驼。

我见过老死、完整的树，在四川海螺沟。巨大的、活了几千年的树老死了，倒在林中，而身上有许多生物，小虫呀、蜘蛛啊，老寿星多么幸福。

在我老家，过去有挺多林场——林的屠宰场。现在没了，因为没树了。人们扛着电锯、唱着歌儿，杀伐那些粗的、直的、好的树。伐树的“伐”字其实挺可怕，比军阀的“阀”吓人。树没了，沙子来了；人搬走，大地荒芜。

旧小说写豪强，常用“动了杀机”。机是机心，而杀是人之恶念中最恶的一种，不止杀人，还杀动物，植物也不放过。

草原沙化之后，都市的人只感到空气指数下降，车上落土，衣服需要再洗。有人想过没有？在所谓沙化的源头，牧民的家园没了。这里原来是一望无际的草原。你们衣服脏了，而他们的家园万劫不复。是谁毁掉了这一切。

望树心安

我曾将书房名为“二街堂”——南面临街，西边又有街，因而不是“二阶堂”。至于书房是否宜由自己的名分地位命之斋、居或堂，并寄寓玄秘的含义，我从来不去想，妄语而已。所谓苦茶斋、大风堂或不二居，不外表达怀抱。有人抱屈，自命“六步斋主”，房子太小之谓。又有人讽世、谀己、伪逊，在书房上搞些名堂，属文人惯伎。

在“二街堂”前，有花园一片，为我钟爱。在都市，能和植物住在一起的机缘太珍贵了。我居二楼，一棵碧桃树横枝迎迓，绿盈我窗，并将枝叶昂首三楼。碧桃树肩下，是几株坚挺的松树，松树脚下榆树墙蔓延。它们就在我的窗前，被我引为三五好友，共度时光。

去年天冷时，吾妻在南窗置一帘，与床罩枕套一路色调，银灰绣花，隐隐有地主富农气或道士气。这样，屋里增加了什么，也似隔绝了什么。越几日，妻子摘去窗帘不复挂焉。问，说见不到窗外的树了。我与她握手良久，说真是同志呀。

窗帘挡住树影，又妨碍了天光，不足一挂。它断绝了我与朋友的来往。窗台有花草几盆，那是我与树们的联络员。有时，我从外地回来，深夜至家，吃、喝、与家人问讯毕，躺在床上，一眼便看到了窗外的树，姿态依旧，真是老朋友相见。我相信它们在窗外也看到了我。我虽微不足道，无枝无叶、碌碌奔走，但毕竟是它们的邻居。我看到树的时候，心里总想：你们哪儿也没去啊？

树们，哪儿也未去，也不屑去别的地方谋生或谋食。秋夜是树最美的情景，叶子俱去，干净伸展于星星的分布之中。这种美态不能为丹青状之，也不能为书法描摹。秋天的夜空本来明澈，若有月光依来，树们在静谧中极尽温婉劲节的气韵，比月下舞剑之人好看得多。

我的心态如一个土包财主，即每夜逡巡仓房马圈，不为所有的人。夜阑，读过书又饮完酒，看妻女睡去，看冰箱彩电都在。上床前，再睹窗外的树，心便安了。

杨树的末子

天亮前，我做了一个梦。梦见树林的土里冒出如泉水一般的白沙。好像地里藏着的传送带把沙子偷偷运上地面。我像小时候那样双掌扎进沙子里，攥一把，松开。按说沙子应该像沙子那样沿一条线从手心流下去。但梦里的沙子不流，如两个饺子躺在手心。我闻闻——清新的微苦，还有遥不可及的甜。我立刻明白过来了，这不是杨树的末子吗？这是用带子锯伐杨树，树的茬口留下的白屑。我在梦中想，有人在地球里面偷着伐杨树呢？抓住他——。

我一喊，梦醒了。梦最怕踢打叫喊这类事。梦只是一层窗户纸，禁不起风吹草动。我知道我为什么做这个梦。讨债的来了，它们不知跋山涉水走了多远的路才走进我的梦境。它们能找到我也是怪事。人找人尚且费劲，何况树找人呢？

我中学毕业“上山下乡”当知识青年，伐过很多树。现在想起来很内疚，或者叫沮丧。高大的、胸径五十多厘米的大杨树，被我们唰唰伐倒了，杀死了一棵又一棵的树。干什么不好，为什么要伐树呢？那时候，伐倒一棵大树，让我们十分得意，围着这棵倒在地上的大树看，闻到了杨树的锯末子的味道，苦与一点点甜味，清新。如掰断一根树枝送到鼻子底下所闻到的气味。

冬天是伐树的季节。我们穿着白茬皮袄，肩上扛着两米多长、十五厘米宽的带子锯。锯在肩上颤颤悠悠，晶亮闪光。带子锯一边一个木把手，两人操作。伐树时，人跪地下，两端轮流发力，白沙一般的锯末子从树身上哗哗流淌出来。

这就是我梦见的泉水般的白沙，它们堆积在行将倒下的杨树脚踝处。锯末子越积越多，堵住了杨树的伤口。雪亮锋利的锯条吐出更多的末子。它的狰狞的锯齿和狼一般咬住树的肉不松口。那时候，我怎么不知道这就是杨树流下的血呢？树的血肉混合一体，变成末子洒了一地，我竟产生了成就感。现在才明白，当地农民为什么不伐树，他怕树怪罪，让我们这些傻小子干这种事。他称赞我们伐树伐得好，伐得快。他的称赞同样被树听到了，日后他一样会下地狱。

我下乡分在了林业队，工作是种树与伐树，冬天把松树带土坨挖出来栽到别处。我们天天跟树在一起，在树林里活动，树干出现并躲藏在其他树的后面。你是这一片树林里的矮子。树们不光奇怪人会走路，还奇怪人的腿如两根树干，从土里拔出来交替前进。年轻的杨树已长着黑色的瘢痕。它们长大变老，树干挣裂了树皮，留下深深的沟壑。那些青玉色的小杨树变老之后如榆树一般黑，柳树也这么黑。昨天我看到一棵杨树，胸径约有四十厘米，沉黑如铁，摸上去也如铁。目光顺树干望上去，一丛丛筷子粗细的新枝冒出来，再往上是碗口粗的树枝。这哪是一棵树？这是一个古老的村庄。蚂蚁正从树皮的沟壑里往外爬，鸟儿在看不清的树叶里啁啾不已。这棵树，以衰老的躯干举起这么多枝条，哗哗的树叶如一条河流。树更艰巨的是在风里站稳脚跟。所谓树大招风是说树在大风里要兜住几百上千公斤的风力而不倒。它倒了，一个村庄就倒了，我伐倒过很多这么老的树，我手摸这棵树，仿佛它们复活了，那些白沙一般的血液回到了它们的身体里，又长出了绿叶子。树身上结过多少疤痕，就证明它受过多少次磨难。哪有无疤痕的树？树对摧折、砍伐都不回避也没法回避，不管经受多少苦难，能活就活着。什么防风固沙跟树没关系，它们只是尽最大力量活。树们节省着使用水分、使用阳光，不想除了活之外的一切事情，树绿着，就活着。

冬天的旋风把积雪扬在人脸上，我们躲在树后避一会儿风。风雪息止后，伐掉这棵刚刚靠过的大树。我们伐树时出了很多汗，面色红润，唱起了歌。当大树沉重地倒下时，压劈了其他树的枝叶，扑通倒地，再也站不起来了。我们为此歌唱，并不觉得树林缺了一角，露出蓝天是一个缺憾。树没有躲避我们这些肩扛带子锯的人。现在回想，它们仿佛用灰白色的粗布裹住身体，转过身去。我今天回忆到的只是杨树的一片后背。我记不起树林上空曾经有一群小鸟儿起舞，也忘记了颤抖的树叶子所跳的舞蹈。我记得当年把带淤泥的河水引到树林里，第二天，林地裂出好看的花纹。淤泥十分细腻，上面长着沉默的杨树。那些伐倒的杨树堆在林业队的院子里，后来变成了房梁和桌椅。可是，你们怎么会托梦给我，让我梦到白花花的锯末子呢？人们说过去的事就过去了。看来什么都没过去，它们一直在那里。

有的树忘记了结果子，有的树忘了开花

我像陶渊明写的武陵打鱼人一样，“忽逢桃花林，夹岸数百步，中无杂树，芳草鲜美，落英缤纷”。桃树不高，约齐吾肩。树的怀抱比我两臂伸展还宽，花瓣如枝头黏的假睫毛在风里呼扇。静卧地面的花瓣约与枝头的一样多，我没挨瓣数，怕记不住。在刚冒芽的青草上，桃花瓣铺了一幅疏落的布单子，仿佛等着谁来躺下。我看能来的只有蚂蚁。如有人躺在桃树下看天，跟死了差不多。落下的花瓣在微风里翻身，如翻一只只小碗，最后靠在青草的怀里。在桃花林里走，如见桃树举着花枝欢呼，只是没声音而已。有一棵树无花，也是桃树，枣红的树皮闪亮。它如合唱队里的一位沉默者，比开花的桃树更醒目。这棵树身旁的桃花或盛开或零落，只有它仪态如初。如开花之前和开花之后的树。它比别的树更镇定，用自己的方式渡过春天。

我细看这棵树的枝头有苞芽，还活着，只是没开花。此树因此具备别样的风致。它丝毫不为不开花而显出羞愧。既不向春天投降，也不背叛桃树。树有时可以做一些事，有时也可以不做。对树干树枝树根来说，开不开花都不算什么事。开花不是招摇，不开花也并非炒作。只是，在花事迷离的桃林里，有一棵不开花的树。因为树不可言，就无须接受采访，解释自己为什么不开花，省下了道歉的心而专注地做一棵树。

我在夏季的果园里也见过不结果的果树。我很为这样的树叫好，窃以为果树为结果耗费过太多气力，从树道而非人道看，树完全可以自由选择结不结果。杨柳不结果，松柏不结果，石头和云彩都不结果，都过得很好。我想到低矮卑微的苹果树，衰老的要用木棍支撑果枝，它还在结果。它是怎样从枯干的树枝里咕嘟咕嘟结出一只又一只鲜红的大苹果呢？咬一下苹果枝肯定不甜，它把甜都呈献给果——这个长着叶柄的、等人摘走的、没人摘也会落地的、注定远走他乡的孩子。因为想念孩子，苹果树来年再生出新的果，看它们在枝头长大，变红，再被人摘走。苹果树以其结果，跳不出轮回。我见过的那棵不结果的果树，肯定受到树主人的叱骂，主人甚至用农药威胁过它。但树不结果，用手在枝头挤也挤不出果来，喷农药更不出果。

愿意不愿意只是人类的想法，事实上，有的树可能忘记了结果子，有的树忘记了开花。杏树在夜半醒来，看到枝上的花朵也许会吓一跳，以为落满了蝴蝶，月光用细针把蝴蝶钉在了那里。它自己开花，自己却忘了。树从枝头的花瓣望过去，树梢全是花，与月色搅到一起，如同被水淹了。不开花的树如同没穿衣服的夜游者。它们手上不仅没有花，连衣服裤子也没有，赤裸裸地走在月光下。它看花的树林，仿佛闯入一片海，或者说沉入海底，遇到望不到边的珊瑚。

开花时分，不开花的树会在树林里迷路，鼻子会因为花粉而发痒。身边都是花，它搞不清两边铺着青草的小路在哪里，河流在哪里。它不知道开花的树是从哪里找到的这些花朵，藏在身上在什么时间又开出来。

树把戴够了的首饰扔给青草，青草顶着小花帽隐藏在月光下。月光最白的子夜，树下的花瓣如同树在水中的倒影。不开花的树的脚下也吹来了花瓣，仿佛是从它的枝头落下的。在花树里，不开花的树如同披了一件黑色的雨衣。

不知哪一年，会轮到哪一棵树不开花或不结果，它们也许懊恼，也许庆幸，也许无所谓。树没有年的概念，甚至不知道什么是春，正如它们不知什么是秋。树的身体和灵魂里找不到一种叫思想的东西，因此比人类活得更长久。

栽 树 吧

栽树吧!

这也许是我所有的愿望中最底层的愿望，如同我的红漆木箱中最底层那件旧衣裳，那册最早的语文课本，我的玩具中最早用手碰过的那个玩具。

它不是欲望，而是愿望，一种起初就带着芽的愿望。欲望和愿望有时不容易区分，然而时间一久，就分开了。如同一条大河流着，分成两条河；如同一条大路分成两条路。“杨子曰：嘻，亡一羊，何追者众？邻人曰：多歧路。既返，问获羊乎？曰：亡之矣。曰：奚亡之？曰：歧路之中又有歧焉。”（《列子》）

在“歧路之中又有歧”中，我们不知不觉间失落了原初的愿望。

以后会记起这些愿望吗？愿望在什么时间凸浮？

也许就是你犹豫的关口，愿望用小手拨了你一下，因而你犹豫了。法国诗人博纳富瓦说：“我每逢走到十字路口，总有一种不安的情感。我仿佛一来到这里的同时，或几乎是同时——离路口两步远的时候，便似乎已经离开了。是的，正是在这里，一个最高本质的领域敞开着，我本来可以走向那里去生活，但从此，我却从这个领域失去。”（《灵域》）

还有弗罗斯特的名诗：“森林里有两条路……”

我想我在绝望的时候仍有一个愿望，那就是去栽树。这个愿望不是刻意搜寻的，它像树一样在大地荒芜之际孤零零地挺立出来。

如果栽树是一种美好的愿望，人为什么不在精力充沛的时候去完成呢？

我不知道为什么。就我而言，在生活充满选择的多样性的时刻，正所谓“歧路之中又有歧”，会把目光投向像睡莲一样浮在人生表面的一些东西，譬如赚钱、名分、女人，以及可以无穷列举下去的那些东西。这些东西成为生活中的目标，它们是欲望和愿望的难解难分的重合，像两张幻灯片重叠着被投射在我脑海的屏幕上，驱动我去做那些事。这些目标有时是美的，但更多是属于有用的，只对我有用，因而是自私的。不管这些目标、欲望和愿望多么纷繁多样，都可以分为必须与附庸两类。我去获得粮食、衣服、房子、做人的尊严所需要的自由度之外的一切，就是我必须以及附庸的一切。如今的时代，是附庸的时代，人把自己的才华能力大都放在生存所需之外的领域里了，其中需要，可用“钱”字一言以蔽之。

但是，一个人即使把生存目标毫无矫情地简单化，也还是回不到原始的那个十字路口。譬如我不带矫情地说，我已坦然摒弃了功名利禄的麻烦，也还是并不质朴刚健。我也许是没有烧透的炭或杀猪人手里没有洗干净的肠子吧。我即使谦冲一些，也没有想到过栽树。我想过，也许在生活的路都被堵死之后，才会想起栽树吧。

小时候，我最大的愿望之一就是栽树，把我吃剩的苹果籽和梨籽埋在土里。那时，我太性急了，瞪着眼睛等待它们破土而出。倘能出芽，我并不满足它长出西红柿秧的样子，要又大又粗，呼隆隆长成一抱粗一房高，枝头琳琅满目。如今，我看楼下的小朋友游戏，也玩种树。他们甚至把小石子埋入装着湿土的塑料盒里，让石子长成树？石林？他们更可爱。

我想明白一个道理，栽树的冲动原是一种创造的冲动。人每日所为，多是攫取，这是迷路之为。最本质的，还是他们的创造愿望。“今天为什么想起种树了？”我问自己，也许是因为细数平生，并无点滴创造。我吃着喝着用着兼以眼睛看着世上的一切，维持自己可有可无的生命。我惭愧了，也许是害怕了，想补偿一些什么。于是想做一件普通人所能做的事，又是富于创造意味的事：栽树。

如果我宣布开凿一条河流，显然自不量力。如果我宣布创造一条河流，不仅自不量力，而且可耻。我一直懊丧于自己不是女人，因而失去创造的机会。生为女人，孕育、生产并养育一个孩子，看他一天天长大，体味他与自己的同与不同。这种感觉多么充实。因此读到叶夫图申科的诗《我想当一个女人》时，我被深深地打动了。我像深呼吸一样，嗅入这首诗中深藏的意义。在男性诗人中，泰戈尔的母性以充盈饱满道出渴望成为女性的创世主式的崇高。

我渺小，想着栽树的事。然而，栽树并不是不得已（什么也做不出而去做）的事情。比栽树更好的事是什么？是当官或当商人吗？美国有一处对公众开放的园林，名为GIMFERRER，门口写着："人们，你们正要破坏你们所无法创造的树木、河流和动物。"这个忠告简直像出自上帝之口。我们为过去的破坏或污染而感到卑鄙吧，然后做一点儿事，譬如栽树。

树木并非是我们的创造，但它们确实可以经我们之手而生机盎然，算动物对植物的关爱。树由挺拔而高贵，由伸展而潇洒，身上留着绿色的血液，确实为我们所不及。它们地下有根，空中有叶，于凝立中同时和阳光水分交流；它们还有年轮，有像手掌一样布满纹路的叶子，头上或许顶一鸟窝。而鸟儿，可以恣意站在它们的肩上腋下唱歌拉屎，树不失美丽。我们的确不及。

栽树时，我首先栽白杨树。让慧明之人栽菩提树，高贵之人栽紫檀树，华美之人栽梧桐树，绮丽之人栽桃树，寒洁之人栽梅树，热烈之人栽红棉树，疏朗之人栽芭蕉树，多情之人栽柳树，坚贞之人栽松树，我栽白杨树。

白杨树质朴而散漫，在寸草不生的黄土地偶尔见之。白杨树好活亦易死，一掰树枝"咔"地折了。树皮泛青实白，带着像眼睛似的黑斑的疤痕。

白杨树的叶子在北地常常喧哗。知堂先生在忆钱玄同的散文中，疑白杨絮语为雨声，深挚道出“又被白杨骗了”。汉乐府称“白杨何萧萧，松柏夹广路”。白杨——何萧萧，此为吾等所不知。白杨叶子在夏风或秋风中翻卷，是一种萧萧，但为什么而萧萧呢？我们不知道。它们自古如此。台湾诗人纪弦称“……并刮起凉风飒飒的，飒飒飒飒的，这就是一种过瘾”。

我以为这乃是说白杨，尤其“飒飒飒飒”四字，真是一种过瘾。

我希望自己栽杨树时，不至像儿时那样性急，也不必如现今这么急功近利。此类事，不可炫示也不必炫示。我听过一个故事：某人儿时为邻人扫雪，告之父。乃父伸手扇他耳光二，他不解。越数日，父曰：行善事，自己不能说，让别人口传。

我生于贫困山区，从小到大栽过许多的树，包括杨树，但从未因此事高兴过，因而太愚昧了。当时我不知这是好事，是人家组织不得已而参加的事。从学校毕业时，我良心发现一次，去“接见”入学栽的柳树。两年，树已长出碗口粗，茁壮三四米，不认得我了。真是“树犹如此，人何以堪”。

栽树吧，虽然我不是它们的父亲，但能在树的成长里悄悄塞进我的一点点光荣。我大约可以把栽树的愿望归于人的本质之中，夏尔在《群鸟的语言》中呼喊：“不要让人们抢走我们一点儿深藏的本质，别丢掉这本质，哪管如罩纱，不应把本质的一滴水与一粒沙让给别人。”

在如今，本质锈蚀了，没人要抢夺它们，它们废弃着并消失着，如同挥发的梦想。

最好的树被上天领走了

大兴安岭的林地里见不到土，土被落下的树叶不知覆盖了多少年。土珍贵，被树和草藏在了脚底下。土是树和草的母亲，是冬眠小虫的庇护地，是河流的围墙、万物的故乡。松树在蓝天下晾晒松针的翅膀，仿佛飞了很久，飞累了。青草和花朵在松软的树叶上面下棋，成缕的光线斜射过来，照在它们的棋盘上。鸟儿在树叶间自问自答，如同背诵一篇荒疏的课文。忘词的时候，鸟儿拍拍翅膀，飞向另一棵树。

养蜂人、采蘑菇和养鹿的人在林里待久了，不自觉地模仿树的表情。树的表情是倾听的表情，不像人那样喜怒分明，那样挤眉弄眼。树一生都像倾听一个故事，听小虫在草叶里翻身，听地下的河流从哪里拐弯，听松果落地翻滚。养蜂人的眉毛像前额长出的草，养鹿人双眼明亮，采蘑菇的人手指轻得像树叶。他们如果站在树边照相，和树的表情一样——沉默、谦卑、自尊，树把他们视为同类。

大兴安岭的树里隐藏着英雄，它们是被雷电劈焦的树。在冠盖青翠的树林里，雷击木无枝无叶，黝黑兀立。此树瞬间化为此状，好像在往天上看。天上蔚蓝宁静，是一道白云川流的河床。

我替它惋惜。当地人说，这是好事，最好的树被上天领走了，被雷劈的树都是树里的精灵。见到雷击木，当地人的表情肃然，仿佛树是替他们死去的。

我摸这棵树，开始有点儿不敢摸，仿佛乌黑的树身都是伤口。

一棵松树在一个火球里完结一生，比遭受电锯杀伐好，比被肢解为板材也要好。它的千万根松针被火球摄走精魄。在雨中起火，又被雨水浇灭，或许这是诸树求之不得的宿命。藏人想到天葬不惊恐，反为死后有了清洁的归宿而觉轻松。其他民族的人不这么想，而且连想都不敢想。生死观是文化的核心，使一个民族有异于另一个民族。

当地人送我一个雷击木做的护身符，两寸长，一寸宽。此木一面焦黑一面白，烙铁在白茬处烙上吉祥如意的蒙古文。我摸这块木头，心想这是不是在摸一位高僧的舍利呀？它还是木头，而它的精神随雷声升天了。被雷劈的木头，在此世一无所怕，既避邪，又吉利。蒙古族人所说的吉利，与汉族人所称避邪，意思同一。

最坚韧、最抗打击、最像石头的植物是树。树身的扭曲，是它抗争的证据。树身不管怎样虬屈，它散开的枝叶都从容祥和。树歪了，但树冠不歪。一棵从石缝儿长出的树付出了比其他树更多的力量。树没有机会选择生长地，它只专注于生长。看老树，火烧虫啮是它们的必修课，每一棵都是伤痕累累。风或鸟儿把树籽从远方带到此地发芽，孤独是树的宿命。树的枝叶摸不到夜的深处，风要把树带走。披头散发的树与风争了一辈子，换来一身骨头。看树叶的样子，即知树的心里在微笑。活到这个境界上，万事皆可一笑。况且，小鸟飞到树上做窝，鸟儿在树叶里谈恋爱，让树高兴地沙沙响。更小的粉虫子在树皮上爬，把树当成了山。

我闻一闻这块木头，没松香味，也没有焦煳味。这块木头——这只是我想的——身上藏着雷电，或者说雷神在此，秽物远离。牧民认为雷击木是来自天上的东西，他们把雷击木放在家里，威慑猛兽毒虫。大凡森林野兽，都怕雷电。这块木头一定用特殊的气味或波长喻示雷电来过，人不知，毒虫却知，绕道远飙。

坐车走过大兴安岭，间或看到一棵雷击木，它周围的树依然翠绿。树啊，莽莽苍苍布满山岭。树并不认识它周围的树，但如同兄弟姐妹。这棵雷劈过的树仍站在它们中间，无枝无叶，一身骨头，为众树避邪，它是开过明亮的火花的吉祥木。

比草木更孤独

我的新居在沈阳的边上，比城乡接合部更接近田野。这些广阔的田野被房地产商购买后遇到楼市降温，田野变成了旷野，耕地上长满荒草。我从北窗望过去就见到地平线，如长长的扁担，挑着天边的云彩。抬眼见到地平线是福气，城里人抬多少次眼见到的全是楼，站在高楼顶上看到的仍然是楼。

地平线是多么大的财富，稍稍看一会儿，视野里就有鸟儿翻飞，经常是一对。这里离城市已经很远了，鸟儿仍然要往更远的地方飞。在我印象里，太阳应该从山峦后面升起，山是它的车马大轿，但这儿没山。这里的东方跟北方一样，只有地平线。太阳只好平凡地从地平线升起，我想它并不情愿，只好如此。太阳从东方的地平线上先冒个头，浮现半轮，尔后通晓地全然跃出，看上去非常富有。太阳升得不快，也不慢。地平线如同流淌着高炉里的铁水。暗红透金的铁水漫过平原的树丛、吞没田埂和土坷拉，淌到开发商买下的土地上散开变成了薄薄的金色。太阳孤零零地继续上升，没有山峦或楼群的扶持也得上升，习惯了。我站在荒野上目睹日出，周围竟没一个人。恍惚间觉得太阳是为我一个人而升起的，这个想法刚产生我就把它批判了一下。在太阳眼里，我与草木见不出区别，况且身边还有鸟儿、有电线杆子，太阳是为大伙儿升的，这才对头。

面对旭日的时候，我忽然觉得自己好孤单，一下子想不起怎么到了这个地方，甚至忘了这是什么地方。太阳把大地重新包装了一下，条状的红云从东方天际向外放射，草尖儿敷一层逆光的红色，飞鸟的影子变黑，灰褐的杨树干透出清洁的白色。太阳升起时支起一个圆顶的穹顶，光芒像树的年轮一样由中心向外扩展，那是一圈儿一圈儿的光。太阳带着它的宫殿飘起来后，地平线恢复静穆的黑色的“——”。这景致很像个“旦”字。舜可汗造歌词“日月光华，旦复旦兮”，灵感有可能来自观日出。阳光从东方平射而来时，植物和我都显出挺拔的姿态，从头到脚涂抹着均匀的金光。地里的石头仿佛是古代的墓碑。

我在公路上远行，为了看到更多的草和树木。有人以为草和草是一样的，看一眼就感到单调。然而每一株草都不一样，像人和人不一样。抱团的草，从石缝儿里长出的孤单的草，长在高处和低洼地的草像草书一样斑斓多姿，姿态出人意料。它们推掌踢腿，恣意妄为。我甚至盼望在路旁生锈的废钢筋身上长出一簇绿草，那才是生命的奇迹。

草在旷野上长得很平，走上去则是坑坑洼洼。在草地行走要低着头选路，看到暴露在地面的树根、灌入气泡的薄冰、刚刚出世的昆虫和像白石灰水一样溅开的鸟粪。我知道自己像一个丢了东西在地面寻找的人。我心里一定是丢了许多东西，想在这里找回来。这里不光有荒草和泥土，还有我需要的东西，尽管我不知道那是什么东西。它们正踩着我的目光所搭的梯子走进我的心里。我欢迎所有旷野的、荒凉的、被人遗弃的、不知名因而不尊贵的东西在我心里安家，心比院子还大。

你看到野草荒凉，是因为它们身边没有它不需要的高楼、道路和集市，那是人赖以生存的条件。草拥有万物的根基——土地。草抱团生长，它们不孤单。悲秋的人秋天看到草地枯黄，为它们的凋谢伤忧，以为草完活了。然而，青草在春天冒芽，从枯草的根里长出新绿。人想错了，草根本不会死，它活得也许比人类还长。如果没有火灾和人类的砍伐，所有的树木都比人长寿。草看人看到了孤单和荒凉，人穿着奇怪的衣服在旷野里行走显得没有任何本领，而所有草都裸露着绿色的身体。是的，人的本领要借助团体或网络。人冷热不宜，无法在旷野里站立一个冬天。孤立的人不通晓风的信息和土地的信息，如果他们出现在大地上，与周围格格不入。树木、云彩与河流都不是他的同类。在花朵、小鸟和青草面前，人显出丑陋，他们失去了自然赋予的美又创造不出新的美，他们的美丑观念只通行于人的文化，与天地无关。孤单的人在旷野里行走，坑坑洼洼的地面和树枝让他的手脚都不方便，飞鸟从头顶飞过，甲虫往树枝上端爬行。这些事让人感到茫然。

第五辑 / 春如一场梦

春天喊我

街上有今年的第一场春雨。

春雨知道自己金贵，雨点像铜钱一般“啪啪”甩在地上，亦如赌徒出牌。

下班的人谁也不抱怨，这是在漫长的冬天之后的第一场天水。人们不慌张，任雨滴清脆地弹着脑门。在漫长的冬天，谁都盼着探头一望，黄土湿润了，雨丝随风贴在脸上。但是在冬天，即使把一瓢瓢清水泼在街上，也洒不湿世界，请不来春意，除非是天。

然而在雨中，土地委屈着，浮泛腥气，仿佛埋怨雨水来得太晚。土地是任性的情人，情人总认为对方迟到于约会的时间。在犹豫的雨中，土地扭脸赌着气，挣脱雨水的臂膀。那么，在眼前已经清新的时刻，凹地小镜子似的水坑向你眨眼的时刻，天地融为一体。如同夫妻吵架不须别人苦劝，天地亦如此。

在下雨之前，树枝把汁水提到了身边，就像人们把心提到嗓子眼儿，它们扬着脖颈等待与雨水遭逢。我想，它们遭逢时必有神秘的交易，不然叶苞何以密密鼓胀。

路灯下，一位孕妇安然穿越马路，剪影如树的剪影。我坐在街心花园的石椅上，周围是恋爱的人。雨后的春花，花园中恋爱的人即使增加十倍也不令人奇怪。我被雨水洗过的黑黝黝的树枝包围了，似乎准备一场关于春天的谈话。树习惯于默不作声，但我怎能比树和草更有资格谈论春天呢？大家在心里说着话。起身时，我被合欢树的曲枝扯住衣襟。我握着合欢的枝，握着龙爪槐的枝，趴在它们耳边说：“唔，春天喊我！”

春是春天的春

春是春节的春。小孩子像一堆红萝卜四处滚动，他们兜里多了钱，还有鞭炮，眼睛东张西望。柴火垛的积雪把孩子脸蛋映衬鲜红。春节驾到，它被厨房大团的蒸汽蒸出来，天生富足。人集体换上同样的表情：憧憬的、采购的、赴约的、疲倦的，打底是豪迈的表情，即春节的表情。一只小白狗往桑塔纳车轮撒尿做记号，一会儿车开了，上哪儿找这个记号呢？春节把小狗乐糊涂了。春节是家家召开的总结表彰大会、烹饪大会、时装发布会、项目规划会，参与人士为全体国民。

春是春雪的春。正月的雪，是天送给地的一笔厚礼。若半尺厚，春小麦就有了一床暄暖的厚被。雪沃大地，黑龙江省进入童话，吉林省进入版画，辽宁的雪待不上几天就化，气温高。春雪飘落，带着伞翼，旋转而下，把枯草包裹晶莹。屋顶的雪借阳光变为参差耀眼的檐冰，一边淌水，一边延伸。

春是春分的春。每年3月21日前后，太阳抵达黄经零度，昼夜均，寒暑平，阴阳相半。这天正午，在太阳的脚步落下那一刻，被天文学视为北半球春季的开始。保定农谚唱：春分麦起身，一刻值千金。

春是春水的春。庾信《燕歌行》：“洛阳游丝百丈连，黄河春冰千片穿”。春冰薄如翼，捡一片放在手心，透出鲜红的掌纹，与玻璃一般。俄尔缩为水。春水浩荡，越岭翻山。旧日的东北土匪，此际出山拆冰。桃花水下来，冰块壅塞河道，影响木排运输。商人请胡子（匪）拆冰，匪们喝过酒，上冰，撑木杆左支右绌，轰隆一声，冰泄河通。胡子或永久失踪，或从哪个地方爬上岸，挣的是舍命钱。大部分江河，冰化水，如鱼下锅，酥了，碎了。我的感觉，冰在春夜比白昼化得快。春水流桃花，落红搭上了薄冰的小舟。想起黎锦晖那首《桃花江》："有人说，说什么？桃花江是美人窝。桃花千万朵，不如美人多。"

春是春草的春。柳枝在河面练习书法，字被波纹抹掉。不觉间，地上浮现密密麻麻的字，连成片是草书，它们是春草。草是春天的信函，连篇累牍，蘸着绿色的墨汁，写到天涯海角。有人说，画兰须备书法功底，苛求于"笔"，"墨"则次之。而草的象形书法，撇捺通脱，开张奔放，是米芾的行草。这些草书，叫"大地回春帖"，被大地当衣裳披在身上，向夏天走去。

春是春耕的春。祭土神的春社过了，"桑柘影斜春社散，家家扶得醉人归"。春牛登场，地表阳升。农人扶犁挥鞭，头顶有燕子飞掠。庄稼人开始忙了，把粮食从地里忙进仓里，春耕是头一天。

春是春天的春。唐代称酒为春，"软脚春"、"垆头春"等。曲艺界称相声为春，"宁送一锭金，不教一口春"。诗经里，思慕异性是春，"有女怀春"。在大自然看来，只有春天才是春。杜甫《腊日》诗："侵陵雪色还萱草，漏泄春光有柳条"。春天所以为春，是万物皆萌，四季轮回的新一轮又开始了。春天所以叫天，是天的心情很好，江河风雨，温润和顺，柳絮乱飞也没惹老天爷生气。春天里，管弦乐队应该去田野里演奏。鲍罗丁《在中亚细亚草原上》或者德沃夏克《斯拉夫舞曲》，均广大深厚，田野吐出带甜味的呼吸。在春天，大地的胸膛潮湿澎湃，让生长的生长，让冬眠的醒来，让花朵在坚硬的枝头站成一排排蝴蝶，让孩子在乡村的学堂里朗读。

教员（温柔）：春……

孩子（倔犟）：春！

教员（端正）：春天的春……

孩子（强烈）：春天的春！

喊声太大了，屋檐的小鸟惊飞，风从树林跑过来，看这里到底发生了什么事。

不要跟春天说话

春天忙。如果不算秋天，春天比另两个季节忙多了。以旅行譬喻，秋天是归来收拾东西的忙，春天是出发前的忙，不一样。所以，不要跟春天说话。

蚂蚁醒过来，看秋叶被打扫干净，枯草的地盘被新生的幼芽占领，才知道自己这一觉睡得太长了。蚂蚁奔跑，检阅家园。去年秋天所做的记号全没了，蚯蚓松过的地面，使蚂蚁认为发生了地震。打理这么一片田园，还要花费一年的光景，所以，不要跟蚂蚁说话。

燕子斜飞。它不想直飞，免得有人说它像麻雀。燕子口衔春泥，在裂口的檩木的檐下筑巢，划破冬日的蛛网。燕子忙，哪儿有农人插秧，哪儿就有燕子的身影。它喜欢看秧苗排队，像田字格本。衔泥的燕子，从不弄脏洁白的胸衣。在新巢筑好之前，不要跟燕子说话。

如果没有风，春天算不上什么春天。风把柳条摇醒，一直摇出鹅黄。风把冰的装甲吹酥，看一看冰下面的鱼是否还活着。风敲打树的门窗，催它们上工。风把积雪融化的消息告诉耕地：该长庄稼了。别对风说：“嗨！”也别劝它休息。春风休息，春天就结束了。所以，不要跟春风说话。

雨是春天的战略预备队。在春天的战区，风打前阵，就像空军作第一轮攻势一样，摧枯拉朽，瓦解冬天的军心。雨水的地面部队紧接着赶到，它们整齐广大，占领并搜索每一个角落，全部清洗一遍，让泥土换上绿色的春装。不要跟它们讲话，春雨军纪严明。

草是春天的第一批移民。它们是老百姓，拖儿拉女，自由散漫。草随便找个地方安家，有些草跑到老房子屋顶，以及柏油路裂缝儿的地方。草不管这个，把旗先竖起来再说。阳光充足的日子，草晾晒衣衫被褥，弄得乱七八糟。古人近视，说“草色遥看近却无”。哪里无？沟沟壑壑，连电线杆子脚下都有草的族群。人见春草生芽，舒一口气，道：春天来了！还有古人作诗：“溪上谁家掩竹扉，鸟啼浑似惜春晖。”（戴叔伦《过柳溪道院》）“渭北春天树，江东日暮云。”（杜甫《春日忆李白》）春晖与春树都比不过草的春意鲜明，它们缝春天的衣衫，不要跟忙碌的缝衣匠说话。

“管仲上车曰：‘嗟兹乎！吾不能以春风风人，吾不能以夏雨雨人，吾穷必矣。’”（《说苑·贵德》）没有谁比春天更厉害，管仲伤感过甚。看春天如看大戏，急弦繁管，万物萌生。在春天，说话的主角只有春天自己，我们只做个看官。

春如一场梦

每年近春，我脑子会冒出一个念头，内心被这个念头诱惑得高瞻远瞩，双腿奔忙如风火轮。静夜想，我想我可能找到了人生的真谛，年华从此不虚度。但每次——已经好几次——我的念头被强大的春天所击溃，我和我的计划像遗落在大地上的野菜一般零落不足惜。

我的念头是寻找春天从哪里开始。这不是一个伟大的计划吗？当然是，但是春天到底从哪里开始的呢？

众人所说的春意，对我住的地方而言，到了三月中旬还没动静。大地萧索，上面覆盖着去年秋天伐伏的衰草，河流也没解冻。但此为表相，是匆匆一瞥的印象，是你被你的眼睛骗了。蹲下看，蒲河的冰已经酥化起层，冰由岩石的白化为鸡蛋壳的白。它们白而不平，塌陷处泛黑，浸出一层水。底层的河水与表面的冰相沟通。这是春天的开始吗？好像不是，这可算春天来临之前河流的铺垫，距人们所说桃红柳绿相距甚远。或者说，这是冬天的结束？说当然是可以这么说，然而冬天结束了吗？树的皮还像鳄鱼皮一样灰白干燥，泥土好像还没活过来。我读一本道家谈风水的书，书上说阳春地下有气运行。大地无端鼓起一个包，正是地气汇聚所致。此时看，还看不出哪个地方鼓起土包。

有一件事我们要厘清：塞地冬季的结束与春天到来会分明吗？这事说不好，谁也不敢定。冬天有多少种迹象代表冬？春天有多少种迹象代表春？我们作为渺小的人类真的说不清，政府也说不清。你说冬天有白雪，然而春天有春雪。大自然或曰天道不会把季节安排得像小学一年级、二年级那么清楚。

大地寂寥，现在是三月下旬，四周依旧静悄悄。田野没有绿衣、野花和蝴蝶。大地仿佛入定了，没谁能改变它。谁能让这么大一片土地披上新装，谁能让小鸟翻飞缭绕，谁能让小虫在泥土上攀爬，谁能让毫无色彩的大地上开遍野花。渺小的人类不能，政府也不能。所能者只有春天。在这个时刻瞭望春天——假如他从未经历春天的话——会觉得春天可能不来了，一点儿消息都没有。我回想往年的春天每每像不来了，每每轰然而至。它之到来如卸车，卸下无数吨的青草，更多吨的绿叶，一部分吨的鲜花，更少吨的小鸟、甲虫和云母片一般天上的轻云。那是哪一天的事，某确实记不得了。这只是某一天的事，是去年春天的事，是往事。

作为一个悭吝的人，我不情愿让春天就这样冲过来了事，不如捕捉一些线索，看它怎样动作。我住在沈阳北三环外的远郊。此处无所有，聊备大野荒。政府把这里几十平方公里的地买下卖给开发商，由于楼市低迷，后者不敢再盖楼，四处荒芜。政府在此造好道路，路两厢栽上桃树、杏树、樱花树等应有尽有一切树，春天一并开放。花树与撂荒的土地构成史前时期的粗粝地貌，使我不负责任地感到十分美好。我在荒地上奔走，虽不种地但比种地的农民还忙，我要找眼前哪管一点点绿的痕迹，没有。坐下来歇息时，却见柳条软了，柳枝在褐色外面敷盖一层微黄。我跳起来去看那黄的柳枝，此色如韩愈所说“近却无”矣。手在地上抓两把土，土松软，并有潮湿的凉意。

春天在某一个地方藏着呢。它藏在哪儿呢？地虽大，但装不下春天。天上空空如也，也藏不了一个春。我如果没误判，春藏在风里，它穿着隐身衣在风里摸一下土，摸一下河水，摸一摸即将罗列蓓蕾的桃树枝——以此类推——摸一摸理应在春天里苏醒的所有生物含蚂蚁。这就像解除了缚束万物的定身法，万物恍然大悟，穿上花红柳绿的衣衫闯入春天。

三月末，我赴长春勾留两日，办完事装模作样在净月潭环潭跑步十八公里，要不当天就回来了。回来一看，糟了！荒地的低洼冒出了青草，大地悄悄流淌着青草的溪流。它们趁我不备，搞了一场偷袭。我走过去，蹲下，连哭的心都有了。这才两天的事，你们却这样了。我本想让青草在我眼皮底下冒出来，接受我的巡礼与赞美，我却去了长春。知道这个，我去什么长春呢？青草——我本想对它们说我待你不薄，细想也没对人家怎样就不说了。大地之大部分仍被白金色的枯草所占领，但每一块枯草下面都藏着青草的绿芽，它们是今年的春草，无所畏惧地来到了世上。

我知道春天并非因我而来，却想知道春的来路，然而这像探寻时间的起点一样困难。相对论说明：时间的快慢取决于物体穿过空间的运动的快慢以及它们靠近通过引力牵引它们的大质量物体的程度。量子力学显示：在最微观尺度下，事物的实质和存在变得很奇怪，比如两个粒子可以以某种方式纠缠起来，且不管两者距离有多远。我尽可能通俗地引用物理学论述，但足以说明所谓“时间”是一个含糊的表达，它没有开始，同样没有开始的还有春天。

归来两日，大地每日暴露一些春的行迹。桃花迟迟疑疑开了，半白半红。而没开的蓓蕾包着深红的围脖。连翘是春天的抢跑者，举着明黄的花瓣，堂皇招摇。若醒得早，会听到鸟儿在曦光里畅谈古今（天亮时间5：30分左右）。此乃春之声，冬日窗外无鸟语，因为无鸟。跑步时，我发现了一只纽扣大的蝴蝶，紫色套金边（暗含柬埔寨首都之名）。它像不会飞，它却一直飞，离地二十厘米许。我跑步掐表，本不愿停下，却面对这只2016年第一只蝴蝶发了一阵呆，它是蝴蝶还是春？春云呢，它是那么薄。夏日里成垛的云，春天可以扯平覆盖整个天空，如蚕丝一般空灵。云彩们还在搞计划经济，该多的时候多，该少的时候少，无库存。这样说来，春天到了或基本上到了。但春日并不以“日”为单位，春不分昼夜。站在阳台看，草与木早上与下午已有不同。刚刚看，窗外五角枫的枝条已现青色，上午还不是这样。春天之不可揣摩如上面说的，其变不舍昼夜。夜里什么草变青，什么花打苞，什么树萌芽完全处在隐蔽战线，即便我头顶一个矿灯寻查也难知详尽。春天太大了，吾等不知它的边际在哪儿，也不知它在怎么搞，探春不外妄想，知春更是徒劳。

今日，我骑自行车沿蒲河大道往东走，没出两公里，见前方路边站满了灼灼的桃花，延伸无尽。这阵式把我吓得不敢再走。我只不过寻找枝头草尖上面小小的春意，而春天声势浩大地把我堵在了路口。春天还用找吗？这么浩荡的春天如洪水袭来，让我如一个逃犯面对着漫山遍野桃花的警察不敢移步。我不走了，我从前方桃树模糊的绯红里想像它们一朵一朵的桃花，爬满每一棵树与每一根枝条。它们置身一场名叫“花”的瘟疫里无可拯救。再看身边的杨树，它们虽不开花，但结满了暗红的树狗子，树冠因此庞大深沉。再看大地，仿佛依旧萧索，青草还没铺满大地。我仍然不知春天到还是没到，桃花占领了路旁，大地却未返青。春天貌似杂乱无章，实则严密有序地往外冒。春天蔑视寻找它的人，故以声东击西之战术把他搞乱套。用眼睛发现的春天似可见又不可见，远在天边，近在眼前，人是搞不赢的。我颓然坐在杨树下，听树上鸟鸣，一声声恰恰分明，而风温柔地拂到脸上，像为我做个石膏模子离去。我知道在我睁开眼睛之后，春色又进驻了几分，我又有新的发现，这一切如同一个梦。

春天是改革家

四季当中，春天最神奇。夏季的树叶长满每一根枝条时，花朵已经谢了，有人说“我怎么没感觉到春天呢？”

春天就这样，它高屋建瓴。它从事的工作一般人看不懂，比如刮大风。风过后，草儿绿了；再下点儿雪，然后开花。之后，不妨碍春天再来点儿风、或雨、或雨夹雪，树和草不知是谁先绿的。河水开化了，但屋檐还有冰凌。

想干啥干啥，这就是春天的作风。事实上，我们在北方看不到端庄娴静的春天，比如油菜花黄着，蝴蝶飞飞。柳枝齐齐垂在鸭头绿的春水上，苞芽鹅黄。黑燕子像钻门帘一样穿过枝条。这样的春天住在江南，它是淑女，适合被画成油画、水彩，被拍照和旅游。北方有这样的春天吗？没见过。在北方，春天藏在一切事物的背后。

在北方，远看河水仍然是白茫茫的冰带，走近才发现这些冰已酥黑，灌满了气泡，这是春天的杰作。虽然草没有全绿，树未吐芽，更未开花，但脚下的泥土不知从何时泥泞起来。上冻的土地，一冻就冻三尺，是谁化冻成泞？春天。

像所有大人物一样，春天惯于在幕后做全局性、战略性的推手。让柳叶冒芽只是表面上的一件小事，早做晚做都不迟。春天在做什么？刚刚说过，它让土地解冻三尺，这是改革开放，是把冬天变成夏天——春天认为，春天并不是自然界的归宿，夏、秋和冬才是归宿或结果——这事还小吗？

春天既然是大人物，就不为常人所熟知。它深居简出，偶尔接见一下春草、燕子这些春天的代表。春天在开会，在讨论土地开化之后泥泞和肮脏的问题。许多旧大员认为土地不可开化，开化就乱了，泥泞的样子实在给“春天”这两个字抹黑。这些讨论是呼呼的风声，我夜里常听到屋顶有什么东西被吹得叮当响，破门拍在地上，旧报纸满天飞。这是春天会议的一点儿小插曲。春天一边招呼一帮人开会，另一边在化冻，催生草根吸水，柳枝吐叶，把热气吹进冰层里，让小鸟满天飞。春天看上去一切都乱了，一切却在突然间露出了崭新的面貌。

春天暗中做的事情是让土地复苏，让麦子长出来，青草遍布天涯。“草都绿了，冬天想回也回不来了。”这是春天常说的一句话。春天并不是冬天到达夏天的过度，而是变革。世间最艰难的斗争是自然界的斗争，最酷烈的，莫过于让万物在冬天里复苏。冬天是冷酷的君王，拒绝哪管是微小的变化。一变化，冬天就不成其为冬天了，正如不变化春天不成其为春天。春天和冬天的较量，每一次都是春天赢。谁都想象不到，一寸高的小草，可以打败一米厚的白雪，白雪认为自己这么厚永远都不会融化。如果它们是钱，永远花不完。积雪没承想自己不知不觉变成沟壑里的泥汤。

春天朴素无物，春天大象无形，春天弄脏了世界又让世界进入盛夏。春天变了江山即退隐，柳枝的叶苞就是叶苞，它并不是春天。青草也只是一株草，也不是春天。春天以“天”作为词尾，它和人啊树啊花啊草啊牛啊羊啊官啊长啊都不一样，它是季候之神，说来就来，说走就走。爱照相的人跟夏天合影、跟秋天合影、跟冬天合影，最难的是跟春天合一张影，它们的脚步比“咔嚓”声还要快。

春雪的夜

雪下了一天。作为春雪，一天的时间够长了。节气已经过了惊蛰和春分，下雪有点儿近于严肃。但老天爷的事咱们最好别议论，下就下吧。除了雨雪冰雹，天上下不来别的东西。下雪也是为了万物好。

我站在窗边盼雪停是为了跑步，心里对雪说：你跑完我跑。人未尝不可以在雪里跑，但肩头落着雪花，跑起来太像一条狗。穿黑衣像黑狗，穿黄衣像黄狗。这两种运动服正好我有，不能跑。

雪停了，在夜里十一点。这里——汤岗子——让人想起俄裔旅法画家夏加尔笔下的俄罗斯乡村的春夜。汤岗子有一些苏联样式的楼房，楼顶悬挂雪后异常皎洁的月亮，有点儿像俄国。白天，这里走着从俄罗斯来治风湿病的患者，更像俄国。

雪地跑不快，眼睛却有机会四处看。雪在春夜多美，美到松树以针叶攥住雪不放手。松枝上形成一个个雪球，像这棵松树把雪球递给边上的松树，而边上的松树同样送来雪团。松树们高过两层楼房，剪影似戴斗笠披大氅的古代人。摩西领以色列人出埃及，是否在野地互相递雪团充饥呢？埃及不下雪。

道路两旁，曲柳的枝条在空中交集。夏天，曲柳结的小红果如碎花构成的拱棚。眼下枝头结的都是白雪，雪在枝上铺了一个白毡，路面仍积了很深的雪。哪些雪趴在树枝的白毡上，哪些雪落在地上卧底，它们早已安排得清清楚楚。

路灯橘红的光照在雪上，雪在白里透出暖色。不好说是橘色，也不好说是红色，如同罩上一层灯笼似的纱，而雪在纱里仍然晶莹。春雪踩上去松软，仿佛它们降下来就是准备融化的。道路下面有一个输送温泉的管子，热气把路面的雪融为黑色。

近十二点，路面陆陆续续来了一帮人。他们男女一组，各自扫雪。他们是邻近村里的农民，是夫妻，承包了道路扫雪的任务，按面积收报酬。我在农村干过两年活儿，对劳动者的架式很熟悉。但眼前这些农民干起活来东倒西歪，一看就知道好多年不干活了。他们的地被征用，人得了征地款后无事干，连扫雪都不会了。

我在汤岗子的林中道上转圈跑，看湖上、草里、灌木都落满了雪，没落雪的只有天上橙黄的月亮。雪安静，落时无声，落下安眠，不出一丝声响。扫雪的农民回家了，在这儿活动的生物只剩我一人。我停下来，放轻脚步走。想起节气已过春分，可能这是春天最后一场雪了。而雪比谁都清楚它们是春天最后的结晶者，它们安静地把头靠在树枝上静寐。也许从明天早上开始，它们就化了。你可以把雪之融化想象成雪的死亡——虽然构成雪的水分不会死，但雪确实不存在了——所以，雪们集体安静地享受春夜，等待融化。

然而雪在这里安静下来，它下面的大地已经复苏了，有的草绿了，虫子在土里蠕动。雪和草的根须交流，和虫子小声谈天气。雪在复苏的大地上搭起了蓬松的帐篷。

我立定，看罢月亮看星星。我感到有一颗星星与其他星星不一样，它在不断地眨眼。我几次擦眼睛、挤眼睛看这颗星星，它真的在眨眼，而它周围的星星均淡定。这是怎么回事呢？我说这颗星眨眼是它在飘移，晃动，隐而复现。它动感情了？因为春天最后一场雪会在明天融化？这恐怕说不通。我挪移脚步，这颗星也稳定了。哦，夜色里有一根看不清的树枝在风中微摇，挡住了我视线中的星星的身影。而我希望世上真有一颗（哪管只一颗）星星眨眼，让生活有点儿惊喜。

睡觉吧，春雪们，你们弓着背睡吧，我也去睡了，让月亮醒着。很久以来，夜里不睡觉的只有月亮。

小鸟与春天

小鸟没听过“春天”这个词，春天是人类为这个万物生长的季节所做的命名。小鸟知道的事情是天气暖了，河床里原来像岩石一样坚硬的冰化为春水。坚冰化为河水之后开始流淌，春风把河水吹起一层皱纹，河水仿佛穿了一件亚麻的外衣。小鸟在河水上空飞过来，飞过去，它嫌河水流得有点儿慢，它想知道河水要流到哪里。小鸟飞累的时候，就落到河边喝点儿水。你要知道，小鸟在冬天找不到水喝，它们等待雪被太阳晒化之后喝一点儿泥泞的水。现在好了，有一眼望不到边的河水供它喝，小鸟喜欢春天的第一条理由是河水复活了。

小鸟在春天里飞翔，看到大地不知从哪一天开始变绿了。冬天的大地只有黄土，没有生机。春草长出来之后，像有人用颜料把大地刷上一层绿色。绿色起先还不均匀，后来刷来刷去，每一块土地都变绿了。这个人一定是巨人，他有着隐形的身体，手里拿着大刷子，刷刷刷。他用刷子刷过土地之后，小草长了出来。再刷一遍，更多的青草长出来。有人说，这个巨人叫春风，它吹到哪里，哪里就有绿草长出来。小鸟因此喜欢春天也喜欢春风，它让大地铺上了绿色的地毯。小鸟从天空俯冲下来，钻进青草里。青草伸开一左一右的绿袖子，像做体操。所有的青草都以做操的姿态站在阳光下，这可太好看了，小鸟在心里这样赞叹。小鸟喜欢春天的第二个理由是大地长满了青草。

桃花是什么？每年春天小鸟都这样问自己。桃花是桃树枝头开的花朵，粉颜色，圆圆的花瓣像小手指肚那么大。春天原来是寂静的，桃花一开，大地一下子热闹了，好像有人举着花枝游行。小鸟觉得这简直是一个节日，它想落在桃花枝上又舍不得落，怕踩落花瓣。小鸟后来还是落在桃树上。它身旁全是漂亮的花朵，觉得自己美得很。小鸟太喜欢春天了，第三个理由是桃花开满枝头。

早　春

上午九点多，我到公园的树林里漫游。练拳的人见背剑的人往回走，问：“咋不练了？”背剑者说：“再过一会儿地就化泞了。”

我看脚下，地黑而润，像眨着苏醒的眼睛。眼下二月末，略观物候，冬天好像还没过去，但地润了。如果冰冻的大地开始化泞并撵走背剑的晨练人，不就开春了吗?

“春天”后面的字虽然叫“天”，但春从地里走过来，夏天秋天和冬天都由土地裁决节令，包括长草、开花和封冻。天只是刮刮风而已。

我说的“略观物候”，是以冬日的麻木心态看风景。若细瞅——假如以小鸟精准的视力和盼春心态辨察周围，与隆冬已有不同，垂柳从行道树的褐黑中透出微黄，枝条软了。枝软比微黄更可作立春的证据。走在土上能觉出地厚，冻土跟钢铁差不多，没所谓薄厚。说到鸟，鸟比冬日更大胆活泼，灰喜鹊扑啦落在离人不远的地面打量周遭。我猜它想在地下打一个滚儿，表达高兴的心情。灌木的枝杈还在尘埃里萧条，但叶芽在前端已露破绽，像用指尖捉一只蚂蚁；也像旧商人捏手指头谈价钱。灌木和春风讨价还价的结果是每枝萌发三十六片叶芽。

对敏感的人，春夜比白天更有微妙的变化。夜空广大澄明，星星好像换了一拨值夜者，个头矮，且陌生。春夜观天，如在海底仰望。月夜，像一块蓝玻璃盒子，动荡、有波纹（流星的身影）。春天的夜色堆在天上放不下，从边际的地方流淌人间。月亮表面好像包一层透明的冰，比夏天白净。

观物候，除草木的渐变，还有小孩儿的征象。孩子属于大自然而非社会。归大自然所管的孩子透露季节的变化。孩子在春天里好动，如实说是盲动。在公园和大街上玩耍的孩子，脸上的粉红与冬夏都不相同，他们把花先开在脸上。孩子眼里笑意更多，跟放假、天气和暖有关，跟春天更有对应的缘由。春让大地松软，让柳枝轻柔，孩子怎么会无动于衷？“天人合一”，原本在说孩子，他们元神饱满，比老年人更早与更多接到春天的暗示，筋骨难耐，最宜生发。

假如以中医诊脉的手法为树、小鸟和大地把一把脉，结论一定是春天到了。墒在土里行走，水在树皮里行走，还有看不到的东西在万物间膨胀勃发，它是领跑者和启动人。在春天，它的名字叫春。

“春江花月夜”这五个字写尽了所有良辰美景，打头的是一个“春”字。春如果不站在头一排，万物都跟不上来。我对名字里带“春”的人素有敬意。春把花朵、河开、雁来这些意韵浓缩成一个字——春。“春”在汉字里的读法也有诗意，是一个唇音，跟“吃”的音接近，跟“恩”的音也接近。春是庄稼人吃饱饭的第一道门坎，春对每个人都有大恩。吃唔恩——春。在春天，对着绿叶与小鸟念几声“春”，都让人心里轻快。

三月的预言

古希腊底比斯城邦的盲人先知提瑞萨斯手执圣杯，做出许多预言。时间太久，人们忘记了拿现实与他的那些预言相对照，没验证他说得准不准。然而该发生的事，不管有没有人预言，全都发生了。

在春天，人们会看到许多预言。我在蒲河岸边走，见到一棵柳树同其他柳树一样还没有返青。但这棵树有一枝柳条青了，树皮比其他柳枝更鼓涨。它与未青的柳枝一起在微风里晃动，显得惹眼，仿佛一盒白火柴中躺着一根绿火柴。它的枝条往南岸摇动，如同指路。不用问，蒲河南岸一定有事发生。

到南岸，没发现这与地球其他地方有什么异样。泥土、树和草均平凡，也没发现白狐狸在树上坐着。往前走，见到一片好桃花。这是新栽的桃花，四五十棵，树干约有拇指粗，全都开花了。幼小的桃树开花，如同早恋，但更像小孩儿奔跑。它的细细的枝上缀着更小的花蕾，都未开，但全打骨朵了。这些带骨朵的桃枝在风里晃，像合唱队员吟唱时那样晃身子。这是什么意思？我想它们在骄傲吧？是的，它们每一棵树都在骄傲。这些小桃树有可能第一次开花或第一次在蒲河岸边开花，喜不自胜，于风中摇晃得意。用陶渊明的话说，乃是“黄发垂髫，并怡然自乐”。陶渊明 “并”字用得好。

在桃花源这个好地方生活，黄发者与垂髫者都已很好，但陶渊明在他们的好之外，看出他们怡然自得的好。这是两样好，所以“并”之。我的小桃树的花朵都没完全开放。对，你们是小孩儿，让着大人点儿。让他们先开。他们开着开着就开累了，就二线了。你们上阵适逢其时。这些小蓓蕾让我想起了糖葫芦。它们好像是拿树枝在糖水里蘸的小蜜疙瘩。一串儿一串儿，数不过来。河北岸的柳枝预言得很准，如瞿秋白说“此地甚好”。

初春天的许多事情在冬末见不到，出现了就像一个预言。头几天，一只橙色的七星瓢虫趴在我家北窗台上。它是怎样来到的这里？是风吹来的吗？风从树上（树离窗台还有十几米远）把瓢虫吹到了窗台上？或者它们从一楼爬上了三楼的窗台。瓢虫安静地——我不知用坐还是趴或蹲来形容瓢虫此时的状态——待在那里。即使你想招待它，用小米或清水，它都不需要。过了一会儿，它还在那里，没被风吹走，也没去其他地方。它想预言什么呢？我埋怨自己没有瓢虫的脑筋，不然完全可以破解它的预言。第二天，瓢虫没了。我观察它趴过或蹲过或坐过的窗台，看留下什么字或迹象没有，没有。但我从这里往下看，一株桃树（又是桃树）露出棉絮般的花苞。明白了，瓢虫预言这棵桃树要开花了，就在我家北窗下面。我搬进这座新房子已有五个月，都不知窗下有桃树，而且是两棵，都是小桃树。以后，办什么事要上窗台看一下，听取瓢虫的意见。可是，它好多天没来了，到别人家预言桃花去了，我觉得它预言不过来，桃树太多了。我觉得它不如改行预言股票之涨落，这个事时髦。

在西方的传说里，预言者多是盲人，眼睛看不到的人心里清晰。现代物理学认为时间可能也是不存在的。未来发生的事情或许为某些禀赋异常者察觉，即被他（它）提前看到了。他（它）并不能改变这些事，只是看到。按物理学的解释，说提前看到也不对。既然没有时间，事物就没有先后。我以为那些先知先觉者都是不幸的，一则没人相信他（它）的预言。多数人只相信时间，把时间跟事实绑在一起，所以不相信有人能看到未来的事。二则，已经发生的事如果是好事，人们认为跟预言者无关。三则，人们嫉妒预言者竟然可以置身于未来之事的现场，这是僭越。其实，预言者也只是个旁观者，只是观早了。

有人对未来之事具有预先的觉知，但不会提前说出来。他们知道，必然发生的事一定会发生，说有何益？不如来说一说春天。田野上的电线上站着一排鸟儿。我走近，看到三只鸟儿站在一起，另一只单独站在一边。这情景的预言是什么？差一天就到4月了吗？我算了一下，今天是3月30日，是的，再过一天就进入4月这个艾略特所说的残忍的季节了。鸟儿连这个都知道，看来人上学真没什么用。但是，围绕松树的土坝露出新鲜的黄泥预示什么？迎春花的花蕊全都向下预示什么？喜鹊在枝头拍翅，仿佛要拍掉它翅上沾的面粉，野菜比青草先出来是方便那些踏青者撅着屁股来挖吗？开白花的桃树和开粉花的桃树站在一起是因为什么？春雨不再渗入地面，地面潮黑是在预示什么？春天已经切实来到，在土里雨里花里鸟和虫里，我都学会了预示。

四　月

四月的树，如一班出门的人。它们要去的地方是一个季节，曰春天。现在已入四月，刚刚过清明，花与草的萌发正在蓄谋之中。看不到满目芳菲，但有隐藏的春意，天地间充满了秘密。

蒲河大道两侧栽满了树，树都活了。这些景观树高矮不一，开花时间不一，花色叶色也不一样。看过去就看到了景观。

桃花刚开，它是这片天地最早开的花。连翘也露出黄骨朵，等桃花开烂了它才开。植物开花如开会一般秩序井然。

我在这条大路上走，像一个势利的人，专看开放的桃花。透过光秃秃的树枝往前看，桃花是暗藏其中的粉色的云。像几十个粉色的气球被系在树杈上。近看，桃树枝上缀满花朵。它的枣红的树枝上无叶，只有花。桃花对于沉寂的、灰暗的北方大地如同惊醒。桃花先醒了，它比看到它的人还吃惊，大地怎么如此荒凉？其实不荒凉。桃花没经历过冬天，不知道此时的土地已开始复苏。比桃花先醒来的是河流，它们身上的冰块被春风卸掉，河水一身轻松，试着流淌。河水一冬天没流，实话说不怎么会流了。它先瞭望四周，在水面做一些涟漪，做流的准备。春天的河水如乌黑的柏油路，上面漂着风吹不动的枯叶。

桃花惊讶地看望周遭，它们衣领开得太大，雪白的领子在寒气里扎眼。草绿了三分之一，大部分还不敢绿，在等什么呢？桃花不像连翘那样齐刷刷的开放，展露大小如一的金黄叶片。桃花觉得集体主义或团体操在花朵界没什么意思。桃花的花朵或开或半开，还有蓓蕾包在粉红的头巾里。枝上的一串花，如同画家点染。用墨有浓有墨，烘托参差的意态。桃花亦浓亦淡，欲开似合，与春天的节奏合拍。风不妨大一些或小一些，也可无风，让柳条不知往哪个方向摆动。如果春天愿意，可以先下一场雨，洗刷看不清纹理的石头，洗刷看不清白云的白垩色的天空。然后下一场薄薄的雪，厚一点儿也无妨。雪花卧在干净的草地里，睡一觉，睡醒了看看月亮到底是黄还是白。春天过后，春风起，把雪刮到树下或高坡上，使之均匀。你以为春天在干吗？在玩。从古到今，春天一直在玩，玩一个春季，潜入夏季休息。

四月里有树木出门，它们互相打量谁带了哪些东西。连翘手上胳膊上全是花瓣，穿上了出门才穿的花衣。柳树在枝上攥紧了拳头，掰也掰不开。再过十天，那些拳头松开了，柳叶的芽假装是花，一瓣一瓣地露出尖头。开着开着，柳树就露了馅，花朵变成树叶，如一片绿唇飞吻天下。树们要去的地方曰四月，它们带领大地返青。树们走在路的边上，如羞涩的农妇，不好意思在大马路中间行走。这些农妇脚踩在松软的土里，枝桠搭在前后旅伴的肩膀上。在四月，轻淡的云飘在树的头顶，云不想比树的步伐更快。云可以随时分成两片或六片，飘在一片片树林的头顶。桃花站在大地上开放，已无须走动看风景，它就是风景。大队的树绕开桃树，不妨碍它探出的水袖。桃花的枝像戏曲人物那样向虚空伸出手指，欲摘其他的花。桃树身穿枣红色的缎子轻衫，其他的树都没有。桃树手抓一把蓓蕾散出去，被风吹回，或浓或淡挂在枝头。这就是腕儿，科班出身，懂得表演的程式。倘若桃花身边有胡琴、月琴和梆笛，奏一曲昆曲的曲牌，它的身段比现在还要绰约迷离。

大地返青之前泥土先返黑。雨水和雪水挤进土的被窝，让它苏醒。草叶以百分之十的速率变青，每天绿十分之一，这样不累。与跑步训练的百分之十原则相通。绿不是什么难事。对草来说，没有比绿更容易的事情了。难就难在安排枯草的离退工作。四月末，你看到大地一片青葱，地上无一叶枯草。枯草去了哪里？你想没想过这个事？这是很大一个工程，比南水北调西气东送的工程量还大，是谁把枯草一根一根拣走，运到一个地方掩埋？这是人干的事，天不这么干。枯草被青草吞噬了。或者说，枯草在青草生长中转世轮回了，总之在新鲜的草地上看不见一根枯草。这是大自然无数秘密中的一项。大地不会丢弃自己的子孙，不会因为它们是草、因为干枯就抛弃它们。枯草在盛青到来时已经整齐去了一个很好很干净的地方。

树在行走中遇到雨和风，它们打开叶子。它们身后跟着看不到尽头的青草，头顶环绕着叽叽喳喳的鸟儿。

初　夏

初夏羞怯地来到世间，像小孩子。小孩子见到生人会不好意思。尽管是在他的家，他还是要羞怯，会脸红，尽管没有让他脸红的事情发生。小孩子在羞怯和脸红中欢迎客人，他的眼睛热切地望着你，用牙咬着衣衫或咬着自己的手指肚。你越看他，他越羞怯，直至跑掉。但过一会儿他还要转回来。

这就是初夏。初夏悄悄地来到世间，踮着脚尖小跑，但它跑不远，它要蓬蓬勃勃地跑回来。春天在前些时候开了那么多的花，相当于吹喇叭，招揽人来观看。人们想知道这么多鲜花带来了什么，有怎样的新鲜、丰润与壮硕。鲜花只带来了一样东西，它是春天的儿子，叫初夏。初夏初长成，但很快要生产更多的儿子与女儿，人们称之为夏天。夏天不止于草长莺飞，草占领了所有的土地，莺下了许多蛋。夏天是一个昏暗的绿世界，草木恨不能长出八只手来抢夺阳光。此时创造了许多阴凉，昆虫在树阴下昏昏欲睡。

然而初夏胆子有点儿小，它像小孩子一样睁着天真的眼睛看望四外。作为春天的后代，它为自己的朴素而羞怯。初夏没有花朵的鲜艳。春天开花是春天的事，春天总是有点儿言过其实。春天谢幕轮到初夏登场时，它手里只带了很少的鲜花。但它手里有树叶和庄稼，树的果实和庄稼的种子是夏天的使命和礼物，此谓生。生生不息是夏天之道。

初夏第一次来到世间，换句话说，每一年的初夏都不是同一个夏天，就像河流每一分钟都不是刚才那条河流。在老天爷那里，谁也不能搞垄断。夏天盼了许多年才脱胎到世间，它没有经验可以利用。往年的夏天早已变为秋天与冬天。夏天的少年时光叫初夏，它不知道怎样变成夏天。每当初夏看一眼身边的葱茏草木都会吓一跳，无边的草木都是奔着夏天来的，找它成长壮大。一想这个，初夏的脑袋就大了，压力也不小。初夏常常蹲在河边躲一躲草木的目光，它想说它不想干了，但季候节气没有退路，不像坐火车可以去又可以回来。初夏只好豁出去，率领草木庄稼云朵河流昆虫一起闯天下，打一打夏天的江山。

初夏肌肤新鲜，像小孩儿胳膊腿儿上的肉都新鲜，没一寸老皮。初夏带着新鲜的带白霜的高粱的秸秆，新鲜的开化才几个月的河流，新鲜的带锯齿的树叶走向盛夏。它喜欢虫鸣，蛐蛐儿试声胆怯，小鸟儿试声胆怯，青蛙还没开始鼓腹大叫。初夏喜欢看到和它一样年轻幼稚的生命体，它们一同扭捏地、热烈地、好奇地走向盛大的夏天。

人早已经历过夏天，但初夏第一次度夏。它不知道什么是夏天，就像姑娘不知道什么叫妇人。这不是无知是财富。就像白纸在白里藏的财富、清水在清里藏的财富，这是空与无的财富。人带着一肚子见识去了哪里？去见谁？这事不说人人都知道，人带着见识与皱纹以及僵硬的关节去见死神，不如无知好。如果一个人已经老了，仍然很无知，同时抱有好奇心与幼稚的举止，这个人该有多么幸福。只可惜人知道得太多，所知大多无用，不能帮他们好好生活。

初夏走进湿漉漉的雨林，有人问它天空为什么下雨，初夏又扭捏一下，它也是第一次见到雨。这些清凉的雨滴从天空降落，它是从喷壶还是筛子里降落到地面？天上是不是也有一条河？初夏由于回答不出这些问题而脸红了，比苹果早红两个月。

初夏跑过山岗，撞碎了灌木的露水。它在草地留下硕大的脚印，草叶被踩得歪斜。初夏的云像初夏一样幼稚，有事没事上天空飘几圈儿。其实，云飘一圈儿就可以了，但初夏的云鼓着白白的腮帮子在天空转个没完，还是年轻啊。你看冬天那些老云窝在山坳里不动弹，动也是为了晒一晒太阳。初夏的云朵比河水汹涌。大地上的花朵才开，大地的草花要等到夏天才绽放。开在枝上的春花像高明人凭空绣上去的，尤其梅花，没有叶子的帮衬。而草花像雨水一样洒满大地，它们在绿草的胸襟别上一朵又一朵花，就像小姑娘喜欢把花朵插在母亲的发髻上。

初夏坐在河流上，坐在长出嫩叶的树桩上。初夏目测大地与星空之间的距离。它寻找春天剩下的花瓣，把它们埋在土里或丢在河里漂走。初夏藏在花朵的叶子下面等待蜜蜂来临。初夏把行囊塞了一遍又一遍，还有挺多草木塞不进去。要装下这么多东西，除非是一列火车。

仲 夏

夏天好似乐曲里的中板，它的绿、星斗的整齐和蛙鸣呈现中和之美。夏日与夏夜的节奏匀称，它的织体饱满。夏天的一切都饱满，像一池绿水要漫出来。庄稼和草都在匀称之间达到饱满。夏日的生命最丰富，庞杂却秩序清晰。生命，是说所有生灵的命，不光包括庄稼和草，还有几千种小虫子。有的小虫用一天时间从柳枝的这一端爬到那一端，而它不过活十天左右。小虫不会因为一生只有十天而快跑或慢爬，更不会因此哭泣。每一种生物对时间的感受都不一样，就像天上神仙叹息人生百年太短，而“百”和“年”只是人发明出来的说辞。小虫的时间是一条梦幻的河流，没有“年月日”。命对人来说是寿，对小虫来说是自然。虫鸟比人更懂缘起情空的道理。

夏天盛大，到处都是生命的集市。夏天的白昼那么长，仍然不够用。万物借太阳的光照节节生长。老天爷看它们已经长疯了，让夜过来笼罩它们，让它们歇歇。有的东西——比如高粱和玉米，在夜里偷着“咔咔”拔节，没停止过生长。这是庄稼的梦游症。在夏日，管弦乐队所有的乐器全都奏响。闪电雷鸣是打击乐，雾是双簧管，柔和弥漫，檐下雨滴是竖琴，从石缝儿跳下来的山泉水也是竖琴。大提琴是大地的呼吸，大地的肺要把草木吸入的废气全吐出来。它怕吓到柔弱的草，缓缓吐出气。这气息在夜里如同歌声，是天籁地籁人籁中的歌声。

许许多多的草木只有春天和夏天，没有秋天，就像死去的人看不见自己墓地的风景一样。草不知何谓秋天，它对秋天等于收获这种逻辑丝毫不懂，这是人的逻辑，所说都是功利。

夏日是雨的天堂。雨水有无数理由从天空奔赴大地，最后无须理由直接倾泻到大地上，像小孩儿冲出家门跑向田野。雨至大地，用手摸到了它们想摸的一切东西。雨的手滑过玉米的秸秆和宽大的叶子，降落到沉默的牛的脊背上。雨从树干滑下来，钻进烟囱里，踩过千万颗沙粒，钻进花蕊。雨没去过什么地方？雨停下来，想一想，然后站在房顶排队跳下来。它们在大地造出千万条河流，最小的河流从窗户玻璃流下来，只有韭菜那么宽，也是河流。更多的雨加入河水，把河挤得只剩一小条，拥挤的雨水挤塌了河岸，它们得意地跑向远方。太阳出来，意思说雨可以休息了。雨去了哪里？被河水冲跑和沉入泥土的雨只是这个庞大家族的一部分子民，其他的雨回到了天空。它们乘上一个名为“蒸发”的热气球，回到了天上。它们在空中遇到冷空气，急忙换上厚厚的棉衣。那些在天空奔跑的棉花团里面，隐藏着昨夜降落在漆黑大地上的雨水。

夏夜深邃。如果夜是一片海，夏夜的海水最深，上面浮着星星的岛屿。在夏夜，许多星星似乎被海冲走了。不知从哪里漂来新的星屿，它们比原来的岛屿更白净。

夏天流行的传染病中，最严重的是虫子和青蛙所患的呼喊强迫症。它们的呼喊声停不下来，它们的耳朵必须听到自己的喊声。这也是老天爷的安排，它安排无数青蛙巡夜呼喊，听上去如同赞美夏天。夏天如此丰满，虫与蛙的呼声再多一倍也不算多，赞美每一棵苹果和樱桃的甜美，赞美高粱谷子暗中结穗，花朵把花粉撒在四面八方。河床满了，小鸟的羽毛干干净净，土地随时长出新的植物。虫子要为这些奇迹喊破嗓子，青蛙把肚子喊得像气球一样透明。

七月有权力炎热

七月有权力下小雨、大雨和暴雨。野草在汪洋中露出绝望的头颅，它的手在积水里写了无数个水字，却没一个字浮出水面。七月悬挂着骄阳的火炉，把土壤晒得开裂，蚂蚁得到纵横四海的地道。野蜂在七月结成网，吮取所有植物的花粉，让大地变成蜜地。野蜂改变了七月份每一个早晨的气味，在青草的苦味和河流的腥味里加入透明的甜。空气如同黏稠的旋涡，不知去哪一棵树上结晶。

七月在每天的傍晚都戴上玫瑰色的草帽子，帽檐宽至天际。地上的花朵与西山的晚霞共同跳一支舞。它们的舞步在风里燃烧，草帽里露出窟窿，露出隐藏在里边的星星。

七月醉了三十天，野草乘季候之神的醉意占领所有的领地。在七月，野草不再向上生长，草尖垂下来，野草张开臂膀霸占更多的土地，草叶变宽，贴在地面延伸。草的容貌气质在七月变野了，成了从千里之外跋涉而来的流浪汉。它们黧黑、粗犷。被暴雨冰雹冲刷过的野草的生命力在此达到最高点。

七月有雾，河上的薄雾如云母一般空灵，离河三尺，不高不低，为河流里的鱼搭了一条羊毛的毡棚。雾是迷路者，雾是夜里跑出来玩耍却找不到家的精灵。阳光出来后，雾忘了应该从哪一道山缝儿走回去。山在夜里昼里的模样完全不一样。雾游荡，它们不会飞，不会像水流一样潜地，兀自让风吹着游走，不高不低，像山腰的、白桦林的、河流的纱巾。七月，雾的纱巾在每一棵树上都做了记号，围着松鼠的尾巴绕过三圈儿。雾让树林变成了舞台，雾慢慢拉开幕时，树的合唱队员已经排好了队形。

七月电闪雷鸣，乌云如同江底的淤泥压塌了天空。天所降者不光有雨，还有天堂的溪流、天堂屋檐的冰凌、天堂草地与小路上的积水。庄稼喝到这些水并体会到天意。天意无非好生，生生不息。在七月，雷霆把天空炸裂。从天上看，雷把天炸开无数裂纹，像碎鸡蛋一样，流出闪电的蛋黄。七月雷声的嗓门最大，回声千里。天神看到被闪电击中起火的森林在大雨中燃烧。七月之中，天下所有河流都增加了一倍的水。丰满混浊的河流在河床里游荡，如浴后久久不穿外衣的肥胖妇人。

野草俯身大地，流星找不到降落的地点。七月的夜空比春夜更深邃，春夜的天空仍然结冰，星斗和月亮的影子从冰层照射过来，看上去模糊清冷，比夏夜多了一重蓝屏风。七月的夜空是天海的深底，星星、星宿与星座是游鱼、珊瑚和没有马的马车。这时候，天空的海底渐渐变暖，生物密集，潮汐剧烈，七月的夜常常因此下一场雨。人们在地球上见到的月亮其实隔着天空的海水。由于水对光的折射作用，月牙儿显得纤瘦、白净。在无事的后半夜，月牙儿躺在摇椅上睡到天亮。

蚂蚁在七月长大了一倍。春天蠕动的小蚂蚁长成了大黄蚁和大黑蚁，气势汹汹。老天爷怂恿所有生物在七月变得理直气壮。蚂蚁像螳螂一样凶恶，青蛙像黄狗一样狂吠，雨水毁坏道路，乌鸦的翅膀扇来了暮色。七月，生长的势力最大，树在风中模仿庄稼拔节，“咔嚓”的声音惊醒了鸟梦，七月是蛮横的兵勇，他们手持滚石檑木，打碎所有妨碍生的路障，一日千里，如群山驮走太阳。

七月有权力炎热，阳光的轧道机从天上滚下来把麦地轧一遍，或两遍，让不熟的种子全部成熟。金黄的麦浪起伏不定，保留了轧道机的痕迹。七月有权力号召大雨滔天，被阳光晒死的虫子所产的卵在潮湿里新生。每一种生物在七月都得到一份生的份额，不止巨蟹，万物于此皆生。

七月的晨雾如牛奶泼在草地上，河水用颤动仍然摆脱不掉玉米叶子的倒影。昆虫在七月彻夜歌唱，它们爬过每一寸大地，熟悉每一株草。七月任性，七月压抑不住自己的热情，七月水灵，七月是六月后面那个月，比八月清新一个月，它长胖了夏天的腰。

初 秋

初秋看不到卷成一根针一样的青草心，看不到树叶像抹了一层油似的新绿。初秋是老天用很大的力量转变一件事，它让草叶由深绿变得微黄，叶子的水分流失了，最后薄得如一张纸。天的动作让天的色泽都变了，深蓝褪为浅蓝，宁静辽远，好像后退了一百零八公里。老天所做的这件事叫“秋”，或者叫自夏而秋，这是何等盛大的典礼，让所有的植物加入秋的合唱。

看不到从水泥地的缝隙长出新草，云彩只剩下原来的十分之一，变薄了，仿佛不够絮一床新被子。那些娇嫩、浅颜色的花朵已经敛迹藏形，只剩下成片的花朵鲜艳开放，如菊花、鸡冠花和串红。土地不再松软，不似春雨之后的酥透。当土地进入初秋，有如一个男人行进中年，好比李察·基尔、周润发。他们从容了，也放慢了步伐。所谓争先恐后说的是春天，每一个时辰都冒出一个花骨朵，河水急匆匆流过，浪花四溅。春天怎么能不争？每一朵花都报春信，以为是自己招来了春天。夏天的茂盛，用“争”已经不确切，是无边的生长，每一个有生命的植物在夏天都有了一席之地。花草比房地产商对地的态度更贪婪，长满了天涯海角。

秋天，还有什么大事要忙吗？没有了。你看一眼枝上的果实，就知道“忙”已经不是秋天的语言。不必说水果，连卑微的小草都结满了草籽。鼓鼓囊囊的草籽穗头像八路军的干粮袋一般朴实，它是明年几十株青草的娘胎。

秋天慢下来，地球转到秋天也应慢一些。秋天沉重，大地多出来无数沉重的粮食，地球的辎重车行走当然要慢。地球舍不得把藤上晶莹的葡萄甩下来，宁愿转得更稳些。

初秋并不是丰收的时候，丰收是说晚秋。初秋所做的事情是定型，让一切可以称为果实的东西由不确定变得确定，由浆变成粉，由稚嫩变得坚硬。那些还没在初秋定型的东西已经定不了型了。人也如此，一个叫作“青春”的东西已经逝去了多年，双脚正往晚秋行走，此时还没沉淀、没雏形、没味道、没形态，有什么收获可言呢?

初秋明净，光线照在树枝和马路上，一样的澄澈。秋天的水比夏天更透明。早晨，秋天弥漫着来自远方的气味。这味道不知有多远，是庄稼、果树、河水和草地的混合气味，在城里也能闻得到。此味对于人，可叫作深刻或沉潜，离肤浅已经很远。如果秋天和中年还肤浅，就太那个了。好在四季一直懂这个道理。如果大地不知好歹地装嫩，会把人全吓死。初秋只是短暂的过渡色，叫作立秋和白露，而后中秋登场，所有的喜庆锣鼓都会敲响，丰厚盛大。

中秋的秋

光阴的河水，从树叶上，从泥土里，从锄头，从酒碗边，从炊烟，从蛐蛐声里淌下来，如一道道溪流。到了秋天，汇成一条大江。秋天的大江载不动连天船舸，瓜果梨桃，五谷丰登，在这条江上漂流，等待月明。

月亮是带笑容的信号弹，说丰收开始了，酒席开始了，镰刀的呼喊开始了。信号弹升在每家院子的上空，亮如白昼，花雕的坛子蹒跚行走，池塘的波纹用弧线描画月亮的脸。月亮如川剧艺人于清夜变脸：白如银盘，黄如金坛，酒醉的吴刚跃跃欲试往人间降落。

上中下、早中晚，中为何物？秋何以中？《大学》有言：执其两端而用中，不偏不倚之谓也。中乃花开正好，尚未萧疏。中为子时午时，阴阳相持进而泰然。中乃过半未半，是秋之美人最美，秋之盛装最盛。秋而逢中，庄稼的队伍浩浩荡荡，走遍大地，接受检阅。果树的队伍拎着红灯，草原的队伍带着绿风，海的队伍互相牵着浪花的手，加入游行。

中秋登场了，还有什么没登场？五谷大地来了，高山流水来了，来得稍晚的是星星的合唱。星星有点儿羞怯，起初声小，缓缓包拢天地，音色透明，织体饱满，山川唱和，弥漫秋声。

四　季

秋　天

用读《论语》的眼光看秋天，它干净而简洁，枝条洗练，秋空明净，这是谁都知道的。老天爷只在秋季拭手一擦晴空。白杨树，干直而枝曲，擎着什么，期待或其他；河床疏阔，一眼望尽。

秋天，场院丰盈但四野凋敝——由于人对土地的掠夺。我不愿意看到玉米叶子自腰间枯垂，像美人提着裤子。割去吧，用锋利的镰刀把玉米自脚踝割断，它们整齐地躺在垄上，分娩一样。谷子尚不及玉米，斩过又让人薅一下，头颅昏沉坠着。

在乡下，我爱过我的镰刀。不光锋利，我在意刀把的曲折，合乎“割”的道理。镰刀把握在手，是一种不尽，一种生存与把玩的结合。

在北方的秋天，别忘了抬头看老鸹窝，即钻天杨梢上的巢。细枝密密交封，里面住着老鸹的孩子。老鸹即乌鸦，虽然不见得好看，小老鸹喙未角质，鹅黄色。

拎着镰刀抬头看老鸹，或拾土块击其巢（当然击之不中），是秋天的事情。老鸹扇翅盘桓，对你“呱呱”，没责备，也许算规劝。

若说场院胜景，最好的不是飞锹扬场——粮食在风中吹去秕糠，如珠玉落下；在集体的场院里，电灯明晃高照，和农村老娘们儿剥玉米才是享受。电灯一般是二百瓦的，红绿塑料线沿地蜿蜒。这时，地主富农坐一厢，知识青年和贫下中农坐一厢。谈话最响亮的是大队书记的年轻媳妇，她主导，也端正，手剥玉米说着笑话。夜色被刺眼的光芒逼退了，剥出的新鲜玉米垛成矮墙风干。

乡道上，夏天轧出的辙印已经成形，车老板子小心地把车赶进辙里行进。泥土干了，由深黄转为白垩色。芨芨草的叶子经霜之后染上俗艳的红色。看不到蚂蚁兄了，雁阵早已过去。怎么办呢？我们等着草叶结霜的日子，那时候袖手。

总有一些叶子，深秋也不肯从枝上落下，是恋母情结或一贯高仰的品格。然而，当它们随着风声旋转落地时，人们总要俯首观看，像读一封迟寄的信。

冬　日

在这个时候，我父亲出门前要提系裤子再三，因为棉裤毛裤云云，整装以待发。

这时，我在心里念一个词：“凛冽”。风至、霜降、冰冻，令我们肺腑澈彻无比。冷固然冷，但我们像胡萝卜一样通红透明。真的，我的确在冬天走来走去，薄薄的耳朵冻而后疼，捂一捂又有痒的感觉。鼻子也如涅克拉索夫说的“通红”。但为什么不享受冬天？冬天难道不好吗？

冬天！这个词说出来就凝重，不轻浮。人在冬天连咳嗽亦干脆，不滞腻。窗上的霜花是老天爷送你的一份薄礼，笑纳吧。当你用你的肉感受一种冬天的冷时，收到的是一份冰凉的体贴。比较清醒，实际比较愚钝。因为冬藏，人们想不起许多念头。我女儿穿得像棉花包一样，在冰上摔倒复起，似乎不痛。

想我的故乡，我的祖先常常在大雪之后掏一条通道前往其他的蒙古包。在这样的通道上走，身边是一人高的雪墙。他们醉着，唱“A ri Ben Ta Ben Nie Sa Ri ……”走着，笨拙却灵活的爱情，相互微笑举杯。

冬天听大气的歌曲，肖斯塔科维奇或腾格尔。不读诸子，反正我不读诸子，因为没有火盆，也没有绍兴老酒。唱歌吧，唱外边连霜都不结的土地，连刨三尺都不解冻，而我们还在唱歌，这不是一种生机吗?

冬天的女人都很美丽，衣服包裹周身，只露出一张脸。我们一看：女人！不美丽的女人亦美丽。爱她们吧，如果有可能。她们在冬天小心地走着，像弱者，但生命力最强。

春　时

春天无可言说，汗液饱满，我们说不出什么。如果我们是杨树枝条，在春天就感到周身的鼓胀，像怀孕一样，生命中加一条生命。

说“春——天”，口唇吐出轻轻的气息，想到燕子墨绿的羽毛，桃花开放的样子，不说了。虽然人们在春天喜悦。我暗想又添了一岁生齿。不说了。

夏　季

夏天在那边。

我感到夏天不是与冬季相对的时令，如棋盘上的黑白子。我知道夏天是怎么回事，它累了，如此而已。在四季中，夏天最操心，让草长高，树叶迎着太阳，蜜蜂到花蕊里忙活。刚到秋日，夏天就说：我不行了。

夏天是毛茸茸的季节，白日慵懒，夜里具有深缓的呼吸，像流水一样的女人穿着裙子。跟春天比，夏天一点儿不矫情也不调侃，走到哪里都是盛宴。

如果我是动物，就在夏天的丛林里奔跑，跑到哪里都可以，用喉音哼着歌曲，舌尖轻抵上颚，渴了就停下埋头饮泉水。啦——啦——啦，我认真地准备过一个夏天。

第六辑／买一亩大海

买一亩大海

买一亩大海，就买到了一年四季日夜生长的庄稼。庄稼头上顶着白花，奔跑着、喧哗着往岸边跑，好像它们是我的孩子。对，它们是浪花，但对我来说，它们是我种的庄稼。

大海辽阔无际，而我有一亩就够了。其实我不懂一亩有多大，往东多远，往西又有多远。别人告诉我，一亩是六百六十六点七平方米。够了，太够了。六百多平方米表面积的大海，足够丰饶。买下这一小块大海，我就是一亩大海的君王。

在我的海域上，没人来建高楼，没人能抢走这些水，我的水和海水万顷相连而不可割断。再说他们抢走海水也没地方放。这里没有动迁，没车因而不堵车。如果我买下这一亩海，这片海在名义上就属于我，而这片海里的鱼、贝壳乃至小到看不清的微生物，更有权利说属于它、属于它们。是的，这一小片海在我爷爷的爷爷的爷爷的朋友的朋友的朋友活着的时候就属于它们——包括路过此地的鲸和蹒跚的海龟，以后也属于它们。我买下之后所能做的只是对着天空说：我在这儿买了一亩大海。阳光依然没有偏私地继续照耀我这一亩海和所有的海，日光的影子在海底的沙子上蠕动。

一亩大海是我最贵重的财产，我不知怎样描述它的珍奇。早上，海面的外皮像铺了一层红铁箔，却又动摇，海水好像融化了半个太阳。上午，如果没有风，我的海如一大块（六百六十六点七平方米）翡翠，缓缓地动荡，证明地球仍然在转动，没停歇。如果你愿意，可以闭眼憋气钻进翡翠里，但钻一米半就会浮上来，肺里也就这么多气体。这时候，适合于趴在一块旧门板上（买船太贵）随波逐流，六百多平方米，够了，太够了。在我的领海上，我不会用线、用桩什么的，更不会用铁丝网什么的划分这块海，被划分的海太难看了。一个人的私权意识表现在大海上，就有点儿像蚂蚁站在大象身上撒尿。海的好看就在一望无际。到了晚上，海上生明月，天涯共此时。这两句诗连这里的螃蟹都会背，不是人教的，是海教的。金黄的月亮升起来，黑黝黝的海面滚过白茫茫的一片羊群，没到岸边就没了，也许被鲨鱼吃掉了。在海边，你才知道月亮原本庄严，跟爱情没什么关系。在星球里，月亮唯一显出一些笑意，我是说海边的月亮。

我还没说一亩大海在下午的情形。下午，这亩海有时会起浪，包括惊涛骇浪。海不会因为我买下就不起狂风巨浪，海从来没当过谁的奴隶。海按海的意思生活才是海，虽然九级大浪卷起来如同拆碎一座帝国大厦，虽然海会咆哮，但它始终是海而没变成别的东西。

谁也说不清一片海，尽管它只有六百多平方米的表面积，说不清它的神奇、奥妙和壮大。何止早午晚，海在一年四季的每分每秒中呈现不重复的美和生机。买海的人站在海边看海，鸟儿飞去飞来，鱼儿游来游去。海假如可以买到的话，只不过买到了一个字，它的读音叫“海”。世上没有归属的事物，只有大海，它送走日月光阴，送走了所有买海和不买海的灵长类脊椎动物，他们的读音叫“人”。

海的月光大道

晚上，我在房间里站桩。面前是南海（中间隔着玻璃窗）。半个月亮被乌云包裹，软红，如煮五分熟的蛋黄。有人说面对月亮站桩好，但没说面对红蛋黄月亮站桩会发生什么。站吧，我们只有一个月亮，对它还能挑剔吗？站。呜——这声音别人听不到，是我对气血在我身体内冲激回荡的精辟概括。四十分钟“呜”完了，我睁眼——啊？我以为站桩站入了幻境或天堂，这么简单就步入天堂真的万万没想到——大海整齐地铺在窗外，刚才模糊的浊浪消失了，变得细碎深蓝。才一会儿，大海就换水了。更高级的是月亮，它以前所未有的新鲜悬于海上，金黄如兽，售价最贵的脐橙也比不上它的黄与圆，与刚才那半轮完全不是一个月亮，甚至不是它的兄弟。新月亮随新海水配套而来，刚刚打开包装。夜空澄澈，海面铺了一条月光大道，前宽后窄，从窗前通向月亮。道路上铺满了金瓦（拱形汉瓦），缝隙略波动，基本算严实。让人想光脚跑上去，一直跑到尽头。

海有万千面孔，我第一次看到海的容颜如此纯美，比电影明星还美。月亮上升，海面的月光大道渐渐收窄，但金光并没因此减少。我下楼到海边。浪一层一层往上涌，像我胃里涌酸水，也像要把金色的月光运上岸。对海来说，月光太多了，用不完，海要把月光挪到岸上储存起来。这是海的幼稚之处，连我都不这么想问题。富兰克林当年想把宝贵的电能储存起来，跟海的想法一样。月亮尚不吝惜自己的光，海为什么吝惜呢？在海边，风打在左脸和右脸上，我知道我的头发像烧着了一样向上舞蹈。风从上到下搜查了我的全身，却没发现它想要的任何东西。风仿佛要吹走我脸上那一小片月光。月光落在我脸上白瞎了，我的脸不会反光，也做不成一道宽广的大道，皱纹里埋没了如此年轻的光芒。站在海边看月光大道，仿佛站在了天堂的入口，这是唯一的入口，在我脚下。这条道路是水做的，尽头有白沫的蕾丝边儿，白沫下面是浪退之后转为紧实的沙滩。我想，不管是谁，这时候都想走过去，走到月亮下面仰望月亮，就像在葡萄架下看葡萄。

脱掉鞋子，发现我的脚在月亮下竟很白，像两条肚皮朝上的鱼，脚跟是鱼头，脚趾是它们的尾鳍。我在沙滩走，才抬脚，海水急忙灌满脚印，仿佛我没来过这里。月光大道真诱人啊，金光在微微动荡的海面上摇晃，如喝醉了的人们不断干杯。海水把月亮揉碎、扯平，每一个小波浪顶端都顶着一小块金黄，转瞬已逝。大海是一位健壮的金匠，把月亮锤打成金箔，铺这条大道，而金箔不够。大海修修补补，漂着支离破碎的月光碎片。

小时候，我想象的天堂是用糖果垒成的大房子。糖果的墙壁曲曲弯弯组成好多房间。把墙掏一个洞掏出糖果来，天堂也不会坍。这个梦想不知在何时结束了，好多年没再想过天堂。海南的海边，我想天堂可能会有——如果能够走过这片海的月光大道。天堂上，它的础石均为透明深蓝的玉石，宫殿下面是更蓝的海水。天堂在海底的地基是白色与红色的珊瑚，珊瑚的事，曾祖母很早就跟我说过：如果一座房子底下全是珊瑚，那就是神的房子。天堂那边清冷澈彻，李商隐所谓“碧海青天”，此之谓也。在这样的天堂里居住哪有什么忧虑？虽然无跑步的陆地但能骑鲸劈波斩浪。吃什么尚不清楚，估计都是海产品，饱含欧米伽3的不饱和脂肪酸。也许天堂里的人压根儿不吃不喝。谁吃喝？这是那些腹腔折叠着十几米肠子的哺乳动物们干的事，不吃，他（它）们无法获得热量，他（它）们的体温始终要保持在零上三十六至三十七摄氏度。为了这个愚蠢的设定，他（它）们吃掉无数动物和粮食。

海上的月光大道无论多宽也走不过去。天堂只适合于观看，正如故宫也只适合观看而不能搬进去住。我依稀看见脚下有一串狗的爪印，狗会在晚上到海边吗？我早上跑步，好几只毛色不同的狗跟在后面跑，礼貌地不超过我。我停下时，它们假装嗅地面的石子。我接着跑，它们继续尾随。我解释不了这种现象，也不认为我的跑姿比狗好，狗在模仿我跑步。可能是：人跑步时分泌一种让狗欣慰的气味。如此我也不白来海南一回，至少对狗如此。晚上，狗到海边干什么来了？它可能和我一样被月亮制造的天堂所吸引，因为走不过去而回到狗窝睡觉去了。我也要回宾馆那张床睡觉去了，天堂就是眼睛能到，脚到不了的地方。它的入口在海南的海边有狗爪子印的地方，我在岸边已经做了隐秘的记号。

海　边

我们住在海岛的南边，叫东岙渔村。南风日夜驱赶着大海到岸上放牧，我从东窗上看到海浪的羊群钻进沙滩，不复出焉。后来的白浪钻进沙滩，寻找先前的浪，同样被陆地捕俘，不见踪影。由古至今，陆地究竟捉走了多少雪白的、蕾丝边的、裹挟小鱼小虾的海浪，算是算不过来的。

窗外是海，除了海就没什么可看。而海，它的每一样变化还没来得及看就已经消失，变化到新的变化之中。你说你看到了海浪，你说不清看到了哪一个浪，记不住它的模样。这个浪被它身后永不停歇的、性急的新浪碾碎。水还在，浪转瞬而逝。人类的视网膜的解码速度远不及浪的速度，想起金璧辉的干爹名谓川岛浪速有些道理。人看大海如文盲读一本篇幅浩大的书，认不出其中的任何一个字。我们虽然不认识海的字，但我们认识海鸥。海在光线和风里变出黄的、蓝的、灰的颜色，但海鸥始终是白色的，如一条会飞的刀鱼。我想像洞头岛真富庶啊，刀鱼满天飞。海鸥飞得低而慢，我们的视网膜大体上能看清它的仪态。它的翅膀似乎捋不直，如信天翁翅膀压不弯。它的翅膀（即刀鱼部分）上下翻，却让人觉得翅膀如V字。这个V字的长翅膀的两端下垂，俨然旧时代小瓦的瓦檐，却白。海鸥乱七八糟地飞来飞去，如潮水涨来涨去。海鸥的叫声大体上属于猫的音色却更凄厉。这一点，人类又有不解。以海鸥的优雅与轻佻，它的叫声似乎应该圆润些，如杜鹃鸟发出的双簧管的音色。人类有一种配套成龙的习惯，把东西放一块。好看的鸟儿叫声也要好，如不存在的凤凰。不好的东西也放一块，饿狼最好连腿都是跛的。但上帝不这样想，上帝创造万物的准则并不是人类眼里的完美模式（完美这个词，上帝从来不去想）。上帝赋予每一种物种生的能力的同时赋予它们难以逾越的缺陷，让这一物种在缺陷中有序增减。追求完美即是人类的缺陷之一。

眼前的大海有黄色的波浪，他们说台风从南面快要赶到了。感觉不到风，但海浪越来越大。离岸很远的黑礁石围满了白色的浪花，这在头几天还看不到。浪头由西到东次第上岸，如同用鞭子在沙滩上抡了一下。由此，涛声由远及近或由近及远，传来长长的喧哗，海水一浪逐着一浪到岸边劈头摔下却没有水接着而发出的绝望呐喊。没随浪头转回反而钻进沙滩里的海水发出嗞嗞声，好像有人吃了辣椒之后吸气。沙滩感叹浪头太大，不禁嗞嗞。

夜里，涛声越来越重，尽管台风并没有来。是夜无月，看不见海面的情形，只听涛声大如黄河决口，如同大山走动起来到海边集结。原来，一波与另一波的潮水拍岸之间尚有短暂的空寂，此刻空隙抹平，耳畔灌满涛声。我如做梦一般想起了学书法抄过的三位晚清诗人的诗：

千声檐铁百淋铃，
雨横风狂暂一停。
正望鸡鸣天下白，
又惊鹅击海东青。
沉阴噎噎何多日，
残月晖晖尚几星。
斗室苍茫吾独立，
万家酣睡几人醒？

——黄遵宪《夜起》

凄凉白马市中箫，

梦入西湖数六桥。

绝好江山谁看取？

涛声怒断浙江潮。

——康有为《闻意索三门湾以兵轮三艘迫浙江有感》

海天龙战血玄黄，

披发长歌览大荒。

易水萧萧人去也，

一天明月白如霜。

——苏曼殊《以诗并画留别汤国顿》

实话说，我不太明了这些诗的寓意，其意境混杂一体庶几可传达此夜涛声的氛围，但没那么悲观。人不明白的事情实在比明白的事情多得多，谁知道写书法抄过的诗篇竟能记住，竟能在海边的潮声中浮上心头呢？忆诗时手指要在腿上写，否则也记不起。可见这些诗记忆在我的手指上。我开始相信电影里的人物对着山峰、松林、花朵背诵诗篇可能是真的，他们原本都练过书法啊。这又提醒我以后写书法抄诗要抄一些着调的诗，《蜀道难》什么的干脆不要抄了，因为我根本去不了李白去的地方。

黄遵宪说“斗室苍茫吾独立”，吾乃“独卧”，立之事刚才站桩已经立过了。听海潮八荒涌来。你可以说潮声像什么事物，但没法说什么事物像潮。潮声把世上所有的声音都收纳了，如崩石、如裂岸、如马踏草原、如群狮怒吼。而被狂涛掩盖的细小声响，还如鸟鸣声，冲刷声，浪穿过空气的嘶声。更有巨浪打在岸上之后土地的震动声，浪打在船上、石上、浪上的不同的响声。众多声音一并响起，使人不知道这是什么声，曰涛声。黑暗里，我躺在床上想，假若这不是涛声会是什么声呢？竟想不起来。涛声之外，世上无此声。听来听去，禁不住几次起身趴窗台看海，偌大的海竟被夜色包裹得严严实实，一滴水也没看到，只有一阵紧似一阵的浪涛声。我想象浪头一浪高过一浪，在海上雪白地相互追逐。海水撞在礁石上，浪花伸出巨大的白爪。天上无星无月，乌云遮住了整个天空。遮住所有的天光。这需要许多云，数量要和大海一样多。我依稀记得陆地上没有太多云，如不下雨，云彩与天空基本是一半对一半。海边不一样，需要更多的云。为什么需要这么多云，我也不知道。在巨大的浪潮声里，我竟睡着了。我怨恨自己：这么大的声音，怎么能睡着呢？但还是睡着了，大自然的声音无论多么喧哗，都与人身体内部的节律合拍，大自然从来没发出过噪音。

夜里醒来，第一件事是听海浪还响吗？还响，不管有没有人听，它们都在响，我索性到了海边，找地方坐下听涛。天色黑得看不见海，看不见浪头打到岸边向前伸出的手。我如盲人一样瞪着前方，前方一无所有。听觉告诉我浪从左边打过来，从右边打过来，而眼前的漆黑即是大海。心里想海里的鱼在干什么，不知它们睡不睡觉。想“哗——”是什么，想“唰——”是什么，想我在想什么。起身走的时候，我看不见自己的脚和脚下的路。这个“我”慢慢地顺利地回到了房间，重新躺到床上。我方知人在海边并没有当下，一无所见亦一无所闻。我无法向别人转述“哗——”的内容，也不能转述我的所见。

第二天早上起来看海。大海来了，有远有近，风平浪静。最远处的海是灰的，接着蓝与黄的海水涌向昨夜我坐过的沙滩，海鸥在飞。 昨夜的涛声与我的漫游都像假的，如同臆造。

海上日出

在洞头岛看海上日出，这是早上四点半。车开到宽阔地带，略微能分辨出天与海的连接。这处海滩沙子好，马蹄形的沙滩被黑黝黝的碉堡般的高崖环抱。抬眼看，天际有一隙暗红的光带，如烧红的铁条穿透了海平线。铁条分开了海和天上的云层。此刻仍黑暗，看不清海，也看不清云层，只是觉得那里应该是海天交接处。

太阳现在哪里隐匿？它要为盛大的演出而化妆、而换衣、而候场吗？在巨大的海与巨大的黑暗后面，会有一个金光四射的太阳吗？现在看不出来。平时谁都不怀疑太阳每天升起，但等在这里观日出的二十多个人都在心存疑虑。人们——一排排如黑树桩一般的剪影仰望天幕，日如不升，就成了一个负心人。我想的是：这根铁条横在那里，约等于说云层没有完全遮蔽我们观日出的通道，太阳升的时候会允许人们在这个窄条里看它一眼。这一条红线实在太窄了，类似百叶窗的缝隙。也许由于看日出的人少，太阳留给洞头海滨浴场的观赏视域就这么窄，约等于一根芹菜外加一根韭菜叶的宽度。我想，铁条上面平直的浓云会不会降下来？那我们什么都看不到了。

这些事写下来很啰嗦，当时只是一晃儿的时光。又一晃儿，云与海平线的间隙宽了。瞬间，彩光铺在沙滩上。温柔的潮水上岸转头走掉，沙滩便留下一个平坦的浸满水的镜子，里面嵌装彩光的倒影。在几乎还可以称为黑暗的海滩上，橙色加杂粉光的光影从沙滩的水渍反射出来，比天空更明亮。这些光并非彩云的光，也不是霞光，是太阳升起之前的金晖被乌云遮挡中喷发过来的光束，敏感的水捉住了这些光。然而，海面并没有粼粼的光斑。应该有，但没有。此时，人对面看不清五官，天还算黑着。

太阳要出来了，我觉得坐站皆不宜，应该蹦高。沙滩太软，蹦不起来。但奏乐显然是最适宜的事，我后悔昨晚没在手机下载几首乐曲此时播放。海滩上的人们开始照相，小孩子光着身子往浪里冲。没人用手机播放庄严的乐曲，他们像我一样无知，一样莽撞。俄而，金光铺满沙滩。这么说有点儿不真实，解释一下：海的尽头喷涌光芒，但海上见不到。海上的浪头骑着前方的浪头奔来，见不到反光。不知哪会儿，天空的云层瓦解了，可能是阳光太热，把它们烤散了。云的头顶出现青白色飘着红云的光，这些天光照在沙滩的水上，绚丽一时。但这时太阳还没出来，还没到出的时候。我上网查看，2015年8月20日洞头岛日出时间为五点二十一分，现在已是五点十九分。众人欢喜，不再管太阳出不出来，不出也不算事。这些人照相，追逐浪潮，天边幻化以玫瑰色为主调的光幕，海浪把这些光如锦缎一般铺在沙滩上。刹那间，你不觉得这是水，也不是沙滩，而如真实的织锦，转而消失。下一拨的浪铺出一幅新的锦缎图，比刚才更美，当然又消失了。正在看，人高喊：太阳出来了！

太阳从海平线冒出头，边缘模糊，好像沾着水。它探出头来，似乎愣住不动了，原来世界竟是这个样子。少顷，日头猛地跃出海面，体积一下显小了。太阳在海上呆了三五秒，钻进上面的云层，日出结束了，也可写成（完）。

日出这件事其实不可描述，宜目睹、宜惊呆，不宜转化为字。字跟日出的壮丽相比简直啥也不是。观日出后，总觉得一件事还没有完。人最爱用睡觉结束一件事，但现在是早上，怎么睡？我上公路跑了一个十公里。边跑边回味日出所见，想来想去不真实，这是真的吗？有点儿拿不准了。

南澳岛听涛

南国11月份的阳光依然和煦，雨季过去了，光线透明，草木浑然不觉冬之来临，仍然蓬勃生长。草木在这里很舒服，阳光像海水一样泛滥，阔叶的芭蕉像夏季一样葱茏，它们长在北纬23度26分21秒的北回归线上，这是太阳在北半球能够直射到的离赤道最远的位置，在汕头市南澳岛。

岛上有一棵郑成功时代的招兵树，这棵古榕浑如一间高广大屋，几个人抱不过来的树干之上枝杈纵横，叶片密不透风，仿佛它已与大地生长一体，是一块突出于地面生长绿叶的铁黑色岩石，风雨不侵。

南澳岛的海水瓦蓝，比天空更纯粹，有琉璃的质感。登山观海，视线挪到岸上，楼房显得十分小巧，沙滩的人比草芥更小，如同一幅画上随意点上去的几个点，小得没法再画了。夜里，我在南澳岛的海边跑步。这里修了一条很好的海滨大道，道路平整。海消失在月色里。月亮只照亮一小片海，在海面留下一小片金箔。海水来抢，金箔七零八落，瓦楞式的波纹动荡不休。我到海边跑步是为听到涛声。浪涛在看不见的海里奔跑，我也在跑。随着“啪、啪”的节奏，心跳和落地的脚步协调一致，而“哗、哗”的涛声似在身后追赶。夜的海如无边的猛兽来袭，它们蹲在模糊的浪涛上发来吼声。跑的时候，无论睁多大眼睛都看不清海的广阔与深邃。你觉得这一大堆奔涌的水连着世界各地。看地图发现，阿根廷有一个地名叫“里瓦达维亚海军准将城”，位于圣豪尔赫海湾，我很想坐船去这个地方看一下。军人在阿根廷很吃香，这个国家的地图上还有苏瓦雷斯上校镇、皮科将军镇。巴拉圭有一个地方叫“伦萨少校堡”，靠近玻利维亚边境。看来这个国家军官少，少校就可以命名地名了。我身旁的海水有可能来自里瓦达维亚海军准将城，到达南澳后返回阿根廷。大海到处都是路，海水可以无拘束地到达各国港口。

南澳岛的居民们在海滨大道跳舞。路灯下，人们姿态翩翩。看上去，她们很像是鱼儿从海里跳出来起舞，像章鱼那样手拉手跳舞。海浪撞击防波壁，叹息一声退去。在海边跑步，耳边传来远远近近的涛声。人耳不够灵敏，把无数涛声集纳成大概的“哗——”。海上，耸起的后浪拍击平缓的前浪，浪在空中开花散落。浪呼啸着俯冲，浪摔在礁石上如破裂的釜，浪相互拥挤。这一切声音被混入苍茫的夜空，无法用语言描述。大海发出声音并吸收声音，它是巨大的音场，高频音被磨掉棱角，低频音只剩下混沌的震动。我相信海里成千上万种鱼类、贝类乃至海草都在发出声音。通过水分子传送八方。这是以耳膜感受空气声波的人类无法听到的音响，它们在水里而非空气中传输音频信号。我相信水里生物的声音照样可以用清澈、孤单、嘹亮、温柔、激烈这些词语来形容，这是它们的歌声。所有的生物都能用频率或者叫节律表达情感。大海是最伟大的情感抒发者，它无比丰富的情感在人耳听来有一些单调，哗——哗——日夜不息。海所表达的意思怎么会仅仅是“哗——”呢？总有一天，人们会从涛声中解码出惊人的秘密。

岛 上

到了岛上，心想岛又怎么样呢？登陆时踩踩地面，挺结实，跟踩大陆没两样。汽车在岛上飞驰，没减速的意思，让我稀奇。岛挺大啊，汽车呜呜跑。坐车上，看岛上群山连绵，更稀奇。岛上还有山啊，同伴说你少见多怪，洞口群岛是一个县，设有中国共产党洞头县委员会，懂不懂？我闻此言，默默向洞头县委书记和县长致意，他们在岛上领导着一个县前进。

我到海边的机会少，上岛的机会更少，于是对岛上的连绵群山感到诧异，见到这里的人把零星小岛的山峰劈了一半填海更诧异。待到我开始环岛跑步，钻过一个又一个隧道就不觉得岛与大陆有什么区别了。岂止岛上有山？这座岛与每一座岛都是耸立于海面的高山，洞头人民在山顶修建公路，盖起了高楼大厦。假设某一天海水突然退掉，他们都成了在巍峨山顶上生活的高尚的人民，每人除身份证外，另外颁发一个神仙证。我们在陆地上或者在海底用望远镜仰望他们，那时候岛改为山——洞头山、灵昆山、霓屿山等等。海水固然不会退去，即使退去了，洞头早已修好连接温州与各岛屿的跨海大桥。坐车跨桥，在各个岛屿游走。洞头人真是了不起，该想到的都想到了。洞头人常说：“我们与温州市区只有一个多小时的车程。”他们想说的其实是他们已经去除疏离感，与大陆连接一体。

在岛上走，看到方石砌的民舍，比大陆的房子结实十倍。他们说，渔民修这样的房子抗台风。你仔仔细细看这个岛，不光房子抗台风，这里的每一株小草，每一棵树都在与台风的对抗中获得了大陆草木所没有的能量。你看岛上郁郁葱葱，草木在珍贵的、从远方吹来落在石缝儿里的土中扎下根。对岛上的草木来说，扎下根就永不搬家，台风或烈日都不会让它们死去，也不会让它们退缩。我在岛上的地面看小蚂蚁爬，它们在茂盛的植物下奔忙。我听说下周台风就来了，会把蚂蚁吹到海里吗？台风可以摧木毁屋，但不一定能吹走蚂蚁，大自然就这么安排的，我在心里对蚂蚁和池塘的白鸭默默地表达了敬意。

在洞头我们正赶上七夕节。这里的七夕与其他地方不同，是送给孩子的祈福节。家家户户蒸年糕，摆水果，烧纸上香，祝贺家里十六岁的孩子长大成人，祈求上天保佑尚不到十六岁的小孩子继续平安成长。我一想，其他地方好像没有这样的民间节日。这个节日好，凡是给小孩子的节日都是欢乐的节日。如果我是这里的孩子，看到大人为我大吃大喝，何其得意。父母为孩子祈福那么虔诚，孩子能不感动么？孩子在这一天会明白：中国的家长一切都是为了孩子，这是本能冲动，拦都拦不住。这个节过早了也不好，譬如孩子两三岁时过这个节，他不感动。十六岁刚刚好，此时他们刚要早恋，刚想叛逆，过完节，全正常了。洞头是温州市辖的一个县，最近改区了。这里的人却说闽南话，祖籍多是福建人。从地域性格说，温州人敢闯敢干，闽南人敢打敢拼，两股血脉在洞头汇合，真是得天独厚。洞头人劈山填海，见其勇猛，他们还有细腻的一面——渔民绘画。我们看画的同时看到了作者，他们中间有渔民，也有普通的岛民，女性居多。县文化馆为他们开辟了一间大画室，任其自由创作。他们的创作虽然“自由”，然而画面离不开船和大海。这些作画者没有技法与美术史的束缚，人物扁平，构图对称，然而内容感人。他们把人画得像儿童一样跳舞唱歌，献出猪羊，祈求老天爷与海神娘娘保佑他们出海平安。画有画风，如果画出单纯与质朴，就感人，像这些画。

洞头岛商业发达。市中心商铺一家挨一家，游人川流不息，旅游经济带动渔家乐遍地开花。岛上公路好，这是就长跑而言。环岛柏油公路专门辟出一条彩道供自行车与跑步使用。我在岛上分别跑了五公里、十公里和十六公里。因为心里没底，没敢环岛跑。下回去洞头一定环岛跑一下，全程约二十三公里，对我来说刚刚好，再远就跑不下来了。

雨落大海

我终于明白，水化为雨是为了投身大海。水有水的愿景，最自由的领地莫过于海。雨落海里，才伸手就有海的千万只手抓住它，一起荡漾。谁说荡漾不是自由？自由正在随波逐流，“应无所住，而生其心”。雨在海里见到了无边的兄弟姐妹，它们被称为海水，可以绿、可以蓝、可以灰，夜晚变成半透明的琉璃黑。雨落进海里就开始周游世界的旅程，从不担心干涸。

我在泰国南部皮皮岛潜泳，才知道海底有比陆上更美的景物。红色如盆景的珊瑚遍地都是，白珊瑚像不透明的冰糖。绚丽的热带鱼游来游去，一鱼眼神天真，一鱼唇如梦露。它们幼稚地、梦幻地游动，并不问自己往哪里游，就像鸟飞也不知自己往哪飞。

人到了海底却成了怪物，胳膊腿儿太长，没有美丽的鳞而只有裤衩，脑袋戴着泳镜和长鼻子呼吸器。可怜的鱼和贝类以为人就长这德性，这真是误会。我巴不得卸下呼吸器给它们展示嘴脸，但不行，还没修炼到那个份儿上，还得呼吸压缩氧气，还没掌握用鳃分解水里氧气的要领。海底美呵，比九寨沟和西湖都美。假如我有机会当上一个军阀，就把军阀府邸修在海底，找我办事的人要穿潜水服游过来。海里的细砂雪白柔软，海葵像花儿摇摆，连章鱼也把自己开成了一朵花。

上帝造海底之时分外用心，发挥了美术家全部的匠心。石头、草、贝壳和鱼的色彩都那么鲜明，像鹦鹉满天飞。上帝造人为什么留一手？没让人像鸟和鱼那么漂亮。人，无论黄人、黑人、白人，色调都挺闷，除了眼睛和须发，其余的皮肤都是单色，要靠衣服胡穿乱戴，表示自己不单调。海里一片斑斓，上帝造海底世界的时候，手边的色彩富裕。

雨水跳进海里游泳，它们没有淹死的恐惧。雨水最怕落在黄土高坡，"啪"，一半蒸发，一半被土吸走，雨就这么死的，就义。雨在海里见到城墙般的巨浪，它不知道水还可以造出城墙，转瞬垮塌，变成浪的碉堡、浪的山峰。雨点从浪尖往下看，谷底深不可测，雨冲下去依然是水。浪用怀抱兜着所有的水，摔不死也砸不扁。雨在浪里东奔西走，四海为家。

雨在云里遨游时，往下看海如万顷碧玉，它不知那是海，但不是树也不是土。雨接近了海，感受到透明的风的拨弄。风把雨混合编队，像撒黄豆一样撒进海里。海的脸溅出一层麻子，被风抚平。海鸥在浪尖叼着鱼飞，涛冲到最高，卷起纷乱的白边。俯瞰海，看不清它的图案。大海没有耐心把一张画画完，画一半就抹去另画，象形的图案转为抽象的图案。雨钻进海里，舒服啊。海水清凉，雨抱着鲸的身体潜入海水最深处，鱼群的腹侧如闪闪的刀光，海草头发飞旋似女巫。往上看，太阳融化了，像蛋黄摊在海的外层，晃晃悠悠。海里不需要视力，不需要躲藏。水是水的枕头和被褥，不怕蒸发，雨水进入大海之后不再想念陆地。

第七辑 / 草木结霜

草

北地，当冻土显露黑色，微微有一些潮湿的时候，土仍然坚硬，而草芽已经钻出来了。人实在无法想像，柔软像纸一样的草，怎么能钻透泥土的封锁；无法想像水洗过一样新鲜的草，是怎样度过漫长的冬天的。

草在生出的时候，抱紧身体，宛如一根针，好像对土地恳求：我不会占太多的地方。而它出生的土地，总是黑黑的，这是它的产床。黑色总是令人感动，好像泪水盈满了土地的眼眶。草是绿色的火，在风和雨水里扩展，一丛一丛的，它们在不觉中连成一片。在草的生命辞典里，没有自杀、颓唐、孤独、清高这些词语，它们尽最大的努力活着，日日夜夜。长长的绿袖子密密麻麻地写着：生长。

青草出生的土地，散发着草的汗香。

惠特曼说，草“是一种统一的象形文字，它的意思乃是：在宽广的地方和狭窄的地方都一样发芽，在黑人和白人中都一样生长”。面对着草，能体会出谦卑的力量、贫贱的力量、民主的力量。这些观念像草一样，在静默中，分分秒秒都在生长。

“现在，它对于我，好像是坟墓中的未曾修剪的美丽的头发。”（惠特曼）我想起齐白石在晚年也说过：让我的坟头青草茂盛。这句话同样是一句诗。他们——这些洞悉人生的艺术大师，都穿越了生死之门，看到了草的生生不息。坟上青草，是生与死的美丽的结合。齐白石宁静地说出这句话的时候，仿佛看到了自己墓边的绿意绵绵，而把死已然忘记了。如惠特曼说的“这最小的幼芽显示出实际上并无所谓死……生一出现，死就不复存在了”。

惠特曼的诗中无数次出现过草，而且他的“话语像草一样朴实”。在他笔下，在密西西比、棉田黑奴、巴门诺克、精神、流动、气概这些汹涌的词汇中，有蓬勃的草叶长出来，缠绕着这些词，如同花环，散发芳香。

宛如一根针

《草》这篇文章收入上海的高中语文课本，是我刚刚听到的。眼下我忙碌着一些无以名之的事务。比如办媳妇出院手续，同时谋划如何把金鱼从鞍山带回沈阳，修改一首“主旋律”歌词，用长途电话劝我妈我爸不要争吵。刚才，我偷偷观察一下沈阳今天的雨水，疏散如沉思般飘洒在水泥路上。这时，我想起关于《草》的约稿，写一篇短文说它。

《草》写的是草。写的时候，我试图把它写成一篇奏鸣曲式的钢琴小品。两个动机交替出现，放在一个背景里。比如：

A：“北地，当冻土显露黑色，微微有一些潮湿……它出生的地方，是黑黑的，好像泪水盈满了土地的眼眶。”

B：“柔软像纸一样的草，怎么能钻透泥土的封锁……水洗过一样的新鲜的草，怎样度过漫长的冬天……草生出的时候，抱紧身体，宛如一根针……草是绿色的火，在风和雨水里扩展，一丛一丛的，它们在不觉中连成一片。”

土地和草是交替行进的两个音乐动机，它们对立——坚硬、封锁←→钻透、抱紧、恳求——但相互不是敌人。我写道：土地哭了，为青草的生长。然后说：青草出生的土地，散发草的汗香。两个乐句在这里会合。

背景是生。

说青草，是说有关生的一切，这是背景。

写这篇文章的时候，我期望的节奏是行进，速度均匀，不要停下来（不要解释）。为了防止单调，让草和土地交错回应。对惠特曼与齐白石的引文，也是为了行进，不让文章停下来。也就是说，丰富与简单是一体共生动的。这个意思，在文章写作中不容易说清，听一首乐曲就很明白了。

为什么写这篇文章呢？每年春天，我都被初生的青草所感动，像我在文中说过的。它们并未在去年秋天死去，它们还活着。赞美草，就意味着赞美民主（像草一样广大的、无法遏制）的力量，赞美生的力量，赞美卑微然而充沛的力量，赞美默然无声的力量。这些力量如果用公共语言表述，可代指人民。而在更高的哲学意义上，它是生本身。

在写作技巧方面，我希望写出语言的节奏感，即音乐性。语言深不可测的奥妙之一在其音乐性。它也是语言优美的含义之一。人不能糟践语言，要珍惜它，小心地把它的美展示出来。

有人说，文章是不可解释的。我对自己文章的解释有可能是错误的。我用音乐的曲式来解释写作也仍然是一种比附，不一定准确。

草言草语

对春天，阿斯汗说“草暴动了”。

我当即对他刮目相看，说：“你说得挺好。咋想起‘暴动’这个词了？”

阿氏显见没有批评家的诠释才华，说：“你看，这不是，哪都是草，包围咱们了。”

草包围咱们了，说得好。我对鄙外甥进行鼓励，说：“你呀，好好念书，长大……”

“咦？”阿斯汗从地下捡起一个瓶盖，大声说：“这是雪碧的盖。”

我的表扬连头还没开呢，不说也罢。对儿童，在许多情况下，赞扬都不如雪碧的盖更有价值。我们穿过火花路，再往前就是煤厂，顺墙根一直走，就直接上南山了。

到处都是草，草不择地而生。在人们看来是肮脏的墙角，草伸出干净的叶子。如果没有人的践踏，没有水泥和沥青路面的遮蔽，草会长满所有的土地，像练字的人不放过纸上的和每一块空隙。草爱热闹，是群居的生物。它们相互拉扯着袖子与衣襟，挤满了土地。

草的突然出现，好像让人相信一个道理，什么道理？不一定能说清楚，大约是在我们看来无生气的大地上，始终流动着数不清的生命。在我看来，冰雪没有把草冻死是一件奇怪的事，也是让人感动的事。这里面的道理不是斗争，而是和谐。大自然是最为高明的精算师，在妥协和激进中让所有的生灵都有一个位置。

草暴动了，这是阿斯汗对春天的一种比较吓人的说法。看到草和树上懒洋洋的杏花，我觉得春天也暴动了。如果看到开河的江水，冰块汹涌而下，更能体会“暴动”的力量。

在春天，还有什么没暴动？昨天我甚至看到了一只蝴蝶，它像一位初愈的病人，在灌木中软弱地飞舞。

说来说去，是说人对春天不能无动于衷；面对着草——上天在一夜之间送来的如此众多的礼物，也不能无动于衷。想说却说不出阿斯汗那种别致的话——草暴动了。小孩儿真敢说。

南风里有青草的香味

黑黝黝的灌木丛冒出一层暗绿的芽苞，横竖都成行，像一封信，密密麻麻的字写在灌木的手心里。

叶苞攥在灌木的手心里，掰也掰不开，除非春天真的来临。

春天与人间的通信，字迹是绿色的。在柳树那里，枝条边写边蘸浮雾袅然的池水，不然，字迹绿得不深。

在这封信里也有插图——当苏醒过来的土地写信写得手腕已经酸了的时候，就随手涂划。

插图是树上的花。

杏树把花朵高高举在头顶，这是对节令最沉挚的感激也是对天的膜拜。

天也许在春季才睁眼俯瞰下界，那么杏树赶紧举起花朵，一个春天也不敢放下。春天看到了杏花，就会如约而来，蜜蜂与蝴蝶都如约而来。

这时，人们相信，天和地都如此诚实。

当灌木写信的时候，春天会为此感动得流泪，泪水被风飘成雨丝，把灌木的信笺打湿了，字迹洇染之后，整个信都绿成一片。

因而春天始终没看清灌木的信，她安慰自己：明年还能看到。

蚂蚁认为是它把春天惊醒了——在蚂蚁纷沓的足迹下，草叶探出头来观看，一瞬间，草叶像森林一样围绕蚁穴。

风开始从南方吹来，把寒意赶回北地。而北地也有杏花的手势和河水的奔走声。南风吹在墙上，拐弯而走，扑在脸膛如流水拂过，脸庞和鼻孔里灌满了青草的香味。

风吹草动

五月上旬的一个星期天，我骑车去辽宁大学操场跑步，没按惯常路线走，转道从礼堂那边绕行。接近篮球场时，看到方形草坪上，草叶闪闪发光，马兰在树墙外悄悄开放蓝花。老校工在剪树。

草坪的草是咱们说的进口品种，娇嫩翠绿如染织的地毯。而比地毯更高明处在于草们在风的驱赶下舞出的精致舞蹈。洋草修长柔韧，色泽是画家笔下才有的晶莹的浅绿，而草叶背面在绿中衬一抹银灰。透明的风在这里和草开展欢愉的游戏。有时草叶急急如“之”字蛇行；有时像波纹一圈圈荡开，仿佛投入了石子，或者如体育场上的观众臂膀相牵此起而彼伏的场面。面对这些美丽不知疲倦的草叶，你尽可以想像它们在骑马、哗变、演习八卦掌（团体项目）与诺曼底登陆。谁知“风吹草动”四字在此竟有如此生动的演示。这与我在草原和乡村看到的草景都不同。后者是民众，这边是草舞蹈团。我甚至想冒着挨骂的危险说：“还是外国的草好啊！”或“还是外国劳动人民的草好！”

此时是下午，天边摆满五月的白云。雨才歇，蝴蝶和蜜蜂都没有出来，楼角上的广播喇叭里传出学生播发的知识稿件——海洋资源远远多于陆地资源。与“草舞蹈团”隔一道树墙的是一排马兰，开着淡蓝的花。它们像一群蹑足而走的乡村姑娘，十七八岁，想引人注意又怕异样的目光。我忽地想起萧娴笔下的兰花，也是这样轻盈淡雅。此画是一本杂志的封底，二十年前糊在我家裂缝儿的门板上挡风。我为想起这幅画以及萧娴的名字而惊讶。在都市里，一个人被裹胁于车马人流之间，偶尔脱身却见马兰花静姝一隅，你甚至不好意思自己的东奔西走。我蹲下，专注于花草。老校工环臂持大铁剪“嗒嗒”开合，然后俯察，如理发师侧首找寻那人头上杂毛。我恍然，马兰花、老校工弯腰的姿态和草的舞蹈，是一幅让人屏息而视的画面。在平静的生活中，天地间会突然出现美不可言的胜境。我庆幸看到了它。

这时，老校工回头看我，汗里的盐使他眼角眯着，表情似有不悦。一人站在另一劳动者身后无理由地观望，当然令人不悦。其实我想多看一会儿。老校工二度一瞥，我走了，美丽的草和马兰都是他的。日常景色在朴素的外表下会突然爆裂内里的美，明灿高扬。与之遭逢已经很难，而遭逢之后无法勾留是另一无奈。人们跋山涉水去拜谒天下名景，譬如泰山峨眉时，究竟有多少人看到了它真正摄人魂魄的美？美像闪电一样，不可能总是出现。它的出现，必有晨夕、明暗乃至风与雨的交关组合，像盛装的大师出现在舞台上。而多数人在泰山峨眉所遇，仅是一场没有演出的空寂剧场而已。

有人说，一个女人最美的时刻，只在某年某月的几天，至多一个星期便寂落了。人们娶来的妻子，多数已经不包含这几天了。如同花朵在空谷里的绽放，它的美属于神，而非男人或女人。

青草寂静

早上，山坡上的青草刚刚醒来，张着晶莹的眼睛向四外瞭望。山下的小河拐弯流过去，好像故意不肯走一条直路，我外甥阿斯汗小时候，如果在路边发现一个坑，大喜，一定从坑上纵身跨越才称心如意，小河跟儿童差不多。早上的河水连一丝波纹也没有，白云在河心庄重地移动。河岸的青草纷纷探过头来观看云影。

在微风没有吹来之前，青草上的露珠是它们的眼睛。山坡上，常有鸟儿飞过来，像抢什么东西，不到一秒钟又飞走。鸟儿落下时，翅膀向前兜拢。如放出降落伞增加阻力，像小扇子一样打开的翅羽精巧分明。

青草像站队，又像散开；像漫步，又像等待。看到青草，我想到的另一个词是寂静。没有河水流动，没有树叶喧哗，草的一生处于寂静中。或者说，没有哪一种生物像青草这样度过寂静的一生。它们出生不叫喊，死亡也不叫喊，在缄默中保管着青草的秘密。没有什么地方没有青草。在一个开窗又不住人的房间，地板的缝隙都会长出青草。楼顶上，隆隆驶开火车的铁轨的中间，都有青草的身影。草是最会串门的人。只可惜书页里长不出青草，我最喜欢的三部诗集——惠特曼《草叶集》《杜甫诗选》、希梅内斯《小银和我》也没长出青草，这些诗集的每一页，实说都应长出青草，开放戒指大小的鲜花，像豆芽那样从书页里钻出。

说到花，青草的花像青草一样朴素。把小黄花送到鼻子底下，闻到一股苦味。牵牛花不分瓣，它们的花不仅像喇叭，还像裙子穿倒了。或者说穿粉裙子、紫裙子的精灵一头栽进花里。

我在青海湖的山坡上见到一只山羊，兀自站立，被风掀起胡子。那时候，我觉得青草是它脚下的臣民，山羊仿佛领着无数青草跋涉至此，下一步的任务是领它们渡湖。山羊表情静穆，它如果想的不是渡湖的事，又有什么事值得它长时间思考呢？机关造公文的人爱说一个词叫“观点”，它在考虑什么观点呢？

青草让山坡的线条柔和，山的所有的坡度都被青草包裹得如在眼前。从山顶背后露出的云团像是从青草里冒出来的。而野花如奔跑。在我记忆中，穿裙子的小女孩儿都喜欢奔跑，裙子上的花太漂亮，不跑腿不得劲。野花的花瓣在风中俯仰摇摆，像笑得直不起腰。而青草如山羊一样静穆地看野花笑。天最热的中午，蚂蚱如触电一般蹦远。我研究过蚂蚱，它的后足比四只前足长十多倍，中间折叠。谁长这样的腿都没法走路，只能蹦。蚂蚱动作的突兀给人感觉它没脑子，细看它脑袋挺大，方形。这种脸型适合戴黑框眼镜。

葡萄牙诗人Ramos Rosa，我译之为罗萨。他有诗云“我所认识的天使伫立在青草和寂静之中”。这句诗好，更有趣在他说“我所认识的天使”，可见每个人认识的天使都不一样。

有钱人认识的天使在银行，官员认识的天使是大官。实话说，我没见过长翅膀从天空飞下的天使，以后也许会见到。但如果把天使这个词稍微泛化一些，天使太多了。我家房后有一家房子五颜六色的托儿所。九点钟，刚会走路的幼儿出来作操，他们手拉着前面小朋友的衣襟，齐步走，向左转，神态宛然。我视为天使下凡。这些天使会跌跌撞撞，会摔倒哭鼻子马上又笑了，会太兴奋太胆怯，会向栅栏外围观的人群投来哀怜一瞥。我不止一次在心里感叹，在这里工作的阿姨们会青春永驻，会长生不老。单是摸摸这些孩子的小手，我心里就感到幸福。小鸟儿也是天使，从这个树杈飞到另一个树杈，距离虽不远，也并非人类所能企及。齐白石画的小鸡雏怒气冲冲地抢蚯蚓，也是天使所为。齐白石的晚年，心里住满了天使。天使说到底，就是美嘛。白石最爱美。他说“坏东西不能在我笔下活着”。他觉得他泄露了造化的秘密，既得意，又恐折寿。他说“故夺鬼神之工”，喜欢被人称为夺山翁，又自称借山翁。山即是天工鬼神造化，齐白石坚决相信“丹青胜天工”。他说“画荷，雨气从十指出”。又说“大家作画，胸中先有所见之物，下笔有神。匠家作画，专事前人纸本，所画非所见”。如今的画家，有几个见过自己所画的东西？对照片画的都是少数，更多的人在对别人的画作摹写，画虎啊、山啊、松之类，得不到天工之助，心里也住不下天使。白石说，他观察鸡的时间比画鸡多百倍。

罗萨所认识的天使在青草与寂静之中。寂静中的大自然千变万化，每一个细节都不会重复。日本的临终关怀护士大津秀一记录了一千例患者的临终遗憾，述说自己一生没做并为之后悔的事情。包括没去过想去的地方旅行，没看到孩子结婚，做过对不起良心的事却没忏悔等等。大津秀一归纳总结的事情一共二十五项，都在自己与人际关系范围，而没涉及大自然。我以为，没和大自然亲近是人生至为遗憾的事，相当于三分之一的生命虚度了。大自然有美、有爱，有和谐的秩序，还有罗曼斯·罗萨所说的天使。我过去在文章中引用过一句话，在这里再引用一下——爱大自然的人都是好人。

艾

艾的身上挂不住露珠，它的香气里包着远方的秘密。五月，山坡上的草全长齐了，高的矮的草都封了顶。艾像灰色的云，在绿草里环绕，它们有意站在了道边，等人采集。艾的归宿不在山野，它知道它会插在人家的门楣上。在五月或六月，艾斜插在门上，如朝远处走来的人招手。

门多好，门比草地好。房子的表情都在门上，这是一块平平的木头的脸，被日光晒成灰白色，在雨中是褐黑色。端午时节，艾草插在门的鬓边。

不用手指揉搓，艾草也有香气。书本称之为芳香性挥发油，书本讲话太没意思，不如直接说艾草有情，情意绵绵不断。然而所有的香气都是断断续续的，如同我们在日光灯下挥一下手的映像，手臂的影子也是断续叠加的。鼻子里的嗅觉神经捕捉识到的气味如光一样，它也是波长。在古老的遗传基因里，气味是报警系统，生死攸关。先人们从空气中辨别天敌到来的信息，决定跑还是不跑。可惜人们今天丧失了这个能力，他们要到报纸上寻找敌人，当然这是经过他人煽动的。

草木的香气松弛人类的神经。香气不是波浪，不能像水一样覆盖人的全身。它是一条线，从鼻子直接走进心里。一颗颗香的微粒从线上走过来，如走钢丝一般，落在人心里，在心里打坐。香味断续，断的时候，人动员神经去捕捉它，所幸它又续上了。然而歌声也是断续的，人耳听不出断，只听出颤而已。人在香气中启动了上古的记忆，他已经找到了香气的线索，它是广大的草木中的一种。但这个线索在视觉记忆中是盲区，因为形象不遗传。

艾有绒。在草里面，它是穿外套又带绒衣远行的旅人。陈放五年的艾绒变成了金黄的绒簇，它好像由草变成了绒布。这个时候，艾展示出它通灵的另一面——在火里铺开一条路，让灵魂袅袅上升。说艾有灵魂自然是一个借喻，否则怎么说呢？在火里，艾绒安详地眯着眼，飘出的轻烟如纱。艾绒的烟，说飘不如说分泌，它编织出一条一缕，蜘蛛吐丝，不过如此。艾的烟精致、舒缓。你看到杂草在火里冒的烟多么急躁，就知道艾在燃烧中这样优雅，实为道行。在火里，凡可燃烧者无不暴躁，因为这是火。艾绒边燃烧边思索什么，好像打了一个瞌睡。在艾绒眼里，生活是一层又一层的灰烬，烧透了，它就与躯体剥离。灰的意思是，它不再握紧什么。草握着叶子和秸秆，毛握着皮，皮握着肉，肉握着骨头，人一辈子握着“我”。人为“我”而尊而卑，打了一辈子工却不知为谁打工。

人把镜子里那个人的脸皮，反复无常的心念和姓名当成“我”。“我”躲在人心里指挥这个人做东做西，人为“我”的际遇恼怒欣喜。然而真的找“我”是找不到的。一找，他像跳蚤跳走，过一会儿又回来了，没皮没脸。一次，我观合影竟找不到“我”了，请别人找。别人指着“我”说：“这不是你吗？”我才算找到了“我”。有人说，人之好命无非像灰一样，不执着、不顽固、顺乎自然顺乎风。灰乘着风势飞扬是福分，散落各处也是福分。对卑微的解读，草木灰是恰切的比喻。人难免高看自己，也高看人这个物种。其实不过尔尔，所谓血肉之躯遇到了火，还是灰。

烟有无数舞蹈。烟从诞生伊始即开展舞蹈生涯。它永远不急，急的是水、是风，而烟于静止中变化，于变化中静止。所说凝思、淡定、静默都可作烟的注脚。艾在它的绒里藏了多少火，又藏了多少烟？它的烟气如大理石的花纹，如树的枝条，如水纹，上升扩展。观望艾绒的烟，你如同看到舞蹈和武术，领悟前后可以转变、左右可以转变、里外可以转变。刚才的“有”马上化为“无”。而无中又有新有（这话好别扭，却不知怎样说才好）。人的思维觉得烟的变化一定要变出一个什么来，或者冒完烟之后会怎么样，即有一个结果。呵呵，没结果。烟不知去了何方。烟一定还是在的，在哪里却不知道了，而烟之外是一摊与烟毫无关系的艾灰。人执着于结果是教育造成的观念，大自然从无结果也毫无结果，只是变化而已。

艾沉思已久，关于中医或经络的事。经络是暗物质，人类看不到。艾把经络早已看得清楚分明。中脘、气海、关元，它们就在那里，营卫气血。艾走通了所有草木走不通的路，其谓经络。经是大道，络乃小街，像一个网编在人的身体里。艾在人体的经络里环游，经络的迷宫比游乐园的迷宫更有趣，艾的脚步写着到此一游。

艾绒的烟飘走了，灰落地了，是谁去了经络，是热量吗？人洗热水澡热量更多，为什么不祛病呢？经络的门为针为灸而开，山上的艾草知道吗？人类知晓的事情草木不晓。草木知道的事，人类断然不知道。天地留了一手，屏蔽了人类的一部分知觉、视觉、嗅觉和听觉，人类觉醒了一点儿，隐约感到身边有一种看不见、听不到、闻不出、摸不来的东西，却不知它们是啥。

城里的荒草

我常常留意城里的荒草，管这些草叫流浪草或自由草亦未尝不可。它们两三株、四五株或一株长在你想象不到的任何地方，如楼顶。草需要多少株长在一起，取决于它们脚下占有多少泥土。

荒草长在居民楼墙根，长在车库的檐下，长在街道红的、灰的地砖的缝隙里，长在雨搭上面。广场水泥板的凹槽，如果被风刮进一些土，又下一点儿雨的话，就有草，当然是荒草，也叫野草。步行商业街游人稠密，人把街踩得溜平，但踩不死荒草。草从座椅下面、垃圾箱边上长出来。威严如政府的院子里也有野草，这种地方，荒草进得来。政府院子里栽着花钱买来的体制内草，像穿塑料制服的学生。体制草的任务是排队，碧绿和身高一致。有人给它们浇水施肥但没自由。跟这些尤物比，荒草太寒伧了，虽然也绿，但色泽暗淡，且衣袖太长，像卖唱的艺人伸出手来。但荒草有本事待在它们喜欢待的一切地方，尽享逍遥。我从食堂六楼往北看，看到一个神秘的院子，楼顶立着白底红字的牌子，一牌一字，写着“政治可靠、严守纪律”等训令。院子里看不到人，楼顶长满了荒草，我替这些草高兴，没人打扰它们，就像替公安部院里的野猫高兴。该部到了午饭时分，特别在第一拨吃完饭的人走出饭堂后，野猫漫不经心地围拢来。这时，有人把从食堂带出的食物谦恭地放在猫前——鸡腿、牛肉或其他。野猫毫无感恩之心，低头嗅一嗅，吃或不吃，也不抬头看这些警察的官职。公安部院子大，草木茂密，还有一座受保护的王府，猫在此尽情飞蹿攀爬，打斗恋爱。也有人带猫粮放进树下的塑料碗里，野猫冬夏饿不着。

荒草比野猫幸福——这是我的看法。草不需要吃什么，自给自足。天下的生物，大凡需要张嘴吃什么就陷入被动，必用全身的力量去喂这张嘴。人或动物活得难，难就难在有嘴，因为嘴下面接着胃和肠子，是无底洞。谁不吃？不吃长牙干啥？荒草自给自足，不仰他人鼻息及一切事物鼻息。它的粮食来自阳光和一点点水。草用自己的衣服或者叫袖子就把饭做熟了。阳光普照万物，照在石头上，照在大楼上，地上有狗屎就照在狗屎上。阳光无偏私地照在大地每一寸地方，只有植物捧起阳光把它变成了饭，这个能耐是大能耐。上帝让草活，给予它这一套能耐。随你践踏、随你轻蔑，荒草不以为然，它有能耐还比人禁活。而且——这一点我们永远也不会知道——它从阳光中合成的营养吃起来有多么甘美，如果不是，植物怎么会开出那么好看的花呢？人吃什么猪蹄子、鸭脖子，啥都吃而脸上屁花都开不出，吃花也开不了花。人跟草根本不在一个档次上。

荒草在大街转角、在废弃的工厂、在“政治可靠”的院子里、在无人认领的自行车中间、在广场和楼顶上迎接日出，它们眯眼看东方射出微弱的光，这些光难以置信地扩张泛滥，照红了广大天空。太阳又来了，它每一天都没爽约，给荒草带来了粮食和点心，带来驱寒的火炉。太阳实为全自动与多功能的供应站，此时荒草比谁都高兴。没见过哪个人因为太阳升起来而高兴，草天天为这事高兴。荒草散在各处，它们不孤单。脚下哪管只有一寸泥土，对草也是大地。荒草把脚伸进土里，掏出水来。土是贮水罐，存一次雨水够喝一个月。当一株荒草有什么不好吗？它不知什么叫作“不好”。它们看天空的月亮如剪纸，风没有眼睛，常在墙上撞昏过去。跟荒草一样自由的还有小鸟。

对啦，是风和小鸟把荒草带到了城里。风仁慈，它不愿让草在乡下待一辈子。草籽坐上了风的透明火车进城，相中哪儿就在哪儿落户。小鸟吃草籽，没消化的草籽随鸟粪遗留各地。鸟噙着草籽准备下咽时，会因为一件事突然起飞、 突然鸣唱，把草籽遗落在一个不知名的地方，那里成了荒草的产床，它的家。

青草和星辰

青草离星辰仿佛太遥远，仿佛没关系，而我觉得它们是天生的伴侣，就像藏在岩石里的黄金跟太阳是伴侣，风跟水波纹是伴侣，钟声和融化的积雪是伴侣。青草和它身边的草只是邻居，它的目光在远方。每天夜里，青草举起双手仰望，看见星辰比它更小，躲在深蓝的帷幕后面。星辰也在天上俯察青草，青草如此之多，和天上的星辰一样多。青草以为星星就是夜空的草，白光是露珠，正如同亮是天上有树的圆窗。天与地相隔一层透明的水，白云是日夜不息的楼舫。

青草在夜里发出芳香。所谓芳香只是对人类的嗅觉而言，用更高级的解码器解码，草香还是一种声音，或者叫语言。这些话语如同多轨混录的唱片，记录了草的歌声。青草的歌声节奏明快，伴奏乐队是弦乐而非弹拨乐，衬托草叶的童声。在天空的乐队里，星辰也发出童声。星辰的声音像河水冲击水晶铃铛，像花瓣被冻成了冰片。

星辰歌唱遥远，青草歌唱遥远，遥远和永远在夜空相遇。遥远能让心躺下休息，所有跟遥远相关的歌声都潜伏着美，也有忧伤。忧伤像花朵，一边零落一边开放，伤感却不绝望。岁月不许美占有太多的时光，也不许一人一物、一花一叶、一晨一夕独占美，自然界的美就是轮流坐庄。青草在夜里跟星辰相会，它们不觉得彼此有多远。在牧区，夜里到外面看星星，看一会儿就觉得星星正在降落，它越来越大，甚至会砸在自己身上。蒙古高原的星星童贞，它们以玩为主，以蹦跳、到河里洗澡为工作。青草只要瞪大眼睛不眨眼，星星就来到了面前，嘻嘻哈哈。它们讲述只有青草和星辰才能听得懂的笑话。一株草拿两只碗找月亮借水，月亮只给它一碗水。草回到家，一碗水变成了两碗水，因为下雨了。青草和星辰比试夜视力，看谁先发现睡觉的松鼠把那只耳朵贴在树枝上。天际泛白，星星一跃上天，白茫茫的露水是它起跳甩下来的汗滴。星星要在夜色收拢之前钻进它的大氅里，星星是大氅里的钻石，随夜回家。青草的家在土里，它没有大氅。青草无眠，夜里凝视星辰。白昼遥望云朵，唱各种歌。青草充沛的精力来自阳光的能量，人吃粮食吃的也是贮存在植物种子里的阳光。草有力量日夜歌唱。人把草称为小草，实在是小看了草，草不生病虫害，草遭碾压不死，草无须播种年年复生。草的歌声广阔，可惜人类的耳朵没有闻听草之歌声的解码器。人不知星辰和青草是朋友，不知河水和灌木是亲戚，人不知道的事情实在有很多。

铁轨中间的草

坐火车看车外风景，风景是“嗖嗖”而过的电线杆子、缓慢移动的庄稼地，还有连绵的、相貌类似的群山。

车停的时候，人们下车看车站、月台的钟和上下车的人流。

有没有人看铁轨？除了铁路工人之外，没人看铁轨，也没人注意到铁轨中间的草。

一个车站，十几条铁轨闪亮甚至交错延伸到远方。在站台，我看到铁轨中间怡然生长的野草。

野草长在灰色混凝土的枕木中间。它们在累累碎石中长出来，让不自然的铁路添了一些自然的气息。

此后，我常站在火车车厢的门口朝外看铁轨间的草。行驶中，若遇相邻的铁轨，低头看，当然看不到草，路轨白花花地掠过。

山野的铁轨间长着野草。草，甚至长在城里楼顶水泥的裂缝儿中。我还见过木制电线杆裂缝儿中长出的草，它们像顽皮的儿童做捉迷藏的游戏，说：“你不知道我藏在哪儿。”草还是被我看到了。

铁轨中间的草，假如有一株是我，我断然不敢长在那里。钢铁的怪兽日夜从头顶掠过，吓死了，更不要说生长。

而这些草——如我在车站看到的——与别的地方的草一样的舒展安然，并没有缩紧身子或躲在石块下面不敢出头。

它们比山野的草更胆大。

环境没办法挑选。风把草籽带到这里。它们也面临二选一，要么死掉，要么活在这里。

活，是覆盖所有道理的大道理，是前提，是后果，是话语权，是青山和柴火，是太阳照样升起，是晚上脱在床下的鞋第二天还能穿上，是朝夕相处，是一张无论多老都健康的脸。

诸如种种，全胜过“音容宛在”。

至于怎么活，是自己的事。把铁轨的草栽到盆里就好吗？这要问草。

那些铁轨中间的草，我看到有细长的瞿麦、蓬勃的花草，夏季开黄花。还有紫苑以及地榆。我揣想，它们仰视着列车自头顶呼啸，甚至会得意，你走你的，我长我的。列车带来的机油味和冷风只为短暂一瞬，更多的是阳光，夜晚满天星斗。

这是一丛丛骄傲的生灵，在铁轨中间安家，比走铁轨的儿童更骄傲。都说火车风驰电掣，它们轮下其实还有娇嫩的草。

草在铁轨间摇动身子，像嘲笑所有的怯懦。

草木结霜

草并不知道，秋天，它们要披上白霜的铠甲。

草出生之后被称为青草，它们身穿绿衫在天涯奔跑。草给黑色红色和黄色的泥土打上绿印，绿是植物的命，是无处不在的生长。天下没有黑草，就像没有绿色的煤炭。只有绿才可以打通阳光的能量通道。绿把阳光变成蛋白质，草们吃阳光，喝地下水，草的生活方式至简至净、致广大。

草在绿里安家，绿色的脉络里有水渠和马路。草的叶子既是肉身也是房子，自己住在自己身上，不假外求。这一点比人强多了，自由从此诞生。春天起，草一直生长。它早上还是夜里长？草什么时候都在长，如同听过“草活一秋”的咒语。人的一生如果只活三个季节，他一定拼命生长，而不去打麻将喝酒看电视剧。草所做的只是生长，它只会生长，那就一直生长。生长很舒服，它觉出自己的腰拔高了，阳光拢在叶子里，暖暖洋洋。草不悲观。悲观是干什么？是跟自己作对吗？大凡生长者都不悲观。当你无选择地置身足以悲观的处境里面，先要剔除悲观。我相信草在短短一生看到的东西比人一生看过的更多。草看到天鹅绒的黑夜镶满银钻。草看到雨水在空气中亦疾亦徐地跳舞。草看到白粉沾满蝴蝶的翅膀。草看到阳光从天边爬进自己脖子。草看到风伸开透明的手指却抓不住任何东西。草看到鸟儿在飞翔中相爱。草看到老鼠的眼珠亮比钻石。草看到云彩打墙阻挡河流。草看到月亮的山谷堆满黄金。草看到波浪在河里回头瞭望。

秋天到了，草停止生长。草长了一生也不过一巴掌高。它们站立不动，一如等待判决。它不知是谁、是什么不让它们继续生长，是立秋白露还是欧阳修的《秋声赋》？自然界，不生长就意味着凋亡。但草不知道什么叫死，太阳照耀它，雨还在下，土地还有许多地方没长草。草离开此世，世上似乎什么都没少，草没有草的遗产，没有草的车辆和文字。只不过，没有草的土地露出了土地。草站在秋天的驿站张望等待，这时候五谷丰登，果树挂满亮晶晶的水果取悦人类。草在告别，一身之外一无所有，甚至发不出一声鸟鸣来辞行。

草叶等待霜降。霜降之前，天要下上几场雨，为霜准备原材料。土地变成一片烂泥之后，白霜从天而降，于子夜，于星星全体明亮之时，草换了衣装。它们白衫白冠，凛然发亮。这是要出征吗？每一根草都像一位士兵，披着亮甲，茎叶有如银枪。这是去杀谁呢？草有什么可杀的东西吗？大地沉寂，无物可杀。阳光转过来，每每融化草的刀枪。至凌晨，它们再度披霜。

白霜冻不死树木与河流。它之降临，只为让草退场。霜让绿色从草的身上飞逸，为每一株草换上黄衫。阳光从此停止与草的能量交换，草的叶子呈现白金色——人类高档时装的颜色。从此，大地长出一层迷蒙的金羊毛，曰枯草。在落日边上，枯草看上去像血流遍地，像炭火暗燃，像鲜艳的毯子。

秋日里，山坡的枯草以黄金的色调显示高雅。枯掉的不过是草的躯壳，草的绿色灵魂升上天庭牧场与上帝欢聚。风吹不走草的白金躯壳，它站在它原来站立的地方。草一生未走半步，却早把种子送往四面八方，换来成千上万条命。于是，枯萎的草仍然优雅，在冬日越来越近的夜晚，它们披挂白盔白甲，尔后在阳光下卸妆。

跑步时，我见到北陵后面结霜的草。结了霜的草似乎比原来高了。它们好像刚从西伯利亚回来，好像在卸车，好像张着毛茸茸的睫毛。我放缓脚步并庆幸我还没结霜——跑过这些草的身旁。在近于黝黑的松树下面，霜草如同下了半场雪，比夏天在松树脚下环绕的雾气更白，却不像雪那么呆板。太阳出来的时候，草叶上没有一滴水，依然干净。

苏　　醒

沈阳下第一场雪的时候，已经是十一月末了。人们换上羽绒服，小心翼翼地在冰雪路面上滑行，一如狐步。这时，草们——包括散草和草坪里优雅的洋草，都埋在大雪里。再见到你们，要到明年春天了，我对草说。

有时候，阳光也有充分的幽默感。今天，也就是雪后的第三天，阳光大力而出，何止于暖意融融，它们鼓足了马力倾泻在雪上。仿佛太阳不想过冬天了，冬天没意思。雪只好大忙，一层层塌陷着，安排小沟小渠把水流出去。屋檐滴滴答答。大街变为醒目的黑色，人们抱怨，深一脚浅一脚地踩在肮脏的冰激凌式的雪泥里，上班或干其他什么。

我看到了最美的景象——

草们苏醒过来。它们刚要被冻死，就被阳光大佬抢救过来。或者说，它们在雪被窝里才做了一个梦，被刺眼的阳光吵醒了。我看到，草的腰身比夏天还挺拔，叶片湿漉漉的，好像孩子们破涕为笑时睫毛挂的泪花。

大雪刚来，土地原本没有冻透，还在呼吸，为草暖脚，往它们脸上吹气。那么雪一融化，就像在游戏中你把一个藏着许多孩子的被单突然掀开，它们笑着喧哗而出。大摇大摆地走在屋檐下面，砖垛旁和高尚的草坪上。

原来，我一直感受到草的谦卑。草在此刻却傲慢而美丽，像身上挂着许多珠宝跳舞的康巴汉子。

最主要的——我觉得草们，至少是我家屋檐下的草——像我一样愚蠢，它们以为春天来了。它们仪态的娇羞与庸倦，和春天时分一模一样。我指着手上的日历表告诉它们，有没有搞错，还没到十二月，怎么会是春天？草，要不怎么说它们是草呢，根本不理我，以为春天到了。

你听到河水的声音了吗？

你看到大雁的身影了吗？

我还是很感动。我觉得我对自己的生命的看法没有像草那样珍惜与天真。能活就活，每天或者说每个小时都旺盛着。死根本不会是生的敌人。那几天，沈阳真是美丽极了，在未化的白雪之间，一丛丛草叶像水洼一样捧着鲜绿。而我，骑自行车吹着口哨检阅了所有的草，穿行在它们的梦境里面。

字在纸上长成青草

我一直在稿纸上写作，爱用每页三百字或三百六十字的稿纸，面对稿纸上密密麻麻的方格子，感觉很新奇。字写满一张纸后，我感觉这页纸活了，好像她在森林里睡了几十年的觉，这些字在她脸上爬，由于发痒而醒过来。

我相信字有灵，林、春、水、天、地这些字与它们包含的内容有关联。“天”这个字比你更了解天，“春”这个字也比你了解春，而“春”所知道的事情只跟米有关。虽然长得相像，春和春之间并无血缘。

这些字在稿纸上相遇，互致你好，问你从哪里来，你来这里多久了？我已经看到它们彬彬有礼，所以我尽量把字写得好看些，让它们见面时能够互相欣赏。字之貌，不一定长得都像王羲之、赵孟頫，像人不必都像电影明星。我喜欢露水、月亮、鲜花、虫子、鸟和鱼这些汉字，写到它们就想到它们，后来我干脆以它们为创作内容，这样就有机会多写到它们。如果没内容，在稿纸上写一百个春字很像精神病。

我觉得我写的字也愿意被我写出来，它们像外边的人来到有林木阴凉的花园逛一逛。从书法说，我的字好也好不到哪里，但不生硬，不凌利，不义正辞严，比较内敛。这样，字和字相处起来比较舒服一点儿。那些气势凌人的字搞在一块儿肯定要打起来。有人喜欢以霸气的字体写什么“豪气”啊、

“拼搏”啊，听着都吓人，把这些字放一起早晚出人命或字命。

我喜欢写天空、大地、河流、草木。路在青草的山坡转弯，竹林里的小鸟如喉咙里含了露水一样啼鸣，星星趴在银河的堑壕里朝这边看，潭底的游鱼尾巴甩一下才不至于让人误以为它们是黑色的石头。我觉得这些事都是大事，正如有些人认为这不算事。我认真地办这些事，书写大自然，这是多大的事啊！粉色小虫子从树叶上爬过；草原上的星星好像会在后半夜发出蒙古栎树的气味；猫从灌木里窜出并回头看，它肯定没干什么好事；红瓦因为吸足了雨水而鲜艳；牵牛花像留声机喇叭，感觉它听到莫扎特的音乐脸会发烫。我慢慢写下这些情景，虽然别人觉得这是一些小得不能再小的事，但我一写就感觉自己是一个办大事的人。有时路过商店的玻璃橱窗，稍微看一下身影，有点儿像办大事的人。

这些字曲曲弯弯地在稿纸上爬行，如同蚂蚁的行军队伍。作家不就是蚂蚁吗？每天奔波，搬面包屑作明天的粮食。即使有的作家自感气势干云，他也不过是文章蚂蚁。一个人如果真的气势干云（干树梢已不错了）就不去写作，而去别国侵略了。字被写好之后，它们会在黑夜里串门，黑墨水写的字在夜里活动不容易被发现。它们像蚂蚁一样爬到别的稿纸或别的文章里看一看、嗅一嗅，挑挑毛病。字变成蚂蚁之后，每个字都像“兆”字，有些像“究”字，这是字里的大干部，头戴珊瑚顶子的冠冕。想到这个事，我心里很高兴，虽无高官厚禄，但有文字蚂蚁，它们代表着星空、青草和牛羊。我的书桌可称蚂蚁窝，简称蚁窝。但不可称蚂窝，好像我跟蚂蟥有什么默契。

如果你观察过脚下的青草，会发现一株草长一个样，草叶的长短，俯仰都不一样，如中国画兰草的撇与捺。草——好听点儿叫青草，世俗点儿叫杂草——从脚下长到天涯，有山它们能翻山，有河它们过不了河。它们无边无际，没完没了，不怕烧不怕踩更不怕风吹日晒，这是一些卑微的生灵。我之作文虽写天空大地，却没因此得到高度和厚度，我只是写大自然。我写它们是喜欢并尊敬它们，它们不会赏给我钱，因为它们不是企业也不需要广告。

大自然是卑微的，它们只用自己那一小份——无论是树、是草，它们安静，比人更有理性。中国古代哲学家把自然界呈现的理性称之为道，人无论如何也得不到道的。而动植物无一不得道，否则一天也活不了。道是本分、节制、无妄想乃至一切杂念，唯其卑下微小，而得广大充盈。我的字或者叫文章内容，也可归于卑微质朴之类，像地上的杂草。如果真像杂草倒好了，随时随地可生，也没人去挖去卖去熬汤，去扮演残疾的盆景。曾有人质问我，你怎么写得没完没了。我不理解他这问话的含义。难道我不应该写散文而卖拉面吗？是不是打麻将更符合中国人的人性？然而我不打。要打也打坐、打太极拳。青草不是每年春天都出来吗？它们不会延迟也不会早到。青草遍地，你看上去多，其实它们不多也不少，只有那么多。就像蚂蚁看上去多，其实也只有那么多。世上不光有青草，还有高大的乔木；不光有蚂蚁，还有大象。让蚂蚁和大象各得其乐吧！

风到底要吹走什么

湖水的波纹一如湖的笑容，芭蕉叶子转身洒落了一夜的露水。晃动的野菊花仿佛想起难以置信的梦境；旗帜用最大的力气抱住旗杆，好像要把旗杆从土地里拔出——它们遇到了风。

风同时用最大和最小的力量吹拂万物。它吹花朵的气流与人吹笛子的气流仿佛，风竟有如此温柔的心，这样的心让湖水笑出皱纹。水原本没有皮，风从湖的脸上揪出一层皮，让它笑。风到底想干什么呢？风让森林的树梢涌动波涛，让树枝和树叶彼此抚摸，树枝抽打树枝，树叶在风里不知身在何处。风在树梢听到自己的声音变为合唱，哗——哦——这声音如同发自脚下，又像来自远方，风想干什么？风不让旗帜休息。旗的耳边灌满扑拉拉的声响，以为自己早已飘向南极。

风从世界各地请来云彩，云把天空挤得满满当当。风是非物质遗产手艺人，为云彩正衣冠，塑身材，让云如旧日城堡、如羊圈、如棉花地、如床、如海上的浪花、如悬崖、如桑拿室、如白轮船。风让云的大戏次第上演，边演边混合新的场景。剧情基本莎士比亚化，复仇、背叛和走向悲剧的恋爱在云里实为风里爆发。而风，没忘记在地面铺一条光滑的气流层，让燕子滑翔。风喜欢看到燕子不扇翅膀照样飞翔与转弯，风更喜欢燕子一头冲进农舍房梁的泥巢里。秋毫无犯啊，秋毫无犯。这是风对燕子的赞词。

风吹麦地有另一付心肠。它摩挲麦子金黄的皮毛，像抚摸宠物。麦子是大地养育的奇迹之一，黄金不过之二。大地原本无好恶，无美丑，无奇迹。大地养育毒蛇猛兽，还会分别万物吗？可是麦子不同，麦穗藏的孩子太多，每条麦穗都是一大家子人。麦粒变成白面之后，世上就有了馒头面条。上天喜看饥饿人吞吐吃馒头面条比皇帝满足。人虽坏，也得活，是五谷而非金融衍生品养育着他们。植物里，麦子举止端庄，麦穗的纹样被人类提炼到徽章上。风吹麦地，温柔浩荡。风来麦地，又来麦地，像把一盆水泼过去，风的水在麦芒上滚成波浪。风一盆一盆泼过去。麦浪开放、聚拢，一条起伏的道路铺向天边。麦穗以为自己坐在大船上，颠簸航行。

风从西伯利亚向南吹拂。春天，风自苔原的冻土带出发，吹绿青草，吹落桃与杏花的花瓣，把淡红色的苹果花吹到雪白的梨花身上，边跑边测量泥土的温度。风过黄河不需桥梁，它把白墙黑瓦抚摸一遍，吹拂江南蛋黄般的油菜花，继续向南。风听过一百种叽里呱啦的方言，带走无数植物的气息，找到野兽和飞鸟的藏身地。风扑向南海，辨识白天的岛屿和黑夜的星星，最终到达澳大利亚的南端。在阿德莱德的百瑟宁山，风在北方的春天见到这里的秋天。世上有两样存在之物无形，它们是时间和风。风说：世间只有速度，并无时间。风一直在对抗着时间。

风吹在富人和穷人的脸上，推着孩子和老人的后背往前走。风打散人的头发，数他们每一根发丝。风吹干人们的泪痕。风想把黑人吹成白人，把穷人吹成富人，把蚂蚁吹成骆驼，把流浪狗吹回它的家。风一定想吹走什么，白天吹不走，黑天接着吹。风吹人一辈子和他们子孙一辈子仍不停歇。谁也不知风到底吹走了什么，记不起树木、河土和花瓣原来的位置。风吹走云彩和大地上可以吹走的一切，风最后吹走了风。

我至今尚未见过风，却时时感到它的存在。沙尘不是风，水纹不是风，旗帜不是风。风长什么样呢？一把年纪竟没见过风。风与光一样透明，一样不停歇，一样抓不住。不知不觉，风吹薄了人，吹走了人的一生。

风里有什么

世上有好多事情弄不清，最弄不清者一为风，二为云。人遇到风。呼来了，呼走了。啥来了，啥走了？不知道。感受过，但一辈子没见过此物。“风”这个词也是听别人说的。对风，我们是盲人。就像我们在爱情里是盲人。男人只见过女人，谁见过爱情?

树林里，栎树的小圆叶子微微摇动，是风来了吗？人还没感受到风，树叶却已经招手了。走上山岗，传来巨大的风声，树叶像潮水一样喧哗。一棵树身上不知有多少叶子，而每一张叶子都在动并发出声音。风穿越绿叶的隧道。而人却没觉得有什么风。细听，听不清林中的风声从何而来。树叶和树枝只是在抖晃俯仰，竟发出深沉的低音。在主旋律“呜——”结束之后，才是树叶子“刷拉拉”的后伴音。说！“呜——”是谁的声音?

盲人如果来到呼伦贝尔游历，他大脑收获的图景跟明眼人会完全不同，大不同。他看不到雨后的草原在深蓝城堡般的云层下透出的新绿，看不到像刷了石灰粉一样的白桦树互相斜倚，宛如等人来合影，看不到莫尔格勒河如盘肠一般，一里地弯十个弯。陡立的河床上长满了青草。

盲旅人看不到这些，他被呼伦贝尔的风抱在怀里，风拉住他的手旅行。风是另一位盲人，它用一种叫作“风”的手势识别盲旅人的脸，摸他的眼睛、鼻子、脖子和头发。草原的风打扫他浑身上下，衣裤簌簌作响。盲人听到，季风弹拨落叶松的松针，声音似蜂蜜的丝。风捧不起河流的水，却把水的腥气塞进人的鼻子里。风里有什么？大兴安岭南麓和北麓的气味不一样，盲人的脑部地图定位着白桦林的清甜气味，奔跑结束的马群的骚汗味，被露水打倒的青草的气味，还有风。风并没有风味，风里只有远方的味。风里混合着高山岩石的苔藓味，低洼地带的泉水、动物粪便和草原上不同的野花的气味。风大度地、悠然地把各处的气味带到各处，又把各处的气味带到其他各处。对野生动物来说，这些气味是博物馆，气味里有所有动物的表情，花和河流的意思。风里的气味是野生动物的生存依据。

小鸟身上有什么味吗？不知道，它们笔直地飞进蒙古栎树林，不知道给树林带去了什么气味。去呼伦贝尔旅游的人可能忘记了，小鸟始终在他们头顶飞翔鸣唱。我提醒自己，每到一个新地方，先听听有没有鸟鸣。事实上，每一个地方都有小鸟的歌唱，除非下雨或刮大风。我听到这些歌唱，满自负，以为别人没听到。他们盯着草原上的野花，笨拙地迈进，忘了鸟鸣。我闭眼倾听鸟的歌唱，它们的歌声光溜溜的，音节或长或短，歌词不相同。别人告诉我，大部分是云雀和百灵的歌声。然而看不到这些鸟儿，草原上没有树，它们在我头顶什么地方唱呢？只好说，呼伦贝尔有数不清的鸟，边唱边飞，我听到了它们路过时的那一段音频。

这么小的小风

最小的小风俯在水面，柳树的倒影被蒙上了马赛克，像电视上的匿名人士。亭子、桑树和小叶柞的倒影都有横纹，不让你看清楚。而远看湖面如镜，移着白云。天下竟有这么小的风，脸上无风感（脸皮薄厚因人而异），柳枝也不摆。看百年柳树的深沟粗壑，想不出还能发出柔嫩的新枝。人老了，身上哪样东西是新鲜的？手足面庞、毛发爪牙，都旧了。

在湖面的马赛克边上，一团团鲜红深浅游动，红鲤鱼。一帮孩子把馒头搓成球儿，放鱼钩上钓鱼。一条鱼张嘴含馒头，吐出，再含，不肯咬钩。孩子们笑，跺脚，恨不能自己上去咬钩。

此地亭多，或许某一届的领导读过《醉翁亭记》，染了亭子癖。这里的山、湖心岛、大门口，稍多的土积之成丘之地，必有一亭。木制的、水泥的、铁管焊的亭翘起四个角，像裙子被人同时撩起来。一个小亭子四角飞檐之上，又有三层四角，亭子尖是东正教式的洋葱头，设计人爱亭之深，不可自拔。最不凡的亭，是在日本炮楼顶上修的，飞檐招展，红绿相间，像老汉脖上骑一个扭秧歌的村姑。

干枯的落叶被雨浇得卷曲了，如一层褐色的波浪。一种不知名的草，触须缠在树枝上。春天，这株草张开枣大的荚，草籽带着一个个降落伞被风吹走。伞的须发洁白晶莹，如蚕丝，比蒲公英更漂亮。植物们，各有各的巧劲儿。深沟的水假装冻着，已经酥了，看得清水底的草。我想找石头砸冰，听一下“噗”或“扑通”，竟找不到。出林子见一红砖甬道，两米宽。道旁栽的雪松长得太快，把道封住了，过不去人。不知是松还是铺甬道的人，总之有一方幽默。打这儿往外走，有一条小柏油路，牌子上书：干道。更宽的大道没牌子。

看惯了亭子，恍然想起这里有十几座仿古建筑，青砖飞檐，使后来的修亭人不得不修亭，檐到处飞。

我想在树林里找到一棵对早春无动于衷的树，那是杨树。杨树没有春天的表情，白而青的外皮皲裂黑斑，它不飘舞枝条，也不准备开花。野花开了，蝴蝶慢吞吞地飞，才是春天，杨树觉得春天还没到。杨树腰杆太直，假如低头看一下，也能发现青草。青草于地，如我头上的白发，忽东忽西，还没连成片。杨树把枝杈举向天空，仿佛去年霜降的那天被冻住了，至今没缓过来。

鸟儿在英不落的上空飞，众多的树，俯瞰俱是它的领地。落在哪一棵上好呢？梨树疏朗透光，仪态也优雅，但隐蔽性差；柏树里面太挤了，虽然适合调情；小叶柞树的叶子还不叶，桑树也未桑。小鸟飞着，见西天金红，急忙找一棵树歇息。天暗了，没看清这是一棵什么树。

第八辑　雏菊的披肩

雏菊的披肩

花里的孩子名为雏菊，秋天也不衰老，不生长皱纹和白发。它有一条鲜艳的披肩。

雏菊的披肩好像是英国都铎王朝的装束，花瓣从胸前环绕到后背，像防止吃饭洒汤的围嘴，像公鸡的颈羽。

雏菊开遍了北亚的原野，它的披肩盛满了阳光和露水。露水从花瓣流入花蕊时，雏菊再次称赞造物主给了它一条披肩。晨雾封锁了土地，好像天空的牛奶洒了，地面的乳汁比江河宽阔。雏菊闭上眼睛嗅白雾的气味，嗅不到牛奶味，只有潮湿的泥土的腥气，更不能用碗喝。阳光照下来，雏菊的花瓣像涂了显影液，慢慢从白雾里清晰，好像云里栽的花。

雏菊遍地开放，但每一朵都孤单。我看到一个孩子单独站立时，感到了他的孤单。我们愿意看到孩子和他的父母亲在一起，更愿意看到孩子的手被大人握在手里。可是谁领走雏菊呢？山峰领它走吗？小杨树领它走向河边？雏菊从小到大都是一个小大人，它不怕孤单，它有披肩。

小时候，我把一片雏菊的花瓣揪下来，看到花朵露出巨大的豁齿。雏菊的长牙少了一颗。再揪一片，觉得它失去了下巴的胡子。摘掉一半花瓣时，它只剩一个朋克发式。揪掉了所有花瓣，雏菊全变成光头。花蕊浮肿般堆在面庞，草茎奇怪地支着这个没头发、没披肩、没有裙子的脸庞。孩子不懂得珍惜，更不懂雏菊是花里的孩子。他们摘光花瓣之后，把雏菊丢到尘土里扬长而去。孩子惯于残害花草，猫狗与玩具。人从小就体会到残害或者叫破坏带来的成就感。一种美妙的什物，经过他们的折磨变得丑陋。正像他们长大之后要接受生活没完没了的折磨。他们不知道生活为什么要折磨他，就像花朵不知道孩子为什么残害它们。开花有什么不对吗？没有花瓣的花有什么好看？

雏菊在夏天盛开，我觉得它好像跟音乐有关系。雏菊跟音乐有什么关系？每次我这样问自己却答不上来。我仔细寻找线索——有哪一首歌曲的名字提到过雏菊？谁？舒曼和舒伯特有过这样的歌吗？想不起来。我也想不起哪一首标题音乐提到过雏菊。接着，我猜想哪一位音乐家会给雏菊写一首歌或曲子。他们满怀童贞，从雏菊的卑微中见到田野广大的美，像见到穿民族服装的保加利亚姑娘跳玛祖卡舞。她们的裙子有玫瑰红的披肩。这个音乐家有可能是肖邦，他连“雨滴”都写了，为什么不写雏菊呢？这是一首跳跃的、晶莹的钢琴练习曲。德沃夏克也应该写雏菊。说起泥土气息的题材，我先想起德沃夏克。东欧比西欧土气，好像东欧的泥土比西欧多出好多，也厚，上面长玫瑰花、麦子、山毛榉树和雏菊。德沃夏克写的雏菊可以泡酒喝，不治病，就图酒瓶子里花瓣好看。没准也有疏肝之效，菊嘛。舒伯特能写出非常好听的描绘雏菊的歌曲，如果他愿意写的话。描写雏菊跟描写儿童有什么不一样吗？一样的，哪块儿都一样，雏菊只比儿童多了一件披肩。我还喜欢猜想这些歌（乐）曲的乐件与歌（曲）名，我觉得我适合想这些事。钢琴能表现所有题材，包括雏菊、矢车菊和杭白菊。吉他也行，但它描述的是西班牙田野的雏菊。小提琴不对味，雏菊不承载深婉的表达，它也没有摧人心肺的美。中提琴和大提琴当然也不适合，雏菊不厚重不回忆也不哲学。明亮的铜管不合适表现雏菊，它没那么坚定庞大，但圆号描绘田园时可以涵盖雏菊。木管太通透了，雏菊不是一条小溪也不是山峰上的积雪，用不上木管的通透。表现雏菊最好的样式是童声合唱，钢琴或木琴伴奏（配器加双簧管，背景加不多的竖琴旋律）。孩子们唱这首（希望由舒伯特作曲）的雏菊之歌时，身上戴着雏菊那样的彩色披肩。名字——给这么好的作品起名是累活——叫什么名字呢?《雏菊》，《雏菊练声曲》，《雏菊的早晨》？都不理想。这个事以后再说吧，不着急。

雏菊傻乎乎的单片花瓣挂在脖子上，除此之外什么都没有了。它的茎是细秆，带白绒。花瓣啪叽打开，一览无余的花都是傻花，对雏菊而言叫单纯，因为它是花里的儿童。你看中原的牡丹，最符合中国人的性格，搞不清它有多少层花瓣，欲舒又卷，形左实右，花心纷繁似被水洇湿的手纸，何止工于心计，可谓美得渊深。说它是国色没错，天香就有点儿说大了。总之不会有人说牡丹是儿童。

雏菊在田野开放。大地涂满透明的余晖的黄颜料，雏菊赶着金黄的马车回家。夕阳的光里飘浮白色的颗粒，雏菊为此瞪大了眼睛，看微尘趴在蟋蟀的黑甲胄上，不知下落。

桂　花　香

九月，我在杭州逗留几日，每天都自我感觉良好，用飘飘然形容更为恰当，因为满街的桂花都开了。

我不知道杭州的狗怎么评价桂花的香气，我觉得这一种花香好极了，更准确地说是妙极了，妙在它属精妙配伍的复合香型。桂花的香气有恰到好处的香，又有体贴的香，它像乐曲一样缭绕。如果香气有颜色，桂花香味的轨道一定像缠枝莲那样回环萦绕。我觉得，桂花香最像花里的话，有一句一句的甜。听桂花近你脸旁说了一席话，人难免要飘飘然。它们的香气从鼻孔先往上走，抵达头顶，然后周流全身。在杭州，在树上摘几朵桂花放兜里，过一会儿掏出来嗅一下，胜过抽烟喝酒。让桂花熏陶几日，感觉自己基本上算一个好人了，这个好是知道好赖的好。一个人记得大自然，被大自然影响到心智，就算原来不好，离好人也不太远了。一个人对大自然无动于衷，还对什么有动于衷？桂花香是一场功课，告诉人微笑与温和的好处。

做人像桂花则近于圣贤，其味无形却有香气。生活中有这么一种带香气的人，他做了许多善事但隐藏这些事，时间长了，这样的人有香气，让人心悦诚服。

我嗅到桂花香气的时候，总觉得这是桂花的微笑，有脉脉的深情。桂花香气讲平等，无论富豪还是寒士，都予以一样的香，佛教称之为无分别心。桂花散香二十多日，一城馥郁，人人得到香的赋予，真是很够意思。

和梨花一起白头

四月，春草如在显影剂里刚刚露出一点儿轮廓，还没形成势力，梨花已经开放。

梨花以花瓣试探天气，摊开瓷器似的白花瓣。而红花在六月之后才露头，红在炎热里不容易凋谢。

梨花瓣单薄后仰，像小女孩儿用手黏在褐色的枝上，四五瓣围成一朵花。只有豆芽十分之一粗细的花蕊戴着小黄帽，像杂技演员躺地上用脚蹬坛子。

春草埋伏在旧年的枯叶里，弄不清是转世还是新生。春草在边边角角偷着绿，枯叶掩护它们朝山坡潜行。草芽走在树下抬头看梨花，盼花瓣落下来，闻闻香味。

梨花为山川安神，它的白皙似乎只为曲水流觞调琴。梨花的情操不归于西洋乐，也不是维瓦尔第的《春天》，它性近古琴，一音复余音，抚弄流水幽咽。春云那么淡，像贴上去的云母片，与梨花般配。

北方的四月还在萧索，旷野见不到闹意。最闹的虫子还没来，明晃晃的野花也没开始闹，更见不到青蛙。梨花在静寂时分出场，如演员提前十年站到台上。梨花由此意态淡然，不像演出，像给自己排练。水袖略略挥一下，唱词只在心里默默念过。山上的梨花，比所有的草木更像远望，等消息。它引来了春天，却还在等春。鸟儿斜飞过来不落，仿佛不相信梨花的真实。没有飞蝶翩翩，怎么能叫真花？

梨花、杏花是土地的第一张信笺，字迹还模糊。土地手里还没有青草的墨水、红花的墨水。泥土在春天用的是白墨，跟人画国画正相反。古人称“墨分五色”，这是对松烟的黑而言。天地最推重的墨色是白，不是留白是留黑。白墨的淡远比台静农的白梅更悠长，不枯、不涩、不焦，笔笔都是润。天地的浓墨是大地的青草，一皴一川，闭着眼睛用笔扫就可以，不必太工。而梨花由天工仔细点染而来，连工带写。画杏花的时候，稍带一点儿胭脂，一点点就够了，让它留一些雨水浇过的淡粉。

我来树下，伸手想摸一下却不知摸什么。花瓣嫩不可摸，而树干比我还老。站在树下，略微可与梨花相比的是两鬓的白发。发白不及梨花美，但我们俩都白在了上边。我发觉第一根白发时，认为珍贵，拔下夹在一本书里。如今头上的白发太好找了，用手摸，都感到白发抚我。

头发白不算什么怪事，比脱发好得多。我不染发，听凭上帝的意思。哪个人的白发不与他的面容眼神相配？全配。人之衰老，从混浊的虹膜、松弛的背肌、手的皮肤、耳朵形状、嗓音、指甲、吃完饭剔牙的动作、颈皱纹、腹部脂肪、走路的姿态和眼神里的流露无遗，染什么头？染发师只管染黑这些头发，上帝掌管其他的一切。我与梨花共白头。

荷

光是“荷”这个名字就足够好。荷的音念出来语气平缓，不促不亢也没办法激烈。荷——从中脘缓缓而出，上牙膛和印堂感到和的气息，即和气。荷这个字也好看，如团团圆圆的荷叶，有草有人有可，符合伦理。

植物最大的叶子，我只见过荷与芭蕉，而荷把叶子漂在水上。陆地的树叶如小鸟羽毛，披纷飒飒，包住一株树，假装在风里飞行。荷叶的冠盖占领一小片水。这片水比圆规划的还圆，荷上站着露珠。我觉得水变成荷叶上的露珠很幸福。水在荷叶上站立，滚动，却不涣散。水如果变成珠而且站立就和精灵没什么两样。它们瞪着眼睛看一切，边看边滚，不留一丝痕迹。屋檐的雨滴，竹叶的水滴都没有荷上露珠这么惬意。

口诵荷字可除燥气。人吵架前念一百声“荷”，就只想睡觉而不愿意争吵了。荷乃合。借中医的说法，寡人有疾乃是身心未合。肝肾不合气郁。水火不合湿寒。阴阳交泰曰合，于风曰和，于植物一类曰荷。

八月既望，适于和风中赏荷。西湖里面的曲院风荷就是一个荷风国，小于荷兰国。曲院在南宋是皇家曲院，酒气纷纷，荷花颜面酡红，一看就是酒精过敏，花朵见了风摇晃，仿佛真醉了。我住进曲院风荷，才知道这里有木屋。高大的芭蕉叶下，被雨水淋湿的木屋像水牛皮那么黑，竹叶擦拭窗玻璃，各屋转角处走来皮毛斑斓的野猫，譬如白毛黄斑白毛黑斑的猫，没见到白毛白斑的猫。从我住的房子大步往外走，不出十五步可见荷花。小步走七步，见到了桂花树下的水仙花。桂花包容，让不香的花先开。杏花、桃花、迎春苹果这些不香的花都先开，白一下，黄一下，做一个序幕，尔后百花登场。倘若集中精神闻杏花，会闻到一点儿带杏仁苦味的微香，但我不会对外说此事。在春天，一帮人手扶杏花闭眼闻，让蜜蜂干什么？

盛夏，荷叶让西湖的水面缩小了，西湖垂柳依依的岸边挤满荷的圆圈，像几千个小孩儿藏在水里，撑着荷叶的绿伞。荷花的红里有一点点蓝，红更亮了，可称之艳。树上的花开花，要把身子靠在枝上，不胜单薄，而荷花单腿站在高高的茎上，茎下的荷叶如圆圆的舞台。荷花绽放要有台子，这并非矜持，而为端庄。未放时，荷的花瓣双掌合拢，白白的花苞顶尖晕红。打开后，花瓣捧出恬静的、鲜美的、果实般的红。

荷叶让鱼虾感受到水下森林的乐趣，红鱼黑鱼在荷叶下享受绿的阴凉。风把荷香藕香送到十里八乡，荷让江山多一份和气，大度安详。

荷花骑马坐轿

早上，山麓的凉意近秋。石头砌的池子里温泉的汤水蒸发白雾；蝉声织出一片比雾气更密的网，尾音拉得很长，似有倦意。

我在池子边上跑步，迎着空气中温泉的硫黄味，绕过桥，面临一大片荷花。

荷花长于绿琉璃似的瓷花盆里，沉在一尺多深的水里。这样，它们就不必被人们说成是出淤泥而不染了，这一片水塘没污泥。花盆小，荷花开得也小，一朵朵只有拳头大；比洗脸盆大的荷花更玲珑可心。

我坐在鹅卵石上看清晨的荷花，目光几与花瓣齐。未经意间，觉得荷花像欲开又拢的婴儿的手。花比婴儿的手大些，但其红肥圆拢都像婴儿的手掌。怪不得佛菩萨喜欢安坐在荷花里，花瓣如一个个手印。手指拈出不同的手印，代表修道人不同的心意。荷花的手印无外喻示美，或开示美。其美红白相间，美而圆满。这么大一朵荷花竟被细茎孤零零地举着，高出水面很多，显出卓然不群。这枝细茎举得也好，不偏不倚刚好举在荷花的中间。因此，说荷花如一个灯盏也算贴切。花心是一截莲蓬，可作灯盏里的蜡烛，只是没火苗而已。现在是早上，不必有火苗。

我起身接着跑，沉迷花草消磨意志。顺一条汽车路往山上跑，过玉米地，见松鼠上树、鸭子下河，绕过一片苹果树林下山。从高处再看这片荷花，如见一队迎亲的队伍：荷花骑马坐轿，在一片绿叶的拥簇下，涉江而来。我觉得红花、圆叶、绿叶都是民间故事的题材，仿佛荷花比别的花更有故事，要不然，荷花怎么会骑马坐轿？它高高在上，左顾右盼都是涟漪。老百姓发明了荷花仙子之说，月季比它更艳丽，也未配仙名。

陆地上的花长在泥土里，花边上还有青草、树木，还有爬来爬去的蚂蚁。而荷花的背景干净，只有水。水如一面镜子，映衬荷花娴静。风把水面吹起皱纹，荷花因而多情。它在风中微微俯仰，似颔首、似含笑，最似欲言又止，姑且如此吧。

其实荷花颜色很艳，算是桃红。我猜这种颜色并非出自荷花本意，是上帝指定的颜色。其他的花配上这种颜色会显出俗，人穿荷花色的衣服会极俗，而荷花却不俗。一来它的艳红有白色在下面托衬，二来水面实为暗调子，显出它新鲜，甚至童稚。它如婴儿般的手掌即有童稚意趣。画荷花是文人画的主要题材，源头是八大山人朱耷。数不清的画家仰慕朱耷，心摹手追，但画出来就俗。荷这种东西容易画出败意，不鲜灵。从技法说，中国画的看家本领——皴法在画荷中基本用不上。传递荷花精神，关键看画者能不能掌握骨法用法。好笔法笔笔是中锋，苍润鲜明，这是功夫，也是境界。用晕染一类手段画荷只算刚入门。

红玫瑰

我觉得玫瑰这两个字不能随便写，就像火药、夜、雷霆这些字不能随便写一样。玫瑰虽然仅仅是花，但它似有花之外之上的另外的力量。而玫非梅，瑰字由玉和鬼连接。看到没有？它肯定不仅仅是花，玫瑰除了开花之外还做些什么呢？可怜我们不知道。

红和玫瑰连起来写，三个字像着了火，扑不灭的火焰——这是我小时候看过的一部电影的名字。人以红玫瑰寓意爱情，可是爱情广大渊深，这个词约与世界一样大。一朵花能寓意吗？爱情包含着盲目、聚散、怀疑、渴望、怨恨和生殖，也可以包含仇恨杀戮，当然也会有甜蜜——如果你觉得那是甜蜜的话。爱情让好多事情改了道，人的难以改变的性情因为爱情发生改变。有的大人物为了爱情而发生战争，有的小人物由于爱情而疯掉。风、雨、地震和飓风改变了大地却改变不了人，爱情却能改变人，哈哈。有人变得好一点儿，更多的人如泥沙沉入河底如狮螺。爱情并没有打算把人变好变坏，它像化学试剂一样激活了人的潜在程序，让人不由自主地做一些不同寻常的事。我像不敢写玫瑰一样不大敢写爱情这两个字，惹不起的东西就别惹，如今敢写是因为老了，爱情爱情爱情，没事的。人如果不遭遇爱情，这一生该有多么坦荡，如骏马一般无牵无挂。但上帝不允许人类如此逍遥法外，引爆了人的爱情之后，上帝跑了，剩下的事由当事人收场。人的智慧好像还没有进化到可以圆熟处理爱情的阶段，你看电视剧里的爱情，尽是漏洞。人在爱情里并非笨，而是蠢。爱到可以爱，阿猫阿狗（春天里）都在爱，情这个字一出来，人就完了，暴露了他们进化途中未臻完善的纰漏，闹各种悲喜剧，莎士比亚对这个了解的最多。人判断不了爱情的前因后果，不具备感知爱情危险的预警能力，理智在爱情面前全体瘫痪，修复系统大约需要三十六个月，我是有体会的。人看不清自己的一生，皆因爱情挡在那里。其实爱情并不能叫爱情，它不像字面这么纯洁，它是一个独立的世界。语文学家还没替它想出恰当的名字，姑且跟着别人一起叫——爱情，古人叫两情。两情其实比爱情准，各想各的爱，是两个人的独情。人有趣的地方是他无论被爱情害得多么苦，还在赞美爱情，啊啊。人这么善变、这么功利、这么不择手段，他们会爱别人吗？

红玫瑰是爱情的象征，在此先要献出我的敬意，但我不知道红玫瑰哪些地方像爱情。倒过来说也一样：爱情哪些地方像红玫瑰呢？估计两者在什么地方相通。玫瑰花的香气比它的花容更吸引人，而所谓香味是语言形容不到的另外的独立世界。有人把爱情归结到性激素里面，睾丸酮或乙烯雌芬如何如何。虽然我们从没见过这两样东西，在放大镜下也没见到过，但认同基本是它们在怂恿人去恋爱。一个男人无缘无故和一个女人相抱并结婚，这不是傻子吗？其傻超过和树相抱并结婚。我们之所以理解这么傻的事是由于我们身上都有睾丸酮和乙烯雌芬，被它们捉弄了一生。而玫瑰花的香气类似于化学激素，为人所嗅，而不为人所见所知，含着荷尔蒙。玫瑰花在香味里描述一个世界，它何其甜蜜，其香如蜂蜜一般黏稠，苦味根本挤不进来，愁绪更挤不进来。在五味杂陈的世界上，玫瑰用筷子粗的茎从大地抽出芬芳。谁知道哪一块土壤的甜蜜被玫瑰抓在手里？谁知道玫瑰是怎么想的？在香水萃取玫瑰花香之前，玫瑰事先萃取了默默无语的大地，找到甜蜜的泉眼，如同黄连找到大地的苦涩，茉莉找到大地的清香，黄金找到大地的光芒。我们怎么找不到呢？掘开土，我们只看到了土，卡其色的、湿润与干燥的土。土是什么？我们说不清，也许青草说得清。庄稼和树知道什么是土，但它们不告诉我们。土里长草不算奇迹，好像这属于本分，土里长出玫瑰太令人惊奇。这不仅是奇迹，而且是秘密，星空与大地不知有多少秘密瞒着人类。而人类截流造水电站也瞒着大地星空。玫瑰花暗紫的嘴唇如同洞悉一切，人接触到玫瑰的香气就变成用鼻子思考的人。鼻子里有主管思考的细胞吗？不知道。佛家之谓“色香声味触法”，嗅排第二。鼻子开拓的世界无法目睹，无法言说，无法描摹。用气味对话比用语言对话复杂得多。玫瑰以香气发问尚能饭否？哪一样气味可以回答廉颇老矣！在气味方面我们是哑巴。成千上万朵花发问成千上万的话，我们未答。成千上万棵树木问无数事情，我们不答。白桦树带甜味的气息是什么话？白杨树带苦味的气息是什么话？栀子花心事重，柚子花的话条理分明，梨花淡然无语，艾蒿满口方言。而玫瑰好像在说法语，兰波高庚瓦雷里，勒内居里拉封丹，我们还是未懂，人这一生竟没听懂花的一句话。人类往太空发射各种语言和音乐，盼外星人呼应。为什么要把“外星人”想像成“人”呢？他她它们为什么不是一朵花？解码花的气味与花草对话会不会打开了一个新世界？

以红玫瑰象征爱情是人类的比附。人类以星空比附浩瀚，以大海比附宽广，用自己的心定义世界，离世界越来越远。红玫瑰是一颗颗星辰，滑落大地，用香味述说我们听不懂的话，花瓣上露珠眨眼，我们也没懂，老师没教。玫瑰的刺用血来滋养，玫瑰的绿叶转为紫红。玫瑰独立不羁，酝酿着冷酷和热烈的秘密。香气和暗红的花瓣只是玫瑰的纱衣，它实有钢铁的躯体，如同爱情的质地无异于顽石。

山 菊 花

沿着浩瀚的海面，风从千里万里跑来。

磊落的石壁被它所看不清的风撞晕了，身上却没有伤痕。山回头看风，风的身体透明。云是什么？那是风奔跑时的呼吸。

山扎根海边，比内陆的峰岭更简约、结实也更黑，跟渔民差不多。它身上没有一点儿浮夸的饰物，啰嗦零碎都被风吹走。山眼前，海浪像卷心菜层层叠叠地开放。山的背后是山的背篓，里面的草木大棵如罗汉松，小片是山花野草。

如果把这座山看成一条鱼，脊背这一侧草木葱茏，另一侧裸岩光洁。

——光洁的石壁上开着花，一片又一片的野菊花。

这不是做梦。假如去福州的东京山顶峰一游，此景顷接眼底。在被海风劲吹的疏阔的山坡上，野菊花片片开放。

平地的野菊花，每株可以长几十个、上百个花苞。东京山的野菊每株只开一朵花，叶子也精简到两片。

野菊花紧紧贴在山坡上。它用了多大力量才在这里生长？如果是人，早跑到了避风的地方。东京山的菊花对海风说：“不！”

说“不”的花有钢铁般的力量。什么叫搏斗？什么叫坚持？它们都知道。

野菊放射炫目的黄，像大桶的颜料洒在褐石板上。也如梵高的向日葵，葵花聚合强烈的日光……

看到这片花，我本想说“心疼”，而后收回了这个词。它们一定不允许我使用这个貌似温情的词。大自然不需要温情也没有温情，生命体把美和力量裹在了一起。

在野花的种属里，只有它们见过海浪，仰面接受赤裸的太阳的照耀，它们悉知悬崖孤松的心境，有一副松树的情怀。

山顶上，我不忍采集如此顽强生长的花。曾想采一束送给那些吃苦如饴、面朝大海的人们。他们虽然吃苦，虽然卑微，却长在临风的山梁。

花朵踮起脚尖看一个树桩

这片小野花的花冠只有指甲大，开着白的、黄的小花。花不大，但花瓣有十多片，围着花蕊站一圈。好像穿白裙的小孩儿手拉手围一个圆圈儿跳舞。小野花在当地被称为“鹅了食”，音译，也许是“饿了食”，也许是满洲语。小野花一开一片，它们都整齐地站在队伍里，可能怕走丢了。它们站立的地方都归它们了，密密麻麻全是花，里面没青草。“鹅了食”对自己的衣裳很清楚，白花全跟白花结在一起，离它们不远的黄花全是黄花。这两种花的叶片、花蕊、高矮都一样，只是叶片不一样。白的、黄的站在各自的队伍里。我在白花里企图找到一只黄花但没找到。花籽随风飘荡，不一定落在哪里长出来，它们会因为花瓣的颜色挑地方落吗？我以为，误入白花阵的黄花刚一冒头就被白花集体掐死了。花比人想像的更残忍，温柔只是人赋予它们的观念。它们不容忍异己。胡适站在花边上说一百遍“容忍是一切自由的根本”，花也听不进去。

贴地生长的“鹅了食”如一小片水洼，雨停之后，东一片、西一片地留在草地上。它们长在坡上更好看，像是有人晾晒的白毯子和黄毯子，因为晚上忘了收起来，毯子上沾满了露水。我沿着公路往北走，经过它们岔路口有一个树桩，直径约有五十厘米，是柳树桩。在风和雨水的欺凌下，树桩如铸铁那样黑，裂了很深的纹，如一个镜子碎了。有一朵雏菊花高高挺立，伸长脖子看这个树桩。树桩周围没有别的花，“鹅了食”离树桩一步远就停下了脚步。仿佛它们派高个子的雏菊去看一看树桩发生了什么事。

树桩边上的雏菊好像原本没这么高。它显得比其他雏菊高，这是伸脖子看树桩造成的结果。树桩像一个没有食物的餐桌，蚂蚁们从裂口里出出入入也没找到可以吃的东西。

雏菊的花冠在风里摇晃，有如惊讶。树桩的年轮不止记录着树的年龄，还有旱情与树受到的创伤。中间的圆心只有筷子粗细，是说那时它是一棵小树，不足一人高。阳光源源不断从小柳树的叶子进入它的身体，水从根系爬上枝叶。小柳树觉得自己的身体在膨胀，情不自禁地在风里摇晃手臂。它长大之后，奇迹发生——鸟儿在枝头歌唱——柳树觉得这是奇迹。它闭上眼睛听鸟儿的歌唱。小鸟唱得太急促，几乎不换气，音太细碎。柳树听了好多年也没听出鸟儿在唱什么。其他鸟儿是怎样听懂的呢？鸟儿藏在柳叶里歌唱，会不会让其他的树，如榆树、杨树认为这是柳树的歌声呢？每念至此，柳树禁不住要得意地甩一甩柳枝的袖子。当杨树和榆树不知疲倦地举着自己的树叶时，柳树又甩了甩袖子。树叶不过是树叶，也不是奖状，举它们干吗？柳树的叶子像藤萝那样一挂一串。柳枝俯身寻找地上的落花，看蚂蚁抗着蚂蚱透明风干的翅膀行进。这多有意思？杨树叶在天空看到了什么？只有不着边际的云彩。小鸟儿在柳树上跳来跳去，展翅、鸣唱。你不知道小鸟儿歌唱有多么卖力，它们用上了全身的气力，尾巴都要翘起来。风拿着一把扫帚跑过来，清扫每一片柳叶上的灰尘。小鸟儿飞走，在天空留一个黑点。柳树一年年长大，它不知道身体里留着年轮，岁月偷偷地记录着它的年龄。

假如树桩有眼睛，看到天上的小鸟飞旋却不落下，因为自己身上已无枝叶，连树干都没有。它看到身边的树笔直地生长，树叶好像和云彩沾上一点儿边了。蚂蚁快速往树的高处爬。它掉进树皮的沟壑里，一会爬出来，再入沟壑。在黑黑的树皮上，嫩绿的柳枝如一只小手伸出来，握着几片叶子，让风吹。树桩想起自己曾经满身枝叶，数不清有多少根枝条，更数不清叶子。下雨时，万千清凉洒在身上，沙沙响。落在树顶叶子上的雨滴流下来，流到下面的叶子上，再流到更下面的叶子上，九曲楼台，遍体清凉。树忍受骄阳，忍受冰雪，但不知道为什么被人伐倒。树桩不知道树身去了哪里，也不知道树身再次被肢解，分别成为某只沙发的两只脚、某家厨房碗柜的垫板、某间学校学生座椅的靠板、某个农民手里铁锹的锹杠、某一把斧头的把柄。它们变为了“木头”，永远听不到叶子在风里的摩擦声，听不到小鸟站在树枝的肩头扯着嗓子高唱。有一个树桩在故乡等着木头回来。但木头永远回不去了，到年头，它们朽烂他乡。

雏菊每天都在看这个老树桩，看它的表情。雨落下来，流进树桩的裂缝儿又冒出来，裂缝儿通不到树根。雏菊看不到老树桩有新的枝条窜出来。它在春天也不绽放新叶，更不用说秋天落叶了。

冬天，树桩上落一层雪。雪化了，树桩还是原来的样子。树桩不生新枝也不朽烂，它在等什么呢？树桩敞着一圈儿圈儿的年轮，就这样过去了许多年。

金 银 花

金银花是忍冬科植物开的花。花刚开白色，过几天转成金黄，得名金银花。花入药，治肿痛瘰疬。此花比治病更好的是它的名——金银花，两样好东西都在它身上。

金银花开起来，花瓣别在背后，像收拢翅膀的鸟儿在气流中滑翔。它的花蕊纷纷扬扬探出来，像一帮小瘦人跳转圈舞。金银花是藤本植物，花开一片，上下成堆。花开三、五日，有花皎白、有花晕黄，金银全来了。并不是黄花在白花里穿插，是它们在“变”。起初都是银花，尔后全成了金花，又有新的白花开放。一朵花扮两种角色。在中药里，它又叫双花。

我在上饶看到此花，留连难舍。我喜欢它开花时的“闹”，金银花的花瓣弯到身后，像一帮人光膀子练武，衣服下摆掖在裤子里，衣袖拖到了地上。当然，金银花更像少女。少女不练武。假如每支花蕊是一位女孩子，花树就是一处少女的集市。花蕊白嫩的细长身子戴一个小小的黄帽，所有的花蕊都戴着小黄帽。她们在花座上探身、后仰，像隔着一条河往对方身上洒水。的确，金银花活泼的花蕊吸引了我，它们比别的花蕊更天真。花蕊上没有眼睛和嘴，但分明在乐，乐得前仰后合。一丛忍冬，开出上百朵金银花，千只花蕊出来嬉戏，让人赞叹。

金银花善变，由银花变成金花，尽管金银只是人对它的比喻。人把自己认识的好东西送给了忍冬的花朵。银变金不是枯萎，是蜕变，由皎洁而灿然。万物无时不变，天道可以谓之道，即在变。昼明夜暗，阴晴互转。大地从青翠到覆雪，年年月月分分秒秒在变。人也在变，在变中获生。不变的人犹如不流的河，慢慢臭了。血液、肌肉、骨骼拼着命争氧气、争蛋白质，然后争着把废料踢出去。但人对此没感觉，若有感觉，显然太过打扰了。人觉着自己没变，一如旧日，其实你早已不是你——当然也不是别人——是另一个你，顶着原来的名字，兜揣原来的身份证。但你真跟过去告别了，时时都在告别。人们身上没长花，如有花开，花会告诉人——荣枯不过在眼前。植物和动物有着很大的不同。人和花一样，问题不在变没变，而在怎么变。如果花去美容，割双眼皮、去皱纹眉，花园就成了假货集中营。不知谁是花，谁不是花。但花草比人更合天道，去留无意，一派自然。

银花在枝头挺立。天边的群山苍翠，山谷里装满白云。银花如一个盼望上学的孩子，眺望远处的山路。金花有一点儿疲倦了，侧卧在叶子上休息。它从银花的皎白中看到自己逝过的时光。中医称黄为正色，主阳，用流行的话叫正能量。金花没见过黄金，因而只主阳不主贵，但清热。银花像雪花一片片堆在枝上。雪落在五月，太早了。再过两天，雪片似的银花也会变成金花。大自然性格果绝，办什么事情都不拖泥带水。

葵　花

盟公署家属院，家家有一个院子。别人家把院子变成了园子，他们是汉族，其先人把几千年的耕作经验遗传给盟公署家属院的子孙。他们拿铁锹翻地、下种、浇水，见了地喜笑颜开。他们家的窗前变成了农场和花园。汉族人在园子里种玉米、高粱、圆白菜、大白菜、葱和韭菜。更高明的人种黄瓜、青椒，简直匪夷所思。那时的赤峰人基本上没见过黄瓜青椒，见也是在课本上见的，没吃过。街上没卖过黄瓜青椒。汉族人在庄稼的边上种花，波斯菊和大丽花。每家的院子不大，也就二分地。种高粱不指望收米，半夜撒尿挡挡月亮。

我爸看别人家院子里冒出小苗着急了。我爸我妈从牧区来，祖祖辈辈没种过地。我爸向别人学习种地。经指导，我爸拿各类种子胡乱种进地里，用脚踩实，浇点儿水完了。不久，小苗长出来，在一场春雨之后。我们趴地上看，绿色的小苗如倒写的人字，甩出两条袖子，一东一西，或一南一北。我们设想我家园子很快像森林一样繁盛，进院被各种植物的叶子挡住脸。

小苗一天天长大，我妈发现，它们多数是青草，这不算我爸的业绩。尔后长了一些别样的苗，但不知是什么苗。这就像小孩儿长大了才能看出他是谁家的孩子。苗长大了，有的苗长到半尺就开花，这是花而非白菜。我家的花多数是胭粉豆，也有扫帚梅。有的苗长半道就死了，死者不知是玉米、高粱还是谷子。马克·吐温说他是他妈生的双胞胎之一，其中一个洗澡淹死了。马克·吐温说他始终不知是谁淹死了。不死还噌噌往上长并愈发粗壮的是向日葵，这很容易看出来。葵花杆长一层白毛，像人的汗毛一样。

我爸撒籽时抓各种籽撒下去，因此葵花并不像汉族人种的那样排列成行。我家的葵花如散步散进了院子的过客，在窗前停留谈话。葵花长出花盘，虽然小，也生出一圈黄花瓣，像火苗一样飘飘然。每天早上醒来，我先趴窗台上透过玻璃看这些小向日葵。它们的脑袋越长越大，越长越圆。当然，它这个脑袋像铁饼一样扁。圆的像倭瓜，杆就支不动了。葵花戴着厨娘的帽子，脸庞边缘露出一圈花瓣。花瓣有的是，只不过先露出一小圈儿给你们看看。葵花的脸盘子长满花蕊。花蕊横竖成行，上百。这么多花蕊，说葵花的脸盘子是花蕊的广场也可以。花蕊在集会，它们手举更小的花瓣准备走过主席台，主席是太阳。

我爸对院子里长出稀稀拉拉的葵花感到欣慰，双手掐腰，以县委书记焦裕禄的造型看这些葵花，好像这是他发明的植物新品种。葵花驾临我家小院，招来好多客人。小猫在葵花下面挖坑埋屎。蜜蜂追随葵花的脸盘子嗡嗡，好像想给葵花洗脸却没处下手。葵花笑着，脸这么圆，笑呗。人说葵花的脸对着太阳转动。我仔细看它的脖子，没轴怎么转呢？我没看过葵花转。那时候，大街上画的葵花比世上真实存在的葵花多得多。葵花匍匐着，环绕红太阳。“文革”时期的黄油漆卖的多，用于全国各地画葵花。卖得最多的是红油漆，画特别大的红太阳。

秋天，葵花长得比人高。它的大脸盘结满密密麻麻、黑白分明的瓜子。那一年我们家来了一帮抄家的人。他们是昭乌达报社的工人和赤峰四中的学生。这些造反派翻箱倒柜，把衣服和书扔了一地，不知道他们找什么。我父母面色苍白，如临大难。之后，我爸被关押在单位，我妈每天去赤峰卫校院里的“毛泽东思想大学校”改造思想，准备随时被抓进去。无人收割的葵花兀立在肃杀的初冬。葵花的花瓣枯萎，像长了锈，叶子缩成一团破手绢。它的大脸盘垂向地面，一似低头认罪。

向日葵的影子

小时候，我家院子里种的向日葵夭折了七八棵，秋天只剩下一棵高大的老向日葵。它长到两米多高，好像一根绿色的电线杆子。为了帮助牧区的亲戚找到我家，我妈用蒙古文写信告诉他们“院子里长了一棵特别高的葵花”。

我常常趴在窗台看这棵向日葵，它的躯干如同拧满了筋，筋外的绿皮生一层白绒毛。向日葵扁平的后脑勺也长满了筋包，原来像小舌头一样的黄花瓣枯干之后仍不凋落，萎在脸盘子的外圈。它的叶子如一片片手绢，仿佛想送人却没送出去，尴尬地举在手上。

向日葵的伴侣是它的影子。我家的小园子在秋天已一无所有。地上只剩下灰白色的泥土。土被连续的秋雨冲刷出一层起伏的花纹，似干涸的河床。立于院子中间的向日葵的影子如长长的黑色表针，从早晨开始缓缓地转动，仿佛探测园子里的土壤下面的秘密。我们这个家属院的地里有许多秘密。春天，各家种园子翻地翻出过日本刺刀，还有人的骨头。按说，翻地只翻一铁锹深，翻出来一些东西就不应再翻出来新东西了。但我们家属院年年春天翻出来新东西，这些东西仿佛年年往上长，最多的是人的肱骨和胫骨。有的人家把翻出的骨头捧子顺条堆在松木栅栏边上，仿佛炫耀他家的财富，那个时候的人真愚昧。我们跑到各家看这些骨头。有的小孩儿腰扎一根草绳子，把骨头别在腰上，到街里闲逛。这个小孩儿后来失踪了。

我总觉得向日葵的影子底下会有什么秘密。骨头不算秘密，虽然有人说骨头们每天会从地底上往上长一点儿，春天长到地面，它们要长出来。如果不翻动，骨头也许长出白枝白叶，也许红枝红叶，不一定。有人说这些骨头的宿主乃有冤魂，我沿着向日葵的影子往下挖一条细细的深沟，把土掏出来。这样，向日葵影子的细长身躯与大脸盘子就镶嵌在沟里。我见此很欣慰，如果蹲下看，地面已看不到向日葵的影子了。这是多好的事，我藏起了向日葵的影子。

万物和它们的影子应该是两回事吧，东西是东西，影子是影子。向日葵影子的生活是在模仿向日葵，为它剪裁一件透明的黑衣，追随它，须臾不得离开，直至黑夜来临。向日葵的影子没想到它竟掉进了沟里。我在向日葵的东面和西面挖了两条沟，都很细。西面的沟更长。太阳落山时，向日葵的影子掉进这条沟基本上爬不上来了。我一看到此景就想笑，这是它万万没想到的事情。黄昏的光线从辽河工程局家属院包括更西面的体育场和卫校方向的天空奔涌过来，几乎一点儿阻挡都没有。向日葵拖着一根影子的尾巴朝夕阳跑，过一会儿，慢慢地，影子中计了，它掉进了沟里，我在沟上面盖上早已准备好的草。看到没有，向日葵的影子消失了，它是世界上唯一没有影子的向日葵。虽然它老得豁掉了牙齿——它脸盘上的瓜子被喜鹊偷啄了很多，像豁牙子的老人。但它摆脱了影子该有多么轻松。房子和杨树都倚靠在自己沉重的影子里，房屋的影子由于沉重而倾斜。杨树的影子甚至在模仿杨树的断枝，像取笑它一样。

向日葵在自己的影子里站立，它在影子里站高、变矮、影子是它对往事的回忆。蚂蚁在向日葵的影子爬，如同检查它的身体，或者说正把它的影子拆掉，搬到各个地方。每次我从窗台看到向日葵，它如同拄着拐杖的老将军，它离不开那根拐杖，拐杖就是它的影子。

向日葵的奇特在于把那么多种子结在自己脸上，它的大而圆的脸仿佛在笑，长时间凝视太阳却不会造成日盲症。然而它的脸上堆满了子女，多到数不过来。它看不到眼前的情景，它的子女在它脸上铺设了一座团体操的广场。蜜蜂般的花蕊脱落，向日葵的脸上布满黑色带白纹的瓜子。它们被称为瓜子，然而跟瓜没关系。瓜子们等待阅兵的口令。它们的横列已经齐得不能再齐，纵列更整齐，每一个肩膀都靠在一起。“正步走”的口令在哪里？瓜子们等待大喇叭传出这个口令。但没有，然后向日葵的头颅就低了下来，像所有罪人。那时候，盟公署家属院有一半的人是罪人，他们白天去单位低头请罪，回家的路上也不敢抬头。向日葵的头颅越来越低，它终于看到了地上的影子。影子里面有什么？为什么会有一个影子，向日葵仔细查看，脸盘子越来越低。

绿釉百合

下班路过北陵的桥头，见一妇人卖鲜花，满天星、玫瑰和百合。她的自行车上挂着纸板，用墨汁歪歪扭扭地写着：“情人节”。这几个并不好看的字显然认真描过，像在汽灯下准备登台的盛装的乡村演员。

在她的花摊旁，有人看，有人买，但从情态观察，购者未必为情人所购。我也想买一束，没有情人，想送给家里那尊东汉广腹绿釉陶瓶。

我看中了百合。过去没见过白百合花。故乡的山坡上，到了六月星散耀眼的红百合，像妖娆冶游的舞女，蒙古族人称之“萨日朗”花。它们村，也近于野，放在案头太闹。我买了两株白百合，三朵微垂的花儿静娴于绿叶顶端。回家，我从橱的高处小心捧下“汉绿釉”，亲切地告诉它：“高兴吧！我给你带来了情人”。绿釉陶瓶是见过世面的使君，也静穆着。我家的所有，只有它在汉朝勾留过。瓶内添入清水，捧察有顷而未见漏水，不失瓶的本性。

这样，纯洁矜美的百合与古朴大度的绿釉陶瓶依偎一体，我则目睹了一幕感人的邂逅。百合卷发似的花瓣幸福洋溢，又像少女在花的映衬下鲜洁许多。穿越岁月，欲剥的釉色泛出云母似的光晕。凝注片刻，我退下了，感到自己的多余。

在咏百合的诗文中，读过较多的是德富芦花作的。他住在东京附近武藏野的乡下，有许多的机会观察自然。他的《自然与人生》中，许多地方写到百合——也是白百合，或许那儿没有内蒙古高原的红百合吧。“后山腹背长满葱茏的萱草，中间点缀一两棵山百合。白花初放，犹如暗夜的明星……有时遇到背草的儿童，草篮上也插着两三枝……趟着齐膝的露水将它攀折，花朵如一只白玉杯”（《山百合》）；“天黑，从山上下来，夹径青茅，苍碧一色。点点百合……暗香盈袖”（《晚山百合》以上均为陈德文译）德富芦花倾心于百合的隐逸操行与美人掩面的凄美。对草木的素白，他天生珍怜。如写芒草、月下白菊或富士戴雪。

话拉回来，我案头的百合出身不详，想必不是幽谷品。而这尊东汉绿釉隐瓶，依常识，也不过是汉代百姓盛米之物，当时几乎家家都有。但它们的结合，对我仍有英雄美人百代一逢的惊喜。

易调的百合现今在一千七百多年前的古瓶中寂美暗放，它们千载难遇，但毕竟一遇。而人的逢遭，过短也过于局促了。

落花拍人肩膀

园子里的桃花落了之后，丁香开了。丁香一开香就下雨，香气被雨水裹胁，流进了土里。雨后，丁香被太阳晒干。它在风里抖动肩膀，调动精神，准备大香。我在赤峰师范读书的时候，常常被丁香熏得记不住读过什么书。夜里，丁香花的香气如水一样浓烈，我在树下找被熏死的蜜蜂和甲虫。虽未找到，我觉得丁香足以矫治有腋臭的人士，因为它比它更浓烈。然而园子里的丁香刚要香，又下雨，一天一夜。出两天，又下雨，两天两夜。其结果是今年春季的丁香没香成。我觉得雨水干什么都是有意的，哪一种能力太强，难免遭嫉，包括遭到你所想不到的来自雨水的嫉妒。

丁香花谢了之后，变成老实的绿树，雨也停了。山楂树悄悄开出了白花。山楂的红比葡萄酒更红，根本看不出它小时候开这么白的花。山楂花集结一束，好像方便别人摘下来不必用绳子系在一起。五月，鸟儿的鸣唱更加清脆，它们在天空转弯更加自由。春天的云层已降落到山后，夏云堆积，站立或其斜着行走。蓝天像刚刚苏醒的人，回忆暴雨的每一个细节。我只记得雨在孝信桥南头下起，雨线粗斜，打在脸上甚至有声（可能脸上肉少才有此声）。等我跑到桥北头，雨停。我回头望这座钢筋拉索桥，以为它启动了桥顶的喷淋装置来对付我。其实不然，河里也落了雨。河岸的锦葵被雨浇得水淋淋。山楂树并没被雨水打落多少花，它的花比丁香结实。早晨，开在楼门口的山楂花如同落了一群白蜜蜂，几十只的蜜蜂挤在一起好像在听戏匣子。

蒲河大道两边有绵延数里的山楂树，在夏日的丰茂的绿叶里白得耀眼。春天的梨花没有绿叶扶衬，如雪花，易飘零。山楂花稳健，在绿叶长出之后才从伸出的嫩枝上开花，有叶子替它遮风雨。在这条路上走，仿佛可以通向花的山谷，此刻排列路旁的山楂树只是迎接的队伍。一位老人在我前面散步，穿一件蓝夹克，背在身后的右手婉转地转一对发红的核桃。微风吹过，他肩头落上山楂树的几片花瓣，如绣上去的徽章。他驼背，落上去的花瓣比直背人要多一些。过一会儿，又有花瓣落在他肩上，并没有风。也许花瓣去投奔他驼背上的花瓣，怕它们孤单。一个手转核桃的老人浑然无觉地驮着花瓣踽踽孤行，显得幽默。仿佛他心里藏着一个目标，山楂花如猴一般趴到他背上跟他一起做这件事。他去哪里？前面是鸭子湾村，对面是医科大学。哪里有谁？时间在他手里旋转的核桃里流逝，仿佛秘密全在核桃里。如果不转动，核桃会裂开，跳出别样的精灵，跳到山楂树上。

山楂树枝桠横逸，挡住人的去路，像伸手往人嘴里喂花。我左右绕开花枝，回头看，自己的肩头也落上了白花瓣。这些花瓣归我了，我竟不知道。有多少花瓣拍人肩膀，人却无知无觉。我见过花瓣被掺在粥里煮，泡在水里喝，还有人蒸发糕放入花瓣，如桂花、玫瑰花。这些都不如花瓣落在人的肩头上好。人如不觉，带着花瓣跋山涉水尤好。除了雷声，自然界的一切都很轻，花瓣落下来很轻，鸟儿飞行很轻。竹叶甩落雨滴，蜜蜂飞向花朵，月亮出山，流星下坠都很轻。沉重的声音是人类发出的，他们建设、破坏或战争。花瓣落人肩上不仅轻，而且准，仿佛骑在牛身上逛游。去看远处的风景。

春天远去，夏天到处扎起绿色的帐篷，那么多花朵去了哪里？我只看过被风吹落的花瓣落在树下，花瓣似乎哪儿也没去。我觉得如此盛大的春花飘零时可以落在公交车顶，落在邮筒上和人们的帽子顶上，落在路人的衣兜和楼房的窗台上，落在两条铁轨和送牛奶工的推车里。然而花只去花去的地方。虽然风吹，但不可能把花瓣吹到它们不想去的地方。在世上，哪样东西从哪里出来，又回到哪里，均有定数。比如在大街上见不到小鸟的尸体，花朵只从树枝与草的枝头绽放，然后去了一个地方。蜂蜜藏在蜜蜂身上，蚂蚱折叠成草叶的形状。在世上，花瓣去一个神秘的地方集合，桃花、杏花、梨花，一样都没有少过。小鸟在一个地方集合，一只也没少过。曾经出现过的早霞和晚霞完好地待在一个地方，雪花和冰也待在它们待的地方，完好如初。它们一起去了那个地方，一排排装进一个箱子，等待冬天和明年的春天再出发。它们佯作飞雪梨花，把世间装点一番告退，这世上谁也没问它们去了哪里。人们以为冰雪融化了，花瓣零落成泥。人天天想着骗别人，却被大自然骗了。我这么胡思乱想的时候，转头看肩膀，花瓣已消失。风吹不走它们，花瓣被召集到那一个地方。前方的驼背老头肩上的花瓣还在，只是核桃换到了左手。

南 瓜 花

配得上花房这个词的，我觉得只有南瓜花。看南瓜花，禁不住朝花心里探望。别的花朵花心浅，像碟子那么浅。花心深的喇叭花，花心也只有酒盅那么深，盛酒只盛三钱。南瓜花的花心盛酒能盛一两半，如果是白酒，端起来干仨就要醉了。小时候，我想过捉十个蜜蜂放南瓜花里，盖上盖，它们一宿出不去，把花蜇烂。

南瓜花开的有手感，很想上前把握。手把南瓜花如端酒杯，又如拿着麦克风唱歌。你说南瓜平凡，但它的花一点儿不平凡。橘黄的花唇外翻，像元帅才佩戴的勋章，而花瓣的底座似一座白玉杯。遇见南瓜花，我会轻轻地握一小会儿，这只带桔黄花唇的玉杯底下是瓜蔓，好像接通一只绿管子，是供酒的管子，源源不断供应酒。也可以想像这根瓜蔓的绿管子输送蜂蜜。花唇上撒落橘黄的花粉，那么干净细腻。一个南瓜，竟把花开得这么高雅。有一年，我在太行山顶的下石壕村住了一夜（我好几次提到过这个村。它在我记忆里占得份额比我想像得重要得多）。早上起来在村里转，步履缓慢。鼻子前面二尺外即为蚕丝般的云雾，云雾里包裹着石墙。脚下的石阶永远是上上下下，地无三尺平。因而，我们走路如行太极步，向前伸着手，手会奇异地摸到枣树、石头墙但没摸到人。在这蚕丝般的云雾里，云有丝儿，像用手撕过。我想我身在太行山顶上呵，我正云蒸霞蔚，（并不知云蒸霞蔚何意，姑且先用一会儿），成仙了。如果让我谈一下成仙的体会，第一条是走路要小心，仙地云蒸霞蔚，容易磕着。第二不饿，在山顶吸进那么多云丝儿，真的不饿。可见餐风宿露也不是一句骗人的话。我不知自己吸进多少条云丝儿，没啥味，不拉嗓子，有凉意。但说它多么沁人心脾就是胡扯了。我想像此刻照CT，机器能看到一片片的云丝儿在我肺腑里飘么？但不饿是怎么回事呢？不知道，但不饿。成仙的第三条感受是耳边全是山西省平顺县口音。下石壕村的男女老少全说长治话，轻声软语。在太行山顶，在云彩里，粗声大嗓实在没什么道理。不管你相信老天爷存在与否，在云雾的山顶大声说话都不妥当。我缓缓而行，手里摸到每一样东西都感幸运。忽然下起小雨，雨非滴而为丝，斜下。先下于左脸，转右脸，雾竟散了。脸前出小巧古拙的村子。屋下的瓦片、房子和墙以及脚下的台阶都由石片铺垒，灰黑色的石头建筑外面挂着黄玉米、红辣椒，但最漂亮的是南瓜花。

下石壕村是唐代留下的名字，猜想必有上石壕村，但我没去过。村子里，好多石墙的墙头都开放着南瓜花。在雨后黑湿的石墙上，探出南瓜花的桔唇和白玉杯，其妖娆静美有如音乐。花朵张开口，人潜意识里觉得它在唱歌。透过花朵往远看，看出雨歇雾散的太行绝壁。这时候，我感到成仙的第四个体会是在百丈绝壁之上见到南瓜花，它可以藏在白云中——太行山顶的雾气全是白云——举着一只只镶金边的白玉杯。雾散后，我从石墙边上的石阶下行，墙上一朵朵南瓜花探出来与你干杯，太荣幸也太让人羞涩了，这是什么待遇？白云深处，朵朵南瓜花与你干杯，真是一切皆有可能。

我有时会小小地想念一下下石壕村，但我劝自己休想。去那里的山路惊心动魄，是完全无法诉诸文字的惊险。车开在一车宽的山路上，山路是从千仞悬崖上用凿子凿出来的石槽。坐在车里不觉怎样，看到前面的车的逶迤穿行深感这简直是玩命。车没在每一个下一分钟冲下悬崖都是奇迹。我们在几个小时的分分钟的奇迹中到达下石壕村，又同样平安地回到地面，回到未成仙的人民中间。我对再度拜访下石壕村已不再抱有奢望。至于下石壕村的村民是怎样驾驶摩托车，开农用车往来山顶和县城之间，我连想都不敢想。他们开凿了这条盘旋如绳索的山道，胆略超越古今。

白云深处的下石壕村，砖瓦道路全是山上的石片。在那里，一天被云雾包裹十次。雾稍散，大公鸡、黄玉米和红辣椒均十分鲜艳，但最不可思议的是石墙上的南瓜花，橘黄纯白于雨后黝黑的青石板上，如同刻意安排的天上奇景。人们在山下仰望顶峰巍峨入云，谁也想不到顶峰竟有娇艳的南瓜花开放。跟平原的南瓜花比，下石壕村的花朵，公鸡和村民都成仙了。

爬 山 虎

植物名字里带“虎”字的不多，这就像动物名字里没有带“树”和“花”的，即使绚丽如非洲鹦鹉，也不叫“非洲鹦鹉花”。植物的虎有爬山虎，这种藤类植物应该印在国家登山队的队旗上，至少爬在登山队办公楼外墙上，登山队员在胳膊纹上爬山虎的刺青也是爱岗敬业的标志。爬山虎实在太顽强、太爱攀爬、太不恐高了，实在虎的很。

我头一回见到爬山虎，不知道它是植物，思维没跟上趟。辽大院里好几幢楼房包裹着这种植物，我以为是楼的伪装衣，预防天空丢炸弹，保护这些楼。我不明白谁要轰炸辽大的哲经楼，现在的哲学早已失去“文革”中的崇高地位，没人信了，但也用不着炸啊？小时候，我家乡的小城地处反修——修正主义之谓，中国对苏联的蔑称——前线，常常听到预防飞机投弹轰炸的消息，所有街道的下面都是防空洞，军分区大楼外墙挂着绿色的网，跟爬山虎差不多。这个网也有问题，它夏天绿、冬天还在绿，这不是找挨炸吗？好在苏联没来炸，炸的话先炸他们的楼。真正的爬山虎通晓道法自然的学说，冬日枯萎，变为枯叶颜色，让苏联轰炸机白来一趟。那年我在辽大的哲经楼前看到爬山虎，心生敬畏，一步步趋前，看四外无人，伸手摸了一下它的叶子，是真叶子。暗中以指甲掐一下，摸到水迹，人家是真的。此时我已四十多岁，才知世上有爬山虎一物，不算晚。牧区的人六十岁也不一定知道辽大有此物，他们在辽大是啥也不知道。

爬山虎如一张网，这正是它的妙处。其他树木的叶子围绕树枝生长，成塔形。爬山虎用不着来这套，没树干、更没树枝。它在一面墙上巍峨地爬上去，仿佛是墙或楼长出的叶子，隐隐有古风。不过建筑师不见得喜欢他设计的楼房覆盖爬山虎，这张叶子的网使楼房看不出有什么设计。包着爬山虎的楼每一幢都显得愚蠢，毛茸茸的，只露出窗户，如洞穴的口，又像怯懦的眼睛。有人说当今的中国楼房是全球最大的建筑设计的垃圾场，有绿叶包裹则可以遮丑。那一年我到达山西省平顺县的太行山脚下时，仰望山峰危乎高哉，山峰耸立于比人类想像还要高的天空里。我偷着想，山脚何不栽上爬山虎，看它们十年爬到多高、五十年多高、一百年能不能爬到山顶？届时山全绿啦，哈哈。爬山虎这种东西的生长并不像红木那么矜持。它太不矜持了，特能长。让它在太行山爬呗，山闲着也是闲着。我只是想想而已，没提。或许有一年，我拿上爬山虎苗到太行山脚下栽一栽，这都是没准儿的事儿。

爬山虎是木本藤类植物，藤用吸盘固定在墙上，人们所见到的全是叶子。爬山虎的叶子好看，跟葡萄的叶子差不多，它本是葡萄科植物，圆叶子上带三个尖。尖的锋缘让圆叶子看上去像小鸟张开的翅膀，这些叶子并不贴着墙，它们如墙上的蓑衣，像小扇子，更像绿色的羽毛，在风里簌簌抖动。小叶子想飞走，但还没想好飞到哪里。楼房上偌大的绿网，可以庇佑多少小虫？真替它们高兴，我觉得小虫是世上最可怜的生物，不知它们吃什么喝什么，常傻傻地爬到路上或公园的椅子上，被踩死是它们的宿命，其实它们没一丝伤害人类的能力和愿望。人踩死它们只因为一踩它们就得死，如此而已。死去的小虫只剩下指甲大的一堆绿水，可怜，它们连血都没有。爬山虎何等慷慨，在山墙支起万千帐篷，供小虫和小鸟歇阴凉。小虫在里边安家，睡觉或找到吃的东西。这么一想，爬山虎真是很大气。但辽大的楼爬满爬山虎没为虫子着想，中国的大学校园盛行种植爬山虎，它们的叶子覆盖了文、史、哲、经、数、理、化各种教学楼。何也？这个事像中国人贴春联一样，含寓一个愿望，暗示他们家快富了。咋个富法？听我慢慢说。说：爬山虎在西方曰常春藤，美国大学有“常春藤联盟”一说，入盟者皆名校也。中国大学以其学力，没办法跟他们相比，但也有办法，先栽种爬山虎。这种植物便宜，谁都栽的起，先把楼用常春藤叶子包上，其他事慢慢来，这也真是好办法，至少起到绿化和给小虫安家的作用。

自从在辽大见到爬山虎后，我在各地见到了各种各样的爬山虎。在青岛一座体育场，爬山虎顺看台的水泥台阶爬上去，成为绿茸茸的折叠体，这个体育场成了艺术品。我见过树上环绕的爬山虎，藤缠树不算什么稀罕。有一个品种的爬山虎在秋天变成火红，它遮盖着景区几百米长的高墙，如同刷红油漆，衬着脚下油绿的树墙，对比强烈。而墙上的天空露出瓦蓝，如同布达拉宫之一角，真是壮观。

石头上漂桃花

走着走着，树林被一段河岸截开了，冻土的下面是一条河流。不知道结冻的河是否还可以叫河流，它至少不流了。

于是我在河上走，好像是一个神仙。河上是起伏的冰，乳白色，像里面充进了气。河水在奔流中被冻在当下。

这些微微起伏的冻结的河水，如雕塑、如中了魔法、好像等待过路人拯救。

我摸这些冰，心想我救不了你，比我厉害的人也救不了你。救你的人名叫春天，他只在春天才到这里来。我在冰面上打了一个滚，因为我从未在河的浪尖上打过滚，聊复尔尔，表示曾在水尖浪过一回。

摸这些冰的波涛，摸不出波涛来自哪里，却在这儿冻住了。想这些水在夏日的情形，我心里真的流过一片柔情，像想一些朋友。那些水，夏日和秋天从水草的木梳齿里钻过，身体的前前后后有小鱼小虾。泥色脊背的小鱼像枯叶，又会扭动跳舞。水鸟在密密的芦苇里鸣啼，像拈一片叶子吹奏。

冻在这儿的水从哪儿来？它们心里一定急着呢。这比火车晚点更晚，一冻就是四、五个月。冰眼睁睁看岸上的泥土结霜之后飘雪，鸿雁结队唱着歌去了南方，而它们被冻在这里。冻又是什么呢？物理学家摄尔西斯说，假设在一个大气压的条件下，零度为水的结冰点，沸点就是一百度，此为摄氏度的由来。这跟什么都没说一样。结冰是老天爷让河水歇歇，歇半年也不算多，河水从春到秋唱歌、灌溉、发脾气。河水比任何东西都具有多动症的倾向，对重力定律超常敏感。水有平衡癖，稍微不平都要动一下。当年毛泽东、林彪把外出旅行也叫“动一下”。他们不用水，用专列和三叉戟飞机。水动一下，波澜无尽，宛如人的念头，一念带起一念，无休尽。

河结了冰之后，把两岸撑宽了。这么多水存在这里，种地的人心里踏实。一个河北人对我说，河北省的河都断流了。

我说河北省需要改一下省名，叫北省就可以了，不必带河字。北省人民政府，北省水利局。河南如果还有河，继续叫河南。

这些冰是从西边来的赶集的人，夏天还是河，是密不可分的水。它们来自山里的泉，来自林间的溪流，来自屋檐的雨水。这些水从偏僻的角落流进河道跟唐僧从西天取来佛经差不多。有无数闲散的水梦想变成河，进而流入大海。

海是每一滴水的梦想，如果允许水有梦想的话。

水的经历比人所知道的更复杂。人从河边掬一捧水饮下，水从肠道进入血液。从主动脉流入到微细毛管，走过的路比迷宫更复杂，之后进入静脉。大部分水从肾脏离开人体，又到一个陌生的地方，在阳光下蒸发到云彩上，再化为雨，后来不知落在什么地方。有可能落在铁匠炉的火炭上重新被蒸发，有可能落入河水里，河带着水走。如果水的启程太晚，就被冻在这里，像石头。春天，这些石头化了，上边漂桃花。

矢车菊的花冠是飞鸟的空巢

矢车菊像草地遗落的一片片蓝鸟的羽毛。花朵鲜艳，矢车菊似乎更鲜艳。它绽放着自然界少见的蓝花，德国人视之为国花。矢车菊的花瓣仿佛有闪光物质，那是鸟类羽毛才有的闪光物质，移植到了花瓣上面。

矢车菊虽然明艳，但不以名贵的花卉自居，田野里和路旁随处可见到它的身影。在德国，我住在山上，周围是树林和草地。除了没有农田，这里有自然界的一切，包括野生动物和湖，还有大片蓝色、红色、粉色的矢车菊。有云的天气，森林的色调变成了黑色，那是沉重的让人喘不过气来的德国式的深绿。树木脚下的矢车菊如同童话里的孩子，穿着彩色的长筒袜子在林间奔跑。林里传出来巨大的透明的风的声音，矢车菊像在颠簸的浪上摇晃。在德国，强劲的风里竟然没有沙尘，我第一次遇到。这些风藏在林里，随时狙击毫无防备的浅绿的草地。当然，风逃得也快，因为透明，谁也不知道它们逃向了哪里。一次，我在山顶看到一股从山头掠过的强风钻入山下的树林，树梢搅动，一路奔入山下。树梢的枝杈像开锅的绿色的汤。这就是风，行迹如坏人。它终于跑了，跑到山下的斯图加特市区里游荡去了。人类公认的常识之一即是风不会站脚，风收不住自己的脚，它像风一样四处劫掠。风走过之后，矢车菊仿佛露出了笑容，每一次没被风儿拔走，矢车菊可能都会露出这样的笑容。它们笑嘻嘻地，自负地挺立在草地上，灰绿色的茎仍然很细。我很想去慰问每一株矢车菊，虽然它们并不需要。

有一天下雨，我站在房间向外看。大雨已经占领这座古堡东面的草地。大雨如注的含义是能见度达不到二米，雨已经无法分为滴而合并为串，从天泼下来。我想像矢车菊会像战俘一样倒在泥泞里，它们怎能抵御雨水的鞭子？雨停了，白花花的积水一点点消失，露出绿草地，矢车菊有些狼狈，有的已弯下腰，但未倒折，像湿头发成绺贴在脸上的姑娘。次日早上，太阳升起后，鸟鸣如炸锅一般传来，矢车菊竟直起腰，仰着脸，接受阳光的检阅。我一下悟到为什么欧洲有许多关于矢车菊的民歌，它不仅艳丽，还顽强。这些花三三两两穿插在草地上，它们身后是黑绿的树林。树林里鸟儿的鸣唱似乎在为矢车菊喝彩，花朵为此显得骄傲。

在庄重的德国，见不到乡村。城市之外的土地覆盖了森林、草地和零星的湖水。自然之手于不经规划之间恢复到中世纪的模样，只是没那么多教堂。森林无限延伸，树梢连结，遮蔽了公路。太多森林的国土有太多的土气，人们甚至看不出自己的土地有多么辽阔，树林挡住了他们的视线。高大的树木使林中漫步的人变得渺小，他们身上穿的所有衣服跟树比起来都露出不必要的色彩而显得幼稚。这些沉重而无法搬走的森林让城市的建筑显得不自然，因而不美好。哪一座楼房会像树那样伸枝展叶？没有，因而看上去不顺眼，没有茅屋顺眼。在南德，城市仿佛是流浪人士住的地方。他们住在草坪和桥洞里，手上离不开易拉罐的啤酒。树林子里则走着脸色红润的人，他们是富人，牵着尾巴横扫的大狗。德国的树林占国土面积太大了，除了白云，见不到游动的东西。幸亏有花，矢车菊开在了树木和草地上，让绿色不再沉闷。而树林挡住人的视线后，活泼的矢车菊在他们眼前活泼地玩耍。

德国人口少，而且，他们不像这个国家的主人。德国的主人是树、草和花。南德意志高耸入云的树木是男人与父亲，绿茵茵的草地是女人与母亲，矢车菊是德国的儿童。它们穿着彩色的衣裙奔忙，它们戴着鲜艳的帽子在草地上奔跑，傍晚不回家。我住的地方鸟多，早上的鸟鸣近于轰鸣。但树大，看不到这些鸟的踪影，它们的噪声甚至像放录音。有一天黄昏，不知什么缘由，林里的鸟儿飞到草地上，比看足球比赛的人还多。这些德国鸟在澄澈的，带有金色光晕的草地上散步，短距离地起飞落下，像编一个网。我走近看，鸟儿并不怕人，它们飞飞落落，而矢车菊的茎秆摇摇晃晃。这帮鸟儿拿矢车菊当跳板，起跳落下，全然不顾矢车菊的花瓣。那天黄昏，无数矢车菊在金丝般的光线里摇晃，鸟儿飞走后，矢车菊的花冠成了飞鸟遗落的空巢。

闻香

我从桑园里偷来一枝刺玫，它新绿的叶子带着嫩黄，仿佛可以蘸酱吃下。花色偏紫，不正规，像扎头巾养奶牛的再婚农妇。

把花放在清水瓶内，置案头，非但不幽雅，反添俗艳气氛，也好玩。

读书半晌，对这半开的刺玫引颈一嗅，香气有无。嚯，芬芳直入脑髓，也非常俗艳扎实，像农妇甩开胳膊挑水。

嗅过此花，如打三个喷嚏，心明眼亮，开了窍，如同闻了鼻烟。

我八岁时，去别人家串门仍能见到鼻烟壶，玛瑙水晶的都有，以及古月轩的瓷壶。其中好看的是水晶壶的内画，山水人马，匪夷所思。据说此画是闻烟人用牙签剔壶壁而启发了艺人创作。相传最好的画手是马绍轩。搜集鼻烟壶是雅事，谭鑫培竭力收罗过官窑的“一百单八将”，但未如愿。

掌故家说，鼻烟于明万历时，由意大利人利马窦带入中土，让吾人提神。我们念念不忘向世界贡献了四大发明，但洋人也没断了向咱们献上小打小闹的发明，多数是享乐的玩意儿。然而意大利的历史课本估计不写向中国输入鼻烟的事。不光烟，连鼻烟壶据说也由郎世宁由外邦传入。这些东西一旦输入东土，立刻变得高度中国化，它与清朝人带有腐朽气的享乐癖一拍即合。因此，鼻烟壶在有清一代演化为精微复杂的文玩物件。它与顶戴花翎的王爷贝勒已很洽合，同它故乡黄鬓其腮、燕尾其臀的洋人反成隔膜。

鼻烟已经闻不到了，卖此物负名的天蕙斋亦于大栅栏消失近百年。若想得到由鼻而脑的醒豁，猛吃芥末是一道，闻花亦是一道。听说国外有嗅花疗法，闭目探鼻于花前，深嗅不止，如我们的气功，是什么花及治什么病则未可知。最羡慕蜜蜂，在花蕊里伸手踢脚打滚，亦不曾打过喷嚏。

鲜花钓饵

法国漫画家艾飞尔的笔端透露善良，让人睹而心安。他的系列漫画《小天使》，让读者感到艾飞尔不是浊世中人，他的思想是天使的，即孩子的想法。

拿垂钓来说，小天使的做法也令人感动：她采来鲜花作钓饵，执竿于悬崖，钓来一只美丽的蝴蝶。

这使我想到，美和善良原本是一回事，即使垂钓，也无所伤损。

由鲜花想到鱼钩，后者无疑阴险。在锋锐的倒钩上埋伏油炸过的香饵，让人心惊。据说鱼类身上的脑黄金(DHA)含量最高，但鱼还是没有聪明起来，一条条被钓出了水面。

钓鱼和打猎，一向被认为是高尚的休闲方式，对其说三道四不好。但对鱼的捕获方式而言，钓不如网，虽然两者都使鱼走向毁灭。强调两者的区别并不是虚伪，手段标志着人类的成熟程度。

包拯传世的诗作很少，有两句说“秀木终成栋，精钢不作钩”。一块好钢，雕琢为钩，可惜了，也让人寒心，就像极端聪明的人去充任密探一样。

钓鱼者如果技术不佳，鱼会脱钩而去，鱼嘴无疑也被扯豁了。想想鱼从吞钩到挣豁口唇的过程，钓者沮丧，淌血的鱼何止是沮丧呢?

像小天使那样垂钓，吾国有姜太公。他老人家用的是直钩。直钩实如妇女缝衣用的钢针，无钩可言。小天使和姜太公都在做一种游戏，前者天真，后者则深藏若虚的政治。

杏花露出了后背

“笃、笃、笃……”沉睡的众树木间响起了梆子。

梆子的音色有点儿空，缺光泽。是什么木的？胡琴桐木，月琴杉木，梆子约为枣木吧。

梆子一响，就该开始了。

“开始”了什么，我也说不清。本想说一切都开始了，有些虚妄。姑且说春天开始了。

梆子是啄木鸟搞的，在西甲楼边的枯杨树上，它和枯树干平行。“笃……”，声传得很远，急骤，推想它脖颈肌肉多么发达。

人说，啄木鸟啄木，力量有15公斤；蜡嘴雀敲开榛子，力量20公斤。好在啄木鸟没对人脑袋发力。

有了梆子，就有唱。鸟儿放喉，不靠谱的民族唱法是麻雀，何止唱，如互相胳肢，它们乐得打滚儿；绣眼每三分钟唱一乐句，长笛音色，像教麻雀什么叫美声；喜鹊边飞边唱，拍着大翅掠过树梢，像散布消息。什么消息？

——桦树林里出现一条青草，周围的还黄着。这条青草一米宽，蜿蜒（蜿蜒？对，蜿蜒）绿过去，像河水，流向柏油路边上。这是怎么回事儿？地下有什么？它们和旁边的青草不是一家吗？

——湖冰化水变绿，青苔那种脏绿。风贴水面，波纹细密，如女人眼角初起的微纹。在冰下过冬的红鲤鱼挤到岸边接喋，密集到纠缠的程度。

——柳枝一天比一天软，无事摇摆。在柳枝里面，冬天的干褐与春天的姜黄对决，黄有南风撑腰，褐色渐然逃离。柳枝条把袖子甩来甩去，直至甩出叶苞。

在英不落的树林里走，树叶厚到踩上去趔趄，发出翻书页的声音。蹲下，手拨枯叶能见到青草。像婴儿一样的青草躺在湿暗的枯叶里做梦，还没开始长呢?

英不落没有鹰，高大的白杨树纠结鸟巢，即老鸹窝。远看，黑黑的鸟巢密布同一棵树上，多的几十个，这些老鸹估计是兄弟姐妹。一周后，我看到鸟巢开始泛绿，而后一天比一天绿，今天绿得有光亮。这岂不是……笑话吗？杨树还没放叶，老鸹窝先绿了。

请教有识之士。答我：那是冬青。

冬青，长在杨树杈上，圆而蓬张?

再问有识之士。说，鸟拉屎把冬青籽放置杨树之上。噢。

在大自然面前，人无知的事情很多，而人也没能力把吃过的带籽的东西转移到树梢上发芽与接受光照。人还是谦虚点儿吧，“易”之谦卦，六爻皆吉。其他的卦，每每吉凶相参，只有谦卦形势大好，鬼神不侵。

啄氏的枯木梆子从早上七时敲响，我称之开始。对春天，谁说“开始”谁不懂事儿。春天像太极拳的拳法一样，没有停顿、章节，它是一个圆，流转无尽，首尾相连。

林里，枯枝比冬天更多。拾柴人盯着地面东奔西走。杏树枝头的叶苞挣裂了，露出一隙棉花般的白，这是杏花白嫩的后背，现在只露出一点点。

夜里的花朵

夜潜入大地，星星照亮天上的路。这时候，我羡慕那些夜行的动物，它们知道野花的情形。夜色是看不清的浪，一波一波冲击大地，淹没土地、青草和树，夜的水升到达楼顶的位置业已饱满。从大地仰望天空，天上仍然澄明。那里没有夜，光如河水一样在空中流动，透出万里迢递的星的轮廓。

星辰是人们所说的来世。来世远吗？它就在那些星辰上，说远不远，说近也不近，只是此世的人无法抵达而已。

花在夜里脱下白天的衣服，换上睡衣。花的睡衣几乎全为白颜色，或浅灰色。见不到蓝色或红色的睡衣，矢车菊或彼岸花换上了深灰色的睡衣。它们把白天穿的蓝衫与红衫挂在星光下晾晒，风以为是风吹走了花的色彩，把这些色彩吹到了小鸟的身上。

露水于凌晨时分到达。它们不是雨，也不是泉水。跟你说过，它是露，住在有花的路边。露水在凌晨跳上花瓣和草叶上，没人知道它的来路。黎明前，天的手像揭裱宣纸那样一层一层揭去不愿离去的夜，卷成毯子，存在石头里。天光白一些又像没白，花朵找不到自己的彩衣，经常发生穿错的情形。白日里，有些花朵显出肥大，有的花朵串入其他颜色——如红花带着白边，白花带红边的情况也不是没有，皆因穿错了衣裳。青草如士兵，它们的绿衣是制式服装。穿上一模一样。有些青草的裤子或袖子过长，也是穿错了，不妨明天再换过来。

夜里，不睡的花朵在夜的海水里游泳，每次都可以游到很远的地方。野芍药布满山坡，它周围的青草带着水流的痕迹，这正是被夜的大水冲过来的证据。天亮时，所有的花都不是昨日的野花，它们早已不在原来的位置，只是人记不住野花的模样，忘了它们到底是哪一朵。不知不觉间，野花和青草每夜都在迁徙，像时间一点点离开人们。春天的野花正从南方往北方涌动，比春运的声势更大。荒野、河边和路旁全是它们和青草的身影。花草们白天睡觉，晚上搬家。天之手用夜色掩护它们的行踪。

入夜，我常常想念田野里的野花。它们固然勇敢。但仍娇美。我想像手指肚大的花盘仍在黑夜里仰着脸，数天上的星星。它们可能以为野花开在天上就叫星星。星辰如此小，也像在风里摇晃。天上的这些星星花脚下的泥土也很松软吗？不松软不便于花在风里摇晃。摇晃是花的语言，述说风向、方位以及与太阳的夹角。天上的星辰全开着小白花，那一定是野菊花。野花密布的峡谷是所谓银河，这条峡谷开满了野菊花。田野里的野花不知道害怕。害怕是什么？怎么害怕？没人教野花害怕，也没人给它们安装害怕的内心程序。野花在夜里训练自己的听力，夜隐藏了所有的东西，但藏不住鸟的啼叫。夜飞的鸟儿仿佛被剪掉了翅膀，它的叫声隔着几十米从空中掉下来。野花觉得这是鸟儿往地里种东西。一般说，百灵的、喜鹊的、乌鸦的啼叫落地会长出黄色、白色和紫色的小花。河流的声音在夜里变得鬼鬼祟祟，像藏一样东西却藏不好。河流想把鱼藏进柳树的树洞吗？或用鹅卵石堵住鲶鱼的洞？河在夜里说的话，听上去嘀嘀咕咕。它们商量一件事，参与的声音太多，最后也拿不准主意。

风在夜里放慢了速度。风脱下白天穿的隐身衣，露出黑色的肌肤。野花觉得风在夜里温柔了许多，其实风在夜里也会睡觉，靠着石头或靠着树打盹。风在梦里的呼吸即所谓微风。风有时也会梦游。河面突然吹起一片皱纹，这是梦游的风无端跳舞。野花听到风穿过沟渠，穿过高压电线。河里的咕咚声是风掉进水里，它原本靠在柳树上刚刚睡着。风潜到对岸，往青草身上喷洒露水。

野花在子夜时分入梦，它们握着同伴的手。手握着手睡觉心里安稳。野花像马一样站着睡觉。马如果躺着睡觉就生病了，野花也是如此。它们站着，闭上了眼睛。风声、鸟的夜啼声和小虫爬行的声音越来越远。野花在梦里大步奔跑，它终于看到山坡后面开着怎样的花，红花、蓝花、也有绿的花腰。野花惊醒是因为露水。天高前，每朵花都分到一捧露水洗脸，尽管花不洗脸也比人脸干净，但野花每天都分到露水。它们每每摇一摇脖颈，把露水甩到青草身上。

樱桃花在枝头想念樱桃

说“樱桃花”像说一个消失的人，过去见过、后来却见不到的人。樱桃花是被大地幽禁的纺织姑娘，每年春天才能来到。而第二年见到的樱桃花，已经不是去年那些花。

所以，跟“那一个”樱桃花相见，一生只见一次。落在玻璃上的雪花、蹲在绿色送报箱上的雨水、从天空飞过永远不知其下落的鸟，我们都只见过一次。

这一生，无论见什么东西，我们只见过一次，除了身边的人。流过的河水、余晖在岩石铺的金黄毯子、车窗外站着的树，我们只见过一次。用一生的时间也回忆不完我们只见过一次的东西。

樱桃花见过樱桃吗？

樱桃花一生最想见的就是樱桃，而不是杜梨，更不是古怪的香蕉。樱桃花每天都在枝头上想念樱桃，这么稠密的想象被蜜蜂偷走变成了蜜。每朵樱桃花手里举着五片扇，对着阳光显影扇子上面的字。在没有一片绿叶的果树枝上，樱桃花如同一排蝴蝶穿过独木桥。花的蝴蝶丈量树枝，给叶子预留地方。叶子长出来之后，花像树的耳朵，听鸟在早晨独白。

鸟的话语跟樱桃有关，它想到樱桃就想到了酸和甜。血浆一样的果泥，这让小鸟喊叫起来。

樱桃花所想象的樱桃是一只小灯笼，里面的籽像神秘的宝葫芦。灯笼在黑夜微微发光，给往树上爬的小虫照亮。

樱桃花认为樱桃不是吃的食品，它另有奇特的用处。吃是从枝头钻进人的肚子里，对不住漫长的生长。樱桃花询问串门的蝴蝶：你见过樱桃吗?

蝴蝶摆手，蝴蝶只会摆手，表示自己耳聋。

樱桃花想象樱桃身上有美丽的羽毛，肩膀是宝石蓝，胸膛雪白。樱桃用红色的爪子抓紧树枝。到了秋天，樱桃飞到南方气温更暖的地方。

樱桃也许是一只木质的小盒子，樱桃花想。盒子里装着蔫巴变黄的樱桃花的花瓣。樱桃收藏这些花瓣，把每年的花瓣收起来，洒到溪水里，和小鱼成为朋友。

樱桃花开到最繁密的时候，花瓣挡住花瓣的脸。它们向四面八方看，找樱桃的踪影。樱桃并没有从树下面爬上来，也没藏在雨水里。樱桃在哪里呢?

这么想着，风吹走了一层又一层樱桃花瓣。它听说当最后的花瓣落地之后，樱桃才出来。花朵挺高兴，兴高采烈地往树下跳。躺在地上的樱桃花快要枯萎了，问地上的蚂蚁：你见过盛开的樱桃花吗?

蚂蚁指手画脚一通，什么也没说出来。樱桃花向树上看，嫩叶已经站满了树枝，张着完整的边齿，阳光晃眼。

第九辑

没有人在春雨里哭泣

玻璃上的雨水

想走进屋里来的雨水被玻璃挡在外面，它们把手按在玻璃上，没等看清屋里的情形，身体已经滑下。更多的雨从它们头顶降落又滑下，好像一队攀登城堡的兵士从城头被推下来。

落雨的玻璃如同一幅画——如果窗外有青山、有一片不太高的杨树或被雨淋湿的干草垛，雨借着玻璃修改了这些画面，线条消失了，变成色块，成为法国画家修拉的笔触。杨树在雨水的玻璃里变得模糊，模糊才好。它们的枝叶不再向上生长，而化为绿色的草窝。雨水仿佛要劈开这些树，树们用尽气力复原，最后变成草草涂抹的油画的草稿。在我的窗外，高挑的蒙古栎树的树冠被雨水修改成一朵挂在木杆上风吹不走的绿云，它竭力往地上甩掉雨水。它并不知道，雨水是甩不掉的，就像被雨水淋湿的衣服怎么拧也拧不干。隔着雨水的玻璃看，树脚下蔷薇花的树墙仿佛在跳跃。雨水像擦黑板一样擦掉一朵朵蔷薇花，雨水刚淌下去，花又冒出头来。我才知道，雨在玻璃上爬上爬下，是为了重新画一幅蒙古栎树和蔷薇树的画。雨见到修拉的画之后认为这才是画。雨觉得绘画的要素有三个，第一个是笔触，第二和第三个要素是笔触与笔触。笔触是充分的水分与毫不犹豫，是不断修改。雨从开始下到结束一直没停止在玻璃上修改它的画。雨用第二笔覆盖第一笔，然后用第三笔覆盖第二笔。雨不想让人看清楚它刚才在画什么。作为艺术家的雨，除了笔触，不懂其他。如果你跟它讲构图，它会说构图都是用上而下的直线，线条像木梳齿一样，像垂下的手指一样，像雨一样。

另外一些雨不搞艺术，它们比较务实。这些雨从天空看到我所居住的这间房子，看到房子上的窗子。它们要进屋转一转，看看屋里的摆设，到沙发上坐一下，到床上躺一会儿。它们从空中冲下来，瞄准了窗子但被玻璃挡住，流行的话叫被截访。雨不知道什么叫玻璃，它们视玻璃为无物。当大批的雨滴冲到玻璃上流淌化为水溜时，更多的雨冲过来。雨也很倔，它们又被挡住，从窗台滑下。雨认为这是不够猛烈的结果，继续冲击窗子，玻璃发出“劈劈啪啪”的声响。所有的雨到底也没弄懂什么叫“玻璃”，它们只觉得那扇窗户是一个怪物。它们发现，许许多多的窗台都是怪物，雨水进不去那里的屋子。

从云朵里冲出来的雨滴在天空遇到了无数同伴。它们冲进风里，朝大地飞行。湿淋淋的大地一派苍郁，混浊泛白的河流在黑黑的土地上弯曲着流淌，浅绿的麦穗在风里吃力地抬起头又垂下。风如马队一排排踏过麦田，留下凹凸不平的麦浪的坑。鸟儿全藏了起来，站在某一片树叶下面等待雨歇。远处的灰云缓缓下沉，仿佛低于地平线。一部分没有抱团的云散开了，在河面薄薄的飘荡。雨在俯冲，无数雨滴撞在别的雨上，碎成新雨接着俯冲。雨落得太快，没办法在人的视网膜上成像。如果人眼达到鸟眼的分辨率，雨是一颗颗亮晶晶的圆球在空中飞。雨并非在“下”，而在风的推动下飞行。如果光线充足，雨滴像水银的颗粒向地面灌注。雨滴在飞行中保持流线的形态，圆脑袋，有一个小尾巴。如果分辨率更高，可看出雨滴在空气中拉成片儿，又聚合一体。雨滴在风里动荡、摇摆。雨跟雨汇合，又被风吹散。雨像梳子，像笤帚，像大片的水被筛成小水滴。雨往大地俯冲，在风和其他雨滴的推动撞击下一点点接近大地。大地在雨的视野里越发清晰。雨滴将要降临地面，它们看到树林张开枝叶的手臂拥抱雨。树的面孔挂满雨滴，雨滴从树叶流到枝桠再顺树干流到地面。这些水流的流淌声被树叶上的沙沙声所遮蔽。树张开手臂，企图把所有的雨水都抱过来，把自己变成漏斗，让雨人流到根上。雨飘在河流的上空，河水下面的泥沙在水面翻滚。没有哪条河流在下雨时是清澈的。雨滴的脚步刚刚踩上水面，就被河水放大为圆圈儿。圆圈儿似乎可以放得无限大，但被别的圆圈儿顶破。对河来说，下雨如同天上撒铜钱，圆圆的铜钱一瞬间沉入河底。即使下雨，河水也没停止流淌，其实它可以停下来避一避雨，雨增加了它们奔流的体积。下在河里的雨如同下在传送带上，河把这些雨水带到没下雨的地方。雨把乡村的土路变得泥泞，被风刮断的树枝躺在草里。所有的野花都低下了头。被雨水打乱的花瓣贴在背上，如浇湿的衣领。脚步敏捷的雨滴准确地落在电线上，有的雨滴直接落进下水道井盖的圆孔，有的雨让旗帜贴近了旗杆。

往屋子里冲锋的雨依然被玻璃挡回来，它们还没来得及摸一下玻璃就掉在窗台上。雨集合更多人马往屋里冲，到沙发上坐一坐，到床上躺一躺，但全体从玻璃上垂直落下。从屋里往外看，雨像壁虎一样趴在玻璃上，如一幅画，朦胧的树像在雨里行走。

金毡房

今天的雨，刚下时竟看不清它在哪里。我以为是自己没戴眼镜的缘故，戴上仍看不清。这里原来不曾下这种江南的雨，沾衣欲湿等等，让人不好意思。此地人习惯暴雨骄阳或干旱。

我撑伞到桥下，找一处沉黑的背景看雨。雨丝清晰了，每根约有半尺长，倏而钻地。对人视网膜而言，雨滴如丝。落地的速度再快一些，此丝则有一尺或二尺长。

少顷，雨大起来，在黑色的马路上溅起水花。看上去，千百之众的年轻的雨滴在跳迪斯科，在街上使劲跺脚。

雨滴落下来，有的沉寂，有的宛然成泡——一座透明的宫殿，原来雨滴下凡造宫殿玩儿。水泡浮游，转瞬被雨滴砸灭，很娇嫩。这时，又有新的玻璃宫耸然水上。当水泡连成一片时，使人想起刘皇叔的八百里连营。

雨神下雨，也是不得不做的工作，不妨弄出些水泡自娱。说话间，西边落日灿烂，把水泡染得如可汗的金毡房。

没有人在春雨里哭泣

雨点瞄着每株青草落下来，因为风吹的原因，它落在别的草上。别的雨点又落在别的草上。春雨落在什么东西都没生长的、傻傻的土地上，土地开始复苏，想起了去年的事情。雨水排着燕子的队形，以燕子的轻盈钻入大地。这时候，还听不到沙沙的声响，树叶太小，演奏不出沙沙的音乐。春雨是今年第一次下雨，边下边回忆。有些地方下过了，有些地方还干着。春雨扯动风的透明的帆，把雨水洒到它应该去的一切地方。

走进春天里的人是一些旧人。他们带着冬天的表情，穿着老式的衣服在街上走。春天本不想把珍贵的，最新的雨洒在这些旧人身上，他们不开花、不长青草也不会在云顶歌唱，但雨水躲不开他们——雨水洒在他们的肩头、鞋和伞上。人们抱怨雨，其实，这实在是便宜了他们这些不开花不长青草和不结苹果的人。

春雨殷勤，清洗桃花和杏花，花朵们觉得春雨太多情了。花刚从娘肚子钻出来，比任何东西都新鲜，无须清洗。不！这是春雨说的话，它认为在雨水的清洗下，桃花才有这样的娇美。世上的事就是这样，谁想干什么事你只能让它干，拦是拦不住的。春天的雨水下一阵儿，会愣上一会儿神。它们虽然在下雨，但并不知这里是哪里。树木们有的浅绿、有的深绿。树叶有圆芽、也有尖芽。即使地上的青草绿的也不一样。有的绿得已经像韭菜、有的刚刚返青。灌木绿得像一条条毯子，有些高高的树才冒嫩芽。性急的桃花繁密而落，杏花疏落却持久，仿佛要一直开下去。春雨对此景似曾相识，仿佛在哪里见过。它去过的地方太多，记不住哪个地方叫什么省什么县什么乡，根本记不住。省长县长乡长能记住就可以了。春雨继续下起来，无须雷声滚滚，也照样下，春雨不搞这些排场。它下雨便下雨，不来浓云密布那一套，那都是夏天搞的事情。春雨非不能也，而不为也。打雷谁不会？打雷干吗？春雨静静地、细密地、清凉地、疏落地、晶亮地、飘洒地下着，下着。不大也不小，它们趴在玻璃上往屋里看，看屋里需不需要雨水，看到人或坐或卧，过着他们称之为生活的日子。春雨的水珠看到屋子里没有水，也没有花朵和青草。

春雨飘落的时候伴随歌声，合唱，小调式乐曲，6/8拍子，类似塔吉克音乐。可惜人耳听不到。春雨的歌声低于二十赫兹。旋律有如《霍夫曼的故事》里的“船歌”，连贯的旋律拆开重新缝在一起，走两步就有一个起始句。开始，发展下去，终结又可以开始。船歌是拿波里船夫唱的情歌小调，荡漾，节奏一直在荡漾。这些船夫上岸后不会走路了，因为大地不荡漾。春雨早就明白这些，这不算啥。春雨时疾时徐，或快或慢地在空气里荡漾。它并不着急落地。那么早落地干吗？不如按6/8的节奏荡漾。塔吉克人没见过海，但也懂得在歌声里荡漾。6/8不是给腿的节奏，节奏在腰上。欲进又退，忽而转身，说的不是腿，而是腰。腰的动作表现在肩上。如果舞者头戴黑羔皮帽子，上唇留着浓黑带尖的胡子就更好了。

春雨忽然下起来，青草和花都不意外，但人意外。他们慌张奔跑，在屋檐和树下避雨。雨持续下着，直到人们从屋檐和树底下走出。雨很想洗刷这些人，让他们像桃花一样绯红，或像杏花一样明亮。雨打在人的衣服上，渗入纺织物变得沉重，脸色却不像桃花那样鲜艳而单薄。他们的脸上爬满了水珠，这与趴在玻璃上往屋里看的水珠是同伙。水珠温柔地俯在人的脸上，想为他们取暖却取到了他们的脸。这些脸啊，比树木更加坚硬。脸上隐藏与泄露着人生的所有消息。雨水摸摸他们的鼻梁，摸摸他们的面颊，他们的眼睛不让摸，眯着。这些人慌乱奔走，像从山顶滚下的石块，奔向四方。春雨中找不到一个流泪的人。人身上有四千到五千毫升的血液，大约只有二十到三十毫升的泪。泪的正用是清洗眼珠，而为悲伤流出是意外。他们的心灵撕裂了泪水的小小的蓄水池。春雨不许人们流泪，雨水清洗人的额头、鼻梁和面颊，洗去许多年前的泪痕。春雨不知人需要什么，如果需要雨水就给他们雨水，需要清凉给他们清凉，需要温柔给他们温柔。春雨拍打肩行人的肩头和后背，他们挥动胳膊时双手抓到了雨。雨最想洗一洗人的眼睛，让他们看一看——桃花开了。一棵接一棵的桃树站立路边，枝桠相接，举起繁密的桃花。桃花在雨水里依然盛开，有一些湿红。有的花瓣落在泥里，如撕碎的信笺。如琴弦一般的青草在桃树下齐齐探出头，像儿童长得很快的头发。你们看到鸟儿多了吗？它们在枝头大叫，让雨大下或立刻停下来。如果行人脚下踩上了泥巴应该高兴，这是春天到来的证据。冻土竟然变得泥泞，就像所有的树都打了骨朵。不开花的杨树也打了骨朵。鸟儿满世界大喊的话语你听到了吗？春天，春天，鸟儿天天说这两句话。

桑园的雨

每一场雨，在桑园的小虫看来都是汪洋。尽管是小雨，雨滴落下来，对小虫来说也是可怖的事情。譬如，一个比你身体大三倍的水坨子啪叽砸下来，很意外的。

我想，即使如雨滴般大小，也是按人的身体比例设定的。它只有人的泪珠那么大，只有半个耳垂大，千百滴于人身上，砸不坏也吓不坏人。雨水即使多到让江河决堤，也给人留有余地。它下几天几夜，有时间让你撤退。这里面仿佛有上帝的恩典。

我不知道桑园的瓢虫怎样看待雨。雨水灌注它的洞穴时，瓢虫是否用驼圆的背抵在洞口？雨在天上一看，瓢虫你别没大没小了，下！一夜的光景，把瓢虫冲出六道街之外。鸟喜欢雨，它以为这是水珠的落地比赛，而且自己羽毛不沾水，它早就想让昆虫之类知道此事了。但别打雷，即使是一分贝的噪音，鸟也很烦。鸟站在松枝上，看雨丝像门帘子一样挂着下。老下，不见上来，不知雨后来做什么去了。松树在雨中睡着了——一下雨它就困——梦见自己穿上了黑礼服，偷偷散发着松香气味，和后街的柏树幽会。鸟看了一会儿，换一换脚。蚂蚁前天就知道有雨，弄好了遮蔽措施。但洞里很小，蚂蚁们只好整齐地坐着，像赴前线的士兵。走惯了，蚂蚁感到六足不适。后来，它们搞无伴奏合唱，用人类听不见的六百赫兹的波长。

人不把雨放在眼里，家里外边都能呆，不搭你上帝的交情，什么把雨点设计很小之类，不信。雨停时，我曾在桑园坐着，在许久的寂静后，传来一声怯怯的鸟啼，仿佛第一个推门张望者的悄悄自语。这时，昆虫蹑足活动。风一吹，树甩头发落下一层雨滴，它们吓得往回跑，以为雨又来了。其实，阳光明晃晃的洒得哪儿都是。

水滴没有残缺

每一滴水都是圆的，水比所有的东西都看重圆满并保持圆满。水珠将滴未滴之际，是瞬间的椭圆，坠下马上修复成为标准的圆。水滴在空中坠落，水分子拉紧了手，绷紧了身上的衣衫。每一滴水都抱着如此大的力量和信念——保持一个圆。圆不会分散，圆没有残缺，圆可以保持自己的力量又借助别人的力量。水在空中被打碎，化为新的水珠，新的圆。把水称为兄弟何等准确，它们用看不见的手抱在一起，不分离。

水透明，人看不清水的容貌和水的个体。所谓“水分子”只是科学的一种说法。每个水一定有小到人眼看不见的身体，它们彼此相识相亲，不分你我。

把一碗水、一壶水、一桶水倒入河水江水海水里，它们瞬间融合，找不到过去的“我”。水有神奇的融合能力，不固执、不拘泥、不自我，最在意和合。把瓶里的水倒入杯里的水，分不出先后，它们如同自古以来就在一起，没区别。

相比较，人的融合最难。与其说性格难合，不如说文化难合，文化所包含的真实与虚伪、虔诚与诡诈、信仰与傲慢，让每个人都抱着自己的文化和利益绝不妥协，宽容在大部分情况下是一句空话。有的夫妻过了一辈子还在争吵，文化或价值观把每一件事都变成导火索。人看到水的融合会不会自省？只要是水，一杯脏水倒进干净水里，也会被均匀地淡化与净化，干净水慷慨地接纳了“脏水”，使它们比原来清澈一些，尽管水的整体浊了一些。

天下没有比水更加包容的物体。水无差别，无分别，水尽最大力量维持着平衡。水比钢铁坚硬又懂得温柔，水动驰万里，静守千年。人不知水的衣服在哪里，波浪是水奔跑的身姿却不是它的衣服。有一天，冬天洋井的铸铁包了一层透明的膜，是冰，这就是水的外衣。水最巧，这一层冰多么薄、多么均匀。水可以分成多少层呢？它可以分成无数层却不分层。“浑然一体”这个词最适合于水。

水不挡光。生物的生长离不开阳光。阳光对植物而言，不只是温度，还是能量，像粮食一样。水的透光性保证了水中生物的生长。水无私，生育万物。

我们抓不住一滴水，更没办法用手捧着水走过千万里。水爱自由，它不想成为人的装饰或附庸。但人们身上有水。血液中百分之九十九的成分是纯净水。这些水里携带着人赖以生存的氧气，含着把水变红的血红细胞。血水运送人体的养料和废料。而人体细胞内有更多的水。水做的女人是红楼梦的说法，水做的人是上帝的说法。我们生活在身体的水中。但我们还是不像水，像我们自己。

铁皮屋顶上的雨

雨的脚步不齐，永远先后落在铁皮屋顶上。铁皮屋顶是我家窗下的一百多米长的自行车棚的棚顶，里面有二十多辆自行车，一半没了鞍座与轱辘。

自行车棚顶上的铁皮涂绿漆，感觉它特招雨，也许云彩下雨正是因为相中了这个铁皮车棚。

听雨声，雨滴的体积不一样，声音就不一样。大雨滴穿着皮靴，小雨滴连袜子都没有，人字形的铁皮上的雨滴打滑梯滑到边缘，变成水溜儿。

雨滴落在芭蕉叶、茄子叶、石子和鸡窝上的声音不一样。有一年，我在太行山顶峰的下石壕村住过一宿。开门睡觉，雨声响了一夜。我听到从瓦上流进猪食槽里的雨水如撒尿。而雨落在南窗下的豆角叶和北窗下的烟草叶子上的声音完全不同，像两场雨水。豆角叶上的雨声是流行乐队的沙锤，沙啦沙啦莎拉曼，成了背景。烟草叶上的雨滴噗噗响，像手击鼓。或许说，烟草里有尼古丁，雨滴的声音就沉闷？没准儿。再细辨，雨落石板是更加短暂的清脆声，几乎听不到。我听一会儿南窗，听一会儿北窗，忽然想，主人为什么不把豆角和烟草种在一起呢？就为了让人来回跑吗？

从家里的窗户向自行车棚瞭望，雨小而大，缓而急。离铁皮屋顶一尺的地方，雨露出白亮的身影。转而急骤，成了白鞭，一尺多长，落地迸碎。

瞧一会儿，觉得这些雨成里屋顶长出来的白箭。这块不知什么年头铺盖，什么年头刷绿油漆的铁皮屋顶清洁鲜艳，像铺好地毯等待贵宾。贵宾是谁呢？是后面更大的雨。小雨的雨柱细小，落在屋顶上，像洒沙子。不常吃六味地黄丸的人的耳朵听不出这么细腻的雨声。雨大之后，什么丸也不必吃了，满耳哗哗。雨滴落在铁皮屋顶上发出金石之音。自行车棚这个共鸣箱太大了，比钢琴大几千倍，比小提琴大一万倍，它本来可以装一千辆自行车但只装了二十多辆，其中一半是没有盗窃价值的废车。里面的好自行车也就值二十元钱，在销赃市场卖十元钱，现被车主用码头用的粗铁链子锁着。豪雨见到这一块发声的屋顶喜不自胜，它们跺脚、蹦高、劈叉。雨没想到它竟可以发出这么大的金属声音。以前下过的雨，下在别处特别是沙漠上的雨全白瞎了，是哑雨。“好雨知时节，当春乃发生。”应该是“发声”吧？古代雕版工是不是把字刻错了？

风吹来，风像扫帚把空中的雨截住甩在地下。铁皮屋顶的响声轻重不一，重的如泼水。泼一桶水，“哗——”地流下来。自行车棚里的老鼠可能躲在角落里诅咒这场雨。雨在屋顶上没完没了，让酷爱安静的老鼠没法耐受。我想像它们拖着尾巴从东到西，寻找声音小点儿的区域，没有。

我听一会儿雨，忍不住向外面瞧一会儿，铁皮屋顶如此鲜艳，不能比它更鲜艳了。都说计划经济时的中国贫穷，这要看什么事。拿援助阿尔巴尼亚和往我家楼下铁皮屋顶刷油漆这两件事来说，很阔绰。如果阔绰这个词不高雅，可改为放达。哪个富裕国家往公用自行车棚的铁皮上刷过油漆？没有的，况且里边只有二十多辆车和三十多只老鼠。铁皮值不少钱，制成炉筒子，小撮子能卖多少钱？计划经济并非一无是处，让人在雨中目睹鲜艳的绿和听取不一样的雨声。

如果把铁皮屋顶的雨声收录下来，做成一首歌的背景也蛮好。它是混杂的，无序以及无边际的声音，能听出声源中心的雨声和从远处传来的雨声，层次感依次展开。我考虑，这一段录音可以当作念诵佛经的背景，可以作一小段竹笛独奏的背景。做电影的话，可以考虑一人拎刀找仇人雪恨，他在鹅卵石路上疾走。人乱发、刀雪亮，铁皮屋顶的雨声表达他复仇的心情有多么急切，七上八下，心律不齐。

雨还在下，天暗下来，绿棚顶变黑。铁皮屋顶上的小雨妖们在继续跳舞。我忽然想听到雹子打到屋顶上是什么音效？飞沙走石，多好。可惜没听过。有一回天下雹子，我在外面，没听到雹子落在铁皮屋顶上的轰鸣，雹子白下了。

阳光金币

太阳雨的景象委实珍贵。在灿烂的阳光下，雨挥霍地下着，像有人站在楼顶洒下大把的金币。

放学的孩子赶紧跑回家，取伞，在这美妙的亮雨里扭着小屁股走。

我想起一句唱词："赌场里下起金币的雨"——出自田中角荣传记，他在聚餐会上因为唱这句日本戏文受到攻击。此书是我小时候看的，竟还记得。

雨唤醒了记忆。

屋里放着EAGLES的"加州旅馆"，吉他在劲手之下弹得落花流水，为雨伴奏。法国的让·艾飞尔画过许多关于雨的漫画，所谓雨就是上帝在天上拧床单的水，上帝为梦中的小天使把尿。太阳雨大约属于后者，因为它很快就停止了。即使是天使，也没有过多的尿。而上帝为天使把尿的时候，竟忘记了拽云彩过来遮住太阳。

夜雨光区

雷声响时，像空铁罐车轧过鹅卵石的街道，这是春雷。响过，引发远处的雷，呼应、交织，像骨牌倒下。乡村的夜，只有狗叫才引发其他的吠声。雨水应声而下，仿佛晚一点儿就让雷声成为谎言。声音唰唰传来，街道挤满雨水行进的队伍。现在是夜里两点，雨把街道全占了，没有人行。而窗外有唧唧咕咕的声音。我开窗，见屋檐下的变压器下面站着一男一女。男的用力解释一件事，做手势，声音被雨冲走。女的在雨中昂立，也可叫昂立一号，额发湿成绺，高傲倾听。男的讲完一通，女的回答，一个字：

“你！”

男的痛心地解释，做手势。隔一会儿，女的说：

“你！”

这个字响亮，雨拿它没办法，被我听到。这是什么样的语境呢？男人说：“我……”，回答“你！”他翻过头再说，返工。比如：

男：“我对你咋样？你想想。哪点对你不好？难道我是一个骗子？”（手势）

女：“你！”

水银路灯凄凉地罩着他们，光区挂满鲍翅般的细丝。男的上衣湿透，像皮夹克一样反光，眯眼盯着女的不停言说。女的无视于雨，颈长，体型小而丰满，无表情。我想起艾略特《四个四重奏》，最后一首《小吉丁》写道：

又是谁发明了这么一种磨难，
爱情。
爱呀，是不清不楚的神灵，
藏在那件让人无法忍受的
火焰之衣的后面。

此时，人都睡了。今天夜里，只有他们是春雨的主人。

雨，晚上好

从蒙古高原回到沈阳，仰视楼房，人感觉行走在峡谷里，一条灯红酒绿的峡谷。灯与灯群弥漫遥远，人如隐身海底，坐观天上星星游行。在街上走，迎面于所有的灯的闪烁。夜之都市是一处由灯装饰的财富盆地，而楼房不过是一座座华表而已。

雨至，雨随天光消退而密集，在街灯全亮之后整体降临。这场雨气质沉静，在街灯的灯盏下不留身影，甚至看不到“丝”。路面一片片反光，巴掌大的水洼光影摇晃。

今天是正月初十，头一回遭逢正月的雨水，正式的、不疾不徐的春雨刷新了过年者的记忆。有人对“正”字误读，实为误解。正黄旗读“整”，旗帜完全满幅之态。正月读“郑”，不偏不倚，正阳之月。如同西历一月为首月，即元月。而“争月”，是京津一带的土音。

雨下正月，点滴都不偏斜，满地的草木比过节的人都高兴。人常说什么事多少年一遇，斯雨五十年一遇，1956年沈阳的正月曾来过一回。

雨中没人放鞭炮。好雨早来，比商号开张值得庆贺。雨把富人区穷人区、楼房街道冲刷一遍，耐心之至。而万木仰面于雨，连喝带洗，回忆起春天的味道。雨落土里，八方争夺，泥泞是土跟土打了起来，谁都不松手，为野草挣一份口粮。

夜里看雨，如同白昼观风，无迹可寻。敞开窗，听一听雨的话语。雨本无言，遇到枯叶和铁皮屋顶才有问候商量。春雨是数不清的投胎者直奔大地而来，甫出三月，转骨化为初蕾青苗，经历天上人间。

次日晴好，天地一新。报纸上股评说："大盘在十多分钟的横盘后，再次跳水，成交量明显放大。不到二十分钟，纳斯达克指数跌落五十多点，至此，全天下跌已经超过一百点。"

超过一百点会怎样？雨不知其然，我也不知。青草在辽大主楼地角长出一线，叶子蓬张，像哄抢从天下扔下的好东西，也就是阳光吧。

雨从窗台进屋，找水喝

那些想进屋的雨趴在玻璃上。它们像小鸟一样飞过来，以为玻璃是透明的空间。雨水像沙子那样从玻璃上滑下来。透过雨水的玻璃向外看，景物是模糊的，像一幅油画还没画完，用笔粗犷。

雨中的房子如同一艘密封的船，屋顶得到比地面更多的雨水击打出来的白花。白花旋开旋灭，每滴水都想踩在前一滴雨的脚印上。

从模糊的布满雨的足迹的玻璃往外看，窗前的花朵像在奔跑——它们一晃而过，留下动态的映像。这些两尺多高的秫秸花开着茶碗大的粉花和红花。它们的花容淋漓不清，如同开着摩托车低头在雨里疾驰。透过雨的玻璃看花如看印象派绘画，不知塞尚看没看过。我看白瞎了，他看才有用。雨中，让一个红胡子戴窄檐礼帽的人站窗外，塞尚隔着玻璃为他画肖像，画出来全是印象派。色彩像从画布淌下来，脸被冲刷过。如梵高那样的荷兰式的眼睛如两只纽扣一样无神。从玻璃看出去，远山的山峰边缘被修改成锯齿式，其实这样也不错。云层越来越低，下面的云层明显被压得垮下来，好像再压就会有什么东西漏下来。什么东西会漏下来？云里除了大堆的、被分成小滴下落的水之外还有什么？

雨滴从玻璃上滑下来软着陆。它们从木头窗户的缝隙钻进来，积在刷着绿油漆的窗台上。进屋的雨水很羞涩，不像它在天空那么奔放。它们知道这是别人的房子，产权七十年。雨水静悄悄地爬，它要打量屋里有什么。实际上没啥。红砖铺地，有两张钢管焊的床。一张睡人（我），另一张放我的跑步装备。墙上贴一幅伟大的财神爷的画像。他坐在元宝堆上，玉面红唇。岁数……中国年画上的神看不出岁数，光滑无褶的脸似乎超不过三十岁（人家三十岁就当神了，大学生三十岁还没找到工作呢），但脸上蓄有八十岁老者才有的漆黑的五绺长髯。神，八十岁或八百岁都有三十岁的面庞，这是修行的结果。凡间的人由于缺钱，三十岁就像四十岁了。财神爷怀里抱着玉如意，微笑远瞻，对堆在它脚下的金元宝甚至不看一眼。这是乡税务局厨师张贴的画，我正住在他的屋子里。但雨水分不清税务所和工商所（在隔壁），它们静悄悄地从窗户缝儿进屋，在窗台集合成一小片水。财神爷的丰仪把它们震慑得手脚没地方放，雨哪见过这么好看的神灵。管钱的，明白不？况且，屋里还有一个学生上课的桌子，有两个桌洞，里边放着我的炸蚕豆和赛弗尔特的《世界美如斯》，桌上有西红柿和柿子椒。雨，是这些东西让你们不敢下来吗？雨水聚成团、摊开，顺窗台沿流下来。流过白灰的墙，流到墙根那只猫饮水的蓝碗边上。猫是厨师养的，黄的像南瓜，像毛线团一样趴在椅子上睡觉。我每天给它换水。

雨进屋是为了喝水。雨奔波，雨在风里凌乱，雨不知跑了多远的地方才来到这里。像人一样，雨在长途跋涉之后第一个需求是喝水。它们渴了。有人不解，说雨还喝水么？雨怎么不喝水呢？喝不到水的雨最后都干渴死掉了，死后在地上留一小片痕迹。有人以为雨如果喝水就在雨里喝，这怎么能行？这不成人吃人了吗？哪滴雨也不愿被其他的雨吃掉。它们自由地飞翔、奔跑。雨滴虽然小，小到常常有人比喻“像雨滴一样小”，但它是世上唯一的雨滴。它落在河里、落在花朵上、落在一坨牛粪上，都是宿命。雨最爱自由，爱自由就要忍受一切境遇。

窗外的雨说停就停了，牧区的雨下不到做一顿饭的时光。税务所院子里的彩钢瓦比下雨前更加鲜红，好像重新刷了油漆。天蓝得也好像刷了油漆，是给瓦刷漆的同一个人刷的漆。天上的漆蔚蓝如洗，简直像天空一样蓝，白云——刚才不知在哪里藏着——慢悠悠飘过来，飘到彩钢瓦上方不动了，等人夸它们是一座山峰。喜鹊成群飞过来。第一只落在彩钢瓦的最南沿，后面的喜鹊挨着落下，几乎排成了一排。（第五只、第六只喜鹊之间有空隙），它们在等待什么？它们灵活的脖子扭来扭去，像等着看戏。院子里空无一物，商贩们每月30日来办税。此刻，院子只有我和猫，有两畦子花、秫秸花开得最高，串红第二高，老鸹花贴着地面开点儿小黄花。秫秸花的大粉花刚从雨里苏醒过来，粉脸略显苍白。电线上落下一串麻雀，电线被它们蹬得颤颤悠悠。麻雀与西面的喜鹊对视，但数量没有喜鹊多，它们好像有事来此谈判。

进到屋里的雨水聚在碗边，地面有篮球那么大的地方湿了。天晴之后，雨想回也回不去了，留在了屋里。

雨的灵巧的手

雨是世间的伙计，它们忙，它们比钟点工还忙，降落地面就忙着擦洗东西。雨有洁癖，它们看“这个名字叫地球的小星星”（阿赫玛托娃）太脏了，到处是尘土。雨在阴沉天气里挽起袖子擦一切东西。裂痕斑驳的榆树里藏着尘土，雨用灵巧的小手擦榆树的老皮，擦每一片树叶，包括树叶的锯齿，让榆树像被榆树的妈刚生出来那么新鲜。不光一棵榆树，雨擦洗了所有的榆树。假如地球上长满了榆树，雨就累坏了，要下十二个月的雨才能把所有的榆树洗成婴儿。

雨把马车擦干净，让马车上驾辕的两根圆木显出花纹，轼板像刚刚安上去的。雨耐心，把车轱辘的大螺丝擦出纹路。马车虽然不像马车它妈新生出来的，但拉新嫁娘去婆家没问题。

雨擦亮了泥土间的小石子。看，小石子也有花纹，青色的、像鸽子蛋似的小石子竟然有褐色的云纹。大自然无一样东西不美。它降生之初都美，后被尘埃湮没，雨把它们的美交还给它们。雨在擦拭花朵的时候，手格外轻。尽管如此，花朵脸上还是留下委屈的泪。花朵太娇嫩了，况且雨的手有点儿凉。

雨水跑步来到世间，它们怕太阳出来之前还有什么东西没擦干净。阳光如一位检察官，会显露一切污垢。雨去过的地方，为什么还有污垢呢？比如说，雨没把絮鸟窝的细树枝擦干净，鸟还能在这里下蛋吗？——雨的多动症越发强烈，它们下了一遍又一遍。雨后，没有哪一块泥土是干的，它们下了又下，察看前一拨儿雨走过的每一行脚印。当泥土吐出湿润的呼吸时，雨说这回下透了。

雨不偏私，土地上每一种生灵都需要水分和清洁。谁也不知道在哪里长着一株草，它可能长在沟渠里，长在屋脊上，长在没人经过的废井里。雨走遍大地，找到每株草、每个石子和沙粒，让它们沐浴并灌溉它们。石子虽然长不出绿叶子，但也需灌溉一下，没准能长出两片绿叶，这样的石子分外好看。

雨有多么灵巧的小手，它们擦干净路灯，把柳条编的簸箕洗得如一个工艺品；井台的青石像一块块皮冻；老柳树被雨洗黑了，像黑檀木那么黑，一抱粗的树干抽出嫩绿的细枝。

小鸟对雨水沉默着。虽然鸟的羽毛防水，但它们不愿在雨里飞翔，身子太沉。鸟看到雨水珠从这片叶子上翻身滚到另一片叶子上，觉得很好笑。这么多树叶，你滚得过来吗？就在鸟儿打个盹的时候，树叶都被洗干净了，络纹清晰。

雨可能惹祸了，它把落叶松落下的松针洗成了褐色，远看不知道这是什么东西。翠绿的松针不让雨洗，它们把雨水导到指尖，变成摇摇欲坠的雨滴。嫌雨多事的还有蜘蛛，它的网上挂满了雨的钻石，但没法果腹。蛛网用不着清扫，蜘蛛认为雨水没文化。

砖房的红砖像刚出炉一样新鲜，砖的孔眼里吸满了水。这间房子如果过一下秤，肯定比原来沉了。牛栏新鲜，被洗过的牛粪露出没消化的草叶子。雨不懂，牛粪也不用擦洗。

雨所做的最可爱的事情是清洗小河，雨降下的水珠还没来得及扩展就被河水冲走了。雨看到雨后的小河不清澈，执意去洗一洗河水，但河水像怕胳肢一样不让雨洗它的身体。河水按住雨的小手，把这些手按到水里，雨伸过来更多的手。灰白的空气里，雨伸过来密密麻麻的小手。

雨滴耐心地穿过深秋

雨滴耐心地穿过深秋。

雨滴从红瓦的阶梯慢慢滴下来，落在美人蕉的叶子上，流入开累了的花心里，汇成一眼泉。

雨滴跳在石板上，分身无数，为寂静留下一声“啪”。

雨滴比时钟更有耐心，尽管没发条，走步的声音比钟表的针更温柔，在屋檐下、窗台上，在被雨水冲激出水洞的青砖上留下水音的脚步声。时间在雨滴里没有表针，只有嘀嗒。清脆的声音之间，时间被雨滴融化了一小节。被融化的时间永远不能复原，就像雨滴不能转过身回到天空。

秋天盛满繁华之后的空旷，秋天被收走的不光是庄稼和草，山瘦了，大地减肥，空中的大雁日渐稀少。

说秋月丰收，这仅仅是人的丰收，大地空旷了，像送行人散尽的车站月台。

让秋天显出空旷还由于天际辽远，飞鸟就算成万只飞过也不会拥挤。云彩在秋天明显减少，比庄稼少得还快，仿佛说，云和草木稼穑配套而来，一朵云看守一处山坡。庄稼进场，青草转黄，云也歇息去了。你看秋空飘着些小片的云，像鱼的肋条，它们是云国的儿童。

浓云的队伍开到海的天边对峙波涛，波涛如山危立，是一座座青玉的悬崖，顷刻倒塌，复现峥嵘。

雨滴是天空最小的信使，它的信是昼夜不息的滴水之音。在人听到雨滴的单调时，其实每一声都不一样。雨滴的重量不一样，风的吹拂不一样，落地声音也不同。雨滴落在鸡冠花上，像落在金丝绒上哑默无声。雨滴落在电线上，穿成白项链，排队跳下地面。

秋雨清洗忙了一年的大地。大地奉献了自己的所有之后，没给自己留一棵庄稼。春雨是禾苗喝的水，夏雨是果实喝的水，秋天是大地喝的水。土壤喝得很慢，所以秋雨缠绵。人困惑秋天为何下雨，这是狭隘的想法。天不光照料人，还要照料大地与河流。古人造字，最早把天写作“一”，它是广大、无法形容的一片天际；尔后造出两腿迈进的“人”字。把天的意思放在“人”字肩上曰“大”，而“大”之上的无限之“一”，变成现在的“天”字。天在人与大之上，要管好多事。

天没仓库，不存什物或私房钱。天之所有无非是风雨雷电，是云彩，是每天都路过的客人——飞鸟。天无偏私，要风给风，要雨给雨。风转了一圈又回到空中，雨入大地江河，蒸发为云，步回天庭。这就像老百姓说的，钱啊，越花越有。像慈悲人把自己的好东西送给别人，别人回报他更好的东西。

深秋的雨，不再有青草和花的味道，也没有玉米胡子和青蛙噪鸣的气息。秋雨明净，尽管有一点儿冷。雨落进河流，河床丰满了一些。河流飘过枫叶的火焰，飘过大雁的身影。天空的大雁，脖子比人们看到的还要长，攥着脚蹼，翅膀拍打云彩，往南方飞去。河流在秋天忘记了波浪。

雨滴是透明的甲虫，从天空与屋檐爬向白露的、立秋的、寒露的大地，它们钻进大地的怀抱，一起过冬。

雨落在白花花的大海上

我没见过雨落在大海上什么样子。实话说，我没见过几次海。在我的印象中，海像装了半截水的天空。站在海边看，海不仅在远方，还在高处。海水把天空挤得只剩半下子，下半截被海水占领了。所谓海天一色，实为海天一半，而且海水占了一多半。

坐船入海，走很远才觉出海水是平的。虽然动荡，海面大体上平坦。海这么沉，体积如此庞大，本不想动，是风让它动。大海如果不动，比死了还难看。在海上眺望岸边，人渐小，楼房见矮，这时觉出海的辽阔，并感受到另一个词的含义——自由。如果海不辽阔，世界上就没什么辽阔可言了。海在海上并不蓝。蓝总在海的远方。在海上见到海水不同颜色的涌流，像褐黄色、浅蓝色的绸子在海面飘舞。

快艇向远方巡行，天空出现一朵黑云，好像海胆成精升上了天空。不多时，黑云下沉扩散，笼罩天空，下起了雨。大海好像不高兴天空下雨，因为海里并不缺水。海掀起波浪，似要把雨水赶跑。雨水还是降下来，落在白花花的海面上。雨水被海的搅拌机搅碎，使雨滴有去无回。但见雨水如箭一般射进海面，连一个小泡都没留下，被海水融合。

在海上，下多大的雨都成不了河。雨好像给海溜须来了，来朝觐或来上贡。海一点儿没客气，把这些不知哪来的雨水全部收编。从此，雨水变了身份或成分，成了海水。

假如，水（包括雨水）有一个理想，即汇入大海。雨水与其落进河里再流入海里，真不如乘坐这朵海胆似的云彩来海面上降落，一步到位。跟战争一样，空军比陆军的动作更快。

我站在快艇的甲板上让雨浇身，感觉奇特，如同下海之前的淋浴；还感觉身边是海，头顶是雨，水占领了整个世界。而这时候的人仿佛变成了水生动物，像海豹上岸歇一会儿，被雨淋了。

快艇往岸边返程，雨也停了。雨的意思是不让快艇往海的深处开了。雨停，浪花也止息了，海面出现琉璃一般的弧形的镜面，如同变形的凸透镜。海鸥飞过来，翅膀像安着两条雪白的刀鱼，它上下翻飞，翅膀连弯带挑。海鸥——这是一个多么好的名字，海边的渔民竟管它叫海猫子，一下就给叫土了。海狗子、海耗子、海蝴蝶又在哪儿呢？海鸥还是应该叫海鸥。

从平静的海上看海边的广场真是漂亮。在海水的前景下，岸边的楼越高越好看。在夜里，岸上高楼的灯火错落，会更好看。我从滨海大道走过时，绿树掩映中时不时可以见到海。在海上，见不到滨海大道的模样，被树包住了。

雨中穿越森林

大雨把石子路面砸的啪啪响。进森林里，这声音变成细密的沙沙声。树用每一片叶子承接雨水，水从叶子流向细枝和粗枝，顺树干淌入地面。地面晃动树根似的溪流，匆忙拐弯、汇合，藏进低洼的草丛。

雷声不那么响亮，树叶吸收了它的咳嗽声，闪电只露半截，另一半被树的身影遮挡。我想起一个警告，说树招引雷击，招雷的往往是孤零零的树，而不是整个森林。对森林里的树来说，雷太少了。

雨下得更大，森林之外的草坪仿佛罩上白雾，雨打树叶的声音却变小，大片的水从树干流下来，水在黑色的树干上闪光。

我站在林地，听雨水一串串落在帽子上。我索性脱下衣服，在树叶滤过的雨水里洗澡，然后洗衣服，拧干穿上。衣服很快又湿了。雨更大的时候，我在衣兜里摸到了水，知道这样，往兜里放一条小金鱼都好。

后来，树叶们兜不住水，树木间拉起一道白色的雨雾。我觉得树木开始走动。好多树在雨中穿行。它们低着头，打着树冠的伞。

小鸟此时在哪儿呢？每天早晨，我在离森林四五百米的房子里听到鸟儿们发出喧嚣的鸣唱，每只鸟都想用高音压倒其他鸟的鸣唱。它们在雨中噤声了。我想象它们在枝上缩着头，雨顺羽毛流到树枝上，细小的鸟爪变得更新鲜。鸟像我一样盼着雨结束，它不明白下雨有什么用处，像下错了地方。雨让虫子们钻回洞里。

雨一点点小了，树冠间透出光亮，雷声在更远处滚动，地面出现更多的溪流。雨停下的时候，我感觉森林里树比原来看上去多了，树皮像皮革那么厚重。它们站在水里，水渐渐发亮，映散越发清晰的天光。鸟啼在空气中滑落。过一会儿，有鸟应和，包括粗哑的嘎嘎声。鸟互相传话，说雨停了。

这时候，树的上空是清新的蓝天，天好像比下雨前薄了一些，像脱掉了几件衣服。我本来从铁桥那边跑到林中躲雨，我住的符登堡公爵修的旧王宫已经很近。我改变了主意，穿着这身湿衣服继续往熊湖的方向走，这个湖在森林的深处。

空气多么好，青蛙在水洼间纵跳，腿长得像一把折叠的剪刀。小路上，又爬满橙色的肥虫子，我在国内没见过这么肥的虫子。回头看，身后的路上也爬满了虫子，好像我领着它们去朝圣。

路上陆续出现在林中散步的德国人，他们像我一样，被雨挡在森林里。被雨淋过，他们似乎很高兴，脸上带着幸运的笑容。但他们不管路上的虫子，啪啪走过去，踩死许多虫子。他们从不看脚下，只抬着头朝前走。鸟的鸣唱声越来越大，像歌颂雨下得好或停得好。不经意间抬头，见到大约十分之一彩虹，像它的小腿。整个森林变得湿漉漉，我觉得仅仅留在树叶上的水，就有几百吨。

在雨中跑步

在雨中跑步的困难不是雨。雨量大小不过是水量大小，就当跑步时有人在你身后举一个淋浴喷头，水量或急或缓，水流的方向忽东忽西。在雨里跑步的困难是敌不过避雨人的一双双眼睛。

街上避雨的人，躲在树底檐下，衣装干爽，沉默地看我跑步。跑步可以谅解，在雨中跑步就不容易被谅解。我推想自己不被谅解的理由，边跑边想——头发湿成一绺，像破抹布一样趴在脑门；眼角眯着，因为进水，要不断擦去脸上的水珠。而衣服贴在身上，鞋里面也进了水，呱呱响。这个人在干什么？哼！跑步。

水，仅仅身上挂满了水，在街上奔跑就受到蔑视。仿佛我是欠别人钱被罚在雨里跑步的人，是趁天气不好从精神病院逃出来的人，是想作秀上不了电视的人。

在雨中跑，跑相有点儿狼狈。但我觉得豪迈，可惜别人没看出来。白箭似的雨水急急钻地，两三米之外看不清东西，像一块块裂了纹的玻璃。雷声此起彼伏，在天边搞心电图。我大步奔跑，脚下激起水花。我想，这就是为争夺八三四高地而奔袭的攻打太原尖刀营战士的雄姿。

而路人的目光在说：跑吧，傻子，跑到太原去吧。我每天搞冷水浴，最难忘的一次在松潘，那里的水把每一根神经都冰得抱怨不已。五大连池的冷泉也非常凉，骨头冻得好像变成了钢管。而平常的冷水澡没什么诗意，远不如大雨。雨水有一点儿温暖，因为雨前的天气总是很热。雨水流到嘴里没什么异味，当然不要把雨水咽进去，里面有多种污染元素，喝下去没准身上会结红锈与蓝斑。

雨天跑步比较讨厌的第一是睁不开眼睛，应该戴上游泳镜。是的，下回跑一定戴上。虽然戴游泳镜跑步更加像怪物。第二是讨厌出租车。一见有积水，出租车假装是一艘火轮船，加大马力开过，轮下溅起一人多高的水墙，湿你全身。然而我浑身湿透，已经不在意这个了，出租车司机能缺德就缺一下德的品性在人民群众面前又暴露了一下。

在雨中跑步很舒服。如同说一个人搞冷水浴时跑了五公里，一举两得，德艺双馨（究竟什么叫德艺双馨我也不清楚，好像跟古代人有关。我认识的好几个人都获得了这项政府奖励），速度可快可慢。想，雨水带着我的体温汇入大街的积水中，流进地沟。那些撑伞的、穿雨披的人在逃离这场雨。而跑步的人在享受着雨，多么愉快。而雨不服，拼命下，恼怒于我的悠闲。没啥，雨再大就改游泳，岂不更好。

在雨中，我穿梭于人们的白眼之中。但也遇到了崇拜者，即孩子。他们瞪大眼睛看我，如视英雄。那么，我就把这次跑步看作是送给孩子们的倾情表演。

第十辑 光的笑容

曙　色

曙色是未放叶的杨树皮的颜色，白里含着青。冻土化了，水分慢慢爬上树枝，但春天还没有到来，还要等两个节气。

日落时，西天兴高采烈，特朗斯特罗姆说像“狐狸点燃了天边的荒草”。日之将出，天际却如此空寂，比出牧的羊圈还冷清。

天空微明之际，仿佛跟日出无关，只是夜色淡了。大地、树林和山峦都没醒来，微弱的曦光在天空蹑手蹑脚地打一点儿底色，不妨碍星星明亮，也不碍山峦包裹在浓黑的毯子里。这时候，曙色只是比蚌壳还暗淡的一些白的底色，天还称不起亮。杨树和白桦树最早接收了这些光，它们的树干比夜里白净，也像是第一批醒来的植物。在似有若无的微明里，约略看得到河流的水纹。河流在夜里也在流动，而且不会流错方向。河水在不知不觉中白了起来，虽然岸边的草丛仍然黑黝黝的。这时，河水还映照不出云彩，天空看不到有云彩游荡，就像看不清洒在白布上的牛奶的流淌。星星遗憾地黯淡下来，仿佛退离，又像躺在山峦的背后。露珠开始眨眼，风的扫帚经过草叶时，露珠眨一眨眼睛，落入黑暗的土壤里。鸟儿在树林里飞蹿，摇动的树枝露出轮廓，但大树还笼罩在未化的夜色中。鸟儿在天空飞不出影子，它们洒下透明的啁啾。受到鸟的吵闹，曙色亮了一大块，似乎猛地抬起了身子。

我没听到过关于天亮的计量术语，它不能叫度，不叫勒克司（lx）与流明（lumen）。大地仍然幽暗之际，天空已出现明确的白，是刚刚洗过脸那种干净的白，是一天还没有初度的白。它在万物背后竖起了确切的白背景，山峰与天空分割开来。天的刀子在山峰上割出了锯齿形状。天光让树丛变成直立的树，圆圆的树冠缀满叶子，如散乱的首饰。河水开始运送云朵，这像是河上的帆。最后退场的星星如礼花陨灭于空中，它陨灭的地方出现了整齐的地平线。

这时候，如果谁说“天亮了”，他并没有说谎。人可以看清自己的白手。夜半解手时，人看不见自己的手，只能摸索着解开裤子。

我在贝加尔湖左岸跑步，天的白光渐渐从树林里升到空中。湖水是庞大的黑，如挤满海豹的脊背，而天色的白是怯生生的，似蒙了一层轻纱。好像说天亮还是不亮是定不下来的事情。天未亮，但树林慢慢亮了，高大的松树露出它们粗壮的枝桠，如同强壮的胳膊。树从一团团剪影似的黑影里流露苍绿。转眼看，湖水变白，比天空还要白一些，类似于鱼肚白，好像刚才那些海豹翻过身晾肚子。站住脚看，这地方真是简洁，只有湖水和天空两样东西。而且，湖水比天空面积大的多。以人的身高看贝加尔湖，肯定是湖大天小，这跟上帝在天上俯瞰不相同。

在山野观曙色是另外一样。我曾在太行山顶上住过一宿。那里天黑得早，亮得晚。我有早起习惯，出门刚走几步，被一个东西拉住衣袖。我用左手慢慢摸过去，原来是枣树的枝条，它隐藏在浓密的夜色里。抬眼看，看不见早已看惯的天，好像天被山峰挡住了。而我头一天入睡前，特意看了看，天分明还在那儿，还有星星，尽管不多，但此时竟一点儿天光都没有。我退回屋里，看表，天应该亮了。五点了，这个村的天却迟迟不亮。我甚至想——是不是这里的天不亮了？这么一想挺害怕，那就下不了山了。过了十五分钟，窗外有白影。我出门，看到地上起白雾，天还没亮（其实亮了，不然哪有照见白雾的光？），往前走，又有树枝扯住右边衣袖，仍然是看不清树。此时，我明白一个浅显的小道理。平原上的光由地平线漫射而来，它从四周冲过来包围大地。这里四外都是山峰，光悭吝。再走，我看到脚下的青石板，踩上走。雾越发浓，比舞台的干冰效果还浓烈。雾里如有狗有狼咬住你的腿，那是一点儿办法也没有。这么想着，我左腿肚子抽筋了，觉得亮牙的狗正在雾里瞄准我的腿肚子。雾大，看不到头顶的高山，当然也看不到所谓曙色。其实曙色已经藏在雾里，是一团团棉纱。说话间，山谷传来松涛的呼喊，雨滴如洪水那样斜着打过来，湿了左边衣裤，右边还是干的。一瞬间，雾跑了。雨或者风过来赶走雾。可爱的天空在头顶出现，白得如煮熟的蛋壳，山峰骄傲地站在昨天的地方。最陡峭的地方树木孤独，大团的雾从它们身边沉落在山谷里。这时候，天空飘来了彩霞。它们细长成绺，身上藏着四、五种颜色，以红黄色调为主。如果你愿意，把这些彩霞看成是金鱼也可以。太阳正藏在东方峰峦后面，把强烈的彩光打到云彩上，之后打在山峰上，一片金红。

多快的手也抓不到阳光

地上的阳光，一多半照耀着白金色的枯草，只有一小片洒在刚萌芽的青草上。潜意识里，我觉得阳光照耀枯草可惜了。转瞬，觉出这个念头的卑劣。这不是阳光的想法，而是我的私念。阳光照耀一切，照在它能照到的一切地方，为什么不给枯草阳光呢？阳光没办法只照青草而绕过枯草，只有人才这么功利。

枯草枯了，还保持草的修长。如果把枯叶衬在紫色或蓝色的背景下，它的色彩含着一些高贵，是亚麻色泽的白。它们在骤然而至的霜冻中失去了呼吸，脸变白。阳光好好照耀它们吧，让它们身子暖和起来。青草刚冒出来都是小片的圆形，积雪融化之后，残雪也是圆形。这是大自然的意思，正如太阳、月亮和鸟蛋都是圆形。你没办法让残雪变成长方形或三角形，没这个道理。

青草好像不敢相信春天已经到来，它们探出半个浅绿的身子四处张望，田鼠刚刚跑出洞来也像青草这样张望。青草计算身边有多少青草，用同伴的数量来决定它快长还是慢长。我很想拿日历牌举到青草鼻子前面：“已经春分了，下一个节气就是清明。”今年我喜欢节气，不打算过月份而只过节气。一年二十四个节气正好比十二个月多一倍，一年顶两年。

阳光洒在嫩绿的小草上，像把它们抱起来，放到高的地方——先绿的青草真都长在凸出的地方。阳光仔细研究这些青草，看它们是草孩子还是老草的新芽。我替阳光研究这件事，发现既有稚嫩的新草，也有枯草冒出的新叶。你看，这就是阳光照耀枯草以及照耀一切的原因——貌似死去的枯草照样生新芽。阳光照在牛粪上、碎玻璃上，房顶废弃的破筐上都有恩典，破筐里正有一小堆虫卵等待阳光把它们变成虫子。

我在荒野停下来，让阳光在脸上静静照一会儿。走路时，脸上甩跑了许多阳光。中医说，脸对阳光，合目运睛有养肝之效。余试之，感到我的眼皮比樱桃还红。体察阳光落在脸上的感受，只觉敷一层暖。阳光的手是何等轻柔，它摸你的脸，你却觉不出它手指的触感。阳光不分先后照在我的前额、鼻子、嘴唇和下巴上，如果光膀子就照到了胸膛上，这是多么大的优惠。以后不会进入花钱买阳光的时代吧？一平方寸皮肤每小时收十元钱，照完一个脸需要一上午，比心理咨询还贵。阳光在我脸上看到了什么？这是一张蒙古人的脸，鼻子这样，嘴那样，阳光照在每一个汗毛眼里。我转过身，让阳光照照脖子，否则脖子不乐意，来个落枕什么的不好办。

走在荒野里，看大地出发到远方。在大地上，我看不见大地，只有铺到天边的阳光。四外无人，我趴在地上看阳光在地表的活动情况。

我想知道阳光摊多厚，或者说它有多薄。一层阳光比煎饼薄比纸薄比笛膜还薄吗？

阳光没有皱褶，它们覆盖在坑坑洼洼的泥土上，熨帖合适，没露出多余的边角。

我像虫子一样趴在地上看阳光，看不见它的衣裳，它那么紧致地贴在土地上，照在衰老的柳树和没腐烂的落叶上。进一步说，我只看到阳光所照的东西却没看到阳光。起身往远处瞧，地表氤氲一层金雾，那是阳光的光芒。

阳光照在解冻的河水上，水色透青。水抖动波纹，似要甩掉这些阳光。阳光比蛇还灵活，随弯就弯贴在水皮上，散一层粼光。阳光趴在水上却不影响水的透明。水动光也动，动得好像比水还快。

傍晚，弄不清阳光是怎样一点点撤退的。脱离光的大地并非如褪色的衣衫。相反，大地之衣一点点加深，比夜更黑。

闭上眼，让皮肤和阳光说一会儿话，假设我的脸膛是土地，能听到阳光在说什么呢？我只感到微温，或许有微微的电流传过皮肤。伸手抓脸上的阳光，它马上跑到我手上。多快的手也抓不住阳光。

光

才知道，这一生见的最多的是光。光伴随了人的一生，而不是其他。一个人离开这个世界时，他离开了这一世的光，他变成光的另一种形式——碳化。

光在子夜生长。夜的黑金丝绒上钻出人眼分辨不清的光的细芽。细芽千百成束，变成一根根针芒。千百银针织出一片亮锦，光的水银洒在其中。还是夜，周遭却有依稀亮色，那是光的光驱。光在光里衍生，在白里生出白，在红里生出红。它为万物敷色，让万物恢复刚出生的样子。光的手在黎明里摸到世上每一件物品。万物在光里重新诞生，被赋以线条，色彩与质地。光在每一天当一次万物的母亲。

露水在草叶上隆起巨大的水珠，不涣散，不滴落，如同凸透镜。露珠收纳整个世界，包括房子和云彩。人说露珠是透明的，可是你在露珠里看不到草的纹理，它只是晶莹，却不透明，所说的透明是露水的水里有光，光明一体。

光告诉人们何为细微。蜜蜂背颈上的毫毛金黄如绒，似乎还有看不清的更小的露珠，也许是花粉，只如一层绒。光述说着世界的细微无尽。唯细微，故无尽，一如宽广无尽。光的脚步走到铁上，为铁披一身坚硬的外衣，在生锈的部分盖上红绒布。光钻进翡翠又钻出来，质地迷离。翡翠似绿不绿，似明非明，这里是光的道场。人看到的不是翠，是光。翡翠不过是光所喜欢的一块石头，正如黄金是光喜欢的另一块金属。黄金的光芒当然是光的芒，它是金属里的君王，金属里的老虎。此光警告人等勿近勿取勿藏黄金。人被它的光照晕了，靠近攫取珍藏。天之道，传到人间往往变成它的反面。黄金的稳定性被人制定为所有人都愿意接受的尺度。光在黄金上反射的警告从未发生效力，人断定比生命更宝贵的唯有黄金。黄金不灭，黄金的首饰上留下无数人的指纹，尔后易主，再后回炉。黄金炯炯有神，身上站立百分之九十九点九九的光。

光在水里划出微纹，回环婉曲，比任何工匠画的都工细。水的浪花在举起的一瞬，光勾勒出水滴的球体。浪摔倒，再举起，光每每画出浪花的形态，每每耐心不减。光在田野飞奔，无论多么快，它的脚跟都没离开过大地。光的衣衫盖着土块乃至草的根须。大地辽阔，麦芒蘸着光在空气中编织金箔画。光让麦粒和麦芒看上去像黄金一样，不吝消耗掉无数光。麦浪一排排倒下，让光像刷涂料一样刷遍麦的一切部位。种麦子的地方，花不鲜艳，金子不再闪光，麦子耗尽了光的光芒。如此才有白面诞生，面包把麦子里贮存的光搭成松软的天堂。

光的脚步停留在黑色的地带，让煤继续黑。煤里也有光——当它遇到火。光仔细区别每朵花的颜色，让花与叶的色泽不同，让花蕊和花瓣的颜色不同。光最喜爱的东西是花，花的美丽，即为光的美丽。但人把这笔美账算在花的头上，就像人把美人的账算在人的头上，忘记了光。

光来到之后，世界的丰富和罪恶接踵而至。为一切事物制造一切幻相。人借此区分美人丑人，宝马香车。人对食物发明过一句无耻的评语：色香味。色即光，即食物入腹之前的色泽。香只是人的鼻子味蕾的偏见。母羊在煮熟的羊羔肉里闻不到香味。味是人类舌头和大脑共同制造的幻觉。它们约定俗成，认定其味优劣。小鸟在林中死去，尸体始终无味，而人死后迅速发出恶臭，为什么这样？臭味早就藏在人的身上，被人挡着散发不尽，死了之后才无遮拦。人对环境、对动物，一定是负罪的。耶稣当年对举着石块试图砸死抹大拉的玛丽亚的人们说，“你们中间哪一个人是无罪的，那个人就打她吧。”这个被解救的妓女用忏悔的眼泪为耶稣洗脚，拿浓密的头发把耶稣的脚擦干。她有过罪，但谁没罪？到哪里去找无罪的人？

光在墙壁上飞爬，爬上衣橱的正面和侧面，光在饭碗的釉面反光。反光是光遇到了进不去的地方，比如镜子。光在书柜底下的灰尘里慢慢爬行，光照亮了书上的每一个字。光在字里最显安静，正如它在黄金上最显急躁。光阅读书上的字，被弯弯曲曲的笔划迷住了，随后晕倒。光和人一起读书里的故事。黄昏降临，书上的字在读书人揉一揉眼睛的瞬间解散了队伍，这时候的光累了。它拿不定主意是否与大批量的光从西天撤退。光和读书人一道想再读一会儿，直至这些字带着意味深长的笑容退到黑夜里。

早晨，光饱满地驻扎在世上的每一处。夜晚，光在不知不觉中逃逸，人根本察觉不出它的离开，人只能愚蠢地说“天黑了”就算天黑了吧，虽然这只是光的撤离。光在年轻人脸上留下光洁，在老年人脸上留下沟壑。人在光的恩赐下见到自己的美丑肥瘦，以此跟世界跟自己讨价还价。光每天都离开，此曰无常。人不理会这些，在光再次来到人间时开始新的欢乐与悲伤，借着光。

光的笑容

光从长裙似的厚窗帘的脚下射进来时，只有三寸长，它落在剔花地毯上，好像捕捉羊毛里的尘埃。如果你“哗”地掀开窗帘，光像洪水一般扑进来，占领屋里的每一个角落。还是节省点儿光吧，我一点点拉开窗帘，光像客人从一条窄道走下来。它们只走直线，前方不管是床或者椅子，光都要走过去，把自己的衣服摊在上面。

每天从窗外进入我家里的光是原来的光吗——昨天、前天、许多天以来的光?

这些光线——它虽然被称为线，我实在不知道它们是多少根线——真像是我家里的熟人，从窗玻璃上的每一部分穿越而来，从它和煦的温度上可以感到这些光线带着笑意。如此说，光带着笑容来到我家。是的，否则它来此做什么呢?

光坐在地板上笑，它们坐在橱柜、枕头、书本、床头的眼药水上笑，它们坐在垂直的镜子上笑，它们在镜子里看到了墙壁和吊灯上的光的兄弟。

这些光线只是光的先头部队，是天色微曦之后进入屋子里面的亮，我称之为泛光，而整齐的光的队伍在后面。当阳光越过前楼的屋檐进入房间时，它们全穿着金色的制服。这些光不乱走，这些光永远保持队形，排成一字向前面推进。无论遇到什么东西，早晨的光都刻板地为这些东西涂上一层金色。如果你在地板上放一个金黄色的小南瓜，阳光也照样为它涂上金色，虽然南瓜身上一点儿也不缺这种颜色。

如果我家的黑猫飞龙少校端坐在光里，光比平时劳累。它把金色洒在飞龙的每一根毛上，而猫的毛又如此之多。飞龙如刺猬一样沐浴在晨光里，不时看一看自己爪子上的光，但没等它把光舔进肚子，光已经跑了。爱因斯坦早就说过，光的速度是人可以理解的速度里面最快的，但飞龙少校从未听说过爱因斯坦，连塔吉克斯坦也闻所未闻，它认为斯坦并不比一只麻雀更重要。

光行进的时候，边走边衍生新的光，即反光，否则光不够用了。反光也是光，你看到光在地板上缓缓推进时，它的反光已经把天花板照亮了，这又省了许多光。没错，墙壁也被照亮了。我家卧房的墙壁露出布达拉宫式的红色，客厅露出小葱的绿色，它们上面进驻了光。

然而我们并没有见到光本身，这样说好像不讲理。怎样说才讲理呢？在光照中，我看到了栗子色的地板、彩色墙壁和其他东西的轮廓与色彩，但它们是地板、墙壁与其他东西，并不是光。光是透明的？当然透明，光从来不是一堵墙。然而透明的水、玻璃与水晶都有实体（佛家称之为色），而光的实体在哪里？

你伸出手，当你看到你的手时，光就在你的手里，你却握不住它，更不能把光藏起来。以人的贪婪的本性而言，如果可以把光藏起来，不知有多少人藏起多少光，大街上到处是卖光的人，行贿也会贿之以光，但太阳没让人这样做。造物主所造的核心物质都具有不可复制性与不可储存性，比如空气，比如光。电来自能源转换而非制造，同时不可储存。

在我们见到光照射万物时，仍然可以说我们不知什么是光，没见过光本身。你说光原本不存在也未尝不可，说它存在，你怎么指给人看呢？爱在哪里？智慧和仁慈在哪里？人没办法指出它们，尽管它们就在那里。

我趴在地板上摆火柴棍测量阳光的行进速度，后因接电话把这项重要试验耽误了。当你趴着看地板上阳光的脚步时，光似乎不动了。从理论说，光每秒每刹那都在行走。从实践——以人的视网膜、人的无法安住的心念——说，它不曾移动，而人一转身，它又迈了一大截。光均匀地走过房间和整个大地，走过上午和下午。光时时在生长，人从来抓不住它们不断生长的尾巴。从古至今，只有光从容不迫。

关 于 光

那年，我因眼部手术，双目遮蔽七日，尽领黑暗滋味，有想法如下。

黑暗不同于夜。夜没有纯粹的黑暗，在最黑的夜里，物体还能显示向背。最主要的是，睁眼看到的黑暗有一些安心，眼睛仍然能搜索出一点点光。在闭眼的黑暗当中，比黑暗更难忍的是被隔绝。明明有光，但与你无关。双眼如一对困兽，不断挣扎。

在黑暗中，触觉最敏锐。突然感到手指那么聪明，一碰便知物体的性质。药瓶、桌子、床单、铁，它们的手在那里非常清晰。在黑暗里行走，手总要行先伸出去。

即使眼睛已经失去功能，仍然怕外物碰到自己的眼睛。

空间的思绪在缺少视力的情况下变得发达。一起身，首先是这一处空间的立体图画。鞋在哪里，门在哪里，从床到门有哪些障碍。长宽高的概念在脑子里十分坚硬。

在黑暗中，人的语言很少。你自己所说的话，声音变得很大。第一次这么认真地听自己说话，听到了这么多废话和不必要的零碎。于是我想到盲人大多不是倾诉者。华丽的、滔滔不绝的、评判他人的话不适合在黑暗中吐露，仿佛这与自己的处境不合。世上所有的不幸都不会比没有视力更糟糕的，因此不愿意评论他人。

还有，浮华冗长的话语如果呈现在周遭的色彩、形状之中，尚不刺耳。而黑暗中的话语，像用蘸满墨汁的笔在白纸上写字，非常醒目。

黑暗中的眼睛恐惧光亮，当然这只就外科手术的人而言。如果双目遮蔽超过七十二小时，仍然具有视觉的眼睛对光线极为敏感与不适。眼睛蒙上纱布、戴上墨镜，以及窗帘被拉上之后，仍然不敢面对光的一面。人们不知道，光是多么有力量的东西，些微的光都刺得眼球酸痛。那些眼部手术已经痊愈的患者，常低头走路，用手蒙着眼睛露出一条缝儿看地面。光像水一样，从针眼儿大的地方挤进来并扩张。影视里复明的患者摘掉纱布、载歌载舞的场面，实在是太荒诞了。

视觉细胞乃至视蛋白对光的反应，实在太脆弱了。

我想起某人趴在复印机上，睁眼，复印之后双目失明这件事。事实上，阳光的亮（照）度、大气层对长波紫外线的阻拦与人类眼睛的结构有着精美的契合关系。其奇妙不可说。

黑暗中的人不喜欢夜晚的到来。白天已经是一个夜了，又进入一个夜，仿佛委屈。

黑暗中的人爱躺在床上揣摩外面的人在做什么。想来想去，感到他们实在太能耐了，尤其佩服那些奔跑、骑车和穿越十字路口的人。

躺在床上想，假如人类视力低下，这世界该是什么样子呢？房子的门很宽，马路也很宽，没有汽车，只剩一个孩子或不生孩子，全世界都很温和，一般由歌唱家来当总统。

生物钟存在的前提是，人体必有除眼睛之外的某个部位能够感受到光。但已知的事实为，除眼睛外，人体其他部位不存在视蛋白。因此，不可能“看”到光。从理论上说，人体不存在生物钟。

不久前，科学家发现人体皮肤上存在另一类型的视觉蛋白，是它们把光的出现通知了大脑。在黑暗中，我常常举起胳膊，说“看吧，你们”。

视觉蛋白，从感受微量的光发育成为眼睛，可以欣赏色彩，从鲜花到女人的嘴唇。这是一条多么漫长神奇的道路。

幸福村中路的暖阳

北京冷透了之后，比如一月份的中旬，每天下午两点去古墙下面体会阳光的暖，有大乐趣。老北京的“老”字，在其中也能透露出一点儿。

北京最冷天中的午阳，暖得让人微醺。这和火盆、热炕、暖风以及电褥子都不一样。午后天晴风止，时间有如停滞，人的视野全清朗了。阳光照在脸上，像喝了二两半花雕，打里边往外暖。一位中医朋友说，冬天的阳光最有营养。他把阳光也当药看待。心松开了，宽宽绰绰的，舒展。这种光线只有腊月天才有，天冷不透，午后的暖阳也晒不进人的心里头。

这时候，如果到紫禁城下的公椅上坐一坐，闭上眼睛听听马路上的车声，感觉阳光像小虫子争先恐后地从脸上爬进心里，睡意堆积。再睁眼看看匆匆的行人，合眼让睡意泛滥。想人忙我偏有闲，得大自在。这都要依仗午后的冬阳。

说睡，实为一阵小迷糊。这阵小迷糊就了不起，占据片刻的物我两忘，心胸过滤了一遍。醒了，觉得眼睛更亮了，看看北海滑冰的人、岸边褐中有黄的干柳枝，都有趣。所谓“老北京”，除去建筑、掌故之外，还有平民与时令下的享受，晒太阳（西安话叫晒暖暖，说得更好）就是其一。

我住的地方离北海远，也不值得为这么一点儿事去那儿晒太阳。此事在幸福村中路同样可以享受。这儿没城墙，有超市的大山墙，一样。街上的公共健身设施上，老头、老太太在搞摇的、转的动作。他们的皱纹白发和设施的鲜艳油漆形成好看的对比。

坐在这儿的椅子子上摄取冬阳，看胖红脸男人搂着瘦皮草小姐从酒店出来，看工人蹬板车送蜂窝煤，看人下象棋，都不耽误享受阳光的和煦。坐久了，没觉着自己睡着，但被路人的谈话声惊醒，还是睡了。听到喜鹊叫，抬头却找不到喜鹊。杨树枝上蹲着三个冬鸟，不是麻雀，像朱雀。它们并排蹲着，像回忆，又有出席古典音乐会的表情，也可以说是守纪律的士兵，可爱极了。在人之前，它们就知道北京的午后有这么一种乐趣，于是出席枝头。

我喜欢冬鸟的理由是它们胖。鸟儿胖了之后，憨而又拙，往泥塑玩具方向发展。比人胖好看多了。

更多的光线来自黄昏

黄昏在不知不觉中降落，像有人为你披上一件衣服。光线柔和地罩在人脸上，他们在散步中举止肃穆。人们的眼窝和鼻梁抹上了金色，目光显得有思想，虽然散步不需要思想。我想起两句诗：“万物在黄昏的毯子里窜动，大地发出鼾声。”这是谁的诗？博尔赫斯？茨维塔耶娃？这不算回忆，我没那么好的记性，只是乱猜。谁在窜动？谁出鼾声？这是谁写的诗呢？黄昏继续往广场上的人的脸上涂金，鼻愈直而眼愈深。乌鸦在澄明的天空上回旋。对！我想起来，这是乌鸦的诗！去年冬季在阿德莱德，我们在百瑟宁山上走。桉树如同裸身的流浪汉，树皮自动脱落，褛褴地堆在地上。袋鼠在远处半蹲着看我们。一块褐色的石上用白漆写着英文：“The World Wanders around in the blanket of dusk，the earth is snoring.”鲍尔金娜把它翻译成两句汉文——“万物在黄昏的毯子里窜动，大地发出鼾声。”我问这是谁的诗？白帝江说这是乌鸦写的诗。我说乌鸦至少不会使用白油漆。他说：啊，乌鸦用折好的树棍把诗摆在一块平坦的石头上。我问是用英文？白帝江说：对，它们摆不了汉字，汉字太复杂。有人用油漆把诗抄在了这里。

我想说不信，但我已放弃了信与不信的判断。越不信的可能越真实。深信的事情也许正在诳你。乌鸦们在天空排队，它们落地依次放下一段树棍。

我问白帝江，摆诗的应该只有一只乌鸦，它才是诗人。白帝江笑了，说有可能。这只神奇的大脚乌鸦把树棍摆成“The World Wanders……”乌鸦摆的S像反写的Z。为什么要这样呢？是因为黄昏吗？

我在广场顺时针方向疾走。太阳落山，天色反而亮了，与破晓的亮度仿佛。天空变薄，好像天空许多层被子褥子被抽走去铺盖另一个天空。薄了之后，空气透明。乌鸦以剪影的姿态飘飞，它们没想也从来不想排成人字向南方飞去。乌鸦在操场那么大一块天空横竖飞行，似乎想扯一块单子把大地盖住。我才知道，天黑需要乌鸦帮忙。它们用嘴叼起这块单子叫夜色，也可以叫夜幕，把它拽平。我头顶有七八只乌鸦，其他的天空另有七八只乌鸦做同样的事。乌鸦叫着，模仿单田芳的语气，呱——呱，反复折腾夜色的单子。如果单子不结实，早被乌鸦踢蹬碎了，夜因此黑不了，如阿拉斯加的白夜一样痴呆地发亮，人体的生物钟全体停摆。

人说乌鸦聪明，比海豚还聪明。可是海豚是怎样聪明的，我们并不知道。就像说两个不认识的人——张三比李四还聪明。我们便对这两人一并敬佩。乌鸦确实不同于寻常鸟类，黄昏里，夜盲的鸟儿归巢了，乌鸦还在抖夜空的单子。像黄昏里飘浮的树叶。路灯晶莹。微风里，旗在旗杆上甩水袖。

在黄昏暗下来的光线里，楼房高大，黑黝黝的树木顶端尖耸。这时候每棵树都露出尖顶，如合拢的伞，白天却看不分明。尖和伞这两个汉字造得意味充足，比大部分汉字都象形。树如一把一把的伞插在地里，雨夜也不打开。在树伞的尖顶包拢天空的深蓝。天空比宋瓷更像天青色，那么亮而清明，上面闪耀更亮的星星。星星白天已站在那里，等待乌鸦把夜色铺好。夜色进入深蓝之前是瓷器的淡青，渐次蓝。夜把淡青一遍一遍涂抹过去，涂到第十遍，天已深蓝。涂到二十遍及至百遍，天变黑。然而天之穹顶依然亮着，只是我们头顶被涂黑，这乌鸦干的，所以叫乌鸦，而不叫蓝鸦。我觉得乌鸦的每一遍呱呱都让天黑了几分，路灯亮了一些。更多的乌鸦彼此呼应，天黑的速度加快。乌鸦跟夜有什么关系？乌鸦一定有夜的后台。

看天空，浓重的蓝色让人感到自己沉落海底。海里仰面，正是此景。所谓山，不过是小小的岛屿，飞鸟如同天空的游鱼。我想我正生活在海底，感到十分宁静。虽然马路上仍有汽车亮灯乱跑，但可不去看它。小时候读完《海底两万里》后，我把人生理想定位到去海底生活，后来疲于各种奔命把这事忘了。今夜到海底了，好好观赏吧——乌鸦是飞鱼，礁石上点亮了航标灯，远方的山峦被墨色的海水一点点吞没。数不清的黑羊往山上爬，直至山头消失。头顶的深蓝证明海水深达万尺。我一时觉得树木是海底飘动的水草，它们蓬勃，在水里屈下身段，如游往另外的地方，比如加勒比海。我想着，不禁挥臂划动，没水，才想到这是地球之红山区政府小广场，身旁有老太太随着《呼伦贝尔大草原》的音乐跳舞。

其实红山区政府的地界，远古也是海底。鱼儿曾在这里张望上空，后来海水退了，发生了许多事，唐宋元明清各朝都有事，再后来变成办公和跳舞的地方。黄昏的暮色列于天际，迟迟不退，迟迟不黑，像有话要说。子曰“天何言哉！天何言哉！”谓天没说过话，天若有话其实要在黄昏时分说出。

黄昏的光线多么温柔。天把夜的盖子盖上之前，留下一隙西天的风景。金与红堆积成的帷幕上，青蓝凝注其间。橙与蓝之间虽无过渡却十分和谐。镶上金边的云彩从远处飞过来跳进夕阳的熔炉，朵朵涅槃。黄昏时，天的心情十分好，把它收藏的坛坛罐罐摆在西山，透明的坛罐里装满颜料。黄昏的天边有过绿色，似乌龙茶那种金绿。有桃花的粉色。然而这都是一瞬！看不清这些色彩如何登场又如何隐退，未留痕迹。金红退去，淡青退去，深蓝退去，之后，黄昏让位于夜，风于暗处吹来，人这时才觉出自己多么孤单。黑塞说：“没有永恒这个词，一切都是风景。”

黄昏无下落

是谁在人脸上镀上一层黄金？

人在慷慨的金色里变为红铜的勇士，破旧的衣裳连皱褶都像雕塑的手笔；人的脸棱角分明，不求肃穆，肃穆自来，这是在黄昏。

小时候，我第一次感受悲伤是无意中目睹到黄昏。西方的天际在柳树之上烂成一锅粥，云彩被夕阳绞碎，在无边的火池里挣扎奔走，暮霭在滚金里面诞生俗艳的红，更离奇的是从红里变出诡异的蓝。红里怎么会生出蓝呢？它们是两个色系。玫瑰红诞生其间，橘红诞生其间，旋生旋灭。夕阳把所有的碎云熬成了汤，天际只横着一把笔直的金剑。

这是怎么啦？西方的天空发生了什么？我结结巴巴地问大人，那里发生了什么？大人瞟一眼，只说两个字：黄昏。

自斯时起，我得知世上还有这两个字——黄昏，并知道这两个字里有忧伤。我盼着观黄昏，黄昏却不常有，至少天际不老黄。多云天气或阴天，黄昏就没了下落。我站在我家屋顶看黄昏，大地罩上一层蓝色，晴天的黄昏把昭乌达盟公署家属院的红瓦刷上金色，瓦的下檐有凸凹的黑斑。柳枝笔直垂下，如菩萨垂下眼帘。而红云有如在烈火中奔走的野兽，却逃不出西天的大火。太阳以如此大的排场谢幕，它用炽热的姿态告诉人它要落山了，人习以为常，不过瞟一眼，名之“黄昏”。而我心里隐隐有戚焉。假如太阳不再升起，全世界的人会在痛哭流涕中凝视黄昏，每日变成每夜，电不够用，煤更不够用，满街小偷。

黄昏里，屋顶一株青草在夕照里妖娆，想不到生于屋顶的草会这么漂亮，红瓦衬出草的青翠，晚霞又给高挑落下的叶子抹上一层柔情的红。草摇曳，像在瓦上跳舞。原来当一株草也挺好，如果能生在屋顶的话，是一位在夕阳里跳舞的新娘。地上的草叶金红，鹅卵金红，土里土气的酸菜缸金红，黄昏了。

我在牧区看到的黄昏惊心动魄。广大的地平线仿佛泼油烧起了火，烈火战车在天际穿行，在落日的光芒里，山峰变秃变矮。天空盛不下的金光全都倾泻在草地上，一直流淌到脚下，黄牛红了，黑白花牛也红了，它们扭颈观看夕阳。天和地如此辽阔，我久久说不出话来，坐在草地上看黄昏，直到星星像纽扣一样别在白茫茫泛蓝的天际。

那时，我很想跟别人吹嘘我是一个看过牧区黄昏的人，但这事好像不值得吹嘘。什么事值得吹嘘？我觉得看过牧区的黄昏比有钱更值得吹嘘。那么大的场景，那么丰富的色彩，最后竟什么都没了，卸车都卸不了这么快。黄昏终于在夜晚来临之前昏了过去。

“我曾经见过最美丽的黄昏”，这么说话太像傻子了。但真正的傻子是见不到黄昏的人。在这个大城市，我已经二十六年没见过黄昏，西边的楼房永远是居然之家的楼房和广告牌，它代替了黄昏。城市的夜没经过黄昏的过渡直接来到街道，像一个虚假的夜，路灯先于星星亮起来，电视机代替了天上的月亮。我一直觉得自己身上缺了一些东西，原以为是缺钱、缺车，后来知道我心里缺了天空对人的抚爱，因为许许多多年没见到黄昏。

伸手可得的苍茫

我有一个或许怪诞的观念，认为霞光只出现在傍晚的西山，而且是我老家的西山。我没见过朝霞，而在沈阳的十几年，亦未见过晚霞，或许这里没有西山、污染重以及我住的楼层过矮。

晚霞是我童年的一部分。傍晚，我和伙伴们在炊烟以及母亲们此起彼伏的唤儿声中不挪屁股，坐在水文站于“文革”中颓圮的办公室的屋顶上观看西天。彩霞如山峦，如兵马之阵，如花地，如万匹绸缎晾晒处，如熔金之炉，气象千变万化，瑰丽澄明。我们默然无语，把晚霞看至灰蓝湮灭。有人说，晚霞并不湮灭，在美国仍然亮丽。在“文革”中，此语已经反动。美国那么坏，怎会有晚霞呢？说这话的大绺子脸已白了，我们发誓谁也不告发，算他没说。而他以后弹玻璃球时，必然不敢玩赖。

观霞最好是在山顶，像我当年在乌兰托克大队拉羊粪时那样。登上众山之巅，左右金黄，落日如禅让的老人，罩着满身的辉煌慢慢隐退。我抱膝面对西天而观。太阳的每一次落山，云霞都以无比繁复的礼节挽送，场面铺排，如在沧海之上。在山顶观霞，胸次渐开，在伸手可得的苍茫中，一切都是你的，乃至点滴。

此时才知，最妙的景色在天上，天下并无可看之物。山川草木终因静默而无法企及光与云的变幻。此境又有禅意，佛法说“空”并不是“无”，恰似天庭图画。天上原本一无所有，但我们却见气象万千。因此，空中之有乃妙有，非无。然而这话扯远了。

昨天我见到了晚霞，在市府广场的草地上方，那里的楼群退让躲闪，露出一块旷远的天空，让行人看到了霞舞。当时我陪女儿从二经街补课回来。我对孩子说，你看。她眺望一眼，复埋头骑车，大概还想着课程。